张耒

诗文的禅意接受与表达

杨威 著

天津社会科学院出版社

图书在版编目（CIP）数据

张耒诗文的禅意接受与表达 / 杨威著. -- 天津 ：
天津社会科学院出版社，2023.12
ISBN 978-7-5563-0955-9

Ⅰ．①张… Ⅱ．①杨… Ⅲ．①张耒（1054-1114）—
诗歌研究 Ⅳ．①I207.22

中国国家版本馆 CIP 数据核字（2024）第 029093 号

张耒诗文的禅意接受与表达
ZHANGLEI SHIWEN DE CHANYI JIESHOU YU BIAODA
责任编辑：李思文
责任校对：付聿炜
装帧设计：高馨月
出版发行：天津社会科学院出版社
地　　址：天津市南开区迎水道 7 号
邮　　编：300191
电　　话：（022）23360165
印　　刷：北京建宏印刷有限公司
开　　本：787×1092　　1/16
印　　张：20
字　　数：270 千字
版　　次：2023 年 12 月第 1 版　　2023 年 12 月第 1 次印刷
定　　价：88.00 元

前　言

本书属于个案研究,但没有对所研究的"个案"进行竭泽而渔式的探讨,而是撷取张耒诗文中禅意一脉进行研究。之所以如此,有几个方面的考量:第一,一些学者已经对张耒的诗文艺术、内容、思想进行了较为详尽地综合性考论,故对张耒个人进行全面析考意义不大,难有突破和创新。第二,湛芬、韩文奇等先生虽对张耒理学、禅学思想进行了阐述,但未得十分深入,这也为本书的探究留下了空间。第三,对考察角度和范围需谨慎。既然探讨个案,就不能过于宏观,求全责备;但亦不可专精于蝇头锥颖,使求证沦于片面。孔令宏先生说得很有道理:

> 视域的确定也很重要。视域过大过宽过广,看似无所不包,实则往往粗疏,犹如蜻蜓点水。视域过小过狭过窄,往往越往细处钻研越感到吃力,甚至有力不从心之感。①

基于以上三点思考,本书将题目定于"张耒诗文的禅意接受与表达",即将探讨的视角和阈限集中在张耒佛禅思想的原委和诗文中的禅学境界。

张耒(1054—1114 年),字文潜,祖籍亳州谯县(今安徽亳县),后迁居

---

① 孔令宏《试论理论体系的比较与评价》,《云南学术探索》,1997 年第 2 期,第 74 页。

楚州(今淮安)。① 他弱冠第进士,历临淮主簿、寿安尉、咸平县丞。入为太学录,范纯仁以馆阁荐试,迁秘书省正字、著作佐郎、秘书丞、著作郎、史馆检讨。世称宛丘先生、肥仙。

张末有佛业宿根,其外祖李宗易一生追崇白居易,受白氏的佛悟影响较大,故其诗文平易之中溢生出勃勃禅趣。张末青少年游学于陈,日受外祖熏染,其诗文内蕴定慧,外逸禅趣,熙宁八年(1075年)张末应苏轼之邀作《超然台赋》即可为证。此是张末佛缘的重要渊薮。

"苏门蜀学"是北宋"理学"与"传统蜀学"共同孕育出的集地域性、集团性、政党性、学术性于一身的概念。"苏门蜀学"以儒为体,旁通三教,惯习佛禅,又重经史,这些对厕身"苏门"的张末影响很大。虽然张末非"援禅入诗文"的开拓者,但作为"蜀学"的承继者,他很好地传续了"蜀学"重禅的优良传统,对后世影响很大。

宋诗的哲理性与思辨性为中华民族的诗歌宝库增添了一抹亮色,使其脱离了唐诗的窠臼,表现出了自身独特的魅力,为其余朝代所不及。除了继承了"道""玄""自然""逍遥"等传统"心学"之外,宋诗本身又带着三分禅心,这种文学趋向绝不应被我们漠视。以禅心折观宋诗,反而能为我们深入体会宋诗的三昧提供全新的视角。

历来研究张文潜的同道很多,他们多对张末诗文的现实主义倾向和理学论断进行阐发,但对张末诗文之中的禅学思想不大着意。本书虽属个案研究,但力求可以以点带面,以张末诗文管窥宋代诗文的整体风尚,以禅意佛心蠡测宋代独特的诗文面目。

我们自然会思考宋诗与佛禅的关系,以张末个体来讲,他之所以会在自己的诗文之中表现其或绰约或郁勃的禅性总会沉积着各式各色的缘由,这会将我们自然带入其人与佛及诗与禅之世界。

儒家经世济用之观念烙记在每位儒者内心,他们为实现政治抱负而

---

① 关于张末的出生地尚有争议,他在《思淮亭记》中称"予淮南人也,自幼至壮,习于淮而乐之"。

甘愿毕其一生心血追求"致君尧舜、醇化黎元"的儒业。这早年的进取心终争不过残酷的政治斗争，"党争"后的张耒敛性收心，主动请求外调以期避祸远锢，其儒教的进取之念遭受重创，其"逃禅"之念似更执着。回头来看，政治斗争是张耒产生"逃禅"之念的动因之一。在封建社会，一旦士大夫的施政理念得不到统治集团的支持，那么他们通常会选择逃避来寻求妥协，这是儒性的无奈。由"入世"到"逃禅"似乎成就张耒等儒者历劫之后的题中之义。

　　唐代诸贤仙株各异，每个个体皆光彩照人。他们之间虽相互抵赏却和而不同。宋代文人与唐贤之别就在于他们已经有了集体意识，政治集团自不必说，以学术为纽带便可以形成各样的集体，而一个学术集体的"集体意识"又自然会为其成员提供学术导向。张耒藉苏辙之力厕身苏门集体，成为苏轼门生。苏轼本人及苏门集团成员的崇禅意识对张耒自然会有很大影响，加之同遭贬谪历尽宦游之苦，回眸禅心势必更为澄澈，张耒诗文中蕴含的禅意与这种"集体意识"不无关系。

目　录

第一章 绪 论

第一节 选题的意义

在张耒诗文的风格、思想内容、艺术特色不断被学界发掘的当下,涉寓其间的禅意精微却常在无意间被遗忘。张耒诗文中的禅性远接外祖李宗易,早育禅根,故而能在早年即精通佛理,熙宁八年(1075 年)《超然台赋》中的禅、心证悟已能佐证其佛慧渊深,这是对"张耒晚年务佛"说的一个修正。

学界虽认定张耒崇禅,但尚未将李宗易对其形成的影响进行立体论证,而这正是本书补正的用意。又,苏辙与张耒的交往过程中常以禅心解慰,其诗作的禅性交际亦有可观之处。苏轼是百代难遇的奇才,诗、书、画无有不精,其对佛禅尤为钟爱,其与张耒的诗作酬答中多有涵泳禅性之作,这对张耒禅悟的精进亦有正面增容之功。由张耒对苏轼《记游庐山》的几首和诗而知,张耒的禅学修为已臻一定境界,藉诗而观,其超脱之性甚至已经超越了大苏。张耒厕身"蜀门"之后与"苏门学士"交酬频繁。元祐年间,张耒、晁补之、黄庭坚、秦观等学士相继入馆,彼此悠游唱和,诗中禅趣往往溢诸酒樽茗香之间,为"蜀门"风度更增添了一抹神韵。

李宗易对张耒的禅性启蒙,少公对张耒的禅慰接引,大苏与张耒的禅意酬唱,张耒与"苏门学士"的禅心交流……如此种种早已氤氲出一个精彩的诗禅世界,这是本书选题的重要支点,总体能够俯瞰张耒诗禅的大致风貌,形成了本书的主体架构,是本书的意义所在。

绍圣年间(1094—1098年),"元祐党人"盛景不再,纷纷坐党籍而远谪。彼此虽远隔千山,然音信不绝,以诗文赠抚,以禅意解慰,这是"元祐党人"历劫之后的心灵皈依所在。张耒中的禅性在这样的大背景下更加回照自心,求得心境圆脱,生活细事、风、梅、竹、雪随手拈来,皆寓禅性。此为张耒在特殊的压抑期为我们呈示出的禅境,与前期风采迥然有别,对这期间张耒诗文禅性的求证是了解张耒前后期的禅性态度转变的关键。

"三教合源"的背景下,"苏门学士"以禅寓于诗文俨成一种时尚。二苏且不论,黄、张、晁等人将诗、禅融合得最得天真,直接引导了"苏门"对文艺美学的新风尚。宋人诗文之中的禅性、禅理、禅趣虽体现了作者的一时感悟,却不觉已成就了新的美学境界。诚然,"援禅入诗"的盛景在王摩诘、白乐天和大历诸贤,但于"重在议论"的宋诗中能够掘得"禅魂诗魄"之美学天地已实属难得。

方回在《送罗寿可诗序》中说:"张文潜自然有唐风,别成一宗。"①很多学者纷然撰文研究,比如王少华在《张耒诗有唐音琐议》中谈道:"张耒与四灵同学中唐,却走着前一条路,他学白、张、王,继承了杜甫的现实主义优秀传统,其诗具有广泛的现实性、人民性,而不象四灵'敛情约性,因狭出奇。'"②既然谈到了"唐音",我们自然不能回避唐人白、张、王、贾、姚等名士诗文中的禅趣对张耒的影响。张耒对上述名家的接受亦是对其所开辟的禅意美学的认可。言张耒诗中的"唐音"断不能仅从风格、思想角度观瞻,其诗文中的韵味自有渊薮,不能忽略,此正是本书相对着意的地方。张耒诗文似对禅理的阐发略不留意,然溢诸诗表的禅趣却为其诗文增添了相对独特的美学意蕴,欲研究张耒诗文,其禅意美学境界不容忽视。

---

① 李修生主编《全元文》卷二〇九,南京:江苏古籍出版社,1999年,第7册,第51页。
② 王少华《张耒诗有唐音琐议》,《齐鲁学刊》,1987年第5期,第133页。

"原初自然观"始于《礼记》中的一首"腊辞"①,是本书对佛禅本土化成因的一个思考点,意在求证中国文化内源性的演进特色,其所带来的启悟被白居易、苏轼、黄庭坚、张耒等人引入诗文,却能妙和禅理,成就了各自相对独特的性情和风致。能深刻体悟张耒诗文中"原初自然"的"时序""自性"等态度,对研究张耒诗文中的佛禅世界大有意义。

总之,学界对张耒诗文中的佛禅世界缺少全景式的观照。张耒将佛禅寄托在酬、题、赠、宿、游、和、感等多种诗文体类之中,信手为之,便有妙趣,却缺少以禅为题的专著和论文探讨,殊为遗憾。又,张耒在熙宁、元丰、元祐、绍圣、崇宁等各个时段的禅悟有何变化,如何体味其诗文的禅意美学?其佛禅观念产生的内外动因是什么?这诸多问题尚待解决,亦应是本书的意义所在。说到创新,本书不敢强言,只是对感兴趣的问题进行了深入思考。但愿这本《张耒诗文的禅意接受与表达》能对张耒诗文研究起到一点禅补和推动的作用,倘能如此,庶几也是本书存在的价值。

第二节　研究综述

南禅宗的兴起,是佛教"中国化"的实际标志。南禅宗摒弃了更为玄虚的佛义,追求"见性是佛";将传统佛教中那些高不可攀的"佛家向上事"大胆改革,讲究"生活是道",人人皆可成佛,万物皆具佛性;又涤除了艰苦、耗时的修持方式,变"渐悟"为"顿悟";禅宗"不立文字",文化程度深浅不碍修禅,文盲亦能顿而成佛……与宋代总体文化一样,禅宗能够与时俱进,变得更加"形而下",大大拉近了佛门与百姓之间的距离。尤其值得注意的是,南禅宗结束了学人修行之苦,这一点居功至伟,和南禅宗相比,传统佛教的确显得辛苦许多,正如胡适先生在《禅学指归》中所言:"达摩一派,主张苦修,凡受教的,只准带两针一钵,修种种苦行,传种种

① 《礼记·郊特牲》载:"土返其宅,水归其壑,昆虫勿作,草木归其泽。"

苦行的教义。"①由此,"中国化"的佛教形态——禅宗大大地改变了国人对佛教的认识。禅门本身也分派别门,蔚然大观,极大地推进了传统文化与禅宗的融合,使佛教走下了神坛,真正成就了日常之道。

宋代重文抑武,文人士大夫的地位较前朝相比有了很大的飞跃。他们进而参议国事,践行儒业;退而诗话唱酬,醉心文学。这些文人士大夫有着敏锐的文化嗅觉,往往是新文化的倡导者和助推者。与唐代不同,宋代习禅、修禅的文人有了集团化、普及化的趋势。禅给了中国文人至大的精神慰藉,而他们在文化和文学上的贡献正是那些饱寓禅性的诗文作品。

张耒是"苏门学士"之一,二苏之后,其影响尤大。《宋史·张耒列传》有云:

> 耒仪观甚伟,有雄才,笔力绝健,于骚词尤长。时二苏及黄庭坚、晁补之之辈相继没,耒独存,士人就学者众,分日载酒肴饮食之。诲人作文以理为主,尝著论云,"自《六经》以下,至于诸子百氏骚人辩士论述,大氐皆将以为寓理之具也。"②

张耒是两宋转捩期的中继人物,故其文风对后进学子有深远影响。目前尚没有对张耒佛禅思想进行专类研究的专著和论文,相关学者仅在对张耒进行或综合、或分类的研究过程中只言片语地提到了张耒的佛禅思想。进入二十一世纪,学界对张耒的研究取得了可喜的成果,湛芬先生的《张耒学术文化思想与创作》和韩文奇先生的《张耒及其诗歌创作研究》是为代表。这两本著作的情况会在后面的"今人著述"中介绍。本书的综述分为"古代文献""今人著述"和"学术论文"几类。

---

① 胡适《禅学指归》,北京:金城出版社,2013年,第19页。
② 脱脱《宋史》卷四四四,北京:中华书局,1977年,第三十七册,第13114页。

一、古代文献

（一）史部

史部文献以纪实为本，在《宋史》第四百四十四卷中较为详尽地记载了张耒的经历，似可分为以下几宗：

其一，道其"尤颖异"，少年便有才名。

张耒"游学于陈"时，得到苏辙赏识，连苏东坡都称道他的文章有"一唱三叹之声"，与苏门相交且得到苏轼激赏，从此入苏门为蜀学家徒。一生治学之理念、从政之秉要皆离不开苏门的影响，张耒对苏门的感情也自然十分深厚，以至于他在颍州听到苏东坡讣告之后，便"为其举哀行服"，在当时严峻的政治高压之下，张耒的举动难能可贵，也因此再一次受到了政治牵连。

其二，苏、黄之下，直至张耒。

《宋史》载："耒仪观甚伟，笔力绝健，于骚辞尤长。时二苏及黄庭坚、晁补之辈相继没，耒独存，士人就学者众，分日载酒肴饮食之。"①

此段资料中可以想见张耒在彼时的文坛地位，"仪观甚伟""笔力绝健""就学者众"，恰是宗师形象。

其三，"不奇而奇至"，理具以文达也。

张耒为文自有其依凭与指要，他认为"理"是为文的第一要义，所谓理具而辞达。

其四，晚岁作诗务平淡、修身修气格不堕。

在《宋史》中关于张耒晚年的介绍用语寥寥，其中便介绍到了张的晚年诗风，所谓"作诗晚年益务平淡，效白居易体，而乐府效张籍。"可见，张耒前、后期诗风迥异，由早期的狷生形象过渡到了后期的长者态度。尤其

---

① 脱脱《宋史》卷四四四，北京：中华书局，1977年，第三十七册，第13114页。

是其晚年之作中很多皆萌发出勃勃禅意,以此状其旷达、洒脱之态。

结尾,《宋史》记载了张耒"久于投闲,家益贫,郡守翟汝文为买公田,谢不取"一段介绍。其保持操守,虽贫而不因私废公之形象跃然于纸上。可谓修身修气格不堕。

《宋史》卷四百四十四为我们展示了一个全景式的张耒,他的求学圈子、治学理念和个性操守都藉之而得以呈现。为我们综合考述其人、其学提供了一个指针,但由于《宋史》的人物体例的制约,我们只能从中了解一个人物的大要,想真正更加细致深入地对人物生活经历和求学、治学过程进行考究,《宋史》这部简要的人物传记显然有很多语焉不详之处。

《续资治通鉴长编》为宋代李焘所著,这是一部庞大的断代史学著作,全书现存五百二十卷,纵达北宋九朝共一百六十年的历史。正野俱录,考证精严,是研究北宋文物、风俗、历史、文学、文化等领域极为权威的著作。此书对张耒亦有阐述,故本文多从此书考资文献。

本书在完成过程中势必要涉及佛教典籍,除却一些常见的、小部头的佛经之外,一些大部头的佛典必然有所借重。在本书中常被引用和参考的大部头佛典是《禅宗全书》《佛光大藏经》兼有《大正藏》。虽然前两部的编者皆是当代学者,但由于其内容皆为古代文献,加之上述学者未做更多的注译工作,故本综述将上述它们置于"古代文献"当中。

首先蓝吉富先生所编撰的《禅宗全书》,该丛书是迄今以来中国最为完备的禅宗全集。这套丛书的版本均是世上可见的最好本子,极具文献价值,其收书不囿于南禅,对北宗的著作也多有收录。《禅宗全书》是本书禅宗部分倚重的禅学著作。

接着是《佛光大藏经》编修委员会所编撰的《佛光大藏经》,这套丛书由台湾佛光出版社陆续出版,至今尚未完全出齐,已面世的有"阿含藏""般若藏""禅藏""净土藏""法华藏"凡五大类,计198册。该丛书可谓精勘精校,并有相关的解题,对研究佛教经义的佛门弟子和学者极有借鉴意义。

《大藏经》融汇经、律、论,故又称作《三藏经》。自宋朝赵匡胤开始刊刻开始就一直成为佛家的圭臬正宗。《开宝藏》以降,元、明、清各朝皆有刊本,亦有藏、蒙、满多种译文刊本。日本大正十三年(1924年),学者高楠顺次郎发起"修藏"活动,历时多年,《正》《续》《别》计一百册渐次完成,由于其收录全面,校勘精良,成为学界相对倚重的版本。

张耒的佛禅领悟必也经由佛经引渡,本综述不便一一引述,只取《涅槃经》为说。《涅槃经》又称《大本涅槃经》《大涅槃经》。北凉昙无谶译,凡四十卷13品。为大乘佛教前期作品,于2—3世纪时成书。晋宋时对中国佛学界影响很大,为涅槃学派的本据经典。《涅槃经》中如来藏学说中蕴含的一切众生皆有佛性、一阐提皆得成佛、涅槃具常乐我净四德等旗帜鲜明振聋发聩的主张,以及对本心迷失的哲学思索、中道思想、涅槃境界,成为禅宗思想的灵性源头。禅宗本心论、迷失论、开悟论、境界论深受涅槃妙有的影响,形成了独特的生命体悟。作为禅宗思想、禅悟思维载体的禅宗诗歌,通过生动形象的吟咏,创造出流漾着涅槃慧光的文学意象,构成了一幅幅彰显涅槃诗思的意境。《涅槃经》通过对禅宗思想的影响,为中国禅林诗苑增添了高华深邃、灵动空明的篇章。

中国禅宗大致有两种思维方式,即般若思维和涅槃思维,后者即以《涅槃经》为代表,该经的许多思想对于中国诗歌的影响是巨大的。首先,"苦""集""灭""道"四谛之说便对中国文人对生命的解读产生了深刻的影响;其次,佛禅中很多思想在中国诗歌中留有痕迹;禅宗"不立文字"与"不离文字"与中国诗歌有着天然之血肉联系;中国诗歌与禅宗皆善于取譬和取像,这一点殊途同归。如:

> 一切众川流,皆悉归大海。若饭佛及僧,福归已亦然。[1]

另外,宋诗喜好议论的风尚在《涅槃经》之中也得到了很好的体现,如:

---

[1] 法显译《大涅槃经》,《大正藏》第一册,第196页。

> 布施者获福,慈心者无怨。
>
> 为善者消恶,离欲者无恼。
>
> 若行如此行,不久般涅槃。①

在《张耒集》中,张耒给我们展示出了诸多佛禅思想和作诗风格都或多或少与《涅槃经》暗合,识其体辨其本,此是首列《涅槃经》的用意。

按朝代稽索,本书尚借重了一些僧传和清规著作。此首列《高僧传》,该书为南朝梁高僧慧皎所著,所以又有别称《梁高僧传》或《皎传》,凡十四卷,历叙自东汉永平至梁天监中的历代高僧事迹。该书将鸠摩罗什译经、传经的过程,佛经对中原文化的影响,中原名士对佛教的接受及一些佛教故事等内容一并载入,为后世高僧大德传记的撰写提供了范例,这也才有了后来《续高僧传》《大宋高僧传》和《大明高僧传》的接续。

唐代高僧道宣著有《续高僧传》,该书旨在续补《高僧传》至唐代及补《高僧传》中梁代高僧数量不足之憾。计有三十卷,下限至唐代贞观年间。其体例仿效《高僧传》,亦分作十科,但有论无赞,此是微殊之处。

本书亦有涉及禅门清规的内容,故主要参考了宋代宗赜的《禅苑清规》,该书上接《百丈清规》,是现存的有关佛门“清规”类的著作中的翘楚。分十卷,又有附录二编,附编一缅念百丈怀海,将有关百丈的资料一一列举;附编二则综论了宗赜的生平、学术、思想及《禅苑清规》的内容、规定、价值等纲目,这部分的文献价值一样不容忽视。

(二)子部

《庄子》为道家思想精华之一,是中国文化的渊薮,其“心学”启示对佛教的中国化有很大的助益作用,心、禅之间的交融更成就了后来禅宗在哲学上的高度,以致后世很多释家也为《庄子》作注。在谈到道与佛的内部联系,学界常名之以“庄禅”之谓,足见这本著述对佛门的影响。张耒

---

① 法显译《大涅槃经》,《大正藏》第一册,第198页。

的心、禅交源之处亦从此出。本书所选《庄子》版本为清代郭庆藩撰、王孝鱼点校,由中华书局 1985 年出版的《庄子集释》。该书历引历代有关《庄子》的解训成果,详审确凿,反映了朴学时代的学术风貌。

清代学者王先谦著有《荀子集解》,王先谦是继唐代学者杨倞之后的荀子研究代表学者,他遍采各家之学,汇编而成《荀子集解》,这是研究荀子最为便捷和权威的资料。本书在探究张耒"心学"渊薮的过程中,会在儒学中找到痕迹,《荀子·解蔽篇》中儒家"心学"的体悟自然能够给张耒带来更多启悟。藉此,本书将《荀子》亦作为引用和论证的重点。心、禅交动,非道家一流,儒家的"心学"亦有遗响于佛禅,又知,早在先秦时代,九流百家的思想已有交流的先例。

宋人史料笔记亦是重要的参考文献,是对正史的有力补充。张耒著《明道杂志》,书中多记述当时见闻及许多朝野文人轶事,涉及苏轼、司马光、王安石、黄庭坚、晁补之、沈括、刘攽等文学家多人。又多谈论诗文,或评论唐人及时人诗歌的短长,或探讨诗歌技巧,并录不少时人诗作。此书《宋史·艺文志》不载,书前亦无序言,唯书末有黄州太守陈升庆元庚申识语。

宋人吴曾《能改斋漫录》为南宋笔记中的翘楚,凡十八卷,本书选上海古籍出版社 1979 年版本,此本另附校记和附录,计二十卷。1960 年,上海古籍出版社出版了两册本《能改斋漫录》,出版社认识到了该书的价值,正如该书"出版说明"所说:"它的内容有记载当时史事、正辨时文典故、解析名物制度等几个方面,特别是介绍唐宋两代文学史的资料比较多。著者吴曾博洽多闻,又生当南北宋间,曾见及后世失传的多种文献,因此它所辑录的内容,对后世文史考订工作具有提供资料的作用,向为学者所乐于引述。"①该书在唐及两宋资料的保存和校订方面有着难以替代的作用,如《东坡以魏郑公学纵横之书》《江西宗派》《韩退之杜子美用韵》等,其卷十就有《张文潜寄意》一文:"张文潜言:'昔以党人之故,坐是

---

① 吴曾《能改斋漫录》,上海:上海古籍出版社,第 1 页"出版说明"部分。

废放。每作诗,尝寄意焉。'"①此中"寄意"究竟为"寄"何"意"?其前提为"党人之故",则其后的"意"有政治不平和难遣之"意"。正所谓文中所言:"梧桐直不甘衰谢"一句,而其政治上的失意与无奈也约略带有皈依的禅意:"最怜杨柳身无力,赋与春风自在吹。"

同样,《鹤林玉露》值得我们关注。该书作者为宋代的罗大经。杜甫有诗:"爽气金天豁,清谈玉露繁。"罗大经据此将此笔记取名为《鹤林玉露》。该书最大特点是以议论为主,有别于其他宋人以考据为主的笔记,但与他作相同的是其体例依旧是随性安排,不以时间为经且所观照的品类相当广泛。《鹤林玉露》又涉及了一些史料记载和轶事史影,这对今人了解宋代的历史背景和相关人物很有帮助,这也是本书有所借重的原因。

(三)集部

《张耒集》是研究张耒应具备的最基本、最重要的资料。中华书局1990年版,由李逸安等先生点校的《张耒集》是目今见到的相对该备且精校的版本,可起到对其他版本补正的作用。故本书以此本为基准展开研究。其他如《柯山集》《鸿轩集》皆为张耒居黄、复时的作品集,当然不包括张耒后期的诗文作品,实为残本,故不用。《张右丞集》缺少相对精准的校勘,故也不宜选为底本,仅在《张耒集》文字有异时取参照之用。《张耒集》将张耒与晁补之、蔡肇等同文馆名士相互唱和的诗作一一收录,又以年代为经收抄历代名家对张耒各种版本文集及其生平事迹的序跋文字,为研究张耒诗文提供了很大便利。

查稽宋人集部文献有诸多相近之处,其主要特色便是各体咸能,尤以策论见长,《苏轼集》之中的佛禅思想比比皆是,相对有名气的如《记吴道子画佛灭度》《留题仙游潭中兴寺》《游金山寺》《泗州僧伽塔》《游孤山访惠勤、惠思二僧》《游灵隐寺得来诗复用前韵》《吉祥寺僧求阁名》《吉祥寺赏牡丹》《雨中游天竺灵感观音院》《梵天寺僧守诠小诗次韵》《宿水陆

---

① 吴曾《能改斋漫录》,上海:上海古籍出版社,第281页。

寺寄清顺僧二首》《报本禅院文长长老方丈》《法惠寺文汇阁》《僧清顺新作垂云亭》《立秋日祷雨宿灵隐寺》《病中游祖塔院》《坲日山荣长老方丈五绝》《虎丘寺》《书金山寺壁》《青牛岭小寺人迹罕到》《听僧昭素琴》《僧惠勤初罢僧职》《游灵隐高峰塔》《甘露寺弹筝》《次韵僧潜见赠》等。《苏轼集》中除了宋人集中频见的文体之外,尚有佛偈十余首:《十二时中偈》《无相巷偈》《送海印禅师偈》《南屏激水偈》《木峰偈》《寒热偈》《佛心鉴偈》《养生偈》《戏答佛印偈》《送生应诧偈》《王晋卿生前图偈》。佛偈本为佛家之用,苏子虽不本佛家,但以皈依自居,甚与佛陀无异,从上述佛偈中即可感受其对佛禅之感悟程度。

苏子对佛禅的领悟对自己的弟子和追随者们也不无影响。黄庭坚、秦观、晁补之和张耒等苏门学子们对佛禅也自别有裁见。当然,苏东坡与自己的学生之间的交流不止仅有佛禅一面,在《苏轼集》中记载了其与各位学生之间的交往,以张耒为例,有《和张耒高丽松扇》《次韵张朝奉仍招晚饮》《次韵张秉道同视新河二首》《答张主簿》《答张文潜书》。另在《张耒集》中也有数首写到苏轼:如《题东坡卜算子后》《闻苏先生除校书郎喜而为诗并招王子》《和子瞻西太一宫祠二首》等篇。

《苏轼集》中对佛禅的彻悟为《张耒集》中于佛禅的阐发似提供了不期然的坐标,两者交相参照自然给张耒佛禅思想的研究带来了更为准确的指针。而《苏轼集》中透出的苏、张文作交往又为我们了解张耒的文学地位和影响提供了一个相对客观的参照。

黄庭坚是"苏门学士"中的长者,其文名和诗画才艺几与苏轼齐名,也是"蜀学"思想的集大成者。黄庭坚与张耒交际据考始于元丰八年(1085年),而元祐年间二人同职三馆,交谊达到顶峰。二人诗文赠酬,政治上亦互相勉励。尤为难能可贵的是,二人在佛禅领域皆有很深厚的造诣,此正是本书关注的重点。"苏门"重佛禅,在黄庭坚的诗文中可以得到很好的求证。本书择取黄庭坚撰、刘尚荣校点,中华书局2003年出版的《黄庭坚诗集注》及刘琳、李勇先等先生校点,四川大学出版社2001年版的《黄庭坚全集》作为研究黄庭坚诗文的两部基础文献。前者能够以时间为线索将黄庭坚的诗作顺序抄录,这对了解黄庭坚诗歌的创作年代大有帮助;后者博洽该备,分体别类,务在周全,为研究黄庭坚之必不可少的资料。

《鸡肋集》作者晁补之在诗、文、词诸方面均有所建树。《四库全书总目》卷一百五十四《鸡肋集》提要说:"今观其集,古文波澜壮阔,与苏氏父子相驰骤,诸体诗俱风骨高骞,一往逸迈,并驾于张、秦之间,亦未知孰为先后。"①胡仔在《苕溪渔隐丛话》卷五十一中则特别提出:"余观《鸡肋集》,惟古乐府是其所长,辞格俊逸可喜。"②

作为"苏门学士"集团成员之一的晁补之也是早有才名,张耒就这样形容晁补之:"于文章盖天性,读书不过一再,终身不忘。……其凌厉奇卓,出于天才。非酝酿而成者,自韩柳而还。盖不足道也。"③而在晁补之的《鸡肋集》中亦有《题文潜诗册后》一编,专门对张耒的诗作进行了客观的品评与赏鉴,其中不乏对其各类文体的认识和对心学意识的禅解,弥足珍贵。

杨万里的《诚斋集》在宋人文集之中占有重要的地位,在与"江西诗派"决裂,将过往书稿付之一炬之后,杨万里潜心作诗、作文,其文风被称为"诚斋体"而名噪一时。杨万里在《诚斋集》中对张耒的文风进行了很有卓见的点评:"晚爱肥仙诗自然,何曾绣绘更雕镂。"赞其行文平淡自然、不事雕琢的风格。欲研究张耒,《诚斋集》为不可缺少的参考书籍,"诚斋体"亦与张耒之诗风有连贯之处,其带有机锋的诗作亦与张诗暗合。

探讨宋代诗风,本书遴选清代张景星、姚培谦的《宋诗别裁集》,该书有王露序言于前,对该书选文的主旨概括得精恰且全面。此书并非以求全责备为能,而是通过诸位宋代代表诗人和相关的代表作以实现直观展示宋诗宗派的目的,正所谓"尝鼎一脔、窥斑见豹"。另外,该书肯定了宋

---

① 晁补之《鸡肋集》,文渊阁《四库全书》,台北:商务印书馆,1996年,第1118册。
② 胡仔撰,廖德明校点《苕溪渔隐丛话》,北京:人民文学出版社,1962年,第348页。
③ 马端临《文献通考·经籍》六十三,北京:中华书局,1986年,第1883页。

诗在中国文学史上的地位,一般认为,唐诗为中国诗歌殿堂之上的不二的冠冕,但宋诗一样具有自己的风姿和价值,正所谓"夫论诗必宗唐,是也,然云霞傅天,异彩同灿。花萼发树,殊色互妍"①,想必这便是该书的价值所在。

《宋诗别裁集》共选张耒五古二首,七古四首,五律一首,七律五首,七绝一首。所选诗作定是选录者心目中最优秀的作品,所选定的作品也很直观地反映了作者的文学思想,其中对张耒颇具禅性诗歌的选录,不难反映选录者对张耒诗歌思想取向的全面观瞻。

作诗如作字,虽无字中"神、妙、逸、能"数品之别,人若无品格,则其字其诗必也了无韵致。诗家之作究竟以何为纲维?怎样界定?不妨翻阅《一瓢诗话》。

《一瓢诗话》,清代薛雪撰,本书选择 1979 年人民文学出版社出版,郭绍虞主编的《原诗》《一瓢诗话》《说诗晬语》三书合编本。作者薛雪对诗歌创作和品鉴有着自己独到的见解,欲研习唐宋诗歌,不读此作,纵然能够烂诵于心,也必是不辨鱼目、眼界不高。

作诗必先有胸次。"作诗必先有诗之基,其即人之胸襟是也。有胸襟然后能载其性情智慧,随遇发生,随生即盛。千古诗人推杜浣花,其诗随所遇之人、之境、之事、之物,无处不发……之感。"②"王右军以书法立极,非文辞名世,《兰亭》之集,时贵名流毕至,使时手为序,必极力铺写,谀美万端,决无一语稍涉荒凉者,而右军寥寥数语,托意于仰观俯察宇宙品类之感慨,而极于死生之痛,则右军之胸襟何如也!昭明《文选》不收此《序》,苏东坡以小儿强作解事斥之,虽不因此,亦属快心。"③

《一瓢诗话》将作诗与书法参照比较,以书论诗,先重人品,其人品居次,其诗也定然格调不高。"书如其人"之论也可泛化与于"诗如其人"。

---

① 张景星、姚培谦、王永琪《宋诗别裁集》,北京:中华书局,1975 年,第 1 页,《宋诗百钞序》部分。

② 薛雪著,杜维沫校注《一瓢诗话》,北京:人民文学出版社,1979 年,第 91 页。

③ 薛雪著,杜维沫校注《一瓢诗话》,北京:人民文学出版社,1979 年,第 91 页。

正如:"赵松雪云:'右军人品甚高,故书入神品……'"①

该书所提倡的作诗原则也十分值得推崇:"正不伤庸,奇不伤怪,丽不伤浮,博不伤僻,决无剽窃吞剥之病矣。"②全书上下唐宋、详查古今、点评谩恰、真知灼见,处处高屋建瓴,为研究诗学之不可多得的集指导性与鉴赏性于一身的佳作。

二、今人著述

对张耒研究的专著目今有两本,一是湛芬先生的《张耒学术文化思想与创作》,一是韩文奇先生的《张耒及其诗歌创作研究》。这两本专著的出现体现了目今学界对张耒其人、其学、其诗研究的深度和关注程度,与关于苏轼、黄庭坚连篇累牍的学术成果相比,张耒的这两部研究专著可谓弥足珍贵。

湛芬先生的《张耒学术文化思想与创作》一书凡十一章,前八章探讨张耒"学术文化思想",后三章揭示其诗歌、散文内涵、风貌及艺术成就等多个创作论要点。湛芬先生以理学、道学、蜀学为基点,以"三教同源"为学术背景对张耒的学术思想进行了由点及面的全景式分析。以"自然天成的情本文学观"和"言德相符的主体修养论"作为其"诗歌创作论"的基础,由此展开了由体而用的渐进式研究。

韩文奇先生的《张耒及其诗歌创作研究》凡六章。该书将张耒其人其诗都纳入了研究的视域。第一章利用三节的篇幅稽考了张耒与二苏及其他"苏门学士"的交往,却独缺"苏门君子"李廌的考察,这是该书的一个短处,未免有些遗憾。该书对张耒思想的研究分作两门:"学术思想"和"文学思想",可以看得出作者将学术与创作有意区分,这是该书的细致之处。"苏门学士"之中,张耒的思想相对丰赡,儒、理、道、禅、自然种

---

① 薛雪著,杜维沫校注《一瓢诗话》,北京:人民文学出版社,1979 年,第 92 页。
② 薛雪著,杜维沫校注《一瓢诗话》,北京:人民文学出版社,1979 年,第 91 页。

种思维皆内蕴作品之中，故很难一一理清，韩文奇先生分四节逐条对张耒的学术思想进行了考证，注重大要，条分缕析，成色很足。又以"尚理""尚诚""尚自然"为角度对张耒的"文学观""创作论"和"批评论"进行了诠释，皆能曲尽奥妙。

汪勇豪、骆玉明主编的《中国诗学》是一部百科全书式著作。全书凡总集、别集和诗评三类。总集自《诗经》始至《近代诗钞》终，以时间为经，稽考详该。别集也十分详尽，从《曹操集》到《岭云海日楼诗钞》无不该备，其体例为重点阐释各集的版本源流和文学风格。对《张耒集》的考证亦重点在于其版本流衍和别名的考证。官修目录以《四库全书》为宗，私家目录——晁公武《郡斋读书志》、陈振孙《直斋书录解题》和马端临《文献通考·经籍考》为主。经此考证，可知《张耒集》至少有《宛丘集》《柯山集》《张右丞文集》《宛丘先生文集》等数个别称。

钱锺书先生的《宋诗选注》对典型宋诗进行了校注，值得注意的是，该书并不是像其他的选注作品一样只是简单地对相关诗歌注释和点校，而是首先宏观地总结宋史的总体风格及导致该风格形成的原因。赵匡胤"陈桥兵变"之后对武将产生了戒心，于是文官迎来了中国漫长封建时期中最温暖的时光，以文治武的局面贯穿了两宋，由此也开启了层层制约、议论不定、冗官冗费、无力边防的被动局面，钱锺书先生正是站在这样的历史高度上对宋诗的总体风貌进行了剖析，也即宋诗正是在上述局面下呈现出一种总体上反映现实的风貌。特别是"冗官冗费"直接加重了下层民众的生活压力，形成了"春秋生成一百倍，天下三分二分贫"的惨痛境地。宋朝无论打仗还是求和赔偿都会进一步压榨民脂民膏，这样的局面引起了有志文人的关注。因之宋诗中反映现实的诗作，尤其是"悯农"诗的数量很多。宋诗一时出现了引人争议的"诗史"潮流，怎样平衡诗歌中的"艺术"和"史料"之间的关系，钱锺书先生有自己的看法："也许史料里把一件事情叙述得比较详细，但是诗歌里经过一番剪裁和提炼，就把它表现得更集中、更具体、更鲜明，产生了又鲜明又深永的效果。反过来说，要是诗歌缺乏这种艺术特性，只是枯燥粗糙的平铺直叙，那末，虽然它在内容上有史实的根据,或者竟可以补历史记录的缺漏,它也只是押韵的文件……因此,'诗史'的看法是个一偏之见……"①

　　钱先生肯定宋史现实主义的特点并分析缘由之后又剖解了宋人诗作背后的另一个心态:桃源情结。自五柳先生之《桃花源记》一文盛行天下之后,历代文人每每仕宦不达或天下不平之时皆有桃源情结,而在宋两朝,此种情结又与爱国情结伴生并行,既矛盾又统一,既是一种无奈又是一种必然。除以上两点之外,钱先生也同样分析了宋诗之中的一个缺点,即是"以议论为能",且分析了其中的原因,其风气则直承韩愈及白居易,由此不难推测唐诗与宋诗之间的流衍过程。此外,该书将所选宋诗的选诗标准同作分析,亦兼及文献考订工作。

　　全书择选宋代诗人凡七十九人,诗二百八十二篇。书中载张耒诗八首,分别为《感春》《劳歌》《有感》《海州道中》《和周廉彦》《夜坐》《初见嵩山》《福昌官舍》。所选诗作有感时、悯农、和诗,也有生活情景的种种感怀。从上述作品看,张耒留给钱锺书先生最大的印象是对广大平民的关爱和对平淡生活的感怀,反映张耒佛禅思想的诗作并没有引起钱先生的关注,这也许并不奇怪,"选注"之作更多地留意主题思想倾向是很正常的。然钱先生在《序》中所作的学术总结却为宋诗的总体风貌和主题思想作了很好的注解,殊为精彩。

　　余嘉锡先生则从文献学的角度对宋代诗歌进行了校正,其代表著作是《余嘉锡文史论集》(原书名《余嘉锡论学杂著》)。该书稽考博洽,包括论文、书籍的序跋和杂考三类共三十篇及读书随笔三十条,相比较1963 年的旧版本,2007 年版本新增读书随笔二十三条、七律四首、墓表一篇、附录《余嘉锡先生传略》一篇。所收多为著者 1945 年以前所写,涉及古籍的流传、古代书册制度的沿革、历史人物的事迹和生卒年月考证、重要历史文献中所反映的史实及目录书籍的源流和一般考勘的方法,等等。该书内容充实,考证详密,对于研究古代历史、文献、小说、戏剧以及校勘

---

① 钱锺书《宋诗选注》,北京:生活·读书·新知三联书店,2002 年,第 3 页。

学、目录学的人颇有参考价值。余嘉锡先生为文献学大家,对于文、史、文献等数个方向的学术皆很有研究,藉先生之力,我们对张耒的生卒情况得以更为客观的认知。在该书的《疑年录稽疑》一章中余先生对于包括张耒在内的凡一百人的考证,通过参照考证,认定张耒:生于至和元年(1054年)甲午,卒于政和四年(1114年)甲午,后于子由之没二年,与宋史正和。这给了解张耒的生卒情况提供了一个很权威的参考。

钱锺书先生在其著《谈艺录》中不同意将文学时代硬性地按照政治时代划分,这是极有道理的创见。文学时代的更迭更主要取决于文本位本身存在的特色之变,但是,文学内部的吐故纳新必也受外部政治的干扰。因此,"宋境"和"唐境"在这个角度上看,依然迥别不一。查阅《全宋诗》,这种体会会更加深刻。

傅璇琮、倪其心、许逸民、孙钦善、陈欣主编的《全宋诗》辑录宋诗最为全备。比之唐诗,宋诗在反映民生疾苦、揭露社会黑暗和表现统治阶级内部争斗等方面都有所扩展。特别是在民族矛盾异常尖锐激烈的背景下,诗歌中的爱国主义精神更加炽热、深沉。在艺术风格上,宋诗逐渐向思理、显露、精细方面发展,有多议论、多以文为诗、以才学为诗等特点。一般说来,宋代诗人都很重视学习唐人,有的偏重模仿,而更多的是力求在学习中创新,形成了争奇斗艳、推陈出新的格局。因此,宋诗流派众多,各种流派之中也常有发展演变,诗歌的风格也因之丰富多样,杰出的诗人、优秀的作品不断涌现。宋诗的数量之大、作者之多远超唐代。本书在撰述过程中多借重《全宋诗》,以便全景式观照宋诗总体特色,这也是本书多处引注《全宋诗》的原因。

禅诗在宋诗之中所占的比重是很大的,很多佛教徒和文人都热衷于通过诗歌来表达勃勃的禅意,若单从禅僧的这一群体着眼,仅《全宋诗》第一卷就收录了四十九位禅僧的几百首诗,另外尚有一些附庸禅风、仕途失意、本心皈依的文人集团,他们也从不同的角度通过诗的方式对佛禅进行了很好的注脚,这是宋诗成为迥别于唐诗并傲于后世的主要缘由。

张耒的诗在《全宋诗》之中得以全部收录,藉此,张耒诗风特点也便有了与其他诗人进行直观比对的参照坐标,在参照过程中即可比较出个体的证道角度和境界之不同,高屋建瓴的总体考量,加之对其禅风等角度的个体探究,应该是《全宋诗》带给我们的最大便捷之处。

另外,宋诗中的禅性源于佛经的滋养,当代学者也在致力于佛经的译注工作,董国柱先生著有《佛教十三经今译》,对佛教历传的经典著作一一注译,为我们研究佛家经典提供了准绳,最大程度地涤清其中的障碍和困扰。董先生在自序中云:"《佛教十三经》之名,源于清代同治年间(1863年),出自吴坤修之手,吴氏所编原名为《释氏十三经》……所谓'十三经'一则所编内中为十三部经籍。二则编集者也有所效,即仿儒家'十三经'之名而来。"[1]

"诗"与"禅"本不相分,欲解二者渊源,势必该对佛禅之沿由有所了解,这样的著作有葛兆光的《中国思想史》。该书是研究中国历代思想的大成之作。欲研究中国思想,这是一部绕不过去的经典著作。全书按照时间顺序,以世纪为单位对整个中国思想做了一个全方位的剖析。可以说,每个世纪有每个世纪的思想,反过来,该思想又成为这个世纪的标签。另外,从某种角度上说,思想可以统摄文献,正如该书中某节的题目"思想史视野中的考古与文物",任何考古与文物只要纳入思想家的视野,那么它也势必成为中国思想史上的关节。

从七世纪到十九世纪,中国思想的每一步发展与变化在该书中都被详细地记载了下来,纵向比较的同时,其横向的参照也是该书的一大特点,海登·怀特的"叙述观"与中国古代以王通和周敦颐为代表的传统思想同样实现了碰撞与融合。第一章第一节中也重点介绍了佛教和道教的传入及与中国本土文化的融合过程。正所谓"礼法不再能约束道德和收拾心灵"。

八世纪的"法相唯识宗"已经出现了佛教中国化的印痕。至十世纪禅宗的出现,则真正实现了佛教的中国化,这一系列的转变都在这本书之

---

[1] 董国柱,丛书总序《佛教十三经今译》,哈尔滨:黑龙江人民出版社,1998年,序言第1页。

中得到了详尽的记载。我们所关心的"诗俏禅门""不立文字"和"不离文字"在文中一样得到思考："从表面上看,是经典中的书面语言被生活中的日常语言所替代,生活中的日常语言又被各种特意变异和扭曲的语言所替代,这种语言又逐渐转向充满机智和巧喻的艺术语言……似乎真理恰恰就在语言之内,于是各种暴虐、怪异、矛盾、充满机锋以及有意误解的对话纷纷出现……"①这一系列的探究与考证为中国文化所接纳、为中国文人所继承,在文人的诗作和文章当中也自然用禅的思维去改造自己的世界观,或多或少、或深或浅地表现蕴含禅意的思想,十一、十二世纪的中国文人势必会成为这股思潮的伟大探索者和实践者。

另外,日本学者忽滑谷快天对中国禅学禅法也有精深见解,他的大作《中国禅学思想史》在学界产生了深远的影响。

该书堪称中国佛禅大百科全书,凡六编:准备时代、纯禅时代、禅机时代、禅道烂熟时代(前期)、禅道烂熟时代(后期)、禅道衰落时代。内容从论述印度禅学入手,进而论述禅学在中国的传播和发展演变,并考察禅宗形成后不同历史阶段的流传情况和禅法特点。中国禅学的整体脉络在该书中得以完美呈现,以宋代为例,其中一章为"宋儒之道学",从周茂叔开始,依次讲解"周茂叔之参禅""《太极图》与陈抟""陈抟之易学",到"邵雍之言行""邵雍之独断",再到"程颢之学与禅""程颐之灵源",最后又有"辩儒禅之相违"和"杨时之禅",纲举目张、蔚为大观。

欲研究中国佛禅,尤其是想了解宋代佛禅演变过程及禅对中国文人的影响情况,通读该书将大有裨益。

谈及思想,偏重文化共融的巨著莫过于《中国佛禅文化名著》,该书的总主编为张岱年、石翔两位先生,他们用力不辍、博大精深之功实属罕见,名为"中国佛禅文化名著",实则是中国佛教经典的集录性质著作。从迦叶和竺法兰译的《四十二章经》开始直到慧能的《六祖坛经》,每经凡"译者介绍""注释"和"简析"几个部分。其精粹在于"简析"部分,介绍

---

① 葛兆光《中国思想史.第二卷,七世纪至十九世纪中国的知识、思想与信仰》,上海:复旦大学出版社,2000年,第176页。

了该经的名谓来历和历史渊源,相关思想和影响,为学者味佛之三昧的重要津梁。

谈论佛禅旨要的作品主要是胡适先生的《禅学旨归》,该书是胡适先生对佛理和佛禅的感悟性著作,对一部分读者来讲,其普及的意味恐怕更多一些。全书只要三个部分:第一编"禅海钩沉",第二编"寻本溯源",第三编"论禅札记"。

第一编介绍了"中国禅学之发展"期间旁及"印度禅的起源",并将中国禅与印度禅进行了理性的比较,前者注重"慧"而后者更加强调"定"的重要;第二编几乎都是胡适的论文集编,考证性的倾向很是明显,也间杂了自己的一些思考,如"禅宗史的一个新看法"及"禅宗史的真历史和假历史";第三编最零散但篇幅最大,其精彩之处在于考据甚精,如"全唐文里禅宗假史料""金石录里禅宗传法史料",另外,禅宗以心相授的方式在"道不可告,告即不得"一篇中得以解读,"整理国故到研究和尚"一文中时而像不意为之的随笔,时而如条分缕析的考据之章,可谓深入浅出。

专门研究"诗""文""禅"之间的共生关系且深刻阐发的作品略举以下几种:

第一,《诗禅证道:"贬官禅悦"和后期唐诗的"人造自然"风格》。

该书是导师王树海先生的代表作,凡三篇:上篇,从"仕宦禅隐"到"贬官禅悦";中篇,"贬官禅悦"的诗性高蹈;下篇,由"禅悦"到"逃禅"。

王先生虽着笔于唐代,以刘梦得、刘长卿、大历十才子为经,历数"官—隐—禅—禅悦—逃禅"之流衍,其历程又与宋代典型文人何其相似?苏、王、张、黄诸才子皆以才誉官,又因官心隐,最后藉诗文而彰禅学三昧,聊以慰藉。可知,浩劫之后古今同悲,亦可将张耒之禅论轨迹与前代谪官观照,庶几更为有补于观察。

该书最精彩之处在于对禅性之作的深入解读。在此仅举一例便足可证明。《乌衣巷》这首诗是我们再熟悉不过的了,但其中的禅味又能品读几分呢?试看先生对诗中"燕子"这一意象的灼见:

"诗中之'燕'是活生生的现在,又是'旧时'的,也是将来的,此形象是生命、生意、心性的一个符码,在色相世界里仅仅做以纵向的移动,即换了人间。"①

以此,刘禹锡的《石头城》中的"月"不也是活生生的"燕子"状的意象吗,"夜深还过女墙来"一句中所传递的历史沧桑也便一语彻悟了。

该书附载了先生的一些学术论文,其中,《东土佛教与王维诗风》《诗俏禅门原微》《自然性情的迂回归返——从王维到苏轼》《北宋诗风形成的禅因佛缘》《佛禅的人生观和苏轼生命历程的审美化》都对本书思路的确立起着指导性的作用。

第二,《宋诗与禅》。

这本书是张培锋先生的大作,如果说宋代之前,中国的学术依然笼罩在"汉学"的窠臼中的话,那么从宋代开始,中国的学术就完成了由"汉学"向"宋学"转变的过程。"性理"之说成就了"宋学"之为"宋学"的根基,这种对于人内心考问的学说与"直心见性"的佛禅学说产生了天然的默契,佛禅的介入为"性理"之学注入了新的活力:"宋代新儒学的形成就借助了它所提供的理论资源,而汉学转变为宋学乃是中国思想史、学术史的重大变化。其另一方面的重要价值在于其所倡导的精神世界,所主张的人生态度和生活方式,其中包含多方面的人生智慧,曾为文学、艺术各个领域提供了丰富滋养,也影响了一代代学人。"②

作者正是从"法脉""禅坐""儒禅""顿悟""渔父""梅花""别离""无求""无碍""打诨""自赞""艳诗""山居""书斋""酒趣""茶味""琴声""弈棋""书画""诗法"等数宗对宋诗与佛禅的交互融照进行了切析,典型禅僧和文人的禅旨与故事都有所偏就,切入精妙、雅俗共赏,为研究宋诗与佛禅之间交集的必读著作。

第三,《文坛佛影》。

孙昌武先生在这本书的前言部分这样说:"在文学史研究中,对于佛

① 王树海《诗禅证道:"贬官禅悦"和后期唐诗的"人适自然"风格》,北京:新星出版社,2007 年,第 58 页。

② 张培锋《宋诗与禅》,北京:中华书局,2009 年,第 3 页。

教影响和贡献的估计是过低了,文化史研究领域一般也可如是说。"①孙先生此书纵观两晋至两宋八九百年的文学脉络,从中总括出受佛学影响的文学潮流的变革方向及对相关文学、文化现象的探讨。如'形象'与'观念'一章中认为,中国文学,特别是中国的诗歌,对形象特别借重,常常通过形象感来体现不言的意境,而这一点与禅学是互为圆通的,两者交相发挥,蔚为雅观。孙先生对此处之解读较为用心。另有"禅文献与禅文学"部分,孙先生强调:"禅宗对文学的影响比起其他佛教宗派来实际上要小得多;在一定意义上,它所起的甚至主要是对信仰的瓦解或腐蚀作用。但如果从观念、思想、思维方式、表达方法等方面看,禅宗对文人生活和创作影响之深刻、巨大,禅宗对文化各领域渗透之深广,是佛教任何宗派以至其他任何宗教如道教所不可企及的。这显示了禅宗浓厚的文化、文学性格,也是禅宗作为'中国佛教'的特质所决定的。"②禅宗讲究"不立文字"又"不离文字",而"禅文献"恰是"不离文字"的文字记录,恰是"禅文献"中所保留的"禅诗""偈语""灯录"等文学形式,才给我们拓开了"直心见性"的思维方式和空间。由禅思、禅悟而形成的文字文学形式也便称作"禅文学"了。这一点在孙先生的著作之中有了很深入的思考。

"一字师和句中眼",恰是禅悟的主要表现形式,唐宋诗人很多从此处汲取营养,藉以拓展诗歌意境,完成了由"物""感""情""心"的转变,尤其在宋代,很多诗人都对佛禅很有研究,其诗作也自然有意无意地体现了自己的禅悟体会。

第四,《宋代士大夫佛学与文学》。

该书为张培锋著。宋代文化,可以说在中国文化史上占有极为重要的位置。陈寅恪先生谓:"华夏民族之文化,历数千载之演进,而造极于赵宋之世。"③不容忽视的是,宋代文化所取得的成就与士大夫的宗教信仰特别是佛教精神的影响有密切关系。士大夫佛学的产生和发展是中国

---

① 孙昌武《文坛佛影》,北京:中华书局,2001年,前言第2页。
② 孙昌武《文坛佛影》,北京:中华书局,2001年,第177—178页。
③ 陈寅恪《金明馆丛稿二编》,上海:上海古籍出版社,1980年,第245页。

佛教史上的一种独特而重要的现象,对佛教中国化的最终完成具有重要的意义。

从中国佛教的历史发展看,佛教到宋代步入了衰落期,对外来佛典的大规模翻译和阐释基本结束,佛教自身在理论上已没有太多新的建树。然而,佛教文化在社会精神生活和思想学术诸领域都持续地发挥作用,佛教对社会各层面的影响仍具有相当的深度和广度。更重要的是,以士大夫佛学为主要代表的中国佛学,将佛教人文化、理性化、学术化,其影响波及其后上千年中国佛教的发展历程,造成了广泛、深刻的影响。

宋代士大夫学佛并非单一风潮,而是呈现出极端复杂的多元化和个体化倾向。宋代佛教的这一发展状况,其原因是多方面的,最重要的应为这样两点:其一是佛教思想资源中本来就包含着诸多积极因素,通过士大夫与儒、道两教特别是与儒家的心性修养学说相融合,形成三教都非常注重内心省察、强调个人修养和道德操守的共同倾向;其二是士大夫居士承担了传承佛教的重要职责,他们的参与,直接促成了宋代佛教儒学化的局面,并使士大夫佛学成为宋代佛教最具活力的因素。对道德的高度重视,使宋代士大夫佛学成为近似于近代德国哲学家康德所谓"单纯理性限度内的宗教"这样一种新的宗教形态,这也是宋代道学产生的一个重要根源。

对于该书的参照,可以使我们对宋代士大夫于儒学、佛学乃至道学的整体认识有一个比较直观的了解,集中到个案研究上,张耒的儒学和佛学思想是怎样形成的?受了当时何种思潮的影响?他是怎么将禅思与文学融为一炉的?借助该书,这些在宏观层面上的问题都应该有一个很公允的回应了。

除此之外,我们还有必要了解佛家饮食、打坐、云游等方面的知识,以期更公允地体会文人交游、机锋等方面的渊薮,依然可翻阅张培锋先生的《佛家云游》一书。

该书是张培锋先生"识佛"丛书的又一力作,丛书共四册,即《佛家造像》《佛家礼仪》《佛家法器》和《佛家素食》。"佛家云游"本身内蕴"乞食""游方""苦行""游学""参游""云水僧""行脚""行者"等义项。张先生将佛家云游之传统根源及内部的文化内涵进行诠解和发掘,使其成为一个学术命题,上述的种种义项实则是一个学术系统,相互依存、相互发挥。

"云游"是将佛家的教义和佛教文化传向四方的一种最有效的方式,虽然方法古老,远不似如今的交通和网络有效率,但这又是必不可少的,因佛家讲究随缘,即便在现在,度人皈依依然是因缘而起、随缘而安,这一点又是网络不可能做到的,所以"佛家云游"是文化,也是力量。而中国仕文化之一——贬谪文化与"佛家云游"难免存在着文化层面的内应。本书从张培锋先生《佛家云游》得到启示,试以论证宋代文人遭贬谪之后的行及四方之际,他们的心绪有何变化?文学创作因禅思的慰藉而有何改变?也即中国受贬文人的贬谪之路与佛家的苦行"云游"有何相似之处?从中能分析出受贬文人的禅诗特色,而张耒又是受贬文人的代表,这种研究思路对于深悟张耒诗文之中的禅意定然很有帮助。

讲解苏门学术圈子交往的资料性书籍也有一些,最为著名的当推选周义敢的《苏门四学士》。

该书首先对四学士的生平进行了积极的稽索,出于研究需要,甚至对其先祖也进行了一定的考证;其次,该书着眼于对所考作者的作品集的风格进行研究,如写到《张耒集》部分,重点分析了《张耒集》诗、词、文三部分,将其诗分作"悯农诗""怀才不遇诗""清丽的绝句"几种,同时也兼及其师承的介绍。其词作虽少,但总归起来被归纳为"艳丽浑成"之风;最后是张耒的"文论、史论和议论"部分,总结起来以经世致用为主。

该书对《张耒集》中诗歌部分的研究未涉及其中佛理禅趣,将诗歌分类过于粗略不免使其略显遗憾和不足。

三、学术论文

论文方面,有关张耒的研究成果也日趋丰富。单从数量上看,学界对张耒的重视程度就可见一斑,据韩文奇先生统计:"迄今公开发表的研究论文近 20 篇。"①实际上,韩先生的统计有些偏差。以韩先生 2007 年出版著作的时间为界,近些年以来所经眼的关于张耒的论文计 33 篇,而 2007 年之前的论文数量也有 32 篇之多,故韩先生的"近 20 篇"之说不确。

学界对于张耒的诗文集的研究也越来越细致和深入。诸位学者更偏重探讨张耒诗文的特色、思想内容、政治心态及交游情况,而对张耒诗文之中涉及佛禅思想的研究则不够深入。换言之,对于宋代文人诗文中的佛禅思想,很多学者多把精力集中于苏轼和黄庭坚等人身上,而对张耒等学士诗文集中所折射出的禅学思想重视不够。这一现象想必应有以下几个解释:第一,苏、黄比较注重禅悟且经常与禅僧交往,诗文中时有禅悟体会便不足为奇;第二,苏、黄皆精通书道与画道,"出新意于法度之中,寄妙理于豪放之外""笔短趣长"等悟语皆与禅机妙合;第三,苏、黄与佛禅的接近显得更为主动,有天然之气派。

综上,相关学者对苏、黄二人诗文中的禅理研究颇深入,而对于"苏门"其他学人诗文中的佛禅消息稍付阙如,不免有些遗憾。本书拟对张耒诗文中所生发的佛禅思想进行梳理与探究,当然有补白论疑之想,这也必然要借重各位学者的研究成果。本书将较有代表性的论文分类综述。

(一)张耒文艺思想研究

这方面的论文有湛芬的《"文以明理":三教合一的文艺观——谈张耒的文艺思想》。文章对"理"进行了追溯,具体探讨了"理"与"道"之间的关系,并在强调"儒学为体"的前提下,点出了"蜀学""三教合一"的学术祁尚和北宋时期的学术背景,以此明确张耒"文以明理"文艺主张的来由,正如湛芬先生在这篇文章中所述:"任何一种文艺观点,都是特定时代的产物,它既有历史继承性,又受同时代社会环境和各种思想的影响,

---

① 韩文奇《张耒及其诗歌创作研究》,兰州:兰州大学出版社,2007 年,前言第 5 页。

张耒'文以明理'观亦不例外。"①值得注意的是,湛芬先生在文中指出,作为"苏门学士",张耒禅学思想同样受到"蜀门"文艺观的同化,折射出了文艺创作上的集团化影子。

郭艳华先生撰有《论杨万里晚年对张耒诗学观念的传承》一文,谈论了张耒的诗学观念对杨万里诗文创作思想的影响。杨万里在自己的文集《诚斋集》中有《读张文潜诗》,对张耒晚年"泊如清淡"的生活大加赞颂,而自身所作的诸多诗作皆受张耒这种创作心态的影响。文章从党争和党禁说起,从外部环境揭示了张、杨二人创作观念相似的原因。从内部看,张耒文学创作中的"自然"观念影响很大。张耒的"自然"重在发掘事物的本色之美,这种绝少议论的诗歌创作给杨万里的诗歌注入了"清新真率"的艺术特色。

同类的论文尚有湛芬的《论张耒的多元人格理想与基本人生价值取向》也探讨了张耒及整个宋学的"基本精神"。张耒本心具备的"儒""禅""道"等多维思想体系是怎样在张耒身上得以呈现,又是如何导引其人生走向的?湛芬在该篇论文中都进行了详尽解读。

韩文奇先生对张耒诗文的文艺思想亦进行了俯瞰式探究,其文《张耒文学主张探微》在学术界很有影响。韩先生并没有以文体为类别进行先专门再汇总的方式行文,而是抓住了张耒文学的总体风尚,即"文以寓理",那么,"理"究竟是什么?学术界尚存争议,有人指出,张耒诗文中的"理"实为"三教合流的文学批评体系","与当时蓬勃兴起的理学不谋而合"。对于这样的观点,韩先生表示反对,通过稽考古籍,勇敢提出基于"理""诚"的基本观点。他主张诗文要重视表达真实的思想感情,不造作,不虚假,不为文造情,不求奇求怪,由此而推崇自然畅达的文风,将学术风气与文艺风潮紧密结合在一起,有一定的合理性。

---

① 湛芬《"文以明理":三教合一的文艺观——谈张耒的文艺思想》,《殷都学刊》,1992 年第 2 期。

(二)有关张耒的比较研究

桑林佳先生撰文《"只有江梅些子似"——张耒咏梅词与李清照咏梅词之比较》,对张耒为数不多的词作进行了比较研究。作者将张耒的咏梅词与李清照的咏梅词进行了直观取照,从中得到二者在"有无自身写照"和"词趣境界"等方面的异同。另外,作者在文中又顺及将张耒的参照手段与苏轼的参照方式进行了比对,其举"霞裾仙佩,姑射神人仙露态"为例:"'若把西湖比西子,淡妆浓抹总相宜'是作单向比较。而张耒此句将神喻梅,而梅又是人格的象征物象……这种三角式的比较比苏词又多了一层涵义。"①张耒词作虽然不多,但其多重取照的参照手法和由此带来的美学感受的确为我们进一步了解张耒的诗文提供了新的视角。

刘红红先生撰有《超越与执着——张耒与秦观贬谪心态之比较》一文,横向比较在绍圣党难之后,张耒与秦观二人的心态变化。该文很直观地将二人遭贬之后的心态变化展示了出来。按照刘红红的观点,张耒更为超达,秦观愈显执着,也即文中所谈到的"前者表现为超越意识,后者表现为执着意识"②。这个观点对深入体味张耒后期心态的总体特征及佛禅的影响深度都极有借鉴意义。

李金善、贾月两位学者写有《论苏门四学士骚体文学的创作成就》一文,对"四学士"在北宋这样的历史环境中对"赋"的钟爱进行了分析比对,揭示了四人同而有别的行文风尚。说到张耒,不仅肯定了他对屈宋之赋的继承和发扬,又肯定了他对李白、韩愈、李贺等人诗歌创作技法的参融,是研究张耒"诗赋"的全新视角。

金振华先生的《苏门四学士散文特征论》也有很大影响。"张耒也是苏门四学士中的散文作手,其成就远胜于他的诗词创作,而以诗歌和散文

---

① 桑林佳《"只有江梅些子似"——张耒咏梅词与李清照咏梅词之比较》,《名作欣赏》,1995 年第 4 期。

② 刘红红《超越与执着——张耒与秦观贬谪心态之比较》,《哈尔滨学院学报》,2007 年第 5 期。

见称于世。"①对张耒的诗文给予了很高的评价,金先生将张耒的散文归纳为两个特征,即"纵论古今、品评得失、表达匡扶社稷的意愿"和"质朴浅显、朴质无华"。而第一个特征又分为"形而上"及"形而下"两个方向,前者有"论法、论礼、论知人、论治术",后者有"用民、择将、审战、广才、力政等"。金先生对张耒的散文研究略显粗略,据审美角度、思想倾向等角度还可以分为若干类别,从本书的研究角度来看,至少对张耒散文中的佛禅思想并没有探讨,张耒散文中有《柯山赋》《鸣鸡赋》《卯饮赋》《芦藩赋》等篇章之中皆有佛禅痕迹,若付阙如,则滋味定然不足。

(三)张耒与苏轼及"苏门学士"的关系考证与诗文研究

张耒与苏轼的交往情况尚有马斗成和马纳先生的《苏轼与张耒交谊考》。这篇论文以时间为经,张耒如何与苏轼相识,怎样因诗文唱和,怎样白浮赠别,怎样遣人万里护送,又是怎样佛官荐悼? 这一系列经历皆在这篇论文中得以考证,相关考证又对张耒蜀学体系的形成,诗风的平和及词风的豪迈做出了相对合理且公允的解释。

《苏轼与张耒》是孔凡礼先生研究苏、张二人交往的一大力作,二人交往的历程在《苏轼集》《苏轼诗集》《苏轼年谱》《张耒集》《宋史·张耒传》《栾城集》《苏辙年谱》《山谷诗集注》《道山清话》《宋诗话辑佚》《后村先生大全文集》《宋史选注》等古籍和今著中有所记载,孔先生对上述资源进行了整合与钩沉,藉此工作,苏、张的交往便显得极为清晰。另外,孔先生对所引的诗文常常有自己独到的解读,其中的情味便更为直观地展于目前,如文章中引用了王玮《道山清话》②中的一则故事:

> 文潜戏谓子瞻,公诗有"独看红渠倾白堕",不知"白堕"何物?子瞻曰:刘白堕善酿酒,见《洛阳伽蓝记》。文潜曰:白堕既是一物,

---

① 金振华《苏门四学士散文特征论》,《苏州大学学报》(哲学社会科学版),2004 年第 4 期。

② 《道山清话》一说作者不详,一说据《说郛》为宋代的王玮。本书取第二说。

莫难为倾否？子瞻曰：魏武《短歌行》云：何以解忧，惟有杜康。杜康亦是酿酒人名也。文潜曰：毕竟用得不当。子瞻曰：公且先过共曹家那汉理会，即来此间厮磨。盖文潜时有仆曹某者，在家作过亦失去酒器之类，送天府推治，其人未招承，方文移取会也。满座大鞭。①

孔先生对这段引文解读得很是精彩："张耒在这里似乎钻了牛角尖，既然'杜康'可以代替酒，大家并没有说曹操有什么不对，为什么'白堕'不可以用来代酒。若问为什么能代？苏轼说得很幽默，你家里丢了酒器，曹姓的仆人说没有拿，你拿不出证据，曹姓的仆人拿没拿，谁也说不清，永远说不清。苏轼巧妙地把问题推到张耒那里，让他自己去想。"②

杨胜宽先生撰文《改革与人生：苏轼与张耒的共同话题——兼论黄州之贬对二人的影响》考证苏轼与张耒在政治态度、贬谪经历、贬谪心态和文艺追求等方面的相通之处。黄州之贬折射出了苏、张二人面对相似劫难的泰然态度。

梁建国先生撰有《朝堂之外：北宋东京士人走访与雅集——以苏轼为中心》一文。这篇论文以苏轼为枢纽，网线式地考察了其与范镇、王诜、王巩、王棫父子及"苏门学士"之间的交往，同时也兼涉"苏门学士"间的门人交际。有关北宋士人的研究，学界多从党争着眼，而梁先生却另辟蹊径，专意研究北宋士人的交往，体现出了不凡的学术眼界。"六学士"交际的考证部分很是用意，为本书了解张耒的学术文化氛围提供了很好的参照，另外，梁先生还将元祐时期"六学士"在东京居馆时的住所一一稽考了出来且附以图解，此最具文献价值，实为不易。

方星移先生的《论北宋谪官文化的形成——以黄州为中心》一文虽未专门对张耒进行研究，但文章以黄州为取意角度而纵向论述了北宋王禹偁、苏轼和张耒三人的文化相通的内源。最后得出结论："由王禹偁、

---

① 撰人不详《道山清话》，北京：中华书局，1985 年，第 26—27 页。孔先生所引的这段故事当非取自《道山清话》，在《道山清话》中，"满座大鞭"为"坐皆绝倒"。

② 孔凡礼《苏轼与张耒》，《乐山师范学院学报》，2008 年第 9 期。

苏轼、张耒等既尊崇了儒家的道德规范，又在逆境中用'无愠''睡足'安息了困顿的精神，就有了超出黄州地域文化的意义。"①

崔铭先生有《从少公之客到长公之徒——论张耒与二苏的关系》一文专事讨论张耒与二苏的关系和交际过程。崔先生提出"重心位移"观点，概括了张耒从"少公"到"长公"师从依托和转变的历程。发生"重心位移"的原因计有四点：苏辙对兄长由衷的佩服；张耒与苏轼在文学兴趣、文学思想上的一致性；苏轼与张耒内在性格上的契合；宋代社会文学结盟意识对张耒的影响。② 另外，文章认为，张耒游学于陈的时间是熙宁四年（1071 年）而非熙宁三年（1070 年），此考证有一定的道理，将张耒的研究又推进了一步。

韩文奇先生对张耒的研究用功甚勤，他对张耒与"苏门"成员之间的唱酬交往很是用心。先后撰写《张耒与晁补之唱酬赠答诗平议》和《张耒与黄庭坚之唱酬诗平议》两篇论文。第一篇藉张耒与晁补之之间赠诗的语言来推知二人深厚的友谊和诗歌祁尚；第二篇则重点从张耒与黄庭坚之间诗文酬唱来观瞻二人友谊。

（四）张耒创作和政治心态研究

创作心态方面，以学者陈海丽的《"漂泊年来甚，羁旅情易伤"——试论张耒晚年诗歌创作心态》为代表。这篇论文以时间为经，仕进、交游、师从、党争、贬谪等经历娓娓道出，揭示了其晚年诗歌创作心态变化的内外动因，其结论"张耒就借助于诗、酒，佛理禅道，借助庭院中的竹菊梅，来排遣苦闷，形成淡泊、超脱的心态，以接受世事的无常变化"③。其论点很有实证价值。

---

① 方星移《论北宋谪官文化的形成——以黄州为中心》，《社会科学战线》，2011 年第 7 期。

② 崔铭《从少公之客到长公之徒——论张耒与二苏的关系》，《求是学刊》，2002 年第 3 期。

③ 陈海丽《"漂泊年来甚，羁旅情易伤"——试论张耒晚年诗歌创作心态》，《平顶山师专学报》，2003 年第 4 期。

刘红红先生重点探讨张耒"政治心态转变"及该转变所带来诗文创作的特色。其有文章《北宋新旧党争与张耒政治心态的演变》和《绍圣以后党争与张耒后期诗歌创作》，前者虽然研究"政治心态"，却处处以诗歌为线索，在诗文中稽寻张耒在绍圣前后的"政治心态"的转变轨迹。以绍圣时期为界，前期张耒心怀济世之念；经绍圣党争打击，张耒的心态转为平和，《厌雨四首》《迁居对雨有感》《春日杂书八首》《探春有感二首》《次韵陶渊明饮酒诗》等诗作皆体现出作者畏祸心态。此外，刘红红先生亦主张张耒心中存有"儒隐矛盾"的心理躁动状态："尽管在贬所，在一定程度上，他开始认同佛道思想，并刻意去追求一种无心的旷达，但他却始终无法摆脱深厚的儒家情结。"①

后者是刘红红的硕士毕业论文，该论文专意研究绍圣之后的党争及张耒的诗歌创作情况。论文凡三章，以绍圣为时间范限分别探讨了张耒的"交游""政治心态"和"诗歌创作"。其专有一节为"与官员及释道人士的交往"中将张耒"冲和淡然"的心态归因于受释道人物的影响亦是中的之论。正如其所言："张耒儒、释、道兼擅，既有昂扬奋进之情，又有淡泊澄怀之心，正是如此复杂的思想构成，给他以入世的热情，也支撑着他在逆境中不倒，达到冲和淡然的超脱境界。"②

（五）张耒诗文内容和特点研究

这方面的论文有宋彩凤先生的《此身三到旧黄州，人生沧桑诗便工——张耒居黄诗文研究》。这是一篇着眼于地域的个案性学术论文，从张耒三次来往黄州的经历析考其各阶段的诗文特色。总结起来有两点："首先，张耒居黄时期诗文比较注重抒情、叙事、写景、议论高度结合，

---

① 刘红红《北宋新旧党争与张耒政治心态的演变》，《文艺评论》，2012 年第 4 期。
② 刘红红《绍圣以后党争与张耒后期诗歌创作》，陕西师范大学硕士毕业论文，2007 年。

呈现出浓郁的文学性。""其次,自然冲淡的诗文风格在居黄期间形成。"①

　　尹占华先生在他的论文《论张耒的诗》中介绍到了张耒诗歌的主要特点:第一,更多表现了对于关怀的现实主义诗歌;第二,其诗主要表现了"理趣";第三,张耒诗歌更多宗唐;第四,虽承前启后但时有才力不逮之瑕。另外,徐礼节先生作文《论张耒晚年"乐府效张籍"》探讨了张耒晚年的诗风,张耒在《岁暮即事寄子由先生》中道:"老去深依佛,年衰更嗜书。未能忘素业,聊用慰穷途。"虽张耒晚年更加偏举佛禅,但仍"未能忘素业",可见张耒心中的儒家正统思想依然占据其主导地位。张耒晚年乐府诗歌颇多,恰反映了他心怀儒业、缘事而发的需要。徐礼节先生从张耒晚年的乐府诗歌研究入手,分析了其诗歌的现实主义风格,凡有数种:第一,揭露社会弊端,讽喻性极强;第二,关怀农民的悲惨境遇;第三,关注妇女问题。这是在内容上与"元、白、张、王"相承之处,其写作手法更与张籍成一脉之妙,如"行之当行,止于当止",即"发乎情止乎礼义";再如,"代拟""侧面暗示"等创作手法的运用,甚至还有直接"仿张"之诗。

　　高磊先生在他的论文《论张耒诗歌艺术的"两结合"》一文中指出了张耒诗歌善于"结合"而取法的特质,凡两点:其一,"自然清新与气韵雄拔的结合";其二,"'唐音'与'宋调'的结合"。前者更注意张耒诗歌的艺术风格,后者更加偏重考证其诗歌的取法根本。这些思考为我们进一步深入探讨张耒诗歌中的艺术特质打开了新的门径。

　　探讨张耒诗歌特点的文章还有湛芬的《张耒诗歌特点及优劣之我见》;刘红红的《自然浑成,平易疏畅——浅析张耒诗歌理论及其诗歌创作》;代亮的《张耒诗学思想浅议》、陈永的《张耒绝句浅谈》等。

　　也有对张耒诗歌进行专类研究的,这当以韩文奇先生为代表,他的《张耒饮酒诗平议——以次韵渊明〈饮酒〉诗为中心》关注到张耒的饮酒诗,这类诗不为众学者注意,但却更具有学术眼光,因其与其他"客观"描

---

① 宋彩凤《此身三到旧黄州,人生沧桑诗便工——张耒居黄诗文研究》,《黄冈师范学院学报》,2010年第1期。

摹一类诗的"风格"和"思想内容"的论述不同,这篇论文走进了所关注对象的内心,这一点尤其可贵。本文重点关注该论文论述张耒饮酒诗中"思想主旨"部分,韩先生以为其饮酒在于"求真去伪"得"自然之性",所论颇当;另在于"委运任化,以达观来消解人生矛盾"。中国古代士大夫很多皆仕途颠簸,一遭浩劫,古今同悲。当张耒半生落魄潦倒之际,能解脱心灵羁绊的方法,即在于委心于佛老,张耒有诗:"荣衰一以异,枯槁易神奇。消息天使然,人功徒尔为。""消息"皆天有定,人功又有何用呢?韩先生继而解读其"学道忘己"中的"道"就是"佛老思想,以佛老排解遭谪迁的忧愤之情。"作者已经注意到了张耒诗歌中的佛禅消息,藉此饮酒诗而管窥心性,实属难得。

刘培先生有文《论张耒的辞赋创作》对张耒的辞赋风格进行了研究,这是对张耒研究中少有的以"赋"为专题研究的论文,很有开拓意义。刘先生关注到了张耒赋的因承及作赋的艺术手法。张耒的抒情小赋以魏晋为源,体现出"以心灵亲近外物,物我交融的美境"。本书同意这个观点,但张耒的小赋内蕴的佛禅思想不该为我们所忽视,刘先生文章中所引用的《问双棠赋》中即有"夫以不移,俟彼靡常"一句,其中禅意昭然。另外张耒应苏轼之约所作的《超然台赋》同样流托禅响。由此看来,赋,应再多一类,即禅赋。

对张耒诗歌的用韵特点着意研究的学者有张令吾先生,他的论文《北宋张耒近体诗韵考》对张耒诗歌"反映了江淮方言语言特征"进行了动态观察。

对于张耒及其诗文的综合研究有高磊先生的《张耒研究综述》,这篇论文从张耒的"生平思想及著作版本研究"和"文体研究"两大方面进行了综述,将诸位研究张耒学者的专著和论文一一列举,翔实该备。藉本篇综述,张耒诗文中的思想取向、文体风格及与唐诗之关联等方面皆得到了相应观照,目今学术界研究的侧重点、深度和前瞻课题均在该综述中以分门别类呈现了出来。

张耒的"生平思想及著作版本研究"又分为"生平及著作""苏门交

游""思想人格""学术、文艺思想"四个方面。以"生平及著作"这部分为例,周雷先生的《张耒的家世生平与著述版本》,李逸安先生的《张耒与〈张耒集〉》具有很高的参考价值,张耒的生卒年和其籍贯情况皆在《张耒与〈张耒集〉》中得到合理的解释并获得了学术界的一致赞同。"文体研究"方面高磊先生也进行了详细的稽考,"综述"中勾勒出了关于张耒诗文文体研究的主要特点,即各位学者更多地将其学术精力放在了张耒诗歌领域的研究中,而对其散文和赋的研究则相对薄弱。高磊先生在肯定了学术界有关张耒研究的相关成果后,认为以下几个方面还处于未作研究或研究的薄弱状态,第一,除了诗歌之外,张耒的词与赋的研究尚未开展;张耒与二苏的交往还需要进一步考论;第二,张耒与苏门其他骨干成员的交游问题研究得还不够深入细致;第三,周义敢、周雷合编的《张耒资料汇编》虽有文献价值,但受关注的程度还不够。综上,高磊先生对于张耒的研究现状做了十分清晰的综述,在此基础上也提出了非常有意义的学术前瞻,从现有的学术成果及高磊先生为我们提供的前瞻性课题来看,张耒诗文中所体现的佛禅思想同样也是一块处女之地。

考辨类论文有宋业春先生的《张耒诗文真伪考辨》。该文从张耒诗文集中的"重出"与"误收"两类进行考辨,多有见地。经作者考证,《采莲子》《次韵答存之》《赠天启友弟》《评郊岛诗》《进诚明说》等作品为"误收于张耒名下的他人作品";《金陵怀古》《登悬瓠城感吴李事》《三乡怀古》《登海州城楼》《有感三首》其三、《黄葵》《杂诗》其一、《杂诗》其二、《初伏大雨戏呈无咎》《送秦少章赴临安簿序》《咸平县丞厅酴醿记》《游东湖赋》《代祭刘贡父文》等篇什属"重出于他人名下的张耒作品"。

不难看出,目今学界对张耒其人其学的研究呈现出了多元化的特点,或研究其诗文特点,或辑佚其轶文残稿,或追究其文真伪,或探讨其文学主张,或深掘其思想意境,或以时以地为单位进行专类研究,或着意人物关系及相关的诗文交际,或钟情其所崇尚的文学观念。这些研究角度为我们打开了眼界,拓展了思路,奠定了基础,但也不可否认,对张耒的作品的研究很多流于其风格、特色、思想等客观因素,而尚不够注意对其作品所折射出的内在心性的发掘,这意味着对张耒的研究还有很远的路要走,而对其作品中直心见性的文字进行梳理,对其佛禅世界的发掘便显得十分必要。

第三节 本书的研究方法、思路

本书的完成不仅需要对《张耒集》进行认真梳理,以求对张耒其人作品有宏观的把握,对有关信息细微择取,还需对诸如《宋史》《栾城集》《鸡肋集》《苏轼集》《淮海集》等史部和集部的原典文献进行耙梳,以求对张耒本人的人事变迁、思想倾向的转变尤其是佛禅思想的阶段性变化做出相对公允的判断和解读。

另外,一些宋人及后世的"笔记""诗话"等文献也是本文关注的重点,其对张耒其人、其诗、其文的记载和评点同样为本书的完成打开了视域,值得高度重视。这些文献中有的可以使张耒其人的形象更加丰满,有的则可以相对深入地了解张耒诗文的写作背景及瞬间体悟情况,而这些恰是对一个个案研究的必然补充。

因此,本书将文献学当中的考据法作为研究方法之一。在论文完成过程中,该方法对研究张耒的族亲部分起了重大作用。

《张耒集》《苏轼文集》《黄庭坚诗集校注》《黄庭坚全集》《淮海集》《鸡肋集》《后山集》《道山清话》《曲洧旧闻》等文献每有以事交合的情况出现,往往能够起到对证的作用,亦能为笔者提供一个更为公允、合理的判断,故本文将"文献比较法"也作为基本研究方法。

文人诗文作品中的佛禅思维能够引领他们体证到前所未有的精神愉悦,亦能为其作品增容一个全新的观瞻、鉴赏角度。一首诗未必只有一种思想,佛禅感悟尤能增加诗歌的思想厚度和维度。抓住其真正可以启人心性的点,往往能够发现一片新的领悟天地。禅性幽微和诗歌气派也就因之相得益彰。所以,本书将由禅学导引的"多角度观照、鉴赏法"亦作为研究方法,该方法在研究张耒、二苏、其他"苏门学士"等人的禅意交际中很是实用。

总之,本书在撰写的过程中会交互使用上述三种研究方法,由此津梁,希冀能够将淆如乱麻的各色资料分类别品,在不同域间的论题中交互参照,为最终完成本书提供方法上的保障。当然,上述研究方法是行文过程当中的主流,其间自然也会参入一些其他领域的研究方法,此不一一细别。

本书分作五章,具体思路如下:

第一章:绪论。这部分介绍了本书选题的目的、意义。研究综述亦是这部分的重点,综述部分分析了目前学界对张耒其人、其作的研究现状和亟需补进之处。关于本书使用何种研究方法也在绪论部分一并呈现,以便使研究更为直观、更为有层次感。

第二章:张耒佛缘原委。这一章重点探究张耒佛禅思想产生的原因,拟从北宋的总体学术氛围、张耒的家传启蒙和少公接引、"蜀学"和"党争"儒家"心学"等内、外动因的作用分析、论证,务求能够全面、客观地将张耒的佛缘原委交代清楚。

第三章:张耒诗文佛禅精神。本章将张耒禅意识的源头、皈依所在及本身佛性的特点作为分析的重点。张耒禅意识的源头有三,一是白居易。张耒有很多效法白居易的诗作,皆能妙和白乐天诗中的禅性,加之其外祖李宗易遥师白居易,故张耒诗文中自有白居易的禅意识的底色。二是佛典。张耒喜读佛经,尤重《楞严经》,以致晚修佛禅时以此为日必功课,可知,张氏诗文的禅意世界亦尤以佛法为本源。三是"原初自然观"。"原初自然观"是本书的一个新发现,是除道教之外与禅学最为契应的文化源流,其精神内涵成就了张耒诗文中独特的佛禅思维,是解悟张氏佛禅思想的又一角度。其四是"隐意识"。"隐意识"贯穿张耒的一生,"隐""儒"之间又直接导引了张耒进退于"儒""禅"的焦灼。诗文里几番宣诉"隐逸"之念,多首"和陶诗"皆不是兴来偶成。

第四章:张耒诗文解诂举要和禅境营造。张耒诗文中的禅性值得我们关注,但目今尚没有学者对其诗文禅性进行精要的研究,本书择取其中相对重要的几篇诗文进行解诂、考辨,以期能够回溯张耒诗文中的禅学味道。相比于对张耒诗文中蕴含的禅意进行漫谈式体悟,这种"解诂式"说解往往更直观、更详尽些。这项工作本身存在风险,难免出现偏差,但这毕竟是筚路之举,忝先为之以作引玉之效。张耒诗文善于营造禅境,自然界各种物象皆可随手拈来而化为佛禅意象。张耒又极擅反溯自心,"心""梦""念""意""气""悟"等种种妙感皆从心出,倾然成就了不工而工的勃勃禅味。因而张耒禅境的营造取源内外两门,却又实为内心观照。以"心"观之,彼即此,彼岸即是禅境。

第五章:张耒的佛禅交际。本章稽考张耒与苏轼、"苏门学士"及禅师之间的禅语交悟,在一个网式结构中进一步了解张耒的禅修境界,亦可顺及他人的禅学修悟品第,以此观瞻整个学术圈的文化动态和个体之间的交谊情况。

本书的新发现首先是"原初自然观"。

"原初自然观"是先民对天地最为原始的思考,然而不经意间,却成就了中国文化传续不竭的支点。儒、释、道三家无一不从"原初自然观"中汲取营养,虽在本属教派中各有所称,然追根溯源却是同一。"原初自然观"是中华文化中与禅意最有交应的思维形式。"水归其壑,土返其宅"寥寥数语,是先民拜天的祷语,又是万物生灭的原初形态,是万物的"自性"。禅宗要人明悟自己,认清"自性",实取自天地之"原初自然"态度。所谓"自行而为""无所拘执""任运自然"实有本衷。

其次,"赋"中的禅意探微。

学界多对张耒的诗歌着意,但对其赋的研究成果相对有限,尤其是赋中禅趣更是绝少谈及。张耒的《柯山赋》《鹏鸟赋》《问双棠赋》《超然台赋》等作皆饱寓禅性,时可洞见作者对佛禅的领悟,本书着意对《张耒集》中的佛禅意进行分析探究,希望能够对张耒的研究做出些许贡献。

最后,儒家"心学"中的禅境。

张耒的禅学修为多方取法,"儒本位"体系中,张耒的禅意表达中自然有儒家思想与之契合。儒家的"心学"是北宋文人能够接纳佛禅的思想基础,是儒、禅的真正契应点,也是在儒、佛焦灼时多数文人没有将禅视为畏途的根本所在。《荀子·解蔽篇》对儒家的"心学"作了详尽的说解,张耒文章很多"心悟"皆与此暗合,知张耒本有"心学"之基,故能在心、禅交悟之际每有意会。由此说明,"心学"非道家专有,儒家的"心学"同样包容涵泳。禅学反觊内心,因心而悟,直心见性的种种体会,若不明"心境"便是无源之水。

第二章　张耒禅性原委

熙宁十年(1077年),苏轼成诗《书韩干牧马图》①,该诗气势磅礴、形神俱传。张耒看到这首诗后立作《读苏子瞻韩干马图诗》及《再和〈马图〉》以遥和大苏。张耒这两首诗寄意深远,活脱出了自己"英俊沉下僚"的窘态和希望改变现状的强烈意愿,如其中的几句:

> 昂藏不受尘土侵,伯乐未来空伫立。
> 骐骥乏食肉常瘠,韩生不写瘦马驹。
> 谁能为骥传之图,不如凡马饱青刍。②

这首诗的创作时间至晚不超过元丰元年(1078年),得这个结论的依据是《再和〈马图〉》,诗中有"我年十五游关西,当时惟拣恶马骑……尔来十年我南走,此马嗟嗟入谁手"③之句,十五岁"骑恶马",又过十年,则当是二十四岁,故知张耒作此诗时应是熙宁十年。此时张耒除临淮主簿职,与诗中"南走"之实吻合,因有如上推断。

熙宁十年,张耒不过二十四岁,其诗处处洋溢着建功立业的儒家济世之念:"韩干写时国无事,绿树阴低春昼长……北风扬尘燕贼狂,厩中万

---

① 苏轼著,冯应榴辑注,黄任轲、朱怀春校点《苏轼诗集合注》,上海:上海古籍出版社,2001年,第692页。

② 张耒撰,李逸安等点校《张耒集》,北京:中华书局,1990年,第237页。

③ 张耒撰,李逸安等点校《张耒集》,北京:中华书局,1990年,第237页。

马归范阳。天子乘骡蜀山路,满川苜蓿为谁芳?"①(《题韩干马图》)

学界公认张耒早年尽为锐意进取之态,至于其禅性修为是晚年的事。这种观点是错误的。张耒慧器早成,上溯三年,张耒应大苏之约完成《超然台赋》,其中的禅心道性郁郁勃勃,很难想象这篇哲思精微的作品出自一个年仅二十二岁的青年人之手。早年的张耒并无潜居佛寺的"身隐"经历,其禅、心修为从何而来? 这正是本书第一部分所考虑的问题。

李宗易是张耒的外祖父,平生追慕白居易人品与诗作。乐天诗平易、缘合、淡然、质朴,一片禅门气派。诗如其人,性铸诗魂,白居易终生事佛,其诗中自无烟火气色,细观李宗易在《全宋诗》中所存目的三首小诗,其气韵、性情全承白居易。张耒早年往来陈州,受李宗易的濡染,加之天性聪慧②,自然心寓佛根。熙宁六年至元丰八年(1073—1085 年),长达十余年官小职微的仕宦生活增进了张耒对佛禅的亲和感,时有"劳世"之叹:"……扰扰劳生移岁月,纷纷过眼旋尘埃。求田问舍真良策,功业应须与命偕。"③(《赴官寿安泛汴二首》)张耒赴官寿安是元丰元年的事,此时张耒只有二十五岁,而诗中却似有暮年之叹。"劳生"④"尘埃"皆佛门中语。"求田问舍真良策,功业应需与命偕"又是佛门自嘲和打诨手段,知张耒此时已通禅慧。

"三教合源"的理学至北宋已成大势,"蜀学"蕴通其中,尤重佛禅识性之功。"苏门"重禅,子弟多有习之者。二苏、黄、张、晁皆对禅修有一定的见解与实践。张耒诗文中的禅性亦与"蜀学"影响有莫大关系。"蜀学"坚持儒、禅之间的从容、不对立的态度亦为张耒指正了方向:"儒佛故应同是道,诗书本自不妨禅。"⑤(《赠僧介然》)在这种大环境的濡染之下,张耒诗文中的禅性也兼具时代特色。

---

① 张耒撰,李逸安等点校《张耒集》,北京:中华书局,1990 年,第 237 页。
② 《宋史》卷四四四载:"幼颖异,十三岁能为文,十七时作《函谷赋》,已传人口。"
③ 张耒撰,李逸安等点校《张耒集》卷二十三,北京:中华书局,1990 年,第 413 页。
④ 最早见于《庄子·大宗师》:"夫大块载我以形,劳我以生,佚我以老,息我以死。"后亦见于佛教典籍。
⑤ 张耒撰,李逸安等点校《张耒集》,北京:中华书局,1990 年,第 397 页。

元祐的馆职生活是"六学士"一生最为悠游的时光,好景不长,绍圣之始,"苏门"纷遭贬黜。张耒几度宦海浮沉,亦知人生虚幻。中岁之际,尤爱佛语;晚年杜门,更喜禅意。时光未曾真正消磨张耒的儒念,却给这位惯看园、屋、梅、竹的老人增容了更为丰赡的禅学体悟,茶、酒、诗、禅成就了晚年诗文的隽永、淡泊、冲然、自爱的清新境界。

禅由心悟,境由心生。心是禅的枢机,无心也便无境。慧能"仁者心动"讲的就是这番道理,《祖堂集》中也记载了高城和尚的一首歌行,其中有云:"了取心,识取境,了心识境禅河静。但能了境便识心,万法都如阆婆影"①亦可证道心、境、禅的关联。张耒以儒业为根,但儒家并非没有"心学",张耒的《心斋》种种取法《荀子·解蔽》之"心学"。又有李宗易道家"心学"的影响,故张耒识禅之初便已有三分禅根。

张耒识禅、参禅、务禅、禅悦是多维诉求的结果,内、外因素皆有所作用。各个维度、链条中,无论哪个环节缺失,都会限制张耒禅学的高度。张耒诗文的禅风时隐时现、时弱时强,贯穿于张耒儒、禅焦灼的一生。

第一节　家传启蒙——李宗易心、禅世界

张耒虽生于数代仕宦之家,然其禅性的启蒙师傅却是他的外祖父李宗易。

李宗易(？—1073年),字简夫,陈州(今宛丘)人。宋真宗天禧三年(1019年)进士,历官尚书屯田员外郎,知光化军,仕至太常少卿。据《淮阳县志》载:

> 易少时勤学不倦,爱习诗,效白居易诗风。庆历年间,宗易官至

---

① 静、筠二禅师编撰,孙昌武等点校《祖堂集》卷十四,北京:中华书局,2007年,第651页。

太常少卿,为官清正,民皆称道。①

李宗易其人不以名著,在《宋史》中也没有对他进行详细记载,但在一些"方志"文献和宋人笔记和文集之中尚能依稀感知他的风姿。

一、亦禅亦儒——李宗易入与隐心态的多维观照

李宗易诗风直追白乐天,以平淡为尚,这对早年张耒的创作及诗风取向的影响很大。此外,李宗易与当时诸多名流皆有交往。

> ……后患疾归里,多交往名士,与宰相晏殊相知尤深,并常与苏辙赏景赋诗……②

早在晏殊知亳州时,晏、李二人便已有交往且交谊深厚。③ 不仅如此,李宗易还与范仲淹交谊深厚,而李、范二人的交谊枢纽便是佛禅,因《全宋诗》中只收录了李宗易诗三首,关于李宗易的生平事迹和作诗风格语焉不详,所以我们更多参考范仲淹的别集。《范文正公集》有诗云:

> 南阳偃息养衰颜,天暖风和近楚关。
>
> 欲少祸时方止足,得无权处始安闲。
>
> 心怜好鸟来幽院,目送微云过别山。

---

① 淮阳县地方志编纂委员会《淮阳县志》第二十五卷,郑州:河南人民出版社,1991年,第911页。

② 淮阳县地方志编纂委员会《淮阳县志》第二十五卷,郑州:河南人民出版社,1991年,第911页。

③ 苏辙《栾城后集》卷二十一有"问其所与游,多庆历名卿,而元献晏公深知之"之句。

此景此情聊自慰,是非何极任循环。

《依韵酬李光化见寄》①

老来难得旧交游,莫叹樽前两鬓秋。
少日苦辛名共立,晚年恬退语相投。
龚黄政事聊牵强,元白临封且唱酬。
附郭田园能治否,与君乘健早归休。

《依韵酬光化李简夫屯田》②

交亲莫笑出麾频,不任织机只任真。
远赴玉关犹竭力,入陪金铉敢周身。
素心直拟圭无玷,晚节当如竹有筠。
道本逍遥惟所适,吾生何用蠖求伸。

万里承平尧舜风,使君尺素本空空。
庭中无事吏归早,野外有歌民意丰。
石鼎斗茶浮乳白,海螺行酒艳波红。
宴堂未尽嘉宾兴,移下秋光月色中。

《酬李光化见寄二首》③

　　这几首赠酬李宗易的诗作于叙事中见性灵,低回之下愈显沉稳和智慧。第一首中,"欲少祸时方止足,得无权处始安闲"便已勘破是非,与佛家"知足""无求"缘合。身处邓州的范仲淹已是贬黜之身,范仲淹心中的

　　① 范仲淹著,李勇先、王蓉贵校点《范仲淹全集(平装本)》,成都:四川大学出版社,2007年,第124页。
　　② 范仲淹著,李勇先、王蓉贵校点《范仲淹全集(平装本)》,成都:四川大学出版社,2007年,第122页。
　　③ 范仲淹著,李勇先、王蓉贵校点《范仲淹全集(平装本)》,成都:四川大学出版社,2007年,第122页。

"闲"更是一种修为的境界,是尘落佛掌一瞬间的智慧,是迷途知返后会心的顿悟,又是看透眼前虚妄而对俗业的厌弃和对抗态度。"闲"为诗眼,又是禅心。

"心怜好鸟来幽院,目送微云过别山"将禅性放诸物外。只缘"心怜好鸟"而来此幽院,"微云过山"恰比凡事已了,以一种惬意无碍的心态面对目今的处境,鸟传禅意,云山寓心。何处不是禅,我心即此境。这是一种至为澄澈、天然、纯真的态度。

既然自慰的初衷在于消解胸中苦闷,又管他什么"是非"呢?"苦乐"循环虽是"因果"使然,但若能以"心"参之,则"苦""乐"何别。

第二首《依韵酬光化李简夫屯田》为我们更多地传达了有关李宗易的个人信息,颇有价值。范仲淹西北戍边归来之后已是满头白发,回首往昔,悲欣交集,唯眼前同已皓首的挚友樽前慰藉,真挚情谊,溢于言表。范氏与李宗易应是年龄相仿,亦有相类的辛苦经历,"恬"是"闲"境,是藉禅悟而生成的超脱,又是养心之法。[1] 晚年共悟佛禅,此是"语相投"的话外之意。此说可从下句"龚黄政事聊牵强,元白临封且唱酬"得到对证,意谓除却"禅""心"之外,他事皆为俗务,不堪一谈。元稹、白居易二人都崇佛,既通禅性明禅理,又能将禅趣化成诗文,成就了独特的美学意境。由知,范、李二人晚岁以禅为业,以元、白为业师。近有田园,外有远郭,此境此心,一派"物隐"局面,这是二人心之所望的乐土。

李宗易以"儒"为体,儒业重品节,"晚节当如竹有筠"可知李宗易品节至老犹存。李宗易以"禅"与"道"修持气格,秉乎淡泊,逸而逍遥。禅家求本真,以"澄潭映现,仰观皓月镇中天"[2]为真如,故其心灵贞洁、纯净。范仲淹用"素心直拟圭无玷"作喻,以可视的无污之玉证取素洁的无形之心,平帖恰当。李宗易本"逍遥"作为归宿,远离世俗一切阿谀逢迎、

---

[1] 弘一法师有言:"谦退是保身第一法,安详是处世第一法,涵容是待人第一法,恬淡是养心第一法。"弘一法师编订,净空法师讲记,伍恒山选注《佛教格言精选》,2011年,第155页。

[2] 弘一大师联。

卑迎之态。

范仲淹的几首小诗不仅意境高雅,而且又可当作有实可考的文献凭据,具有相当高的文学和文献价值,为我们了解真实的李宗易打开了缺口。

范仲淹与李宗易精神的接榫之处即是禅。故范仲淹写给李宗易的赠诗之中常有禅性的灵动,以下绝句十分轻灵、洗练:

晓

墙外辘轳响,楼前江汉敧。曙光和月色,尤记早朝时。

画

月色清如照,前林叶未零。海东新隼至,二点在青冥。

晚

晚色动边思,去年尤未归。戍楼人已冷,自断望征衣。

夜

春色人皆醉,秋宵独不眠。君看明月下,何似落花前。

《和李光化秋咏四首》①

尤其是这首《夜》。"君看明月下,何似落花前"时光转捩之际,充满了佛性的思辩和对"万物系禅"之主题的论证。

在《范文正公集》中范仲淹赠、和李宗易的诗作多达十余首。范仲淹极欣赏李宗易的诗,对之甚至有些膜拜,"松柏旧心当化石,埙篪新韵似闻韶"②是证,意谓观李诗如闻韶乐一般,李诗的博大涵泳及化育之功可见一斑。李诗可道之处在哪里,竟让范相如此欣赏?我们只能通过李宗易的诗来得出结论。

---

① 范仲淹著,李勇先、王蓉贵校点《范仲淹全集(平装本)》,成都:四川大学出版社,2007年,第126页。

② 范仲淹著,李勇先、王蓉贵校点《范仲淹全集(平装本)》,成都:四川大学出版社,2007年,第78页。

李宗易为诗数量无可稽考，《全宋诗》中仅载三首，此三首又散见于吕祖谦《宋文鉴》卷二三，陈锷《襄阳府志》卷三五、卷二八中，今以《全宋诗》经眼版本为准，先看其中一首：

> 叔子祠荒岁已深，异时贤守重登临。
>
> 岘山岑寂瞻风概，汉水灵长想德音。
>
> 奉诏始闻新缔葺，有知那复叹湮沈。
>
> 又刊翠琰留南夏，先后功名照古今。
>
> 《重建羊太傅祠和王原叔句》①

这首诗的主人公是羊祜，也就是诗中的"叔子"和题目中的"羊太傅"。羊祜字叔子，泰山南城人也。世吏二千石，至祜九世，并以清德闻。②

羊祜是三国时期举足轻重的人物，对三国后期的时局走势影响很大，其让人高山仰止的人格魅力绵远古今，计有如下数点：

第一，居功不称、功成身退。

> 武帝受禅，以佐命之勋，进号中军将军，加散骑常侍，改封郡公，邑三千户。固让封不受……③

> 时王佑、贾充、裴秀皆前朝名望，祜每让，不处其右。④

> 后加车骑将军，开府如三司之仪。祜上表固让曰："臣伏闻恩

---

① 北京大学古文献研究所《全宋诗》第三册卷一七八，北京：北京大学出版社，1991年，第2047页。

② 房玄龄等撰《晋书》，北京：中华书局，1974年，第1013页。

③ 房玄龄等撰《晋书》，北京：中华书局，1974年，第1014页。

④ 房玄龄等撰《晋书》，北京：中华书局，1974年，第1014页。

诏,拔臣使同台司。臣自出身以来,适十数年,受任外内,每极显重之任。常以智力不可顿进,恩宠不可久谬……"①

既定边事,当角巾东路,归故里,为容棺之墟。②

第二,仁得民心、增修德信。

自是前后降者不绝,乃增修德信,以怀柔初附,慨然有并吞之心。③

祜出军行吴境,刈谷为粮,皆计所侵,送绢偿之……于是吴人翕然悦服。称为羊公……④

第三,儒家的功名观。

夫期运虽天所授,而功业必由人成……自此来十三年,是谓一周,平定之期复在今日矣。⑤

中诏申谕,扶疾引见,命乘辇入殿,无下拜,甚见优礼。及侍坐,面陈伐吴之计。⑥

第四,立于儒、依于道。

---

① 房玄龄等撰《晋书》,北京:中华书局,1974年,第1015页。
② 房玄龄等撰《晋书》,北京:中华书局,1974年,第1020页。
③ 房玄龄等撰《晋书》,北京:中华书局,1974年,第1016页。
④ 房玄龄等撰《晋书》,北京:中华书局,1974年,第1017页。
⑤ 房玄龄等撰《晋书》,北京:中华书局,1974年,第1018页。
⑥ 房玄龄等撰《晋书》,北京:中华书局,1974年,第1020—1021页。

……身辱高位,倾覆寻至……①

祜所著文章及为《老子传》并行于世。②

第五,寓情山水、比附前贤。

祜乐山水,每风景,必造岘山,置酒言咏,终日不倦……由来贤达胜士,登此远望,如我与卿者多矣! 皆湮没无闻,使人悲伤。③

第六,素德持身。

祜每被登进,常守冲退,至心素者……是以名德远播,朝野具瞻……④

蹈德冲素,思心清远……乃心笃诚……⑤

羊祜的人格魅力极大地影响了李宗易,以致李宗易的人生追求和思想境界多以羊祜为楷范。"异时贤守重登临"即点出追慕之意,即此时的"我"也登上了岘山,遥想先生曾经的风采心久难平。岘山之"岑寂"正是先生的"冲素清远"之像,汉水悠悠恰是先生"笃诚远播"之德。又不难看出,李宗易以儒业为根基,将儒家建功立业的追求看得极为崇高,希冀自己亦能有朝一日勒石记功,赢得如羊祜般"身前身后"的美名,正所谓"又刊翠琰留南夏,先后功名照古今"。又可推想,李宗易趋步羊祜,在功成

---

① 房玄龄等撰《晋书》,北京:中华书局,1974 年,第 1015 页。
② 房玄龄等撰《晋书》,北京:中华书局,1974 年,第 1022 页。
③ 房玄龄等撰《晋书》,北京:中华书局,1974 年,第 1020 页。
④ 房玄龄等撰《晋书》,北京:中华书局,1974 年,第 1019 页。
⑤ 房玄龄等撰《晋书》,北京:中华书局,1974 年,第 1021 页。

身退之后亦会"功而不居"。

"功而不居"实为道家气派,《道德经》有云:

> ……万物作焉而不辞,生而不有,为而不恃,功成而弗居。夫唯弗居,是以不去。①

"立于儒、依于道"是羊祜立身之本,"夫唯弗居,是以不去"正是他的大智慧。李宗易既有"先后功名照古今"之愿,又对羊祜膜拜有加,想必对道家智慧亦深有心得。

羊祜的清、素之人格源自道家修为,是道家"心学"的风采。李宗易为人同样清虚涵雅,正从道家"心学"得源。从诗文创作上看,李宗易诗歌之"清"格亦当是其人格修为的写照。可知,李宗易"儒体道用"的祁尚与羊祜如出一辙。

李宗易又借岘山之想兴湮沉之叹,以平自己壮志难酬的心境。诗中不乏怨懑,羊祜历仕二朝皆受重用,成就不世之功;反观自己,徒怀一身抱负,却无处施展。倘说这首《重建羊太傅祠和王原叔句》体现了李宗易入世一面的话,那么,《静居》和《闲居有感》便活脱昭显了他追求圆融而又难脱儒业的矛盾心态。

二、李宗易对白乐天"闲"境的接受

李宗易其余二首诗如下:

> 大都心足身还足,只恐身闲心未闲。
> 但得心闲随处乐,不须朝市雨云山。

《静居》

---

① 王弼注,楼宇烈校释《老子道德经注校释·上篇》第二章,北京:中华书局,2008年,第7页。

进退荷君恩,孤怀岂易论。以闲销日月,何力报乾坤。

架上书千卷,花前酒一尊。相持两成癖,此外尽忘言。①

《闲居有感》

李宗易这两首诗皆以"闲"为论,"闲"字看似浮笔,实则大有乾坤,是值得深入观瞻的美学境界。

李宗易诗法实取自白居易,白居易仅以"闲"为题的诗作便有三十四篇②,最得"闲"境奥妙。试看其中一首:

空腹一盏粥,饥食有馀味。南檐半床日,暖卧因成睡。

绵袍拥两膝,竹几支双臂。从旦直至昏,身心一无事。

心足即为富,身闲乃当贵。富贵在此中,何必居高位。

君看裴相国,金紫光照地。心苦头尽白,才年四十四。

乃知高盖车,乘者多忧畏。③

《闲居》

饥饿的时候仅入腹一盏淡粥却余味不尽,檐下半床阳光媒合渴睡之想。生命中至为淡雅、朴拙之物足能体味至真之趣,契合"大闲"的妙境。"绵袍拥两膝,竹几支双臂"为"身闲"之状;"从旦直至昏,身心一无事"为"身心具足"之态。"闲"中有隐趣,"闲"中取别想。且看不知"闲趣"之人的下场吧:裴垍虽"金章紫绶"④,仅四十四岁便已头发尽白。

"身足"与"心足"是对生命的两种理解,裴垍属前者,中岁即皓首;白

---

① 北京大学古文献研究所编《全宋诗》,北京:北京大学出版社,1991 年,第 2047 页。

② 以中华书局 2006 年版《白居易诗集校注》为准查阅所得。

③ 谢思炜《白居易诗集校注》卷六,北京:中华书局,2006 年,第 527 页。

④ 转引谢思炜《白居易诗集校注》笺注部分:"颜师古注青紫:石林云,唐以金紫银青光禄大夫为阶官,此沿汉制金印紫绶……魏晋以来,有左右光禄大夫,光禄三大夫皆银章青绶,其重者诏加金章紫绶,则谓之金紫光禄大夫……"

居易属后者,深知"心足"世界里的"富有"。白居易藉"身闲"而知"心足",皆因能妙解"闲"中天地的缘故。

李宗易明悟白居易"身闲"而"心足"之道,奈何"身闲"而"心未闲"。由此而知,李宗易与白居易的"心悟"境界尚有差距。白居易不仅得"闲"中之意,又能借"闲"对抗以"紫绶"为代表的功名利禄,此正是白诗中"闲""至卑至高、至柔至刚"的用意。

白居易之所以对"闲"境的感悟颇得三昧,一则源自对道家"心学"的证悟,二则更受佛禅影响颇深。乐天虽是仕宦之身,然却时取"逃禅"之味,借以证心溯源、进退有据。

李宗易虽取法"身闲",但心中仍存"功名"之念。"心"中"不闲",故无法领略"心足"之境,此亦是李宗易无法圆融、超达之处。

李诗"进儒"与"逃禅"之难于调和集中见于《闲居有感》。"进""退"皆蒙皇恩,身处儒业之中又怎堪抒发孤高的情怀? 同样,"以闲销日月,何力报乾坤"又活脱出李宗易儒、禅进退失据的窘态。诗的后四句是李宗易在焦灼之下找到的精神归宿,营造出一派隐逸之境。"架上书"和"花前酒"消娱内心,以致每日成为习惯。作者藉此回归"心意",实则还是在有意地追求任运自由、取意忘言的禅中之趣。

陶渊明的"得意忘言"加被百代,虽取源道家、中和道学,却被"只见真性,不着言语"的禅门倚重,成为禅林修持之要。

尾联"相持两成癖"化取李白《独坐敬亭山》"相看两不厌"句。李宗易拾取李白心意,以"闲"对"幽","幽"中取"意",得"意"忘言。"闲"有道心,也有禅性。李宗易恰是以此"心"、此"性"来消解儒业带来的苦闷,寻求心境的纯一与宽和。

"闲"并非"无事可做"和"百无一用",而是一种处世态度和观照内心的法门。"闲"与"足"对言,是"空""静""隐逸""无奈""反抗"等诸多意识的关照。"'闲'所呈示的是一种风度、气格,它的表象是宁静、有所

不为,其心中追求的却是无所不可为的大自在。"①白居易的又一首《闲居》似乎可以解训上述意境:

> 深闲竹间扉,静扫松下地。独啸晚风前,何人知此意。
> 看山尽日坐,枕帙移时睡。谁能从我游,使君心无事。②

　　"心闲"观照的是内心,本性是"处陋巷而不移"的颜回之乐,它无需外境参与,是本性的返照,取源"心学",又体乎禅性,所谓"闲中取心""静中见禅"。白诗"心物俱幽"一派天真;李诗"心物虽左"却能默照自心,向往"心"中大意,也非凡品。本书重点探讨李宗易其人其诗,故不对白居易过多探讨,仅举白诗二首,以明李诗心、禅之渊薮。李宗易的诗学成就并不在"造境",而在于"化境",平易之中见真意,深育禅根,得白乐天三昧。

　　李宗易对"闲"的修悟境界也可找到对证,此即苏辙的《次韵李简夫因病不出》:

> 十五年来一味闲,近来推病更安眠。
> 鹤形自瘦非关老,僧定端居不计年。
> 坐上要须长满客,杖头何用出携钱。
> 未嫌语笑妨清静,闲暇陪公几杖前。③

　　诗中两次提到"闲"。首联点出李宗易闲居十五年的现实,若说他是"赋闲",莫若说他在"修心",正所谓"僧定端居不计年"。李宗易以禅定来对抗现实,以"清静"抵消紫衣喧嚣,这正是一种修为。尾联"几杖前"的"闲暇"虽是面晤,但又何尝不是"心意"的交款?

---

①　王树海、杨威《"闲"境美学意蕴辩难》,《北方论丛》,2015 年第 1 期。
②　谢思炜《白居易诗集校注》卷六,北京:中华书局,2006 年,第 552 页。
③　苏辙著,曾枣庄、马德富校点《栾城集》,上海:上海古籍出版社,1987 年,第 65 页。

三、少公眼界——李宗易其人其诗

《栾城后集》所载：

> 熙宁初，予从张公安道以弦诵教陈之士大夫……予独以诗书讽议窃禄其间，虽幸得脱于简书，而出无所与游，盖亦无以为乐也。时太常少卿李君简夫归老于家，出入于乡党者十有五年矣，间而往从之。其居处被服，约而不陋，丰而不余。听其言，未尝及世俗；徐诵其所为诗，旷然闲放，往往脱略绳墨，有遗我忘物之思。问其所与游，多庆历名卿，而元献晏公深知之。求其平生之志，则曰："乐天，吾师也。吾慕其为人，而学其诗，患莫能及耳。"予退而质其里人，曰："君少好学，详于吏道，盖尝使诸部矣。未老而得疾，不至于废而弃其官。"其家萧然，饘粥之不给，而君居之泰然……君携壶命侣，无一日不在其间……晚岁，其诗尤高，信乎其似乐天也。予时方以游宦为累，以谓士虽不遇，如乐天，入为从官，以谏争显，出为牧守，以循良称，归老泉石，忧患不及其身，而文词足以名后世，可以老死无憾矣。君仕虽不逮乐天，而始终类焉，夫又将何求？①

子曰："视其所以，观其所由，察其所安，人焉廋哉？人焉廋哉？"②这篇《李简夫少卿诗集引》全景式还原了李宗易其人其诗，这也是我们管窥李宗易的一篇最为珍贵的文献资料。

这段文献为我们传达了几点消息：

第一，李宗易虽"饘粥不给"，却有颜回"处陋巷不忧"的高格；

第二，"进儒"则"详于吏道""入则谏""出则循"，有为官以信、足堪

---

① 苏辙著，曾枣庄、马德富校点《栾城后集》卷二十一，上海：上海古籍出版社，1987年，第1399页。

② 杨树达《论语疏证》，上海：上海古籍出版社，1986年，第47页。

大任的风采；

第三，"逃禅"则"旷然闲放"，有"遗我忘物之思"。诗有禅魂，禅具诗魄；

第四，名士与游，非重官品，实重人格；

第五，"未老而得疾，不至于废而弃其官"暗谓李宗易晚岁略不以功名为念，直取白乐天"逃禅"风尚。

这段材料再一次佐证白居易对李宗易影响之深："乐天，吾师也。吾慕其为人，而学其诗，患莫能及耳。"李宗易所追仿的不唯乐天之诗，亦慕其为人。从为诗、为人的角度客观地讲，李宗易的境界显然不及白居易，苏辙的评价最为公允："君仕虽不逮乐天，而始终类焉"，这个"类"字款曲周到，李、白二人之同异，皆从此字而出。

李宗易其人其诗恰如其"居处被服"，所谓"约而不陋，丰而不余"，讲究平淡，不涉偏激，意蕴涵泳，境在笔外。

苏辙尚有几首诗作可对证上文：

> 老成浑欲尽，吊客一潸然。遗事人人记，清诗句句传。
> 挂冠疏传早，乐世白公贤。叹息风流在，埋文得细镌。
>
> 归隐淮阳市，遨游十六年。养生能淡泊，爱客故留连。
> 倾盖知心晚，论诗卧病前。葆光尘满榻，无复听谈禅。[1]
>
> 《李简夫挽词二首》
>
> 平生谈笑接诸公，归老身心著苦空。
> 往事少能陪晤语，新诗时喜挹清风。
> 形骸摩诘羸偏健，笔札西台晚更工。
> 笑我壮年常苦病，异时何以作衰翁。[2]
>
> 《赠李简夫司封》

---

[1] 苏辙著，曾枣庄、马德富校点《栾城集》，上海：上海古籍出版社，1987年，第80页。
[2] 苏辙著，曾枣庄、马德富校点《栾城集》，上海：上海古籍出版社，1987年，第65页。

"老成浑欲尽"已说尽心中伤痛。"遗事"自然是"人为从官,以谏争显,出为牧守,以循良称"这样的"正事",绝非生活中的"逸事",否则便不应该被"人人记"得,这里的"人人"实指受惠百姓。可知,李宗易被人所首先推赞的即是他的"德"。

"挂冠疏传早"对证《李简夫少卿诗集引》中"未老而得疾,不至于废而弃其官"之句;"乐世白公贤"对证李宗易遥师白乐天一事。《挽词》第二首也谈到了李宗易归隐、交游经历及"苏""李"二人相知、相交的情况,都是对前面《李简夫少卿诗集引》的概括印证。

从少公这几首诗中,亦可进一步解读李宗易的心、禅世界:

第一,"清"中天地广。

李诗中人所共传的是"清诗"。"清"字高度凝练、精到地点出了李诗最与众不同的气韵。"清"字蕴含数重倾向:其一,平易而淡泊。此取法白居易无疑,"淡泊"之境说来简单,实则为诗、人合一的气派;其二,"淡泊"为"风韵","禅意"实为"内蕴",两者并行不悖,共统摄于"清"的体系之下。李宗易虽不舍儒念,但"未老而得疾,不至于废而弃其官",其中包含几多无奈。回视内心,追求禅悦成就了他的精神归宿,诗中之禅实恰是其本性回照。

每见新诗如面挹清风,其体感自妙不可言。"清"又何尝不是李诗的作诗格调?是"身心俱空"的归途,是追摹乐天的心性纽带。总之,"清"寓禅于衷,发而"平淡"。《一瓢诗话》对诗音之"清"有一段以琴喻诗的精彩阐释:

> 不去纤响,惟务雕绩,仅同百衲琴,拼凑虽工,胶滞清音,究非上品。[①]

① 薛雪著,杜维沫校注《一瓢诗话》,北京:人民文学出版社,1979年,第94页。

第二,李诗佛禅消息接自"庄禅"。

"葆光尘满榻,无复听谈禅"与"庄禅"实有渊源。庄子的"心学"中合于禅门心性的部分被释家接引,也即后来所证的"庄禅"。

"葆光"即李宗易所建之"葆光亭"。其名典出《庄子·齐物论》:

> 孰知不言之辩,不道之道?若有能知,此之谓天府。注焉而不满,酌焉而不竭,而不知其所由来,此之谓葆光。[①]

大道不辩,至辩止于不言。这是道家处世和修身的哲学,"注而不满、酌而不竭"的学说体现了道家对宇宙和人生的深入思考和深切关怀,"天府"疏中指浩然无尽的自然[②],但成玄英在疏"而不知其所由来"一句时,又说:

> 夫巨海深宏,莫测涯际,百川注之而不满,尾闾泄之而不竭。体道大圣,其义亦然,万机顿起而不挠其神,千难殊对而不忤其虑。故能囊括群有,府藏含灵。又譬悬镜高堂,物来斯照。能照之智,不知其所由来。可谓即照而忘,忘而能照者也。[③]

一方面,进一步疏解"天府"。只是通过譬喻阐释得相对清楚。了解大海的广大深宏、注泄无端,便能体悟"道"的大义,其后的"万机顿起而不挠其神,千难殊对而不忤其虑"一句若再训为"自然"显然不当,此处作者论的应该是"心",具体来说便是"心物合一"和"物我两忘",这也是《齐物论》的精华所在,这是"不挠其神"和"不忤其虑"之真谛,"心"与

---

① 郭象注,成玄英疏,曹础基、黄兰发点校《南华真经注疏》,北京:中华书局,1998年,第47页。

② 成玄英疏曰:"天,自然也,谁知言不言之言,道不道之道?以此积辩,用兹通物者,可谓合于自然之府藏也。"

③ 郭象注,成玄英疏,曹础基、黄兰发点校《南华真经注疏》,北京:中华书局,1998年,第46—47页。

"天地万物"同谐同生自然可以"囊括群有,府藏含灵",这是庄子"天地与我并生,万物与我为一"思想。正如蒋锡昌先生所言:"天府,即自然之府。即至人藏道之心窍也。"①曹础基先生则直接将"天府"训成了"圣人的心胸"②。接着成疏再设一喻,即"悬镜高堂"之句。"外物"进入镜中则是"心照"的过程,即自己内心的感应过程,禅宗接纳了庄子心学中的精华,"以镜喻心"在南禅宗的偈语中就出现过:

> 大圆镜智性清净,平等性智心无病。妙观察智见非功,成所作智同圆镜……③

上面六祖给智通禅师的偈语中将"智"分为四种,此处设"镜喻"便是取"镜"之通彻、圆满的性质将抽象的概念表达清楚,这既是"证道"的形式,又是过程,"能照之智"的表现就是"不知其所由来"。"庄禅"之中的一切"外物"皆是无根无由的"虚幻之像",能明彻"外物"为"虚"便是智慧之表现,眼纳"外物"而"心"实"虚化"之,以之为"幻像",这即是"忘"的过程,藉"忘",才最终得"照",即真正感应的境界。归根结底,"庄禅"以"心"摒弃"外物"之"幻像"而直接观照事物本质,直摄其运行本源规律,故能真正达到"万机顿起而不挠其神,千难殊对而不忤其虑"之境地。

对于"葆光"的理解各家也各持一言,但总体来讲都是对道家"大道不言""大音希声"道理的阐释,略录数则如下:

> 郭注:任其自明,故其光不弊也。④
> 成疏:葆,蔽也。至忘而照,即忘而照,故能韬蔽其光,其光弥朗,

---

① 钱穆《庄子纂笺》,台北:东大图书公司,1993年,第18页。
② 曹础基《庄子浅注》,北京:中华书局,2000年,第32页。
③ 普济著,苏渊雷点校《五灯会元》,北京:中华书局,1984年,第87页。
④ 郭象注,成玄英疏,曹础基,黄兰发点校《南华真经注疏》,北京:中华书局,1998年,第46—47页。

此结以前"天府"之义。①

  焦竑曰:葆光即知而不知之谓。

  赵以夫曰:葆光,言自晦其明也。②

  隐藏着的光辉……后人用葆光比喻善藏。③

  音保,崔(撰)云:若有若无谓之葆光。④

  按葆光,盖《老子》"光而不耀"(五十八章)之意。⑤

  葆光:潜藏的光明。⑥

  葆光:藏光不露。⑦

郭象的"注"语焉不详,其所谓"任其自明"实则还是追求"心物合一"的境界,故其智似隐而未隐。相比之下,成玄英的疏解十分该备,除进一步强调了"忘"与"照"的关系外,又探讨"忘"与"朗"之辩证关系:"至忘"而"弥朗",参悟世间种种虚妄,其智似隐实明,这便是大智。对于"葆光",透过"悬镜""光""朗"等征譬之语直言要害,实是隐"大智"于内,显"不智"于外。赵以夫之语亦是自隐其智之意。除却崔撰,其余学者都训"葆"为隐藏之意。不难得知,李宗易实有潜隐之心,他"闲"居陈州十五年应是有意为之。值得注意的是,李宗易诗中的"禅闲"与"心闲"没有刻意异化道家和佛家,相反,却在努力对接禅、道,亦是佛家"圆融""无碍"观念的深刻体悟,加之其诗中流露的儒家思想,可知李宗易所践行的恰是一直以来合合分分的"三教合一"观念。

---

  ① 郭象注,成玄英疏,曹础基,黄兰发点校《南华真经注疏》,北京:中华书局,1998年,第46—47页。

  ② 钱穆《庄子纂笺》,台北:东大图书公司,1993年,第18页。

  ③ 曹础基《庄子浅注》,北京:中华书局,2000年,第32页。

  ④ 陆德明《经典释文》,上海:上海古籍出版社,1985年,第356页。

  ⑤ 转引王叔岷《庄子校诠》。

  ⑥ 韩格平,董莲池《二十二子详注全译》,哈尔滨:黑龙江人民出版社,2003年,第34页。

  ⑦ 方勇《庄子译注》,北京:中华书局,2010年,第32页。

苏辙仰慕李宗易的为人和才华之外,其诗也透露出了一些二人生活当中交往的影迹。如前面提到过的《赠李简夫司封》中的"平生谈笑接诸公,归老身心著苦空"之句,活脱地呈现了苏辙经常拜谒李宗易的生活场景;尾联"笑我壮年常苦病,异时何以作衰翁"一句叙中见议,叹晚年的李宗易尚能在禅诗和书法造诣上直追王摩诘和李建中,而自己已然壮年却无甚造就,在疾病中苦苦挣扎,晚年又凭借什么度过残年呢? 笔触轻灵、引人思考,虽是小诗却堪一段纪实文献价值,再看《题李简夫葆光亭》:

> 迳草侵芒屩,庭花堕石台。小亭幽事足,野色向人来。
> 坐上乌皮几,墙间大瓠罍。老成无不可,谈笑得徘徊。①

"小亭幽事足,野色向人来"一句最得诗家三昧,全诗情味皆蕴其中。"乌皮几"和"大瓠罍"自然是二人谈心之处和畅饮之具。"老成无不可,谈笑得徘徊"足可想见老友间无话不谈,回味悠长的生活和交谊场景,颇能说明问题。

苏、李二人生活交谊质朴而深厚。苏辙慕其诗,高其人。二人的君子交际恰如李宗易的诗一样,全取淡泊之意,却又那般绵长隽永。值得一提的是,李宗易诗中有"心"有"禅",少公亦精于禅理,许多作品禅性幽微。二人诗趣祁尚有源合之处,又同为张耒蒙师,《宋史》载:"作诗晚岁益务平淡,效白居易体,而乐府效张籍"②,由知文潜诗中禅、心之韵非无源之水。

---

① 苏辙著,曾枣庄、马德富校点《栾城集》,上海:上海古籍出版社,1987 年,第 65 页。
② 脱脱《宋史》卷四四四,北京:中华书局,1977 年,第 13114 页。

第二节 "学术""意识形态"大格局中
张耒佛禅意识的接受

本书所涉及的"蜀学",界定在"前期蜀学"或者称之为"狭义蜀学",其主要着眼于"苏门学士集团",至于后面的张栻、魏了翁等后劲不在稽考之列。

"理学"是两宋文化风潮和背景,巴蜀文化又历久不衰,新渐与传统思潮的交融和体变为巴蜀文化带来了新的气象,呈现出了更为独特的精神面貌。三苏异军突起,成为新巴蜀文化的旗手,在其影响下,以"六学士"为代表的"蜀学"集团在思想、学术和文学创作等领域都取得了骄人的成就。"蜀学"虽带有地域性,但其影响很大,与洛学、齐鲁学、关学、闽学、楚学齐名,直至清朝,学人仍然热衷不减。

一、北宋"理学"风潮的总体导向及"三教合源"的
态度

"理学"源于"儒学",至宋代,"儒学"形成自己的新面目,即"理学",又称为"新儒学"。关于"理学",学界尚有分歧,相对认可的说法是:

> "理学"一词在后来的使用中,逐渐有了广义和狭义之分,广义的"理学"包括洛学、蜀学、关学、闽学、心学等各家思想学派;狭义的"理学"专指程朱学说,是洛学一系的发展,主要代表人物是二程、朱熹等。①

> 理学是儒学发展到宋代的新产物,是以传统儒家思想为基础,融

---

① 张文利《理禅融会与宋诗研究》,北京:中国社会科学出版社,2004年,第7页。

合释、道、玄学思想特别是佛教禅学发展起来的中国封建社会后期重要的哲学思想和社会思潮。它肇始于北宋初期,至南宋而大昌,明代是它的又一个发展高峰,故通常称之为宋明理学,又称道学、新儒学等。①

说"理学"是新时代的产物,是肯定了它在思想上的广取博收的精神,然其并没有真正动摇"儒学"在伦理和用世方面的根基,如沈清松先生说:

> 宋明诸儒皆知身为儒者的艰难,为了维护儒学的生命力,再创新局,必须面对多元他者的挑战,进行融合工作,将儒家以伦理价值与政治哲学为核心的关怀,发展至形上学、宇宙论的层面,更深入探索主体性的根基以致心性之本源,使得宋明儒学得以在理学和心学方面达至高峰。②

由于唐宋儒士们在经学上的贡献远远逊色于前代,轻训诂、重义理已成时尚,这是"理学"产生的重要文学和学术背景。《朱子语类》记载:

> 理义大本复明于世,固自周程,然先此诸儒亦多有助。旧来儒者不越注疏而已,至永叔、原父、孙明复诸公,始自出议论,如李泰伯文字亦自好。此是运数将开,理义渐欲复明于世故也。③

北宋儒生参加科举考试注重"义理"的阐发,而不再对汉经亦步亦趋。这是由于宋人对历代儒学经典的质疑所致,欧阳修、刘敞、苏辙等人都对古经义疏大加怀疑。《易》《书》《周礼》无不成为这些人的怀疑和指

---

① 张文利《理禅融会与宋诗研究》,北京:中国社会科学出版社,2004年,第7页。
② 孔令宏《宋代理学与道家、道教》,北京:中华书局,2006年,序第2页。
③ 黎靖德编,王星贤点校《朱子语类》,北京:中华书局,1986年,第2089页。

斥的对象。王荆公主政之后，更加打破了自古以来"疏不破注"的界囿。为了实现政治主张和人事、文艺的目的，致有以己意注经的现象发生。破经之风在很大程度上动摇了儒教维系纲常的统治地位。然而，儒家积极入世，以家国兴亡为己任的正统观念依然成为天下儒生心中根深蒂固的思想源头。正如钱穆先生所言："夫不为相则为师，得君行道，以天下为己任，此宋明理学者之帜志也。"①"理学"虽不重经，甚或叛经，却依然维系着儒家的正统地位。仅就解经来说，受"理学"影响的宋儒们常常不以纯正的儒学思想解诂经书。

另外，佛学和儒学之间的相激相融亦成为宋代学术的主要特征。儒、佛之争肇自汉代，熊琬先生说：

> 自汉明帝永平年间佛法东传中国后，②儒与佛之交涉即开始。此后，接触愈频，彼此之关系即愈深。虽其间或相激相荡，或相摄相融，终磨砺鼓荡而成一澎湃之新流，使中国文化益形壮阔。而宋明理学正是这股新流中的产物。从儒与佛之冲突至调和，其间经历一相当长期之演变过程。③

唐末五代的战乱，使普通百姓日益感到生命的脆弱，无法保护自身生命的时候，他们纷纷将生命寄寓在佛龛之间，以求取今生精神上的片刻安闲和来世远离苦难的业报。这为佛教在两宋的普及打下了良好的群众基础，加之唐代崇佛文化的巨大惯性，两宋佛学呈蔚然之势，下至庶民，上至国宰都以崇佛事作为时尚，很多人将习佛当成日业的必修功课。

尤其在南禅宗兴起之后，"日用即佛"着实拉近了佛祖与大众百姓的实际距离。由于缺少创新，唐宋儒学有渐被哲思性极强的禅学取代之势，

① 钱穆《中国近三百年学术史》，北京：商务印书馆，1997年，自序第2页。
② 关于佛教东传的时间判定，熊琬先生的观点为一说，另一说认为是在西汉哀帝元寿元年（公元前2年），见《弘明集》前言部分，北京：中华书局，2011年。
③ 熊琬《宋代理学与佛学之探讨》，台北：文津出版社，1985年，第12页。

这一趋势在宋代士大夫阶层显得尤为明显。佛禅幽微的思辨色彩,加之与文学的本生血缘关系,使其与掌握大量文化知识的士大夫阶层越走越近。佛禅对儒业的冲击引起了"有识之士"的不满,极力排佛的旗手孙复就说:

> ……世之险佞媮巧之臣,或启导之。既不陈虞帝之大德以左右,厥治则枉引佛老虚无、清净、报应、因果之说交乱于乎其间,败于君德。吁,可痛也!观其惑佛老之说,忘祖宗之劝,罔畏天命之大,靡顾神器之重。委威福于臣下,肆宴安于人上。冥焉莫知其所行,荡焉莫知其所守。曰:"我无为矣。"①

至北宋初年,佛教的发展已经严重"威胁"到了儒学在国人心中的地位,一些儒士极力反对佛学对儒家之基——"礼仪"的染指,将排佛上升到极为深重的高度,欧阳修在《本论》中说:

> 佛法为中国千余岁,世之卓然不惑而有力者,莫不欲去之。已尝去矣,而复大集,攻之暂破而愈坚,扑之未灭而愈炽,遂至于无可奈何……尧、舜三代之际,王政修明,礼仪之教充于天下,于此之时,虽有佛无由而入。及三代衰,王政阙、礼仪废,后二百余年而佛至乎中国。②

而现实情况并未能使那些反佛斗士遂愿,儒学的统治地位终于动摇,其最终变成了走向折中形态的"理学","理学"应运而生,蔡方鹿先生说:

> 隋唐佛教思想的盛行冲击了儒家伦理道德观念,危及儒家理想的社会结构,这引起了唐宋儒家学者和思想家们对佛教的排斥与批

---

① 孙复《孙明复先生小集》,《宋集珍本丛刊·无为指(下)》,第19页。
② 欧阳修《欧阳修全集》,北京:中华书局,2001年,第288—289页。

判。这是理学产生的重要背景。①

"党争""贬谪""三教合流"等内外动因进一步让士大夫们更加主动地接近了佛禅。很多文人士大夫都极为亲近佛禅,他们甚至坚称自己的前世就是禅僧,《扪虱新话》有记:

> 旧说房琯前身为永禅师,娄师德前身为远公法师。岂世间所谓聪明英伟之士者,必自般若中来耶?近世张文定公为滁州日,游琅琊山寺,周行廊庑,至藏院,俯仰久之,忽命左右梯梁间,得经一函,开视,即《楞伽经》也……东坡前身,亦具戒和尚。坡尝言在杭州时,尝游寿星寺,入门便悟曾到,能言其院后堂殿石处,故诗中有前生已到之语。此皆异事。②

因此,北宋"理学"之中"儒""禅"二部比例因时因势而此消彼长,成为北宋"理学"一大特色。理学家们虽然努力排除禅学的影响,试图维护儒学正统,但"理学"却对"禅学"中的"心性"等思辨色彩浓厚的精华部分大量接入,改造之后,又试图与"禅学"刻意区别,形成自身气派,《二程集》中记:

> 伯淳先生尝语韩持国曰:"如说妄说幻为不好底性,则请别寻一个好底性来,换了此不好底性著。道即是性也。若道外寻性,性外寻道,便不是。圣贤论天德,盖谓自家元是天然完全自足之物……若合修治而修治之;是义也;若不消修治而不修治,亦是义也;故常简易明白而易行。禅学者总是强生事。至如山河大地之说,是他山河大地,又干你何事?"③

---

① 蔡方鹿《宋代四川理学研究》,北京:线装书局,2003 年,第 7 页。
② 陈善《扪虱新话》,《丛书集成》,上海:商务印书馆,1936 年,第 5 页。
③ 程颢、程颐著,王孝鱼点校《二程集》,北京:中华书局,1981 年,第 1 页。

"妄""幻"皆禅语,禅家将"真性"看作"真",其余非"妄"即"幻",此中"真性"为"自心"又是"自然",不为他物,亦不辨自我,禅林当中常有"我是谁""我是我"的机辩,此皆为对"真性"的阐释;而二程"理学"虽借重了禅家的机辩思想,却将"妄""幻""性"的主体看成"道","道"之谓何?是儒家之"德""义",也即"性"存于"德""义"之中,所谓:

> "道德仁义圣人体用,以为政教之本"者,此正宋儒所以自立其学以异于进士场无外之声律,与夫山林释老之独善其身而已者也。[①]

"道即是性"是禅语,但却借入"理"境,只是将禅宗之语借来阐明"理学"之旨。二程之"理学"便强调"性即是道、道即是性",将儒家的"理学"之道融入了"心性"血液之中。"理"中有"禅","禅"中有"理",两者交融取法不可人为断离。二程"理学"刻意区别,实有不妥。除却禅宗,中国文化自古因承不断的"道学"和"玄学"皆能在"理学"之中占据一席之地。

宋代"理学"是各教各学说的融合产物,定然不能将其与本土宗教——道教生生剥离。道教对"理学"的影响不容忽视。

比如道家代表著作《庄子》中就记载了孔子对"心学"的理解,此在后文中会有详述。又如儒家所执着的"伦理"说在道家也同样存在,沈清松先生认为:

> ……道家慷慨的伦理学,大可以济补儒家相互性的伦理学。道家哲学最深切体现了慷慨与外推的精神。儒家的奠立者孔子虽重视"宽"与"惠"等相互性的慷慨,更借着"仁"的可普化性与'恕'的外推力量而推及四海……然而,道家的老子却将慷慨与外推定位在道

---

① 钱穆《中国近三百年学术史》,北京:商务印书馆,1997年,引论第3页。

的层次,认为是由于道无私的慷慨,自我走出,因而产生了宇宙;人亦应效法于道,不断地对他人与万物慷慨,进行外推。[①]

由此而知,追根溯源,儒、道二家只在教义上有着各自侧重,实际上却有着客观存在的相通性。前面说过,两宋时期的"三教合流"莫若称之为"三教合源"。"三教合源"实际上肯定了三教在根基上即有了相互通款的事实,只是侧重点不同,才掩盖了三教本质上的相通性。

中国古代史中记载了多次排佛事件,却很少出现排道记载。究其原因,佛义非治国之术,佛教能在精神上纾解人们痛苦,为世俗点破道道迷津,却难于以其作为治国的指导纲领。萧衍、杨坚、武则天、顺治等统治者皆笃信佛教,除萧衍之外,其余笃信浮屠的国君在治国上都将佛义作为辅助,而非主导。相比而言,儒、道二教从源生之时就是治国之说,且都是本土学术,分歧较小,孔令宏先生说:

> 在儒、佛、道三教的斗争中,儒、道两家往往结成统一战线,它们之间的分歧比佛教的小得多。从传统文化的历史和整体发展来看,三教关系中,儒道关系显得特别重要。[②]

儒、道之间的融合从未间断,汉、唐的特定时期,道教为国教,其与儒学的结合势在必行,道家大而演绎天道,纤而内照吐纳。儒家顺理成章地将顺应天道,明断时务引入自身体系;道家所追尚的"形而上"的玄虚被儒家拿来改造为"形而下"的实用;道家对修炼和性命的专注也与儒学媒合,宋代性命"理学"是证。

宋代道教的兴盛与统治者的提倡不无干系,这使儒、道之间的融合得到了权力保障。《续资治通鉴长编》记载:

---

① 孔令宏《宋代理学与道家、道教》,北京:中华书局,2006 年,序第 6 页。
② 孔令宏《宋代理学与道家、道教》,北京:中华书局,2006 年,第 23 页。

丙午,上曰:"清净致治,黄、老之深旨也。夫万物自有为以至于无为,无为之道,朕当力行之。至于即汲黯卧治淮阳,宓子贱弹琴治单父,此皆行黄、老之道也。"参知政事吕端等对曰:"国家若行黄、老之道,以致升平,其效甚速。"①

至北宋,儒家对道学的吸纳已经消去了刻板与生涩,儒、道合融显得尤为自然,这一点具体体现在文人的诗文创作上。仅从苏门学士集团的文学作品着眼,在不违背儒家正统思想的前提下,他们已能十分熟练地在作品中运用道家思想,道家的"心学""玄思""辩证法"等思绪比处可观。儒、道的圆融也是"理学"成熟的重要标志。比如黄庭坚的《与潘子真书》:

曾子曰,尊其所闻,则高明矣;行其所知,则光大矣。闻道也,不以养口舌之间而养心,可谓尊其所闻矣。在父之侧,则愿如舜、文王,在兄弟之间,则愿如伯夷、季子,可谓行其所知矣。欲速成,患人不知,好与不已若者处,贤与俗人则可矣,此学者之深病也。斋心服形,静而后求诸己,若无此四病者则善矣。若有似之,愿留意也。②

此段选文中,既有"尊父长""睦兄弟"的儒家纲常,又有"养心"求道的道家修为;既有"欲速则不达"的儒家经教,又有"静求本心""斋心服形"的道家引法。儒与道圆融和合,共寓义理。又如:

大门养道丘园,冥居数十年,其明于天下之义理必深矣……若夫发挥乐善之心,吹嘘诗句之美……若足下亟知小道不足以致远,发愤

---

① 李焘撰,上海师范学院古籍整理研究室、上海师范大学古籍整理研究室点校《续资治通鉴长编》,北京:中华书局,1979年,第758页。

② 黄庭坚《黄庭坚全集》,成都:四川大学出版社,2001年,第482页。

忘食,追配古人,则九万里风斯在下矣。①

"养道"合于"义理",追微致远,儒、道此处合源,"九万里风斯在下矣"又是道家之语。以道家思想蕴儒家"义理"正是"理学"证道所见。

本书认为,"理学"是在"经学"衰落,"崇理"学人对儒、释、道三家思想进行"合源"而成的见于特定历史时期的学说。"合源"与"合流"并不相同,"三教合源"是三教有共同的源头,是"一根多枝"的状貌。这个"根"是儒,"枝"便是道与佛。"崇理"之人需秉举"儒学"这个纲,至于道、佛之理俯拾而取,不需有意区别。"三教合流"则是特定历史时期的一种"文化现象",可作为文化背景考量,而非文化主体本身。

"理学"强调对"义理"的阐发,讲究"圆融三教",但南宋朱熹提出的"性命理学"明确表示"理学"就是以"义理"为尚,剔除他说,朱熹注《大学》有言:

> 吾儒必读书,逐一就事物上穷理。异端之学,一切扫去,空空寂寂,然乃谓事已了。若将些子事付之,便都没奈何。②

朱熹睇眦必穷理而摒除"异端之学",明显与"圆融"之旨抵牾。然"空空寂寂"则默应"心学"与"禅学",这又是"圆融"之实,亦是"性理"特色。为了区别"禅学""心学"中的"心性",朱熹又接着说:

> 虚灵不昧便是心,此理具足于中,无少欠缺,便是性。禅家则但以虚灵不昧者为性,而无具众理以下之事。③

---

① 黄庭坚《黄庭坚全集》,成都:四川大学出版社,2001年,第482页。
② 钱穆《宋代理学三书随札》,《钱宾四先生全集》十,台北:联经出版社,1998年,第3页。
③ 钱穆《宋代理学三书随札》,《钱宾四先生全集》十,台北:联经出版社,1998年,第3页。

在朱熹眼中,"理学"与"禅学"二者的"心性"之同在"虚灵不昧",其异则在于"理之有无"。朱熹虽一直强说"异端之学,一切扫去",但却对禅家的"心性"大加借重,而实际上,这本就是"圆融"之举。"虚静"本为道家之要,然朱熹又如此说"虚静":

> 公但能守得块然黑底虚静,不曾守得那白底虚静,须将那黑底打成个白底,使其中东西南北玲珑透彻,虚明显敞,如何此方是虚静。若但守得黑底虚静何用。①

再说"心物两忘","心物两忘"或"坐忘"为道家之说,却又被朱熹拉进"理学"的阵营:"与其非外而是内,不若内外之两忘。"②由上而知,朱熹所谓"穷事理、逐异端"愈显牵强。所以,"三教圆融"是"理学"题中应有之义,佛家有名偈:"白藕绿叶红莲花,三教原来是一家,三大圣人发圣处,得了窍妙回老家。"释延寿在其著述《万善同归集》中讲道:

> 三教虽殊,若法界收之,则无别原。若孔、老二教,百氏九流,总而言之,不离法界,其犹百川归于大海。③

延寿将三教合源的基础定到了佛教,以法界为圆心容纳儒、道二教,九流皆归于一源。目前,相对流行的说法是"三教合流",说宋儒头脑中的思想为"三教合流",莫若说是"三教合源",他们认为三教的本源是相通且圆融无碍的,故而在解训儒经时有意无意地掺解了佛、道思想,正如孔令宏先生所言:

---

① 钱穆《宋代理学三书随札》,《钱宾四先生全集》十,台北:联经出版社,1998年,第3页。

② 钱穆《宋代理学三书随札》,《钱宾四先生全集》十,台北:联经出版社,1998年,第10页。

③ 延寿《万善同归集》,《大正藏》第四十八册,第961页。

他(戴震)认为宋学对《论语》《孟子》的解释不合它们的本意,原因在于理学家头脑中有道家、道教和佛教的思想等先入为主的成见、偏见。①

故而可知,宋代"理学"是"儒学"的变体,是"儒学"在逐渐丧失"经义"正统地位,被迫与佛、道融合而呈现出来的新的"儒学"形态,换言之,"新儒学"少了许多"义理"之沉重,多了些许对本真的尊重。

在南宋"性命理学"真正产生之前,北宋文人已能将"理学"思想非常熟练地运用在文学创作的实践当中,三教思想圆融一味,实难剥离。

二、佛家"圆融"态度——张耒对"理学"风潮的接持

张耒深受时风影响,其诗文因之而有"三教合源"的风姿。张耒所遵循的是"三教莫不证道"的观念。张耒以儒立身,但在修持的过程中绝不单单是"以儒证儒"。"三教合源"的氛围下,对儒业的证道当然亦是参以多种方式,道家的"心学""辩证法""宇宙观"等多重观念与禅宗的"直心见性""随缘"之说皆可用于对"儒业"的证道,在此过程中,张耒的"三教缘合"思维体现得至为明显。张耒对儒、道皆有专文探讨,独不谈佛禅,可证道内外,却时现禅家的精神气度。这是张耒对北宋"理学"中"三教合源"的主动接持,又是对禅门圆融态度的躬亲实践。

张耒撰文专意谈"道",但"说道"的根本还是为了"证儒"。道家"虚无周动"的品性皆被张耒援入笔端,其《说道》有云:

> 道之为名无实,其动无迹,周万物之用而无定名,循万物之变而无定形,圣人之所独得之于心,而人不与知焉。②

---

① 孔令宏《宋代理学与道家、道教》,北京:中华书局,2006年,第12页。
② 张耒撰,李逸安等点校《张耒集》,北京:中华书局,1990年,第733页。

张耒"体道"自有渊薮,《庄子·大宗师》云:

> 夫道,有情有信,无为无形,可传而不可受,可得而不可见;自本自根,未有天地,自古以固存;神鬼神帝,生天生地,在太极之先而不为高,在太极之下而不为深,先天地生而不为久,长于上古而不为老。①

前面说的都是道家性情,而张耒在文中提及了"圣人",这又有了儒、道合一的情怀,而于"心"之重视,自与禅门不避。南禅最讲"心明","万法尽在自心":"识自本心,是见本性。"②"心性"广大,涵虚万物,《坛经》云:"何名摩诃? 摩诃者是天,心量广大,犹如虚空。若空心禅,即落无记空。世界虚空,能含日月星辰、大地山河、一切草木、恶人善人、恶法善法、天堂地狱,尽在空中。"③

禅宗重"心性",藉"心"逐"境",这本身便是"合道"的过程。"道"之名、实在禅宗同样得到论证,《祖堂集》中有一段盘山和尚示众之法颇能契中要领:

> 心若无事,万法不生;境绝玄机,纤尘何立? 道本无体,因道而得名;道本无名,因名而得号。若言即心即佛,今时未入玄微;若言非心非佛,犹是指纵之极则。④

南禅慧能大师提出"即心是佛",使佛与俗之间的距离大为缩短,"但凡夫与佛毕竟有一念之隔。而怀海、希迁、义玄等人以'自心即佛'为基

---

① 王先谦《庄子集解》卷二,上海:世界书局,1935 年,第 40 页。
② 杨曾文校写《新版敦煌新本六祖坛经》,北京:宗教文化出版社,2001 年,第 19 页。
③ 杨曾文校写《新版敦煌新本六祖坛经》,北京:宗教文化出版社,2001 年,第 30 页。
④ 静、筠二禅师编撰,孙昌武等点校《祖堂集》卷十五,北京:中华书局,2007 年,第663 页。

础,进而强调'即人即佛'"①。南禅后辈这样做的目的是希望世人打消对佛家的自卑感,如萧萐父、吕有祥两位先生所言:"简言之,迷者,迷自己不是佛,悟者,悟自己本来是佛。打消自卑意识,唤起主体自觉,树立自尊自信的信念,成为后期禅师们传法施教的一个重要内容。"②

在这个观念的影响下,禅门以万物皆具禅身,皆含"道性"。该意识不仅为张耒接持,其他宋代文人同样倚重,早于张耒的思想家李觏有诗云:

> 万物虽散殊,孰非道之体。何必石岩岩,方疑金色臂。

《七佛石》

> 梵教一来东,群心日归向。土石至无情,也作披缁状。

《袈裟石》③

李觏"万物皆具道性"与张耒主张不期相合,折射出北宋文人对禅宗"即人即佛"观念的普遍认同。"万物虽散殊,孰非道之体"正是最好注脚。李觏的这首《袈裟石》更像史料,记述了佛教东传以来对泛众日益深远的影响。"即人即佛"又为"即物即佛",以致随常"土石"也作"披缁状"。

张耒既然谈到了"道"的"名"与"实",一言蔽之,"名"为"虚","实"而散于"万物"。佛家与道家相通之外,又似更多借禅喻道,禅道无别。

张耒证儒,反取道、佛精义,正与"三教圆融"的"理学"精神一脉相承,张耒为文毫不穿凿,处处妙得三家精要,略无迟涩、板滞之相,又正是佛家"圆融无碍"的气派。

作为大乘佛教的重要典籍,《华严经》首开"圆融"佛理,其经全名为《大方广佛华严经》,从名称上,即能体悟其"圆融"之理:

---

① 赜藏主编集,萧萐父等点校《古尊宿语录》,北京:中华书局,1994年,前言第20页。
② 赜藏主编集,萧萐父等点校《古尊宿语录》,北京:中华书局,1994年,前言第20页。
③ 北京大学古文献研究所编《全宋诗》,北京:北京大学出版社,1991年,第4304页。

《大方广佛华严经》经题的含义,简单地说,"大"就是"周遍"、"包含"的意思。所谓"周遍",是说佛法周遍的一切时、处,不论是什么时间,包括过去、现在和未来;不论是什么地方,包括十方世界,都是佛光明所照之处。所谓"包含",是指佛法统摄一切法。即任何事物,都在佛心中显现,没有一事一物出于佛心之外。①

《华严经》初以承续唐代佛教蕴成的"禅教一致"为宗旨。华严宗高僧又增广为"经、禅无违"。无论是"禅教一致"还是"经、禅无违"实质上都在解训"华严"之"圆融无碍"境界:

> 佛子! 菩萨摩诃萨住此地,即得菩萨不思议解脱、无障碍解脱、净观察解脱、普照明解脱、如来藏解脱、随顺无碍轮解脱、通达三世解脱、法界藏解脱、光明轮解脱、无余境界解脱。②

《华严经》中释说"无碍"之处尚有很多,此不一一列举。禅宗接续华严宗的"圆融"精神,法性之外亦有圆融,正如张培锋先生所言:

> 禅教并重尤其体现为禅宗与华严宗的融合,华严宗是唐代建立的一个佛教宗派……融入中国固有的包容、和谐思想,提出宇宙万物之间、现象与本体之间圆融无碍的宇宙观。③

另外,佛家诸多灯录著作也时倡"圆融"精神,以《宗镜录》为例,日本学者忽滑谷快天说道:

---

① 高振农释译《华严经》,高雄:佛光山宗务委员会,1996 年,题解部分第 3 页。
② 高振农释译《华严经》,高雄:佛光山宗务委员会,1996 年,题解部分第 54 页。
③ 张培锋《宋诗与禅》,北京:中华书局,2009 年,第 75 页。

> 惟延寿著《宗镜录》有二动机。一为显祖佛同诠,二为示性相
> 融合。①

张耒性有佛缘,又通佛典,自然了悟"圆融"之理,无论是"三教合源"也好,还是"三教合流"也罢,张耒接持其中,且又有创见,即以佛家"圆融"态度来改造略显生硬的"合源""合流"之说。

为说清问题,此再举一例。张耒在《尽性篇》中提到:

> 一言而尽天下之道者,性而已。②

张耒开宗明义提出"天下之道,性而已"实是对子思所持观念的依承,此语与《中庸》开篇几乎无异。儒家将先民"畏天"思维最大化,"依天定礼""立天定人",人之"自性"依同"天性","性"在天为"规律",在人即为"合规律"。

细思之,张耒笔下儒家之"道"与道家之"道"已有内应之处。道家所言"人法地,地法天,天法道,道法自然"③中,五极相效,自有"规律",此儒、道圆融。又,"性"虽为子思提出,然禅宗历来皆有诠释。禅宗有"自性随缘""直心见性"之说,"性"是禅宗的长久命题,如《坛经》云:

> 莫起杂妄,即自是真如性。用智慧观照,于一切法不取不舍,即
> 见性成道。④

又正如南岳下十世的石霜楚圆禅师有句:"且道别传个什么? 直指

---

① 忽滑谷快天著,朱谦之译《中国禅学思想史》,上海:上海古籍出版社,1994 年,第376 页。

② 张耒撰,李逸安等点校《张耒集》,北京:中华书局,1990 年,第 719 页。

③ 陈鼓应注译《老子今注今译》,北京:商务印书馆,2003 年,第 169 页。

④ 杨曾文校写《新版敦煌新本六祖坛经》,北京:宗教文化出版社,2001 年,第 32 页。

人心,见性成佛。"①石霜尚有:"故云,'本源自性天真佛。'又云,'是为清净法身。若到这个田地,便能出此入彼,舍身受身,地狱天堂,此界他方,纵横自在,任意浮沉……'"②

依张耒证儒的立场看,"性"分"天性"与"人性"。在"天人合一"的统系之中,"天性""人性"皆凭"自性"而为,不受外力干扰,此为"合道"之表现。从禅宗角度观之,"自性"皆因缘诚聚,无所拘执。儒、禅又有契合之处。由是观之,张耒证儒,撷取三教精微之处,或取名谓,或取经义,婉转缘合,皆得圆融无碍风致。

《尽性篇》的"圆融"精神还有多处体证。天地万物皆有自身的规律,也即皆自有道,但张耒只将其归纳为内、外二门:

> 夫道之在万物,虽判散殊别,无所往而不得,然其归有二而已。自内而本之者为圣人之神,故凡大至于参天地,广至于赞化育。祸福大故也,而不得荡其和;死生至变也,而不得迁其常。③

先说的是"内",张耒称"内而本之者为圣人之神"。"神"之谓何?张耒未做解释,但从后文的可"参天地""赞化育",不得"荡其和""迁其常"则可知文中之"神"当为"心神",为何不直接称之为"心",大概是有意与常人之"心"区别,所以"神"或可称之为"圣心"。由此,张耒对"道"的内证即是"证心"。"圣心"谓何?张耒说:

> 所以极天下之高明,而寂然不动,以待万物之至者,皆道之在内者也。④

---

① 赜藏主编集,萧萐父等点校《古尊宿语录》,北京:中华书局,1994 年,第 177 页。
② 赜藏主编集,萧萐父等点校《古尊宿语录》,北京:中华书局,1994 年,第 180 页。
③ 张耒撰,李逸安等点校《张耒集》,北京:中华书局,1990 年,第 719 页。
④ 张耒撰,李逸安等点校《张耒集》,北京:中华书局,1990 年,第 719 页。

张耒内证"道"的特点是"寂然不动",足见张耒已经将道家的心法融入内证"道"中,加之前文所述的"和"与"常",已知张耒内证之"道"又源自儒家的"中庸"精神。儒、道两家精神熔于一炉是张耒对"道"的理解,也是对北宋"理学"风潮的接持,不妨将这一特色称为"援道入儒"。儒、道圆融,不能遮蔽道与禅之间的共生关联,"寂"是道家的修持心境,又是佛家"无违""圆融"的必然法门,《华严经》云:

> 何等为十?所谓一切法无相故平等……无取舍故平等,寂静故平等,如幻、如梦、如影、如响、如水中月、如镜中相、如焰、如化故平等,有无不二故平等。菩萨如是观一切法自性清净,随顺无违……①

张耒重内心之调服、感物作用,又重心外"王事"。以"济用"发挥儒家之"道"。张耒将"王事"看作"道"的外证表现:

> 自外而致用者为王者之事,故足观变以应天下之动,而利用以成天下之务。②

"内道"感物,"外道"致用。张耒提证的"外道"并不是道家所谓的天地万物的规律和轨迹,而是"王事",再证张耒立身的根基仍是儒业。且看其对"外道"主体内容的阐证:

> 大之为礼乐,小之为政刑,所以鼓众动名,出而与一世同患,无所感而不通,盛德之大业待之以立者,皆道之在外者。③

张耒以儒立身,将"礼乐""政刑""盛德大业"看作"合道"就变得合

---

① 实叉难陀译《华严经》卷三十七,《大正藏》第十册,第193页。
② 张耒撰,李逸安等点校《张耒集》,北京:中华书局,1990年,第719页。
③ 张耒撰,李逸安等点校《张耒集》,北京:中华书局,1990年,第719页。

情合理。张耒将"道"界为内、外，是张耒对"儒、道一炉"和"以道证儒"的卓越实践。张耒的"道"摆脱了玄虚的窠臼，成为更为务实且可知可感的存在：

> 呜呼！道则广矣，大矣，然不在外则必在内，不在己则必在物，所谓道者，不外是矣。[①]

"道"只有两端：内与外、心与物，舍此他处无可证处。然内、外之互动，则本乎天性，内在的"虚静明达"亦是天性体征。文中的"不外"似不可理解为"不在外面"，强调内证，而应当训为"不外乎"之意，即"不外乎这样（内、外两个方面）"。张耒又分述内、外：

> 凡在内者，乃吾之所受于天，而虚静明达无所待于外者，所谓喜怒哀乐之未发者。[②]

"凡在内者，乃吾之所受于天"是说，"自性"应统摄于"天"，依然是儒家"立天定人"的理念。张耒将"虚静明达"看作是"喜怒哀乐"之未发阶段，本身就是一种"借才异代"的手段，即借道、佛之名而行儒家之实。

虽强调"立天定人"，但张耒并未完全抹杀"自性"，他将"虚静明达"看作"自性"，所谓"而虚静明达无所待于外者"正是在明确"自性"的独立性。"虚静明达"不再是一种常态和常性，而变成了动态和动性，与传统"道学"相别，正是"儒本位"下张耒对"道"的独特理解。"援道证儒"的过程中，张耒在"天人合一"的体系中融合了"天性"与"自性"：

> 凡在外者，取吾所受于天者而显诸形名事物之际，与物两得而布之天下，取诸心而施诸事，本乎天而成诸人，动于无为而著于有形，使

---

① 张耒撰，李逸安等点校《张耒集》，北京：中华书局，1990年，第719页。
② 张耒撰，李逸安等点校《张耒集》，北京：中华书局，1990年，第719页。

天下万物蒙其利,所谓喜怒哀乐发而中节者也。故内外之道虽殊,而同出于吾性。[①]

"有为""无为"皆从天定。前面说过"虚静明达"仅是一个阶段,而不再是一种常态和常性,"无为"亦是如此,"无为""有为"循环交替,不再是道家所秉持的"定性"了。顺应天意,用之则动,藏之则静,完全体乎天道,顺应"天性"。"自性"何尝不是,喜、怒、哀、乐皆是"自性"表达。而无论"天道"还是"人道"都是"合性"之"道":

故两言而尽天下之道,曰内、外;一言而尽内外之道,曰性而已。[②]

所以,"道"是什么?两个字是内、外,一个字就是"性",张耒解训得很清楚。圣人和庶人的区别是什么?张耒认为是"尽性"与否:

……则吾性者尽天下之能事者也。圣人之所以为圣人者,岂能强其性之所无而附益其所不足哉!然尽其性之所受于天者,而无有暗蔽不照之累,天之全授于我者,全得之而已。故能尽己之性,则能尽天下之道,能尽天下之道,而后为圣人。[③]

"尽性"与否为圣人、庶人之别。"尽性"非随意使性之意,而是能够最大程度地体应"天道",这实际上就是儒家的"由人复天"的过程。

总而言之,"张氏理学"在"证儒"的道路上善于剪裁他教之论。体"儒"的过程中将佛、道二家的思想自觉融汇,形成了相对独特的自身面目。

---

① 张耒撰,李逸安等点校《张耒集》,北京:中华书局,1990年,第719页。
② 张耒撰,李逸安等点校《张耒集》,北京:中华书局,1990年,第719页。
③ 张耒撰,李逸安等点校《张耒集》,北京:中华书局,1990年,第719页。

　　"道""虚静"和"吾(自)性"等语汇在张耒的文章中皆被用以证儒。这体现了张耒融合三教的卓越努力。"自性"一语,虽肇自《中庸》,但却被禅宗更多接续和发挥。"三教合源"的背景下,张耒对"自性"的解读更多了些时近色彩,禅宗的"自性"和"圆融"的精神与儒、道核心理念找到调和点,有时儒、道圆融,有时佛、道圆融,有时三教互融,洋洋洒洒,同宿列在儒家"天人合一"体系之中,不仅为张耒的诗文论证增色不少,而且体现了在学术、意识形态上"与时偕行"的时代精神,亦为理解其往还儒、释间的从容提供了更为合理的角度。

　　"道""性"、"虚静"等语汇在字面上本身就已显露"圆融"本旨,在张耒文章中,我们不能轻易断定其语究竟属于何门何教,必须以"圆融"精神去体悟,从而明彻其用意。然而,张耒文章中尚有些"圆融"处不显于笔端,需留心字外,方能有所感悟,如《远虑篇上》:

　　　　臣闻将享天下之大利者,其初必涉天下之危害;将受天下之至安者,其初必受天下之至劳。①

　　张耒此开宗之语暗寓禅意。佛教轮回之说讲人需经历几世几劫才能修成或富贵、或学问、或权势,总而为圆满之境。《牟子理惑论》有言:

　　　　牟子曰:"富哉问也! 请以不敏,略说其要。盖闻佛化之为状也,积累道德数千亿载,不可纪记。然临得佛时,生于天竺,假形于白净王夫人。"②

　　张耒以佛家苦乐证道"远虑"之旨,其曰:

　　　　夫大利至安,岂可以苟且安坐无事而得之哉? 是以圣人虽履危

① 张耒撰,李逸安等点校《张耒集》,北京:中华书局,1990年,第693页。
② 僧祐著,列立夫等译注《弘明集》,北京:中华书局,2011年,第10页。

害而不畏,当至劳而不厌,坚忍强力,痛自策励,必为而不辍,夫然后天下之大功立矣。①

证儒"远虑"之理,却另辟蹊径,以禅门"轮回""圆满"等藉修持达到的境界正果儒业功成之难,"以佛证儒"却言在字外,为不着字内的"圆融"姿态。

前文皆叙张耒文章援禅、道以"证儒"的"圆融"精神,张耒文章尚有"援儒证佛"的"圆融"态度,同样值得玩味。

站在儒家"功禄观"的角度,受儒家"名不正而言不顺"思想的影响,张耒十分反对"无功受禄"。张耒有文《鲁仲连论》,对鲁仲连"功而不居"的做法很是不满,面对佛事,张耒援入儒家"功禄"思维,《太宁寺僧堂记》云:

> 天下之物,各以其功而居其享,未有无故而安受天下之养者。不幸而冒得之,则讥骂诟辱,其或倾害篡取,必夺之而后已。若佛者,世故未尝见,独以其书东越几千万里而来中国,未尝期人之尊敬奉事。而自一邑一国,望其宫室栋宇杰大壮丽者,必佛与其徒所居。富人大家,爱啬蓄藏,至不以分骨肉,而择取精好,交手而献之佛,其心唯恐其不我享也。②

论证的事例通篇皆是佛事。"得佛之道"即"受佛之惠",若得之、受之,则事佛当然,无怨无悔;倘以佛名而"冒受惠"且安然处之,则当得偿所事,此言佛未立相应之功,而佛舍华丽,佛徒众多,又未与富人大家之奉献相称,"无功受禄"之念已隐于其中。其后文论证得更加有力:

> 呜呼!世之学佛者,无有一毫之累以劳其心,饥而人与之食,居

---

① 张耒撰,李逸安等点校《张耒集》,北京:中华书局,1990年,第694页。
② 张耒撰,李逸安等点校《张耒集》,北京:中华书局,1990年,第779页。

而人与之舍,人任其饥寒之忧,而己享其学道之利者,毋乃人以其望佛者望之耶?呜呼!使诚得佛之道,则吾将以所以事佛者事之。如其不足而将冒而处也,则资物之一毛亦将偿之。彼佛者果无故而得之,盖亦视其所享而占其功,观其所取而知其与,是其默相天下阴利万物之功,宜亦不可计矣。①

张耒本身受禅学思想感化颇深,但其"证佛"之道,非"以佛证佛"而是"援儒证佛",正呈示了他证道手段的多样,其思想"圆融"之基的深度。

"三教圆融"肇自"三教合流",体现着北宋"理学"的大格局风尚,是儒学在缺少了"经学"支撑时所必然接受的时代精神。然而,"三教圆融"并非"同一无别",各派所尚自是不同,只是其中缘合的精神可相互周转。在这个过程中,佛教的"圆融"精神起了重要的助推作用,正是这种无不涵容的博大气度为三教周衍提供了契机,使张耒思想实现了互证的可能,给"合流"带来的概念混同设置了判定标尺。

三、"蜀学"崇禅内蕴——从经济、地域、历史、文化谈起

说到"蜀学",自然会想到"儒学""禅学""理学""心学""玄学"等种种以时、以派而划定的学术意识形态。与宋代关联最多的学说有"儒学""禅学""理学""心学"等几种,"蜀学"与上述几种学术意识形态皆有交叉和取法。很多学者同意"蜀学"一开始仅是一个地域概念,这一观点有待商榷。"地域概念"不假,但若追根溯源,"蜀学"又是一个"学术概念"和"意识形态概念"。"蜀学"因其学立于蜀地,且因之以立学官,故有"蜀学"之谓,据《华阳国志》所记:

---

① 张耒撰,李逸安等点校《张耒集》,北京:中华书局,1990年,第780页。

翁乃立学,选吏子弟就学,遣隽士张叔等十八人东诣博士,受七经,还以教授。学徒鳞萃,蜀学比于齐鲁。巴、汉亦立文学。孝景帝嘉之,令天下郡国皆立文学。因翁倡其教,蜀为之始也。①

相比而言,"蜀学"有首倡之功。这是"官学下移"的有力实践。众所周知,齐、鲁为中国名教、文明、文学重镇,因其位居冲要,圣贤迭出等有利条件而名扬天下。巴蜀地区相对偏远,又有山川之隔,中原文明不便南渐,蜀地立学官,振兴蜀地名教就显得弥足珍贵。因此,两汉时期,可视为"蜀文明"和"蜀地学术"的发轫期,这是"蜀学"的雏形和统系所在。早期"蜀学"的学教内容是儒家"七经"。由是,"蜀学"早期是相对纯正的"儒学"气派,是"学术概念"和"意识形态概念"的综合。

"蜀学"崇佛自有根基传统,本节略从经济、地域、历史、文化(以文人为例)等角度谈起。

唐末的时局动荡,使得大批文士避居于据险而偏安的蜀地,这为蜀地的文化兴盛提供了强大的人才保障。《新五代史》记载:

蜀恃险而富,当唐之末,士人多欲依建以避乱。建虽起盗贼……所用皆唐名臣世族……②

蜀人富而喜遨……而后宫皆戴金莲花冠,衣道士服,酒酣免冠……③

初,魏王之班师也,知祥率成都富人及王氏故臣家,得钱六百万缗以犒军,其余者犹二百万。任圜自蜀入为相,兼判三司,素知蜀所

---

① 常璩《华阳国志》,济南:齐鲁书社,2010 年,第 31 页。
② 欧阳修撰,徐无党注《新五代史》,北京:中华书局,1974 年,第 787 页。
③ 欧阳修撰,徐无党注《新五代史》,北京:中华书局,1974 年,第 792 页。

余钱。①

蜀地的富足为蜀地文化的发展奠定了雄厚的物质基础,世界第一种纸币就产生在蜀地。谢元鲁先生说:

> 纸币的产生,当然要有经济的繁荣和货币信用关系的发展作为基础,但同时也与造纸印刷技术的高低有极大的关系。在这一方面,宋代四川地区造纸印刷术的高度发达,无疑为交子的出现准备了重要的前提。②

谢先生肯定了钱币的产生与蜀地经济的直接联系,同时,钱币的产生又与造纸印刷技术的发达有着密不可分的关系。也正因为有此得天独厚的条件,《九经》才得由蜀地刊印发行。据《资治通鉴》记载:

> 自唐末以来,所在学校废绝,蜀毋昭裔出私财百万营学馆,且刻版印《九经》;蜀主从之。由是蜀中文学复盛。③

由此可见,雄厚的经济实力是蜀地文化勃兴的重要前提。但正如前文所述,大量外来人才的到来亦是蜀地文化复兴的强大助推力量。人才是基础,胡三省注曰:

> 自汉司马相如、扬雄以来,蜀中号为多士,而斯文之盛衰则系乎上之人。④

---

① 欧阳修撰,徐无党注《新五代史》,北京:中华书局,1974年,第798页。
② 谢元鲁《宋代四川造纸印刷技术的发展与交子的产生》,《中国钱币》,1996年第3期。
③ 司马光编著,胡三省音注《资治通鉴》,北京:中华书局,1956年,第9495页。
④ 司马光编著,胡三省音注《资治通鉴》,北京:中华书局,1956年,第9495页。

人才内迁带给了蜀地文化的新气象,但同时亦不能否定蜀地本源文化。实际上,早期蜀文明就很发达,早在汉代,蜀地礼仪文备皆不落人后,《资治通鉴》记载:

> 益州传送公孙述瞽师、郊庙乐器、葆车、舆辇,于是法物始备。①

一地的学术水准、思想意识形态的变迁取决于当地的经济、文化水平。唐末战火后的蜀地在物质丰富、人才内迁的背景下实现了文化的再次勃兴,而这本身又是文化形态进步和转衍的必然前提之一。

蜀地自秦时设郡,汉时更有汉中郡、广汉郡、蜀郡、犍为郡、越嶲郡、益州郡、牂牁郡、巴郡共八郡②。山水交纵,资源丰富,左思《蜀都赋》记载:

> 夫蜀都者,盖兆基于上世,开国于中古。廓灵关以为门,包玉垒而为宇。带二江之双流,抗峨眉之重阻。水陆所凑,兼六合而交会焉;丰蔚所盛,茂八区而庵蔼焉。③

又兼以富庶:

> 侈侈隆富,卓郑埒名。
>
> 公擅山川,货殖私庭。
>
> 藏镪巨万,鈲摫兼呈。
>
> 亦以财雄,翕习边城。④

---

① 司马光编著,胡三省音注《资治通鉴》,北京:中华书局,1956年,第1382页。

② 班固《汉书》,北京:中华书局,1964年,第1598—1603页。

③ 严可均校辑《全上古三代秦汉三国六朝文》卷七十四,北京:中华书局,1958年,第1882页。

④ 严可均校辑《全上古三代秦汉三国六朝文》卷七十四,北京:中华书局,1958年,第1883页。

这些得天独厚的条件已经为佛教在蜀地的兴盛打好了基础,然至于两汉,佛迹却鲜见于蜀,并非蜀人排佛,实受囿于蜀地偏险的地理位置,《蜀都赋》云:

> 至乎临谷为塞,因山为障。峻岨塍垍长城,豁险吞若巨防。一人守隘,万夫莫向。公孙跃马而称帝,刘宗下辇而自王。由此言之,天下孰尚?[①]

很多学者佛教之入中国取道古丝绸之路。故长安、洛阳等中心城市先兴佛教,其余各地渐耘佛种。《历代法宝记》载:

> 臣闻,天竺有德道者,号曰佛,轻举飞腾,身有日光,殆将其神。于是上悟,遣使张骞羽林郎中秦博士弟子王尊等一十二入大月氏。写取佛经四十二章,在兰台石室第十四。即时洛阳城西雍门外起佛寺……[②]

由知佛入中国取道丝绸之路而先入洛阳,得到统治者的认可之后进而向全国推广。本书以为,佛入中原之途应非只一条,虽无足够文献支撑,但有关天竺修佛故事在毗连地区应早有民间传说,传佛布道之事已有群众基础,只是之前不受官方认可,未能远播罢了。

因阻于地势,蜀地长时间沉浸在土生土长的本地道教及原始巫觋当中,外来宗教很少涉缘其中。经王永曾先生考证,蜀地在东汉时期并无佛迹,川蜀佛事兴旺在两晋时期,他说:

> ……基本可以做出东汉时期川蜀没有佛教事业的结论。三国时

[①]　严可均校辑《全上古三代秦汉三国六朝文》卷七十四,北京:中华书局,1958年,第1883页。
[②]　《历代法宝记》,《大正藏》第五十一册,第179页。

期佛教传入川蜀,但资料亦极少见。川蜀佛教事业的发展是从两晋时期,尤其是从东晋开始的。川蜀佛教发展虽然较晚,但一经起步就较为迅速,很快就在全国佛教事业中占有了一定地位。[①]

也就是说,蜀地的佛教发展应从两晋算起。可见,三苏兴佛之前,蜀地早有佛教基础,且其佛缘广大,实力雄厚。据王先生在其论文《隋以前的川蜀佛教》中所提供的僧众名号,本文统计凡有百人之多,又根据他所罗列的寺庙之名,本文统计凡有四十六座,这些寺院中又以德纯寺、净众寺和保唐寺为最,许多高僧大德因缘其中,为蜀地的佛教事业作出了卓越的贡献。正如王先生所说:

> ……某地在一定历史时期内有无高僧,高僧人数多寡,是该地当时佛教事业发展水平的基本标志,然后才能考察他们的业绩。[②]

蜀地高僧众多,有一人不得不提,他就是兴起净众保唐禅风的智诜大师。

智诜[③]:(609—702 年),唐代高僧,俗姓周,初求佛于玄奘,学习经论,后投五祖弘忍。后居四川资州(今四川资中)德纯寺逾三十年,为净众保唐禅派的创始人。

智诜为五祖最早开法的十大弟子之一,《历代法宝记》云:

> 吾一生教人无数,除慧能余有十尔。神秀师、智诜师、智德师、玄赜师、老安师、法如师、惠藏师、玄约师、刘王薄,虽不离吾左右,汝各一方师也。[④]

---

① 王永曾《隋以前的川蜀佛教》,《西南师大学报(社会科学版)》,1990 年第 4 期。
② 王永曾《隋以前的川蜀佛教》,《西南师大学报(社会科学版)》,1990 年第 4 期。
③ 《五灯会元》记"诜"为"侁",北京:中华书局,1984 年,目录第 3 页。
④ 《历代法宝记》,《大正藏》第五十一册,第 182 页。

徐文明先生说:"五祖门下十大弟子之说,自《楞伽师资记》(更确切地说是《楞伽八法志》)始,为后世禅史如《历代法宝记》《圆觉经大疏抄》《禅门师资承袭图》等所宗,其中人物屡有改易,然资州智诜始终列名十弟子中,这不是足可证明智诜的存在及其地位了么?"①

智诜对蜀地的佛学发展作出了卓绝的贡献,《历代法宝记》载:

> 资州德纯寺智诜禅师,俗姓周,汝南人也。随官至蜀。年十岁常好释教……后因疾进奏表,却归德纯寺。首尾三十余年,化导众生。长安二年六日,命处寂"扶侍吾",遂付袈裟云,"此衣是达摩祖师所传袈裟,则天赐吾,吾今付汝,善自保爱。"至其年七月六日夜,奄然坐化,时年九十四。②

智诜在蜀地"化导"三十余年,为普及佛法、惠缘佛众做了大量的工作,可谓功德无量。

智诜倡法的核心是"有欲",与其他同门所倡导的"无欲"有别:

> 则天咨问诸大德,和上等有欲否。神秀、玄约、老安、玄赜等皆言无欲。则天问诜禅师,和上有欲否。诜禅师恐不放归,顺则天意。答有欲。③

智诜因为怕武后不放其归蜀传法,故有意将"无欲"解换为"有欲"。很多人并认为"有欲"与佛门宗旨大相径庭,甚不理解。实际上,从后传门人倡法核心上看,智诜的"有欲"并非完全出于"私心",应该看作是对佛理的一种阐释,对此,秦彦士先生解读得相对准确:

---

① 徐文明《智诜与净众禅系》,《敦煌学辑刊》,2001 年第 1 期。
② 《历代法宝记》,《大正藏》第五十一册,第 183 页。
③ 《历代法宝记》,《大正藏》第五十一册,第 183 页。

生心起念则有欲,妄念不生则无欲。既为有情众生则不会无欲,要真正做到无欲,并非禁绝欲望,不思饮食,而是要生生离欲,即破除贪执欲,从而妄念不起。所以法其心要即在息灭妄念。①

"有欲""无欲"恰如诸子的"性善"与"性恶"论相似,"善""恶"皆从心起,虽"性恶"却有向善之心、行善之举,终乎归于"善"。然此过程必须修持内心,这样才能一步步到达彼岸。"有欲""无欲"也是一样,心动则欲生,心释则欲息,然焉有不动之心,故而强调"有欲"为世俗常态。智诜认为,追求无欲非求诸"禁欲"的手段,而应诉诸"调心"。依心灭念,勘破妄执,是为"无欲"之境。智诜强调修心灭念,故选择幽僻之所,跏趺调息,其学又被称作"息妄修心宗"。

智诜一脉又有处寂、无相、无住诸贤延续法嗣,无住虽提出"无念",但其旨意却是:"无念即是真如门,有念即生灭门。"②依然是对智诜"有欲"论的继承。智诜的"禅教并重""有欲"被承续,继而又增容"无念""无忆""莫妄"等修持法门,形成了净众保唐禅派气象,成为蜀地佛禅风气的早期形态,其影响之深远不言而喻。

蜀佛传至无住,更有了新的气象。其佛理深入浅出,更为趋近世俗,因此大受欢迎,比如:

> 家犬野鹿。家犬喻妄相,野鹿喻佛性。又云,绫本来是丝,无明文字,巧儿织成,乃有文字,后折却还是本然丝。丝喻佛性,文字喻妄相。又云,"水不离波,波不离水。波喻妄念,水喻佛性。"又云,"担麻人转折银所,一人舍麻取银。余人言,我担麻已定,终不能弃麻取银。"又至金所,弃银取金。诸人云,"我担麻已定,我终不弃麻取金。

---

① 李诚主编《巴蜀文化研究》,成都:巴蜀书社,2004年,第171页。
② 《历代法宝记》,《大正藏》第五十一册,第185页。

金喻涅槃,麻喻生死。"又云,"我此三句语,是达摩祖师本传心法。"①

无住禅师主张"出妄相,见真性",麻、金之喻教化"涅槃"观念,秉达摩心法,而"文字为妄相"之言,又何尝不是六祖慧禅师"不立文字""见心识性"的做派呢? 或可这样理解:蜀佛至无住更加接承了南禅衣钵。《历代法宝记》云:

> 能和上答:"我衣女子将去,我法我死后二十年外。竖立宗旨是传我法也。"②

可见,净众保唐一派传法基于"人人即佛"的观念,始终追求"身同凡夫,心同佛心"的境界。净众保唐禅派广结佛缘,开门讲法,影响极大,《历代法宝记》载:

> 剑南城都府大历保唐寺无住和上,每为学道四众百千万人,及一人无有时节,有疑任问,处座说法,直至见性。以直心为道场,以发行为道场,以深心为道场,以无染为道场,以不取为道场,以不舍为道场,以无为为方便,以广大为方便,以平等为方便。以离相为火,以解脱为香……一切众生本来清净,本来圆满,添亦不得……③

净众保唐禅派不仅教众众多,且不乏名士稽首参列,纷纷入门成为其忠实信徒。名气最大的属杜甫、柳宗元和李商隐。在此,本书以杜甫为例谈谈文人与佛禅的因缘及蜀地禅学对文人的影响。

杜甫青年时即有佛慧,如《游龙门奉先寺》:

---

① 《历代法宝记》,《大正藏》第五十一册,第185页。
② 《历代法宝记》,《大正藏》第五十一册,第185页。
③ 《历代法宝记》,《大正藏》第五十一册,第186页。

> 已从招提游,更宿招提境。阴壑生虚籁,月林散清影。
> 天阙象纬逼,云卧衣裳冷。欲觉闻晨钟,令人发深省。①

这是杜甫二十五岁游东都时的作品,首句"更宿招提境"即是参理之句,后面"云卧衣裳冷"正是佛门"身念"与"心念"修持境界之喻,"衣冷""心冷"与禅门"打车""打牛"之喻如出一辙,尾句"晨钟深省"为"身、心辩难"的回答,佛门"声闻""缘觉"为顿悟之法,如:

> 蜀人师氏曰:"释氏有声闻、缘觉。如香严和尚一日扫庵,瓦砾击竹作声,忽然大悟。"②

早年又有《夜听许十一诵诗爱而有作》,诗中有"余亦师粲可,身犹缚禅寂"之句。可知,杜甫早岁即已参佛礼禅,只是儒业未竟,不肯屈身。又知杜甫以慧可和僧粲为业师,取"收心守寂"之法循序修持。此正与净众保唐禅祖师智诜禅师处幽寂境修行的业法一致,达摩修持之法可谓环环相续,未有断处。

晚岁入蜀后,杜甫多与禅僧和隐修人士交游,可考的有玄武禅师、真谛禅师和闾丘禅师、赞公、朱山人、覃山人、司马山人等,杜诗中常记录与以上诸公的往来经过,于中自有禅性感悟。在儒业艰难、生计困顿、避居川蜀的岁月里,杜甫更多皈心佛门,以佛子自称。③

有一首《望牛头寺》诗值得玩味:

> 牛头见鹤林,梯迳绕幽深。春色浮山外,天河宿殿阴。
> 传灯无白日,布地有黄金。休作狂歌老,回看不住心。④

---

① 杜甫著,仇兆鳌注《杜诗详注》,北京:中华书局,1979 年,第 1 页。
② 杜甫著,仇兆鳌注《杜诗详注》,北京:中华书局,1979 年,第 2 页笺注部分。
③ 在《赠蜀僧闾丘师兄》中,作者称闾丘为师兄,可见其已将自己视作佛徒。
④ 杜甫著,仇兆鳌注《杜诗详注》,北京:中华书局,1979 年,第 990 页。

"传灯""黄金"皆佛语,"不住心"最能体现老杜的晚年修为。保唐禅心寂而"有欲"(以有说无),灯传至无住,渐能圆和南禅之说,"不住心"可以看作南禅法门,亦可当成保唐气派,知老杜晚年对保唐禅已有研习。

当然,老杜的禅习取法多门,兼修诸经。"无复能拘碍,真成浪出游"(《上牛头寺》)"无拘碍"是"圆融无碍"取自《华严经》;"白牛车远近,且欲上慈航"(《上兜率寺》)典出《法华经》和《般若经序》;"不复知天大,空余见佛尊"(《望兜率寺》)言儒业虚幻,本自《圆觉经》。如此例子尚有许多,知杜甫晚年时耽佛事。

老杜在蜀地生活近十年,其佛学修为也在晚年时候臻于成熟、圆融,成为士人与佛门结合的最好范例。当然,老杜身在蜀地必不免受保唐禅法浸染而精进佛业,但并不是说他置身川蜀定仅接重保唐禅法。老杜学佛精于感悟,不独取一门,从容进退,这可能正是文人与僧众的真正区别。

儒与禅并非不可调和,文人追求儒业的同时与禅学又产生了程度不一的认同感,尤其经历尘世劫难之后,文人的努力往往会将佛禅推向一个新的高度,自身又不免成为后人模仿的对象,文人与禅因缘不绝就在于此。杜甫如此,经年之后的三苏也是如此。

四、"苏门蜀学"崇禅风尚及对张耒禅性的影响

天水一朝,三苏迭起,"蜀学"大兴。因三苏皆蜀人,所以"蜀学"地域性的性质并未有根本改变,此时的"蜀学"首先是以三苏为旗手的地域性概念。"蜀学"的学术沿承依然是以"儒学"和"新儒学"(理学)为主,故其"学术性概念"这一性质亦没有根本性改变。又,"蜀学"因于"蜀党",《邵氏闻见录》记:

> 然虽贤者不免以类相从,故当时有洛党、川党、朔党之语。洛党

者,以程正叔侍讲为领袖,朱光庭、贾易等为羽翼;川党者,以苏子瞻为领袖,吕陶等为羽翼;朔党者,以刘挚、梁焘、王岩叟、刘安世为领袖,羽翼犹众。诸党相攻讦不已。①

引文中的"川党"即"蜀党"。关于"蜀党"的成员,邵伯温介绍得不甚清楚,清人邵祖寿的考证相对详细:

先生(张耒)与王巩、黄庭坚、秦观、晁补之、陈师道、毕仲游、李之仪、廖正一、李昭玘诸人为蜀党,邢恕、朱光庭、贾易、杜纯诸人为洛党,刘挚、梁焘、王岩叟、刘安世诸人为朔党。②

由是观之,"蜀学"又更是一个"政治概念"。天水一朝以至后世百代,蜀地最具代表性的文豪毫无疑问是苏东坡,"蜀学"体系以苏轼为核心。既是"政治概念","蜀学"之谓自然有其政治用意。各学因"蜀党""洛党""朔党""新党"而分称"蜀学""洛学""朔学""新学",各党立学实际上都有掩人耳目之嫌,其本质就是在宣示本党的政治纲领,以求在政治上有所作为。基于此种目的,各个政党之间相互攻讦。又有王安石主持新政,其班底皆为新党成员,其所立"新学"又受其余各党纷纷攻击,各党因之而形成的短暂的联盟状态又被苏轼称为"元祐党"。所以,"蜀学"之谓,非尽关学术,其"学"字亦有政治纲要、指针之意。

本书因单论张耒个案,需将其所处之学术氛围适度论证,故论述的经纬以三苏及"苏门学士集团"为限,至于三苏之前"蜀学"形态必要时只做简单引述,"蜀学"后劲及流响鉴于篇幅和重点,概不予论。相对"狭义蜀学",本书所论之"蜀学"可谓狭之又狭,但本书依然取"蜀学"之名而论述,为避免混淆,故作"苏门蜀学"范围界定之。

苏轼并未以才气和学术倾向刻意影响周遭追随者。"苏门蜀学"并

---

① 邵伯温撰,李剑雄、刘德权点校《邵氏闻见录》,北京:中华书局,1983 年,第 146 页。
② 张耒撰、李逸安等点校《张耒集》,北京:中华书局,1990 年,第 997 页。

非一个文学流派，与同时期的“江西诗派”以及后面的“茶陵派”“公安派”“竟陵派”“桐城派”等艺文团体迥别。正如周义敢先生在其作《苏门四学士》中说的：

> 苏轼与四学士在政治上是同命运，共进退，而在文学上则诗文酬唱，丽泽切磋，并无文学派别的涵义。①

“苏门学士”群及后进学士成员几乎各有其学术追求和艺术创见，并未亦步亦趋于苏轼。“蜀学”虽非艺文团体，且没有一个固化的艺文指针，然即便如此，这并不能抵消“苏门蜀学”成员之间意识形态及文学创作实践上的“趋近性”。

除政治斗争之外，党派之争更为学术和艺文观点之争。恰是“元祐党”与“新党”的斗争牵出了党派间政见矛盾和学术分歧。元祐年间，旧党掌权，其成员多数拜官京师，艺文交流蔚然成势，对当世影响很大。苏轼为首的“蜀党”在中国文坛掀起了强劲风潮。其学术、诗、书、文、画、茶道、禅趣等多重艺文构成了“苏门蜀学”的总体取向。苏轼为一代文豪，黄庭坚为“江西诗派”之祖，艺文咸能，皆指引了一代艺文风尚。其余张耒、晁补之、秦观、李廌、陈师道等学士各有千秋。“苏门”贵在与时俱进，善将时近学术与传统学术熔于一炉，又将学术与艺文实践结合，这成就了“苏门蜀学”独特的魅力。

张耒的学术和创作与“苏门蜀学”契合区间很广，其“崇礼”“尊经”“重史”，“文与道俱的文学创作观”“旁摭百家”等祁尚皆有契应，此不一一叙说。张耒厕身“苏门”之中，其禅悟自与“苏门”濡染不无关系。禅作为“苏门蜀学”的一脉，受到了“苏门”的广泛借重。“苏门蜀学”的崇禅意识对张耒的禅性修持起了不可忽视的助推作用。

三苏对于佛禅偏爱有加，在对先秦各家学说广博吸纳的基础上，三苏

① 周义敢《苏门四学士》，上海：上海古籍出版社，1983 年，第 4 页。

常将佛禅参入其中。《东坡易传·提要》有言：

> ……又称洵晚岁读《易》，玩其爻象，得其刚柔、远近、喜怒、顺逆之情。故朱子谓其惟发明爱恶相攻、远近相取、情伪相感之义而议其粗疏。胡一桂记晁说之之言，谓轼作《易传》自恨不知数学，而其学又杂以禅。①

从家学渊源上看，苏洵及妻程氏皆为佛徒，苏轼《真相院释迦舍利塔铭并叙》载：

> 予弟所宝释迦舍利，意将止于此耶？昔予先君文安主簿赠中大夫讳洵，先夫人武昌太君程氏，皆性仁行廉，崇信三宝，捐馆之日，追述遗意，舍所爱作佛事，虽力有所止，而志则无尽。②

苏洵每有失意时便趋佛求解。宝元年间（1038—1040 年），苏洵第一次落第之后，曾游庐山，拜谒圆通居讷禅师，得其指教，失落之心始得慰藉。早年事佛，二苏曾有诗文记述。苏辙有《赠景福顺长老二首并序》，其《序》云：

> 辙幼侍先君，闻尝游庐山，过圆通，见讷禅师，留连久之。元丰五年，以谪居高安，景福顺公不远百里惠然来访，自言昔从讷于圆通，逮与先君游，岁月迁谢，今三十六年矣。二公皆吾里人，讷之化去已十一年，而顺公七十四，神完气定，聪明了达。对之怅然，怀想畴昔，作二篇赠之。③

---

① 苏轼《东坡易传》，景印摛藻堂《四库全书荟要》本。
② 苏轼著，孔凡礼点校《苏轼文集》卷十九，北京：中华书局，1986 年，第 578—579 页。
③ 苏辙著，曾枣庄、马德富校点《栾城集》，上海：上海古籍出版社，1987 年，第 265 页。

因反对王安石变法,元丰三年(1080年)苏辙从兄难遭贬筠州(江西高安)。景福顺长老"不远百里惠然来访"以缅酬当年从师居讷禅师时与苏洵交游之事,则知苏洵早岁与僧众即有交谊。苏东坡也有诗可对证苏辙之《序》,其诗题目颇长,有诗前序引之效,有此题,其诗作本身似不那么重要了,其题曰:

> 圆通禅院,先君旧游也。四月二十四日晚至宿焉。明日先君忌日也,乃手写宝积献盖颂佛一偈以赠长老仙公。仙公抚掌笑曰,"昨夜梦宝盖飞下,着处辄出火,岂此祥乎?"乃作是诗,院有蜀僧,宣逮事讷长老识先君云。①

二苏的作品皆对圆通禅院有所记录,且有禅师亲证老苏与居讷禅师的交往,由此可断定苏洵不仅与僧侣交游,且交谊非同一般,圆通寺的僧人也十分敬重老苏,甚至为其建造一亭,取名"苏亭",《圆通事实》云:

> 嘉祐中,老苏与二子寓圆通,寺僧为建一翁二季亭,后改苏亭。②

但《圆通事实》不足信,文中说"老苏与二子寓圆通"与苏辙诗序中"辙幼侍先君,闻尝游庐山"一句有异,对此清代学者查慎行说道:

> 按子由〈赠顺长老诗叙〉云:"辙幼事先君,闻尝游庐山过圆通,见讷禅师,流连久之云云。"则老苏游圆通寺时,二子未尝从也,寺志不足据。③

---

① 苏轼著,冯应榴辑注,黄任轲、朱怀春校点《苏轼诗集合注》卷二十二,上海:上海古籍出版社,2001年,第1155—1156页。
② 转引《苏轼诗集合注》,第1156页。
③ 苏轼著,冯应榴辑注,黄任轲、朱怀春校点《苏轼诗集合注》,上海:上海古籍出版社,2001年,第1156页。

虽然"寺志"不足据,但老苏与僧众的交往事实确然无疑。苏洵诗文较少探讨习佛的经历和修禅心得,想必这与他本身对佛持有的"礼而不参"的态度有关。虽然苏洵少有禅悟的诗作,但他对佛却是由衷地信服,膺服其可助人超脱之理。老苏礼拜佛祖源自他对生命和命运的认识,这是更为沉重的人生体悟,三十年间饱受丧亲之痛,使他根本无心参解禅趣,体味禅悦。《极乐院造六菩萨记》云:

> 始予少年时,父母俱存,兄弟妻子备具,终日嬉游,不知有死生之悲。自长女之夭,不四五年而丁母夫人之忧,盖年二十有四矣。其后五年而丧兄希白,又一年而长子死,又四年而幼姊亡,又五年而次此女卒,至于丁亥之岁,先君去世,又六年而失其幼女,服未既而有长姊之丧。悲忧惨怆之气,郁积而未散,盖年四十九而丧妻焉。嗟夫,三十年之间,而骨肉之亲零落无几!①

苏洵之所以造六菩萨,其意在借无边佛法超度殁者之灵,以期他们早入"逍遥之乡":

> ……恐其魂神精爽,滞于幽阴冥漠之间,而不复旷然游乎逍遥之乡,于是造六菩萨并龛座二所。盖释氏所谓观音、势至、天藏、地藏、解冤结、引路王者,置于极乐院阿弥如来之堂。②

老苏"礼佛"而不"参禅",笃信佛对生命的解释,可视作信仰。虽没有足够的文献证实苏洵所耽习的佛经是哪一本?但通过"圆通"一语,似可作出合理推测,"圆通"在《楞严经》专辟"圆通境界"一章,仅举一处:

---

① 曾枣庄、舒大刚主编《三苏全书》,北京:语文出版社,2001年,集部第256页。
② 曾枣庄、舒大刚主编《三苏全书》,北京:语文出版社,2001年,集部第256页。

佛问圆通,我以为观察虚空无边,入三摩地,妙力圆明,斯为第一。①

由是而知,老苏平日所经常诵持的应是《楞严经》。老苏的家庭教育也有佛学踪迹,苏轼有诗《子由生日以檀香观音像及新合印香银篆盘为寿一首》诗可资为证:

旃檀婆律海外芬,西山老脐柏所薰,香螺脱黡来相群,能结缥缈风中云。一灯如萤起微焚,何时度尽缪篆纹?缭绕无穷合复分,绵绵浮空散氤氲,东坡持是寿卯君。君少与我师皇坟,旁资老聃释迦文,共厄中年点蝇蚊,晚遇斯须何足云。君方论道承华勋,我亦旂鼓严中军,国恩未报敢不勤?但愿不为世所醺。尔来白发不可耘,问君何时返乡枌?收拾散亡理放纷,此心实与香俱薰,闻思大士应已闻。②

诗中记叙了二苏"君少与我师皇坟,旁资老聃释迦文"的少年学习内容,由此知二人自幼便已接受了佛老之学的教育。与老苏不同的是,大苏精研禅理,能以禅喻时,求得禅中之慰。"旃檀"一语便见于《楞严经》,《苏轼诗集合注》的"施注"部分有引:

佛告阿难:"汝嗅此炉中旃檀,此香若复燃于一铢,室罗筏城四十里内同时闻气。"③

其余如"一灯""度尽"皆是禅语。《华严经》云:

---

① 释成观法师撰注《大佛丁首楞严经义贯》,台北:毗庐出版社,2006 年,第 1221 页。

② 苏轼著,冯应榴辑注,黄任轲、朱怀春校点《苏轼诗集合注》,上海:上海古籍出版社,2001 年,第 1911 页。

③ 苏轼著,冯应榴辑注,黄任轲、朱怀春校点《苏轼诗集合注》,上海:上海古籍出版社,2001 年,第 1911 页。

譬如一灯然百千灯。其本一灯无灭无尽。菩萨摩诃萨菩提心灯,亦复如是。普然三世诸佛智灯,而其心灯无灭无尽。善男子,譬如一灯入于暗室,百千年暗悉能破尽。菩萨摩诃提心灯,亦复如是。①

苏轼文章中亦有"一灯"着处:

我观大别,方丈之内,一灯常红。门闭不开,光出于隙,晔如长虹。②

佛门以"灯"取喻,盖因灯象征着智慧,文中所谓"普然三世诸佛智灯";又取"灯"之光明意,以广照迷途,助人脱难,故文中有"百千年暗悉能破尽"之语。"度"即是"渡",音译为"波罗蜜多",从此处渡过迷茫之海达于彼岸觉悟之境,古语"佛度有缘人"就是要使人觉悟之意。《大智度论》云:

复次有众生应得度者,以佛大功德智慧无量,难知难解故,为恶师所惑,心没邪法,不入正道,为是辈人,起大慈悲心,以大慈悲手授之,令入佛道。③

苏轼的禅学修为自不必细述,从小耳濡目染,加之天生聪慧,及长后又时与高僧大德交游,故在三苏中苏轼的禅学修为是最高的。

苏轼一生对佛禅情有独钟,虽前后对禅学的态度是由被动到主动的转变,但总体来看,苏轼始终未尝背离佛禅。作为封建文人和"苏门蜀学"的中坚,苏轼对佛禅首先是哲理上的诉求,对这一点陈中浙先生

---

① 实叉难陀《华严经》卷七十八,《大正藏》第十册,第432页。
② 苏轼著,孔凡礼点校《苏轼文集》,北京:中华书局,1986年,第579页。
③ 龙树著,鸠摩罗什译《大智度论》卷一,《大正藏》第二十五册,第57页。

说道：

> 佛教的发展有两条线索，一是其宗教性，二是其哲理性。很多人都在这两者的交错中认识佛教，包括僧侣居士以及研究佛教的学者。苏轼认识佛教，基本上是对哲理上的认同多于宗教性。[①]

与杜甫相似，苏轼同样兼采多家，其目的首先不是参佛修行，而是在"儒本位"体系下追求其哲学思想的丰满，丰富自己的世界观。每个人的世界观是在不断修正的，有的人会愈来愈坚定地维护曾经的世界观，而有些人却在生活的淘洗中慢慢地走向另一个意识世界，苏轼或者说是以苏轼为代表的有相似遭遇的封建文人就属于后者。大苏对佛禅的领悟极其深刻，那些玄奥的诗文自不必说，单从其短短"题梁"之文中便可窥端倪：

> 天子万年，永作明主，敛时五福，敷赐庶民，地狱天宫，同为净土，有性无性，齐成佛道。[②]

从哲理性的角度来看，苏东坡藉《华严经》《楞严经》《维摩诘经》《楞伽经》《金刚经》《圆觉经》《观音经》《心经》《金光明经》[③]等佛经不断增容着自身的佛理深度。苏轼多重取法，其诗文中常现多种教派意识形态，可见大苏初时未有真正的皈依之心。

后经人世辗转，宦海浮沉，大乘经义渐给了苏轼精神慰藉，成为其不可或离的精神支柱，其佛学宗尚渐趋明了，如其在《送寿圣聪长老偈并序》中说道：

---

① 陈中浙《苏轼书画艺术与佛教》，北京：商务印书馆，2004年，第81—82页。
② 罗大经撰，王瑞来点校《鹤林玉露》，北京：中华书局，1983年，第170页。
③ 依据陈中浙先生的统计数据。《苏轼书画艺术与佛教》，北京：商务印书馆，2004年，第90页。

> 佛说作、止、任、灭是谓四病。如我所说,亦是诸佛四妙法门。我
> 今亦作、亦止、亦任、亦灭。灭则无作,作则无止,止则无任,任则无
> 灭。是四法门,更像扫除,火出木尽,灰飞烟灭。如佛所说,不作不
> 止,不任不灭。是则灭病,否即任病。如我所说,亦作亦止,亦任亦
> 灭。是则作病,否则止病。我与佛说,既同是法,亦同是病。①

与其他在诗文中零星点缀的证道相比,这是苏轼对佛禅经义的真正
习悟之作。于中可以发现苏轼对佛禅的领悟程度。作、止、任、灭是《圆
觉经》的四相偏差,谓为四病。苏轼却反其道而行,作"亦作、亦止、亦任、
亦灭"观,看似悖道,实则深得禅门三昧,非真正业僧可比。

苏轼释佛的精微之处全在"灭则无作,作则无止,止则无任,任则无
灭"四句。佛门一切意只在一心,万法皆从心处来,又从心处终。正如前
面杜甫诗中"不复知天大,空余见佛尊"之句,此句粗看无甚意思,但谨观
后世之训解,便有迹可循,仇占鳌语:

> 儒者敬天,佛氏信心。惟敬天,故时时戒惧慎独,求无忝所生。
> 惟信心,故乍见圆觉妙明,视一切皆空幻……②

何佛不求"见性",又何经不证"真心"?仇氏将儒、佛之别很清楚地
概括了出来。苏轼真正证佛之篇,以此为最达彻悟之境。四句偈语无一
不从心说。"灭"为"心灭","心灭"则因缘遂止;"作"为"心动","心动"
则体证因缘;"止"为"心止","心止"则无法自性运转;"任"为"随性",
"随性"则是万生万缘不灭之境。此正是苏轼对"圆觉"的领悟,不能不
说,苏轼将佛家"圆觉"精神推向了一个更高的层次。

"灭、止、任、作"四字就是苏轼的佛学精髓,诸多思想皆蕴其中。佛
祖倡法,偈云:"生灭灭已,寂灭为乐",以收心忘欲,处寂安乐为宗,尽量

---

① 苏轼著,孔凡礼点校《苏轼文集》,北京:中华书局,1986年,第642—643页。
② 杜甫著,仇兆鳌注《杜诗详注》,北京:中华书局,1979年,第993页注释部分。

与世界拉开距离;"止息"以"修心"又兼"去妄";随缘任运,因缘和汇,依性而作,取缘觉正义;"有欲"则"作",欲潜修"无欲"需正视"有欲"的存在,通过静修独处渐进"无欲",这又是智诜禅师的保唐禅法。

屡遭贬谪之后,苏轼更是主动接近和参修佛禅。除了体悟佛理,身为居士的苏轼亦如僧众修持,常跏趺打坐,追撼禅定后带来的体感和精神体会。如其一首小诗就将自己的修持过程和具体感受完整地记录了下来:"稽首天中天,毫光照大千。八风吹不动,端坐紫金莲。"佛光普照大千世界,苏轼端坐稽首不受"八风"干扰而静心修持。所谓"八风"是指佛家所定义的"称、讥、苦、乐、利、衰、毁、誉"八种境界。倘能做到其中的"一风吹不动"已经不易,达到"八风吹不动"的境界便是难上加难,据说苏轼很满意这首偈子,就遣人送到畏友佛印那里炫示自己的佛学体悟。不想佛印在原偈上大笔挥下"放屁"二字。待苏轼怒而过江质问佛印时,印和尚已经人去庙空,只留便条云:"八风吹不动,一屁打过江",苏轼方才醒悟。

可见,佛家修心是极为艰苦而漫长的过程。欲在压抑、困厄的时境中求得片刻"心安",除却藉悟佛而豁达之外,很多文人对"跏趺打坐"这种方式比较热衷,这一点张耒很像苏轼。张耒有《夜坐》诗:

> 万籁声久寂,三更霜已寒。老人袖手坐,一气中自存。
> 自得此中趣,不与儿曹论。但有老孟光,相对亦无言。[1]

张耒厕于"苏门",其禅学的领悟和修持方式皆受到二苏的影响。其修持方式遥接达摩禅法,近取保唐法门。取静幽之处,跏趺袖手,任气运使,修心得趣。

党祸之后,"苏门"频遭打击。所畏者,非天,非祸,而是人心,故苏辙有"人心畏增年,对酒语终夕"(《辛丑除日寄子瞻》)[2]之叹,二苏将人心视为畏途,故将"修心"作为课业,以在佛道的世界中寻求澄澈与安和,此

---

[1]　张耒撰,李逸安等点校《张耒集》,北京:中华书局,1990年,第118页。
[2]　苏辙撰,曾枣庄、马德富校点《栾城集》,上海:上海古籍出版社,1987年,第15页。

从苏辙"爱山心劫劫,从宦兴油油"(《次韵子瞻减降诸县囚徒事毕登览》)①之句就能轻易对证。大苏有《养生偈》探讨"炼气养精",实为将佛、道融合,借以"调心",其有"闲邪存诚,炼气养精"②之句虽云"修心",但亦有所指,"闲邪"即为"屏除恶言","存诚"即求得内衷澄澈。张耒常藉日常"修心"来博取不可言喻的禅趣,如《畏暑不出》:

> 赫赫三万里,共煮一鼎汤。蓬茅数椽屋,何处有清凉。
> 惟有摄心坐,憩此真道场。清虚无一物,焚灼不能伤。
> 自我知此趣,两脚不下堂。人皆笑我拙,我亦笑人狂。③

张耒这首诗同样缘汇多门,这亦是"苏门蜀学"的崇禅内蕴,即不偏重一法。相比而言,大苏常在诗文中随意点染,以才学助禅性,以禅学证文心,而张耒则更加沉稳、含蓄。"惟有摄心坐",取"坐禅"取得心意澄净,如《人天眼目》卷六云:

> 如何是法身体?山花开似锦,涧水绿如蓝。如何是法身用?夜坐连云石,春栽带雨松。④

"法身"之用谓何?便是借"法身"之"坐"而将"心"与"云石"相称,达到任运自有之境。而张耒的"摄心坐"恰是此种观照。说张耒未偏习一法,可看"清虚无一物"句。此句与六祖"本来无一物"何其相似,知张耒又在默坐中践行着能和尚的知见法门。佛门以"清虚"为真,"无一物"又是"无住",知张耒圆融南禅,又得保唐无住禅师的真性,而这些感悟与

---

① 苏辙撰,曾枣庄、马德富校点《栾城集》,上海:上海古籍出版社,1987年,第17页。
② 苏轼著,凌濛初增订,冯梦祯批点《东坡禅喜集》,合肥:黄山书社,2010年,第125页。
③ 张耒著,李逸安等校点《张耒集》,北京:中华书局,1990年,第186页。
④ 智昭集《人天眼目》卷六,《大正藏》第四十八册,第331页。

"苏门蜀学"的崇禅意识深有关联,"苏门蜀学"的禅性所钟和一应取向皆对张耒对佛的理悟产生了很大影响。

另外,"苏门蜀学"崇禅历来都十分重视"心学",这同样使在领悟佛、道二家的努力上没有走弯路。例如,大苏倡导"诚心"为佛、道的修行者提供了全新的体证空间。"诚心"实则是"净心""正心""去妄存真"的另一种称谓,但更有"情味",更加"形而下",更能够为普通百姓、居士、僧众所明白和接受。

还说前文中所提到的《养生偈》:

闲亦邪也。至于无所闲,乃见其诚者,幻灭灭故,非幻不灭。[1]

苏轼将"闲"训作"邪"实际是错误的,"闲"当训作"限制""防卫"之意。[2] 当然,大苏乃至宋代少有重视文字学之学者,此瑕疵似不碍大雅。苏轼欲以"诚"正其心境,见证"色相""虚幻"之下的"清心"真谛。"诚"之本衷即是涤除"虚幻",这也体现了苏轼坚持破除妄念的"中道观"。同样,在大苏的感召下,张耒也强调"诚",且将它提升到了经国济世的高度,于中亦可领略张耒"圆融三教"的努力。张耒取"诚"定礼乐,《至诚篇》云:

先王之为礼乐,岂以为备故事、修文物而已矣哉?其心之于礼乐,既已诚之矣。操至诚无间之心于内,则其动于外也,心之所存必能发之于外,外之所示必能致之于物,故人望其齐庄恭肃之容而无慢心,闻其和豫雅正之音而无邪气。夫岂特容与声之所能为哉,其诚之

---

① 苏轼著,凌濛初增订,冯梦祯批点《东坡禅喜集》,合肥:黄山书社,2010 年,第126 页。

② 王弼注,孔颖达疏,"十三经注疏整理委员会"整理《周易正义》,北京:北京大学出版社2000 年,第 17——18 页。

所动,物虽欲不获,不可得也。①

　　"诚"于内,发于外,由"正心诚意"的"修心"法门引申到了儒家的治国体系之中,这充分显示了张耒圆融的勇气和智慧,亦知张耒即便努力践行儒业,尚有心于佛事,儒、佛相融,禅、儒无别展示出了宋人独特的智慧,而这种智慧恰是从佛中汲出,从禅中悟出。在"苏门蜀学"佛禅意识形态和学术风气综合感召下,张耒渐从"惟拣恶马骑"的青涩少年成长为具有深厚佛学底蕴兼善圆融的一代宗师。

---

① 　张耒撰、李逸安等点校《张耒集》,北京:中华书局,1990 年,第 690 页。

第三章　张耒诗文禅意精神

佛教与中国文化的媒合过程是漫长的,在这段时期,中国的本土文化与佛教的相融相斥的过程从来没有中断过。佛教在一定程度上改变了中国文化的思维方式、思想深度以及对内、外世界的认识。不得不说,中国传统文化也在同步地改变和丰富着佛教的世界观和精神特质。对于这个问题,很多学者都有探讨,在此不再赘言。

"原初自然观"是中国传统文化的重要意识形态,在佛教传入中国之前,这个意识形态就已经对国人的思想产生了巨大的影响。文人的感时伤怀,儒家的"天人合一"等诸多情愫和精神都在"原初自然观"的形态体系中取得了各自的人文诉求。佛入中国之后,佛家诸多精神开始与"原初自然"媒合并发生作用。禅宗面世之后,其"自性""随缘"等精神特质皆与"原初自然"有着莫名的契应之处,走在学术前沿的文人首先意识到了这一点且在诗文中屡有创作,为中国文坛注入了不竭的生机。

张耒诗文中的"原初自然"精神是其体证禅意的一个重要角度,也是其诗文中不可被漠视的重要一环。

张耒诗文中的大乘佛教的诸多禅意精神也是本章的研究重点,佛门的般若、涅槃等精神皆在张耒遭劫前后为他指正了前途、安抚了心境。另外,张耒识禅、礼禅、用禅、逃禅等诸多皈依之举皆值得我们去细加品味。

第一节 "原初自然观"的禅意精神

一、"原初自然观"概说及文人的接承
——以"苏门学士集团"为例

"自然"一词,屡见于儒、释、道文典之中,此不一一细述,各家立说之中,汤用彤先生总结得最为该切,他在《魏晋玄学论稿》之中将"自然"内涵分类定义如下:

1. 自然——非人为。

"河东盐池……不劳煮沃,成之自然。"(王廙《洛阳赋》)

(善恶)"天资自然,不须外物者也。"(孙盛《老子疑问反讯》)

"亦非故然,理自然也。"(孙盛《老聃非大贤论》)

2. 自然——本性。

法自然,诸生之本分。

法性、色性,等等。

(寿夭贤愚)此自然之定理,不可移者也。(戴逵《释疑论》)

"各有命分。"(戴逵《释疑论》)

冷热之质,冰炭之自然。(褚裒《晋书·白王沈》)

3. 自然——定律。

(物理)形影声响。

"亦犹龙虎之从风云,形声之会影响,理固自然,非召之也。"(《老聃非大贤论》)

天然。(阴阳五行。物无妄然,必由其理。)

"夫无怪物之所以,然后可以通于命,以达变化之情者,不怪诡

于异端。测自然之根者,不猖狂于一物。"(庾阐《列仙论》)

　　……①

　　汤先生对"自然"的研究是很全面的,通过具体文献进行实证又使其结论更有说服力。除第四条"偶然"意义之外,前三条关于"自然"的定义与本论文皆极为相关,故不吝篇幅,将汤先生的结论分列如前。

　　汤先生结论中,第一条定义常见于道家,但也有儒家心法,《中庸》有云:"天命之谓性,率性之谓道,修道之谓教。道也者,不可须臾离也;可离非道也。"②这是《中庸》开宗明义的观点,儒家不仅有心法,而且体悟合道,追求天人合一的境界,天命与自性相合,故可成就"道"。此又该分作两目:其一,从"心外"考量,"天资"即"自性"。万物"依性而为",不受他物、他意干扰和影响,不刻意作为。其二,从"内心"衡量,道家常常反觌"内心",在决定是否与外物和合及自身修炼的层面上,"自然"也是一个课题。

　　第二条结论也可细论。"法自然"常见于道家,禅门也时而接用;"法性""色性"便多见于禅宗;"自然理,不可移"和"各有命分"三教皆用,儒家"天人合一"的观念是"乐天安命"观念的渊薮。

　　第三条结论也是三教皆重。"理固当然",强调客观原则和规律,这是道家"大道",禅门用之"体性合道",儒林若能去除沉重的"道统"思想,亦能妙和物理,后来的"理学"由于"三教合源",对"自然"的接纳方式相对多元。

　　"原初"之谓,源于沈清松先生为孔令宏先生著作《宋代理学与道家、道教》一书所作的书序:

　　　　总之,道产生万物的过程,是一原初外推与慷慨的化生过程,且

---

　　①　汤用彤《魏晋玄学论稿》,北京:生活·读书·新知三联书店,2009年,第175—176页。

　　②　宋天正注译,杨亮功校订《中庸今注今译》,台北:商务印书馆,1977年,第2页。

道既生物,更慷慨赠己于各物,为各物内在之德。①

"原初"一语,朴拙清新,妙和"自然",得万物源生本旨,故本书将其与"自然观"结合,谓之"原初自然观"。"原初自然"大致分作"外物原初自然""自性原初自然"和"与文饰、文明相对应的质朴观"三种。"外物原初自然观"常指"天地万物"和不能人为改换的"客观规律",其包含的"万物动静"和"时序感"常被儒家接纳,在"天人合一"的体系中焕发光彩;"自性原初自然观"指"自性"的"本来面目",是"天性"原始状态,未受世俗任何习性和观念染指。禅门常用"未生时面貌"和"胎时状貌""佛未出世时面貌"来启悟修行的僧众参悟"本性"。比如《三种法界》中即说道:"佛未出世时如何?天下太平。出世后如何?特地一场愁。"②"质朴观"衍生于"文质观"。"质朴"是大智慧,是"不工而工"的境界和不为尘染的修养。在艺文领域"质朴观"都是文人墨客、迁客骚人所引重的对象,朴拙之趣往往能够成就伟大的文艺作品。本书的"原初自然观"常在儒、释两家周转,同时旁及道家的"心学"与之内应的部分,重点偏重张耒的禅学思想。"原初自然观"是在汤用彤先生的归类下一步步归纳出来的,为本书重点部分。

万物秉性自然,"自然"者,依时依性,不羁不扰,有别于西方所界定的"自然观"《礼记·郊特牲》载:

土返其宅,水归其壑,昆虫勿作,草木归其泽。③

相传这是伊耆氏拜天时的祷辞,祈望上天不要降灾祸于生民,反映了那个时代先民们对自然的敬畏,虽是咒语,但这却是中国先民最早且最朴素的自然观(以下称"原初自然观"),这看似极原始、极平淡的观念却震

---

① 孔令宏《宋代理学与道家、道教》,北京:中华书局,2006年,序第6页。
② 智昭集《人天眼目》,《大正藏》第四十八册,第331页。
③ 郑玄注,孔颖达疏《礼记正义》,北京:北京大学出版社,1999年,第936页。

聩了中国数千载哲人们对自然的归宿意识并使之不间断地传续、传承着，形成强大的文化惯性。

自文明始，先民圣哲就开始对宇宙等未知领域进行不断的思考和探索，将天地物理之形变等乎人伦休咎兴衰，故"天人合一"成为国人早期的思维方式和文明成果且赓续至今。天地万物物理常然，冬寒夏暑四序相继，荣枯衰长体性相递。在如此的"天道至理"之中，先民们体悟到了人伦理序，《易经》传达给我们的是"天文"向"人文"①意识的转衍和泛化，是"立天定人"思想的发端和绵流。

在"天人合一"思想体系之下，圣人体悟精思，由"天文"之"日月""高下""阴阳"，发衍出"尊卑""国家""长幼""夫妇"等"人文"等阶；由天道至理体悟出了仁、义、礼、智、信、勇、志等"人文"精神，《荀子·宥坐》载：

> 孔子观于东流之水，子贡问于孔子曰："君子之所以见大水必观焉者是何？"孔子曰："夫水，大遍与诸生而无为也，似德。裾居必循其理，似义。其洸洸乎不漏尽，似道。若有决行之，其应佚若声响，其赴百仞之谷不惧，似勇。主量必平，似法。盈不求概，似正。淖约微达，似察。以出以入，以就鲜洁，似善化。其万折也必东，似志。是故君子见大水必观焉。"②

孔子依据天地性理附益出了君子行身立命的种种品质，这是儒家对先民"天人合一"思想的继承，又是对"立天定人"理论的践行。《宥坐》中"其万折也必东，似志"一句所体现的恰是"原初自然观"的本旨——万物必因其理。

---

① 关于"天文"和"人文"的探讨，参见拙作《先秦"文"之形态考略》，东北师范大学硕士论文，2009年。

② 王先谦撰，沈啸寰、王星贤点校《荀子集解》，北京：中华书局，1988年，第525—526页。

孔子的"自然观"虽然道统气颇重,然却为后世秉持"儒本位"的学人提供了"立天定人"的楷范和儒学体思的纲要,其筚路之功不可言喻。正如西汉杨雄的《法言》所记:

> 或问"鸿渐"。曰:"非其往不往,非其居不居,渐犹水乎!"注,鸿之不失寒暑,亦犹水之因地制行。"请问木渐"。曰:"止于下而渐于上者,其木也哉! 亦犹水而已矣。"注,止于下者,根本也;渐于上者,枝条也。士人操道义为根本,业贵无亏;进礼学如枝条,德贵日新。①

"鸿渐"和"木渐"带给了儒者两重启示:其一,行止有所,进退有据,当居则居,当往则往,"犹水之因地制行";其二,本立道生,理道为根本。第一重启示更为贴近本真的"原初自然观",鸟不失候,水不失理,皆中三昧。

儒、道皆崇尚"天人合一"。相比来说,儒家的"天人合一"在实用性、传统、文化契合度、利于治国等多个领域内皆优于道家。孔令宏先生说:

> 汉武帝时,董仲舒借助道家的致思路向,在黄老道家的启发下,把天道自然运用儒家的价值观应然化,以此作为安顿人心秩序和规范社会秩序的依据,但却留下了屈民而伸君、屈君而伸天的一维偏重的理论上和实践上的天道与人道的背离。②

在文学创作上,"儒本位"的"原初自然观"的"道学气"充溢于历代士林之中,先秦两汉犹重说教,唐宋之际,骚客雅士们将儒门中"报国无门""时光无序""壮志难酬"等思绪附益其中,为"原初自然观"增添了些许"长啸"与"太息"之音。儒士们常以"水归壑"、"土归宅"、"霜落"起兴,抒发不平之气,此又是"天人合一"在中古文学创作上的有益实践。

---

① 汪荣宝撰,陈仲夫点校《法言义疏》,北京:中华书局,1987年,第24页。
② 孔令宏《宋代理学与道家、道教》,北京:中华书局,2006年,第25页。

比如陆游的《溪行》二首：

其一

霜落水初澄，星繁月未升。近村闻夜犬，隔浦见秋灯。
多病乃如许，微寒已不胜。平生邻曲意，移桌避渔罾。

其二

疏钟度莽苍，远火耿微茫。岁暮水归壑，夜寒天陨霜。
人生一虫臂，世路几羊肠？老大忘绳检，狂歌尽意长。①

再看叶梦得《水调歌头》：

霜降碧天静，秋事促西风。寒声隐地，初听中夜入梧桐。起瞰高城回望，寥落关河千里，一醉与君同。叠鼓闹清晓，飞骑引雕弓。

岁将晚，客争笑，问衰翁。平生豪气安在，走马为谁雄。何似当筵虎士，挥手弦声响处，双雁落遥空。老矣真堪愧，回首望云中。②

"霜降碧天静，秋事促西风"隐喻英雄暮年光景。上阕以万事"自然"起兴，为下阕"人事不可逆天"定下沉重的论调。

"原初自然"是古人对天地运行规律的最为原始的思考。先民"畏天"又"敬天"，这一意识成为"原初自然观"形成的真正源头。儒家"立天定人"和"由人复天"的努力正是将"天道"与"人道"合一共生的过程。后世文人亦将这种天人观念带入文学创作的实践中去，形成了中国文化相对独特的精神特质。佛入中国后，佛教积极与中国文化缘合，在中、外文化的共同推衍下，佛与中国本生文化找到了诸多契应之处，儒、道精神自不必说，单从"原初自然观"来看就能给我们带来不经意的启示。

---

① 陆游著，钱仲联校注《剑南诗稿校注》，上海：上海古籍出版社，1985年，第1328页。
② 吴讷《百家词》，天津：天津市古籍书店，1992年，第549页。

第一，"各安天命"思想。"苏门学士集团"更是将"原初自然观"推向了极致。"原初自然"常带给文人久远的哲思。黄庭坚的《东郭居士南园记》有云："岁寒木落而观其色，风行雪堕而听其声，其感人也深矣。"①"木落观其色"而知遗韵，"风行雪堕声"而晓梁音。这是"原初自然"的点点启蒙，才为有意的学人开启了绵永的反思。

"原初自然观"有"各安天命，随源赴流"思想的流衍。黄庭坚有《松菊亭记》：

> 期于名者入朝，期于利者适市，期于道者何之哉？反诸身而已。钟鼓管弦以饰喜，铁钺干戈以饰怒，山川松菊所以饰燕闲者哉！②

"名""利"都有本身归宿，"道"的归宿在何处？从"原初自然"的角度看，似乎难觅着处，而黄庭坚却慧心独具，轻然一语，就是真谛，"道"的着处不在别处，恰存自身。如果说万源皆有归处，则万物都各具功效，所谓"钟鼓管弦饰喜，铁钺干戈饰怒，山川松菊饰闲"者也。

苏轼在《李氏山房藏书记》中也对"各安天命"思想有所阐述，而此论之前的接引部分依然取自"原初自然观"：

> 象犀珠玉怪珍之物，有悦于人之耳目，而不适于用。金石草木丝麻五谷六材，有适于用，而用之则弊，取之则竭。悦于人之耳目而适于用，用之而不弊，取之而不竭，贤不肖之所得，各因其才，仁智之所见，各随其分，才分不同，而求无不获者，惟书乎！③

苏轼在"乐天安命"之中也参入更为积极的人生态度，这是"儒本位"文人所展示出来的"入世"精神。苏轼在《墨妙亭记》中谈道：

---

① 黄庭坚《黄庭坚全集》，成都：四川大学出版社，2001年，第436页。
② 黄庭坚《黄庭坚全集》，成都：四川大学出版社，2001年，第438页。
③ 苏轼撰，孔凡礼点校《苏轼文集》卷十一，北京：中华书局，1986年，第359页。

或以谓余,凡有物必归于尽,而恃形以为固者,尤不可长,虽金石之坚,俄而变坏,至于功名文章,其传世垂后,乃为差久,今乃以此托于彼,是久存者反求助于速坏……物之有成必有坏,譬如人之有生必有死,而国之有兴必有亡也。虽知其然,而君子之养身也,凡可以久生而缓死者无不用,其治国也,凡可以存存而救亡者无不为,至于不可奈何而后已。此之谓知命。①

第二,"春兴秋愁"与"人生苦短"。"原初自然"善借时令,"春兴秋愁"是频见的主题,在这个大的主题之中暗隐作者不平的心声,苏东坡在《南乡子》中写道:

不到谢公台。明月清风好在哉。旧日髯孙何处去,重来。短李风流更上才。

秋色渐催颓。满院黄英映酒杯。看取桃花春二月,争开。尽是刘郎去后栽。

"原初自然"赓续四时,四序相继,无增无损,但四时之中却有抑扬,人情因之而浮沉,心意随之而起落,故在"原初自然"的体系当中,"苏门学士"很好地继承和发扬了自《诗经》而始,传绪至北宋的"感物(时)伤怀"的士人、文人情怀。"原初自然"传递我们一个消息,即人情抑扬,感情起伏非无由而起,很多时候是"因时而起""因境而发""因缘而适",这当然也是"天人合一"的"儒本位"证道过程。正如晁补之在《求志赋》之中的阐释:

伏里门而畏邻兮,幽独守此四隅。时命大谬兮,吾迂迂欲何之?

---

① 苏轼撰,孔凡礼点校《苏轼文集》卷十一,北京:中华书局,1986年,第355页。

慨永夏之宜养兮,霜菱然其萃之。增嘘唏以啜泣兮,杀身其安可?宇摧荣而藩穴兮,雀鼠去而不舍。惨四序之不淹兮,春蔼蔼其既菲。揽卉木其犹若兹兮,吾独不聊此时。[1]

四时无所偏移,安稳如山,人情却不然,世事变故往往难以预料,当然否极泰来的运道循环也是人生规律,但往往超出人心意料,思春夏之芳菲是人事常情,而长时间处在逆境,不得春时,人与卉木本自相同,卉木得春发荣,而人却"不聊此时",此恨难以言传。此种文学作品的魅力就在于本在"天人合一""人物感应"的体悟之下,却无法与境相谐,情景失和,造成强烈的反差感,引人长久鸣叹。

自然行序,有潮信之用。人可时而行止,计时序循环而知人生长度,故而人生无序,时光苦短之主题应然而生。可以说"苏门蜀学"对"人生苦短"有十分重要的传承作用。"人生苦短"这个主题,建安志士在慨叹,李杜文士也在慨叹,在任何时期都同样能够焕发出强大的魅力,激荡出无与伦比的千载共鸣,其美学精魄着实值得赞叹。可看晁补之《八声甘州》:

谓东风,定是海东来,海上最春光。乍微阳破腊,梅心已省,柳意都还。雪后南山耸翠,平野欲生烟。记得相逢日,如上林边。

莫叹春光易老,算今年春老,还有明年。叹人生难得,常好是朱颜。有随轩、金陵十二,为醉娇、一曲踏珠筵。功名事、算何如此,花下尊前。[2]

粗看此曲都是自然气派,然其底蕴却是深深的友情。"定是海东来",来的就是自己的老师苏东坡。对老师的情谊如何?在自然传语中,

---

[1] 晁补之《鸡肋集》卷一,影印文渊阁《四库全书》,台北:商务印书馆,第1118册。
[2] 晁补之、晁冲之撰,刘乃昌、杨庆存注《晁氏琴趣外编》,上海:上海古籍出版社,1991年,第7页。

一个"最春光"即写尽情谊。迎接尊师的心情若何？又是点点自然传意，"乍微阳破腊，梅心已省，柳意都还"唱彻满心欢喜，句中无人、无我，却能借"柳""梅"传谕心悰，片片深情全漾于自然之物中，不着痕迹，"原初自然观"所晕染出的情境高格，实无出其右。

此曲一改往作低徊之风，反之，它用昂扬的真情款悟出了真正的人生，"人生苦短"亦因之而不再沉重。这是"苏门学士"对人生、情谊、时光的全新体证。结尾的"上林""花下"晕出两重美境，一是回忆和憧憬带给作者的出于内心的情谊上的满足，师生及同门花前、林下谈古论今、诗词歌赋，此乐何极？二是花前、林下所引递出的最为原初的自然美感，与人共同筑起难割难舍、焕然天成的美境，这样的画卷人与物少了哪一边都缺一片意境。此"天人合一"更是"人境合一"。

"自然时序"之中，"苏门学士"也难免产生悲观情绪，"人生苦短"已然消去了平生鸿志，徒剩下"朝露"之叹，可看元符元年（1098 年），时年五十三岁的黄庭坚为避亲嫌迁守黔南时所作的《黔南十首》其六、其七：

> 老色日上面，欢惊日去心。今既不如昔，后当不如今。

> 喷喷雀引雏，悄悄笋成竹。时物感人情，忆我故乡曲。①

前首述自然之残酷，人无法违抗自然时序，在渐渐逝去的光阴中韶华悄然不再，岁月的痕迹慢慢爬上了面颊，不免产生"今不如昔""后不胜今"的慨叹。这种慨叹在王羲之的《兰亭集序》中亦有证论，所谓"后之视今，亦犹今之视昔"。只是王右军探讨的是"死生亦大"，而黄鲁直谈的是"韶华不再"，其源头都是时光无序。时光之渐，浑然难觉，正如"悄悄笋成竹"一般悄无声息，却令人至为伤感。

第三，"时序感"启示。"时序感"是"原初自然观"的精髓所在，除上

---

① 黄庭坚撰，任渊等注，刘尚荣校点《黄庭坚诗集注》，北京：中华书局，2003 年，第445 页。

面谈到的"四时之序"之外,尚有"物序",也即藉物而知行止,以此为因由,俱然融入体证之"道"或"理"。比如陈师道的《田家》:

> 鸡鸣人当行,犬鸣人当归。秋来公事急,出处不待时。
> 昨夜三尺雨,灶下已生泥。人言田家乐,尔苦人得知。①

"鸡鸣当行""犬鸣当归"是"生活时序",亦是"四时时序"的衍生。不违"时序"是"合道"的体现,蜀门"合道"以言事,本诗所阐述的"理"是对"田家"依时而作息的赞颂,透露了"苏门"典型的民本思想。相似的诗作还有黄庭坚的《黔南十首》其八:

> 苦雨初入梅,瘴云稍含毒。泥秧水畦稻,灰种畲田粟。②

如果说"土返其宅,水归其壑,昆虫勿作……"所呈现的是朴质动态的美感,那么"蜀门"带给我们的重要启示便是静态的原初美感。李廌《月岩斋诗》云:

> ……错落夕岚。凝辉万壑,澄若渊潭。有窦人室,架楹维三。其名实佳,佳哉月岩。窦人者何,赞皇之黔。伊谁名之,宗伯子瞻。③

"凝辉万壑,澄若渊潭"非简单的景物描写,而是借助最为质朴的自然形态将人文精神衬托出来的"原初自然观"体证。此句的所体现的人文精神正是作者自己的博大胸怀和纤毫不积的澄澈心境。撷取"万壑"

---

① 陈师道著,传傅增湘校注《后山先生集》卷一,明弘治十二年刻本,《宋集珍本丛刊》第694页。

② 黄庭坚撰,任渊等注,刘尚荣校点《黄庭坚诗集注》,北京:中华书局,2003年,第445页。

③ 李廌《济南集》卷一,清抄本《宋集珍本丛刊》第643页。

以证胸怀,"凝辉万壑"取证此胸怀处变不移的胆魄;"澄若渊潭"是自身钟爱的情怀,亦是通达中和的修养和人生态度。"天人合一"体系中的"原初自然观"的静态写照在诗文创作之途上已臻极致。此种精神在"月岩"斋号上也可寻得消息,"错落""凝辉"之源头是月,"夕岚""万壑"取一"岩"字互证,洒脱豪放之境恐怕也只能用一句"佳哉月岩"来概括了。此外,此斋号的取名人正是自己的老师苏轼,"宗伯子瞻"一句恰透露了李廌以苏轼门人自居的事实。

"原初自然观"与"天人合一"结合是中国古人的思维习惯。天地万物皆依照自己的个性追求相应归宿,天道如此,人事也当随性进退。中国文人承续"原初自然","循理且合道",成就了文人在"儒本位"体系中的艺道原则。"原初自然"深合时序,无论"四时之序"和"生活之序"都在"天人合一"的体系中与人架构着不离不弃、同构异质的关联。文人传绪古人因"时序"而感怀的传统,每每在仕途和人生受到挫折时,都能恰当地藉"原初自然观""达其性情、形其哀乐",往往能在不经意间留下宝贵的艺文作品,脍炙千载依旧魅力不减。尤其是"苏门学士",他们种种情怀常能与时俱进,与境相谐。由此产生的"不违"态度亦决定了他们在诗文领域和人品胸襟上的高度和广度,令后世常常带着极为崇拜的眼光和姿态谈论"苏门六学士"。

"原初自然观"所体证的并非只是"时序"之叹,一榛衰草、澄潭幽壑皆是"自然观"由古及今投射的狭长的身影,观感之中留下的是动静交互的天地间至真至纯的感悟和回响,其中孕育着与之相类的人文情怀。如果说在"儒本位"形态中的"原初自然"是对人类原生态情感的映照和抒发,那么"原初自然"呈示的"道性禅心"就是藉由宗教带给内心的安慰和平复。

二、"原初自然观"与佛禅精神的契应

各个阶段的道家、佛家都接引和赓续了这一朴素的自然观,且均以之

作为本学派的核心。"原初自然观"之根本即是天地万物依性而作息,且都有自己的轨迹和归宿。中古之后"原初自然观"的中继者是唐代的白居易,其有诗云:

> 霜降水返壑,风落木归山。冉冉岁将晏,物皆复本源。
> 何此南迁客,五年独未还。命屯分已定,日久心弥安。
> 亦尝心与口,静念私自言。去国固非乐,归乡未必欢。
> 何须自生苦,舍易求其难。
>
> 《岁晚》①

"原初自然观"又体合着古人"天人合一"的观念。天道自然,一切任运随缘。人道亦与天合,"天命""缘分"在国人的意识中早已深深扎根。所以一切顺应天道,依性而为,不拘不逆,贵在"无违"。葛兆光先生解读《庄子》时说:

> 在庄子一系看来,人是"天"之所生,应当顺应自然,"彼至正者,不失其性命之情",任何外在的附加的东西都是多余的累赘的……②

白乐天诗中"命屯分已定"和"何须自生苦"早已深得三昧。诗中前四句用了相对长的篇幅在论证"原初自然观"看似与"心性"主题相违,实则白氏实则是用平易、无迹的黏合剂将"心外世界"与"心性"对接了起来,在言浅平易的文字之中,充溢着作者对"自然"的心悟和禅性证道,再如《玩止水》:

> 动者乐流水,静者乐止水。利物不如流,鉴形不如止。
> 凄清早霜降,淅沥微风起。中面红叶开,四隅绿萍委。

---

① 白居易撰,顾学颉校点《白居易集》,北京:中华书局,1999 年,第 220 页。
② 葛兆光《中国思想史》,上海:复旦大学出版社,1998 年,第 286 页。

广狭八九丈，湾环有涯涘。浅深三四尺，洞彻无表里。

净分鹤翘足，澄见鱼掉尾。迎眸洗眼尘，隔胸荡心滓。

定将禅不别，明与诚相似。清能律贪夫，淡可交君子。

岂唯空狎玩，亦取相伦拟。欲识静者心，心源只如此。①

在儒家眼中，水具德性，"仁山智水"早已闻名；道家对水更为崇拜，"上善若水"化"至道"为有相之形；至禅门，水更是"原性"和"智慧"的表达。据《五灯会元》记载：

> 十五祖迦那提婆尊者，南天竺国人也，姓毗舍罗。初求福业，兼乐辩论。后谒龙树大士。将及门，龙树知是智人，先遣侍者以满钵水置于座前。尊者睹之，即以一针投之而进，欣然契会。②

迦那提婆求佛于龙树，龙树欲试其佛性，置满钵水于前，暗喻自己的智慧如水满钵，而迦那提婆投针以对，示其谦卑。可知，禅林之中的"水"早已成为禅性和智慧的接引的象征和工具。佛门典籍中有关水的记载很多，有些典籍上的记载甚至充满了奇幻色彩，这也承载了佛门历久以来对水的崇拜，《大唐西域记》载：

> 国东境丞北天祠前有大龙池。诸龙易形，交合牝马，遂生龙驹，龙性难驭。龙驹之子，方乃驯驾。所以此国多出善马……城中无井，取汲池水。龙变为人，与诸妇会，生子骁勇，走及奔马。如是渐染，人皆龙种……③

无论动还是静，水都能带给人各式体悟，种种体性和智慧皆藏其中。

---

① 白居易撰，顾学颉校点《白居易集》，北京：中华书局，1999年，第493页。
② 普济著，苏渊雷点校《五灯会元》，北京：中华书局，1984年，第23页。
③ 玄奘、辩机原著，季羡林等校注《大唐西域记校注》，北京：中华书局，第57页。

白居易对水的歆慕中又附益了更多的内涵:水之动证道圆融与随缘;水之静又体悟博大与淡泊,无论动、静皆能妙和"原初自然"的本衷。动、静之外,水之清、净、平、淡与心境相合,言水实则说心,说心实则体性。这正是白乐天诗中的好处。禅、道两家都是"心源"之学,而两家皆从"原初自然"之中撷得妙处,成就了本家气派。"明""诚"皆为道家语,又,"心"即"原初自然",凡事求"自性随缘"便是禅门证道。白居易诗中又将"心"与"天地万物"意义上的"自然"对应,水之澄净恰如"心境",而"心源"为禅、道根本,故诗中强调水于心间"定将禅不别,明与诚相似"的对证关系。

白居易是中唐时期最伟大的诗人,在整个中国文学的殿堂当中亦是一颗璀璨的明珠,他将"原初自然"引入"心源",增容了佛、道两家的宗教、学术、文学文化和艺术等领域的魅力,其承上启下之功不可磨灭。

苏东坡妙和白居易的禅性,在此节录《次韵孔毅父久旱已而甚雨三首》几句:

> 饥人忽梦饭甑溢,梦中一饱百忧失。
> 只知梦饱本来空,未悟真饥定何物。
> 我生无田食破砚,尔来砚枯磨不出。
> 去年太岁空在酉,傍舍壶浆不容乞。
> 今年旱势复如此,岁晚何以黔吾突。
> 青天荡荡呼不闻,况欲稽首号泥佛。

苏轼这首诗本乎"民本"思想,以"哀民"为主题,但却从"原初自然观"切入,得到佛禅的"任缘自然"法门,继而探讨"空幻""实有"对普通百姓的意义。黄庭坚深味白氏诗中禅性,且作了多首疏解之作遥应白诗,其诗云:

霜降水返壑,风落木归山。冉冉岁华晚,昆虫皆闭关。①

作为"江西诗派"的祖师,黄庭坚作诗讲究"点铁成金"。黄庭坚常常化用他诗原句而掺入己意,起到出其不意的艺术效果,有人讥其生硬仿作,然不能不服膺其更为超脱的意境。比如《容斋随笔》卷一《黄鲁直诗》所记:

> 徐陵《鸳鸯赋》云:"山鸡映水那相得,孤鸾照镜不成双。天下真成长会合,无胜比翼两鸳鸯。"黄鲁直《题画睡鸭》曰:"山鸡照影空自爱,孤鸾舞镜不作双。天下真成长会合,两凫相倚睡秋江。"全用徐语点化之,末句尤精工。又有《黔南十绝》,尽取白乐天语,其七篇全用之,其三篇颇有改易处。②

《容斋随笔》可对证《道山清话》,两者皆记载了黄山谷作"化语诗"的经过,很有史料价值。然而这并非重点。黄庭坚对白居易诗意的领悟及境界的传达才是本文论证的重点。细观之,黄庭坚几乎全引白诗,只是将白诗第三句的"晏"字改为了更为通俗的"晚"字,而白诗尾句的"物皆复本源"被黄鲁直改造成了"昆虫皆闭关"。看似十分随意和平淡,又似绝无新意,可是"新意"恰恰就在最为平易之处。黄的改作更加体现了"苏门"的"形而下"且"务实"的艺文创作观。"物皆复本源"实取大处,"昆虫皆闭关"聚焦一点。更为具象地落实了"原初自然"之"象"。白诗"平易"之外又加被了"具象"于其上,其质朴之境实难超越。

从心境而言,黄、白二人都真正体证到了禅家"随缘自觉"。白诗虽歌咏"乐天安命",似与"儒本位"之"原初自然观"相类,可是白诗的注意点却落在了"心境"之上,正所谓"命屯分已定,日久心弥安",白氏所祈求的就是"心境"的安和。"去国非乐","归乡不欢"这对悖论所传达的恰

---

① 王玮《道山清话》,《丛书集成初编》,北京:中华书局,1985年,第10页。
② 洪迈《容斋随笔》,上海:上海古籍出版社,1978年,第4—5页。

是"心安"的消息。离开故国本来不悦,这是人心常情,可是经历了人世遭遭,归乡之际也不见得多么兴奋了,这就是"心境"的"安和",也是历劫之后心灵经由禅得以升华的至上表现。"乐"与"欢"的基点在于"心",白氏将"原初自然"的范畴扩展至内心,这是历经静默宗教洗礼之后才会产生的感悟。"何须自生苦,舍易求其难"说的就是禅学所体证的"心外无求"之道,强调万事求诸本心,不必舍本逐末。

相对白居易来讲,黄庭坚的接应之作也同样接引了禅、道心学。"反
壑""归山""闭关"之中,"反""归""闭"的指向实则都是内心,于心外劳务忙忙碌碌,莫如求证内心,借此纾解心中淤滞。黄庭坚借仿诗见心性的意图有据可依,《黔南十首》诗前解题云:

> 文潜一日召邠老饭,预设乐天诗一秩,置书室床枕间。邠老少焉假榻翻阅,良久才悟山谷十绝诗,尽用乐天大篇裁为绝句。盖乐天长于敷衍,而山谷巧于剪裁。自是不敢复言。端伯所载如此,必有依据。然敷衍剪裁之说非是。盖山谷谪居黔南时,取乐天江州忠州等诗,偶有会于心者,摘其数语,写置斋阁;或尝为人书,世因传以为山谷自作。然亦非有意与乐天较工拙也。诗中改易数字,可为作诗之法,故因附见于此。①

此解题较为详尽地介绍了黄庭坚作十绝诗的缘由。由于张耒喜好白居易的诗,故经常在枕席间研读。其友无意间发现黄庭坚作的许多诗都可在白乐天处找到根据。可见白居易对宋代诗歌的影响之大,"苏门学士"中的张耒和黄庭坚皆对白居易其人其诗至为服膺。张耒研读间可得其神韵,故其晚年诗中的禅性不无源头,加之少年时期外祖李宗易的启悟,故其诗"禅性道心"之中能够规模白氏。而黄庭坚索性以白诗为蓝本泻其心性,以至于他人皆以为黄氏自作。解题驳斥了白诗长于敷衍、黄诗

---

① 黄庭坚撰,任渊等注,刘尚荣校点《黄庭坚诗集注》,北京:中华书局,2003 年,第443 页解题部分。

强于裁剪之说,也否认了黄山谷为诗有意与白乐天争工拙之意,强调黄氏为诗仅为"心会"。"心会"何处？会于同为谪官的无可奈何及在此环境重压之下所晕蒸出来的"淡泊"的心境；会于历经世事变迁之后能够在"原初自然"之中得到的面对周遭的勇气和智慧。白居易一生习禅,黄庭坚同样精于禅道。白居易有诗:

　　　渴人多梦饮,饥人多梦餐。春来梦何处？合眼到东川。①

黄庭坚亦有改作:

　　　病人多梦医,囚人多梦赦。如何春来梦,合眼在乡社。②

　　禅门通过"原初自然"告诉世人,一切行为和想法都是"自然而然""无拘无执""随缘而适"的。白、黄二人颇通禅理,这两首诗中所体悟出来的禅趣恰是"依性随缘"。禅门与世俗最近,认为是凡依照"天性"和"人性"便是合理的。人渴了想喝水,饿了想吃饭；病了想就医,被囚禁想要获释。这些就是人类最为原始而又最为赤诚的"天性",能够释放这些"天性"才是人类应当始终追求的境界。正如《天圣广灯录》云:

　　　问:"久为流浪途中客,乞师方便指归源。"
　　　师云:"饥餐渴饮。"③

　　堂前僧向楚圆禅师问法,以"流浪客"为题问禅,禅师只有"饥餐渴饮"四字为答,言这就是禅。禅随自性,发于自性,不离自性。

---

　①　王玮《道山清话》,《丛书集成初编》,北京:中华书局,1985年,第10页。
　②　王玮《道山清话》,《丛书集成初编》,北京:中华书局,1985年,第10页。
　③　佛光大藏经编修委员会《天圣广灯录》卷十八,《佛光大藏经·禅藏》史传部,1994年,第506页。

　　那么白居易最为切近的"天性"是什么呢？那便是希望能够一合眼就能到达东川。同样，黄庭坚的"心性"关切在于"合眼在乡社"。两位大师用至为质朴的语言写出了各自心中最为关切的"天性"，这就是禅。

　　禅门"由它去"的心态最适于修行。苏东坡参禅时曾作一诗，颇有启悟之效，其名曰《书焦山纶长老壁》：

> 法师住焦山，而实未尝住。我来辄问法，法师了无语。
> 法师非无语，不知所答故。君看头与足，本自安冠履。
> 譬如长鬣人，不以长为苦。一旦或人问，每睡安所措。
> 归来被上下，一夜着无处。展转遂达晨，意欲尽镊去。
> 此言虽鄙浅，故自有深趣。持此问法师，法师一笑许。①

　　苏轼在熙宁六年至七年（1073—1074年）往返常、润、苏、秀道中作此诗，这首诗作得十分有趣，很多学者在研究苏轼和禅学的关系时都曾援引过这则故事。苏轼到焦山见纶长老问法，而长老却默然不语，无一字法旨传授。苏轼遂悟出了玄机，原来禅法就是顺应"天性"，又称之为"自性"。在此，苏学士举了一个十分生动的例子：一个长胡子的人本身不觉得长胡须有什么不方便，但有一天一个人忽然问他晚上睡觉的时候胡子怎么安置时，这个长胡人竟然不知在夜里该怎样安置自己本来毫无妨碍的"长须"了，辗转了一夜，甚至想把胡须全都镊掉。这个故事告诉我们，生活中一切合乎"自性"的习惯和方式就是最为朴质的"原初真理"，"禅"不在别处求，只去内心找。这个故事也侧面折射出苏轼深厚的禅学底蕴和绝高的悟性。禅宗"不立文字"，一切需"自性彻悟"，接话头的方式大致有"以言证言""棒喝""静默""物证""指证"等数种，然若要细分还有极多纲目，此不细述。诗中法师所采取的方式就是"静默"，绝不将"真理"通过语言直接传输，这种惯常逻辑在禅门永无立足之地。禅门的接引是

---

① 苏轼著，冯应榴辑注，黄任轲、朱怀春校点《苏轼诗集合注》，上海：上海古籍出版社，2001年，第526页。

"直心见性",法师不言实正是最好的回答。《楞伽经》强调"印心",要做到"印心"先要做到"自性自度""自心觉悟",正如张勇、洪修平两位先生所讲:

> ……心性就是真如,自性就是佛,因而清净之心就是所观的对象,修禅无需追求"与道冥合",而是应该"自性觉悟"。①

《五灯会元》也记有法偈:

> 心自本来心,本心非有发。有法有本心,非心非本法。②

强调"心"为修为之根本的同时也再次强调了"心无拘执""心无法限"的宗旨。

作为宋代的学术轴心,苏轼对"原初自然"的接引相对多元,"自性随缘"之外,尚有禅、心意义上的"归宿"消息藏蕴其中。万物随性,有源有终。其有词曰:

> 霜降水痕收。浅碧鳞鳞露远洲。酒力渐消风力软,飕飕。破帽多情却恋头。
> 佳节若为酬。但把清尊断送秋。万事到头都是梦,休休。明日黄花蝶也愁。③

《南乡子》

一句"霜降水痕收"便已经擎出了"归宿"这一主题。既然万物皆有"归宿",人事自然不能例外,"万事到头都是梦"可知苦寻的归宿元是"梦

---

① 洪修平、张勇《禅偈百则》,北京:中华书局,2008 年,第 7 页。
② 普济撰,苏渊雷点校《五灯会元》,北京:中华书局,1984 年,第 15 页。
③ 邹同庆、王宗堂著《苏轼词编年校注》,北京:中华书局,2002 年,第 331 页。

幻"。佛经有云:"一切善恶、有为无为,皆如梦幻。"①大苏对"真假"和"实幻"的思考,恰是佛禅和"原初自然"的互证体会。

禅林之中的"自然"又充溢着"取意不言"的真趣。禅宗"不立文字"恰得自然真意。回顾其意,又盈满了原初朴拙之趣。黄庭坚的《自然堂记》说道:

> 予独嘉其意近于自然,为之名曰"自然堂",且为道其所以名曰,动作寝休,颓然于自得之场,其行也不以为人,其止也不以畏人,时损时益,处顺而不逆,此吾所谓自然也。彼体弱而健强,名辱而羡荣,汩汩然日有是心,然且取混沌之术而假修之者,自然尚能存乎? 虽然,凡此者近之矣,而未也。若夫道之妙者,则吾不能为若言之。而使若得之也,亦不能为吾言之矣。言师善鼓琴丹青,而不有其能,读经论多自得其意,不事外饰,如山野人,可与言者也。②

黄庭坚这篇《自然堂记》似可作为以苏、黄为代表的"苏门蜀学"对"原初自然"的理论性成果。虽然这是一篇"记",属文学范畴,但其中处处盈动着对相关问题的见解与领悟。文中的"动作寝休,颓然于自得之场"即说是行是止都依照"自性",所谓"自得之场"。既然依照"自性",也便不因人因事而有稍许改变,这就是"自然"。禅宗和道家"心学"往往将"自然"说得很是玄虚,而蜀门务实,所以黄庭坚对"自然"的领悟更加趋重实际。想必仕途上的种种坎坷使黄庭坚能够更深地体悟"自然"真谛,因此在论证过程中力避空谈,处处有指。黄庭坚批判了那些表面是道貌岸然的"佳士",而内心却"名辱羡荣"的那些"伪道士"。这些"伪道士"的做法是"有为",与"无为"之旨相违,当然有悖于"自然"之境。

苏辙有《次韵子瞻宿南山蟠龙寺》:

---

① 普济撰,苏渊雷点校《五灯会元》,北京:中华书局,1984 年,第 28 页。
② 黄庭坚《黄庭坚全集》,成都:四川大学出版社,2001 年,第 456 页。

谷中夜行不见月,上下不辨山与谷。前呼后应行相从,山头谁家有遗烛。跫跫深径马蹄响,落落稀星著疏木。行投野寺僧已眠,叩门无人狗出缩。号呼从者久嗔骂,老僧下床揉两目。问之官吏冒夜来,扫床延客卧华屋。釜中无羹甑实尽,愧客满盘惟脱粟。客来已远睡忘觉,僧起开堂劝晨粥。自嗟奔走闵僧闲,偶然来过何年复。留诗满壁待重游,但恐尘埃难再读。①

诗中仅是记载了一次夜宿寺院的经历,全文不用奇字、奇韵,全是生活经历,娓娓道来。由夜宿到晨起,平淡无奇,却暗寓年来奔波远近,跫跫仕途的狼狈。回视此景,亦感受僧家之闲、浮生之苦。一句"留诗满壁待重游,但恐尘埃难再读"在平淡无新的慨叹中,却寄托着对人生真谛的追问,言简意远,道在语中。

"自然"之道在何处?山谷道人直言"不可说"。此与"陶禅"的"得意忘言"一脉相承。但有意会,只与"山野人"诉说。"山野人"是"本真",是心中最为原初、最为天真的所在。黄山谷要将心意传达回自己至为质朴的本真当中,这就是"蜀门"对于"水归其壑,土返其宅"的精彩证道。

三、"原初自然观"下张耒诗文禅意求证

张耒的很多诗文作品都在努力践行着"原初自然观"所引证的诗文创作精神。借此感悟,很多作品都展现出了较高的艺术水准。

张耒对"原初自然"深有领悟,且看《本治论上》:

治天下者,必求于仁义而无祸,犹治身者,必求至于安乐而无疾也。夫求安乐而无疾,则必察夫寒暑之动而为之应。故狐貉以御寒,

---

① 苏辙撰,曾枣庄、马德富校点《栾城集》,上海:上海古籍出版社,1987年,第34页。

而绤葛以去暑,凡晦明燥湿之变,吾皆有以制之,而吾初不能自必,夫如是而后安乐可为也。寒而为裘,暑而不易,暑而御葛,寒而不变,如是则疾而死耳,尚何安逸之有哉！呜呼！知此而后可以语治天下也。①

回头看看白居易的"渴人多梦饮,饥人多梦餐"和黄庭坚的"病人多梦医,囚人多梦赦"之句,简直如出一辙。张耒用"狐貉御寒"和"绤葛去暑"来解趣禅家的"依性自适","自性"即禅,而禅与"仁义""礼仪"和"治国平天下"有何瓜葛？在北宋"理学"风行之前,这简直是无法想象的。但在"理学"大环境中,在"原初自然观"体系之中,禅、儒局可以完美对接,且能够相互体证。

张耒又能够将"原初自然观"中的"时序观念"毫不穿凿地寓于文中,通篇说的是儒家道理却能够浑然天成,无纤毫滞涩之感。"晦明""寒暑""燥湿"等体性"时序感"的词语与"寒裘暑葛"的"自性"行为交融一味,如水如海,不辨彼此,这是真正的妙处。张耒将"外物原初自然"和"自性原初自然"皆结为一股而说理,不知不觉间已实现了诗文创作层面上的超越。

儒家"时序"中常有感怀,这似乎已经成了中国文人的文化和美学惯性,每有令其有感的"时序"必咏叹之,其正如张耒的《寒食同妇子辈东园小宴》诗云：

> 寒食无与乐,携孥宴小园。青春积雨霁,白日万花繁。
> 时节悲江国,穷愁泥酒尊。故乡终在眼,乐不得重论。②

这首诗与禅宗《无门关》的一首偈子同得"原初自然"的缘趣：

---

① 张耒撰,李逸安等点校《张耒集》,北京:中华书局,1990 年,第 591 页。
② 张耒撰,李逸安等点校《张耒集》,北京:中华书局,1990 年,第 353 页。

春有百花秋有月,夏有凉风冬有雪。

若无闲事挂心头,便是人间好时节。①

张耒将"原初自然观"中"自性"一脉中的"无为"理趣很好地体证出来,这当然也是对佛禅"依性而适"的反训:

何谓小过? 夫世之人有好种植者,一日种之,一日溉之,一日培之,朝俟其长,夕俟其蕃,一日百至而不倦。是其爱之亦至矣。然木不加盛而日槁。又有一人焉,既植而去之,行三年而反,而木之大可拱矣。是何也? 凡物之性,不扰则乐而滋,数治则残而槁。且秦之吏,比汉之初则勤矣……而民亦怨苦。而汉初之吏,虽不如秦之勤而乐之,何则……谨严其细而劳扰之,民固已不胜其弊矣……彼一溉一培之失时,于木之性未害也。彼不求政之所病,而乃尤天下之势,呜呼! 其亦不知治本哉!②

生活是禅,也是道。张耒所举之例并非大智大贤之辈,而是两个最为普通的植树人各自植树的故事。大道便寓于其中,万物"自性而作",欲求则求、欲弃则弃,无需外物或外力影响。取"无为"境,就是证悟"自然"之道。

"原初自然"的"无为"之境亦被张耒援而证史和治国之道。其理精微,不务玄虚,这也正是"苏门"治学的传统和魅力所在。秦扰民而速败,汉无为而大治,前后史证在"无为"论的证道中显得极有力量。

受外祖影响,张耒诗作规模白居易。白居易的禅、心体验的模范又是陶潜,其有《效陶潜体十六首》:

不动者厚地,不息者高天。无穷者日月,长在者山川。

---

① 宗绍编《无门关》,《大正藏》第四十八册,第295页。
② 张耒撰,李逸安等点校《张耒集》,北京:中华书局,1990年,第593页。

松柏与龟鹤，其寿皆千年。嗟嗟群物中，而人独不然。
早出向朝市，暮已归下泉。形质及寿命，危脆若浮烟。
尧舜与周孔，古来称圣贤。借问今何在，一去亦不还。
我无不死药，兀兀随化迁。所未定知者，修短迟速间。
幸及身健日，当歌一樽前。何必待人劝，持此自为欢。①

白居易用"原初自然观"证道"及时行乐"的观念。此诗中所现的是
"天地万物形态"的"原初自然"，所择取的角度是天地、日月、山川、松鹤
之间的动静本来状态。与之相对，人生有限，所谓"早出向朝市，暮已归
下泉"，正是对人生"时序无端"的不安、恐惧，才反成就了看淡一切，参透
生死的领悟。

张耒有诗全取白居易"原初自然"的起兴手法和主题思想。其有《白
乐天谓上雨中独乐十余首仿渊明，予寓宛丘，居多暇日，时屡秋雨，仿白之
作得三章》诗云：

寒极则有暑，晦久则有明。开辟迄今兹，此理信可凭。
炎炎者易灭，巍巍者必倾。圣智无奈何，况此愚昏氓。
设罗以猎兽，切骨陷其膺。重势以镇物，悬绝压其肱。
纵使贲与育，力有不获呈。物情千万变，可尽得经营。
不如寂寞士，葛带而兰缨。无求复无忧。容貌甚和平。
况兹积雨余，秋气日姿清。悠然有佳兴，美酒时一倾。②

张耒这首诗是典型的以"原初自然"证"禅"之作。在"原初自然"的
体证之中感受禅境的平和与淡然。"寒极有暑""晦久则明"为天地之道。
这是最为朴拙的原初体悟，理虽不难，但真正证悟且将其援入现实，则非
易事。此作证"万物盛极而衰"之理。与白居易之作最大的不同是这首

---

① 谢思炜《白居易诗集校注》，北京：中华书局，2006 年，第 499 页。
② 张耒撰、李逸安等点校《张耒集》，北京：中华书局，1990 年，第 105 页。

诗对人事的否定和讽刺。"设罗以猎兽,切骨陷其膺。重势以镇物,悬绝压其肱"讲的就是人事上的勾心斗角。张耒对人事的批判并没有执着于人事内部的是非曲直,而是从"原初自然"直寓其理:万物皆盛极而衰,如此执迷于人事上的斗争又有何用。不如淡泊眼前无聊的纷争,以隐士的心意去观照万物和人事,酌酒聊以"及时行乐"。

"原初自然"其理至浅,而其功用却至大无比,以其证理和起兴往往能起到最直接和有力的证道作用。

张耒的许多脍炙人口的精美散文也经常将"原初自然"暗宿文中,似不觉察,其中的禅性幽闲之处亦需用心体悟方能有所感。为将此处诠解清楚,本书特将张耒与大苏的散文对举,以察精微。

熙宁七年、八年(1075 年)张耒两过淮水,先后作成《涉淮赋》和《后涉淮赋》。此时的张耒只有二十一二岁,与苏轼已有师徒之谊①,但二人为赋的风格和思想取向方面却十分相似。如《涉淮赋》:

> 方中原之多故兮,遂窃帝而称邻。遭世宗之博兴兮,乘累圣之威神。尽疾驰而奉命兮,戈一挥而遂臣。始盘桓于寿春兮,遂盖尝挫而益振。驱貔虎于顺流兮,临长江之广津。驰千里之玉帛兮,拥百万之精军。计其一时之气兮,固叱咤而风云。②

《涉淮赋》早年为文以"雄健"闻名,此赋殊为典型。此部分选文气势充沛、鲸吞万里,与苏轼《前赤壁赋》相较,在气韵上似无不及。此节选《前赤壁赋》部分文字:

> 西望夏口,东望武昌,山川相缪,郁乎苍苍。此非孟德之困于周郎者乎?方其破荆州,下江陵,顺流而东也,舳舻千里,旌旗蔽空,酾

---

① 据马斗成先生考证,苏轼与张耒在熙宁四年即有师徒交谊。
② 张耒撰、李逸安等点校《张耒集》,北京:中华书局,1990 年,第 11 页。

酒临江,横槊赋诗,固一世之雄也,而今安在哉?①

苏、张之文重在气势,在白描与想象间烘托出古人的功业,也暗托自己壮志难酬的现实。苏、张都在求索答案,只是苏轼将心中之疑籍"而今安在哉"问了出来。而张耒则用一句"计其一时之气兮,固叱咤而风云"暗寓其问,彼时"固叱咤而风云"已达功业极盛,此时又在哪里呢? 二人求问的方式虽有显晦之别,但都寓含着古今、盛衰的主题及人生归宿终归何处的深长求问。英雄们在各自的历史舞台上意气风发、不可一世,然历史绝不为谁刻意停留,一片榛草就能将曾经的功业无情掩盖,留下沉重的历史晞嘘:

嗟百年之几时兮,山川俨其如新。忽人事之几变兮,抚墟庙而湮沦。访遗事于樵夫野人之谈说,指余迹于荒城故垒之荆榛。徒见夫云悠悠而朝出,水漠漠而东流。飞沙鸥于晴渚,听夜橹于行舟。彼时豪盛此日废,昔人功业今人愁。②

《涉淮赋》

彼百川之归海兮,吾固知其必然。惟循源而极末兮,哀予迹之未安。当天时之晚秋兮,风露惨其既至。山峭峭而瘦出兮,水绀洁而无滓。曳孤轮而忽惊兮,出游鲈于短苇。白鹭飞而下来兮,翩如避世之君子。酒芳香而盈碗兮,吾陶陶而日醉。方颓然而遗形兮,孰卑高而贱贵?③

《后涉淮赋》

张耒将古今盛衰这样沉重而宏大的话题和深沉的思考转嫁到风月山

---

① 苏轼撰,孔凡礼点校《苏诗文集》,北京:中华书局,1986 年,第 6 页。
② 张耒撰、李逸安等点校《张耒集》,北京:中华书局,1990 年,第 11 页。
③ 张耒撰,李逸安等点校《张耒集》,北京:中华书局,1990 年,第 12 页。

苇之间，不议而议、未辩又辩，这一点在苏轼的《前赤壁赋》中也得到了的相似的印证：

> 况吾与子渔樵于江渚之上，侣鱼虾而友麋鹿。驾一叶之扁舟，举匏尊以相属。寄蜉蝣于天地，渺沧海之一粟。哀吾生之须臾，羡长江之无穷。挟飞仙以遨游，抱明月而长终。知不可乎骤得，托遗响于悲风……且夫天地之间，物各有主。苟非吾之所有，虽一毫而莫取。惟江上之清风，与山间之明月。耳得之而为声，目遇之而成色；取之无禁，用之不竭。是造物者之无尽藏也，而吾与子之所共适。①

张耒和苏轼都将历史的深长而凝重浓缩在天地、水月、舟苇之中，总而言之，浓缩在了无垠的自然之间。天地万物皆有源头和归宿，一派天成、自然而然，都在遵循着自己的轨道。万物盛衰皆是本性体现，何况人事？所以一切莫须强求，但得自然而已。在"天人合一"意识体系下，苏、张取法自然，用"原初自然"来解训人事无常。无常，在禅门中作为三法印之一，指一切有为法，即种种因缘所生之万物，无论是物质的，还是精神的，都生灭变化，不可常住。禅门"无常"，在《坛经》中有载：

> 师曰："汝知否？佛性若常，更说什么善恶诸法，乃至穷劫，无有一人发菩提心者。故吾说无常，正是佛说真常之道也。又一切诸法若无常者，即物物皆有自性，容受生死，而真常性有不遍之处。故吾说常者，正是佛说真无常义。佛比为凡夫外道执于邪常，诸二乘人于常计无常，共成八倒。故于涅槃了义教中，破彼偏见，而显说真常、真乐、真我、真净。汝今依言背义，以断灭无常，及确定死常，而错解佛之圆妙最后微言，纵览千遍，有何所益？"②

---

① 苏轼撰，孔凡礼点校《苏诗文集》，北京：中华书局，1986年，第6页。
② 法海集《坛经》，《大正藏》第四十八册，第359页。

《牟子理惑论》中也说：

> 太子曰："万物无常，有存当亡。今欲学道，度脱十方。"王知其弥坚，遂起而还。太子径去，思道六年，遂成佛焉。①

佛性"无常"是定律，故"无常"又有恒性，从这个角度讲，"无常"又是"有常"。万物"自性"不一，不能以一"常"概论，人生、运道、功名等皆是如此。苏、张二人都经历过相当痛苦的贬谪经历，对人生"无常"最有领悟。《前、后赤壁赋》《前、后涉淮赋》所呈示的正是人生舛途上的"无常"历程，怎样在不可预期的世界和命运之中得到慰藉，得悟生命的真谛，正是苏、张在"原初自然观"中体悟到的佛禅思想所带来的精神世界的淡然。嵩岳元圭禅师有言："吾观身无物，观法无常，块然更有何欲邪？"②既然一切无常，不如随性自然。

"原初自然"中的世界广阔无边，天地至大，四时"有常"，正在万物生荣衰朽的定律中却影随着人世的"无常"，在时空宇宙的一声倾诉不免时有余响，正如《游东湖赋》中所说：

> 岁穷木落兮大泽空，雁宵征兮天北风。曷不饮酒兮御玄冬？归来归来兮乐未终……临山川兮怀故乡，岁穷阴兮昼不旸。升高堂兮洁余樽，耿余思兮古之人。③

苏轼与张耒皆以儒业为本，二人之赋实有不平之感，内蕴英雄怀才不遇之憾。儒门子弟将建功立业看得至高无上，以功成名就为无上荣誉，但能够真正得偿所愿的人毕竟少数，那些未能遂愿的儒者又该怎样在"天人合一"的系统中重新找到自己的"归宿"呢？很多人在精神上找到了皈

---

① 僧祐著，刘立夫等译注《弘明集》，北京：中华书局，2013年，第12页。
② 普济撰，苏渊雷点校《五灯会元》，北京：中华书局，2012年，第79页。
③ 张耒撰，李逸安等点校《张耒集》，北京：中华书局，1990年，第4—5页。

依之所。苏轼和张耒找到了同一归宿,即禅宗。禅宗崇尚"自然",尊崇"随缘而适"和"顺性而为",这能够最大程度上平复自己儒业上的挫折和劫难。

张耒谈到"方颓然而遗形兮,孰卑高而贱贵","遗形"本是道家"心学"概念,"遗形"和"坐忘"是通过忘掉眼前虚妄的"物相"和"虚幻"来追求内心的平和,禅学一样接续了这个概念,四祖大医禅师启悟牛头山法融禅师时曾说:"夫百千法门,同归方寸,河沙妙得,总在心源。一切戒门、定门、慧门,神通变化,悉自具足,不离汝心。"①六祖慧能更是开启心悟,直视真性,将佛家冗余的修法屏除,唯倡以心求证,问心存真。张耒既然以"遗形"慰藉,可知张耒已经看透功名,知往日所为皆是虚幻,"孰卑高而贱贵"也是禅门"富贵"与"贫贱"等同无别观念的摄取。

张耒以儒立身,却能在"依性而为"的天地中找到自己的归宿,寻绎出证道的支点,若没有"原初自然观"定不会有如此体悟。张耒与大苏的文章"同构异形",在禅的世界里,每个意象皆是"心"的写照,于是"瘦山""洁水""孤轮""短苇""白鹭""樽中酒"均是"心意"的写照,是"心"的外化,寄寓着作者复杂的心理活动。能写出这样浑然一境的文章,若无禅悟便难得三昧。

"原初自然"可静可动。静时妙和天地万物,万物写心、证心,"山间明月""水中苇枝"皆是"心照",在写心构境的同时又能传达出境外之余味,这便是禅意。大苏也好,张耒也罢,最能在经典中证悟,又极擅在文中喻禅,这些皆受佛禅启悟,在"自然"中求得真趣,如《嘉泰普灯录》云:

> 上堂:"好是仲春渐暖,那堪寒食清明。万叠云山耸翠,一天风月为邻。在处华红柳绿,湖天浪稳风平。山禽枝上语谆谆,再三琐琐碎碎,嘱付叮叮咛咛。你且道他叮咛嘱付个甚?"卓拄杖曰:"记取

---

① 普济撰,苏渊雷点校《五灯会元》,北京:中华书局,2012年,第60页。

明年今日,依旧寒食清明。"①

诸如此类的体证方式在"佛经""灯录"之中比比皆是,又如《人天眼目·句意》云:

> 句到意不到,古涧寒泉涌,青松带露寒。意到句不到,石长无根草,山藏不动云。意句俱到,天共白云晓,水和明月流。意句俱不到,青天无片云,绿水风波起。②

禅宗悟禅之法门对文人的诗文创作影响巨大,禅门的开悟偈子取天地自然的画面形容禅境层觉,宋代诗人、思想家邵雍有诗《安乐窝中吟》(节录):

> 安乐窝中春梦回,略无尘事可装怀。
> 轻风一霎座中过,安乐窝中天外来。③

动时讲究"随性而动""因缘而适",关于禅家的"性辩",《五灯会元》记载了波罗提与异见王之间的一段对话:

> ……王怒而问曰:"何者是佛?"提曰:"见性是佛。"王曰:"师见性否?"提曰:"我见佛性。"王曰:"性在何处?"提曰:"性在作用。"王曰:"是何作用?我今不见。"提曰:"今现作用,王自不见。"王曰:"与我有否?"提曰:"王若作用,无有不是。王若不用,体亦难见。"王曰:

---

① 正受辑,朱俊红点校《嘉泰普灯录(点校本)》,海口:海南出版社,2011年,第400页。

② 智昭集《人天眼目》,《大正藏》第四十八册,第331页。

③ 北京大学古文献研究所编《全宋诗》卷三七,北京:北京大学出版社,1991年,第4556页。

"若当用时,几处出现?"提曰:"若出现时,当其有八。"王曰:"其八出现,当为我说。"波罗提即说偈曰:"在胎为身,处世为人。在眼曰见,在耳曰闻。在鼻辨香,在口言论。在手执捉,在足奔运。"①

苏轼取禅宗证因"原初自然观"可谓十分精彩,其文中"耳得之而为声,目遇之而成色"讲的就是禅家因缘,所谓耳不闻则无以为声,目不视则无以成色,正如水击石而石响,水不击则石本自不鸣。

西方十八祖迦叶舍多尊者曾有付法偈:"有种有心地,因缘能发萌。于缘不相碍,当生生不生。"②值得注意的是,从此临托佛偈上看,"自然""心""因缘"等主题一脉相承,"因缘"将"自然"与"心"融合起来,为后来"因果"等证业的衍生提供了依据。

苏轼与张耒将精神归宿无论归结到道家的"心学"抑或是佛家禅宗实则都是对"原初自然观"的赓续。不得不说,"原初自然观"并未偏离儒业,之所以这样说,是因为"原初自然观"恰是在儒家"天人合一"的理论体系下得以实现的。

"原初自然观"从质朴的原生态地带走进宗教,本身就带有强烈的文化使命。历代而下的文化惯性使"原初自然"在各个时代的文学作品中生辉。张耒将"原初自然"中契合禅修精神的地方剥离出来,形成了全新的理解,且能够高超地运用在文章当中。细观之,张耒与大苏之间对"原初自然"的理解颇为相似。"原初自然"给了他们诗文创作灵感的同时,更多了些禅性的通款。

① 普济撰,苏渊雷点校《五灯会元》,北京:中华书局,2012年,第41—42页。
② 普济撰,苏渊雷点校《五灯会元》,北京:中华书局,2012年,第27页。

第二节 张耒诗文禅境品鉴

张耒诗文禅境驳杂,禅理相互融通。诸多经典浇筑张耒禅理和事佛观念;禅宗重在启发心性和妙得禅趣,跏趺蒲团、心隐、诗、酒、茶、打诨、自赞等方式都可做"直指心性"的修悟方式,可庄可谐又可闲,这些启悟手段常被文人随手拈来而求证真谛。文人修禅无僧寺的拘谨,甚至过犯"遮戒"亦无伤大雅。张耒诗文中的佛理和禅趣即是在不断的学习和感悟中得到的。本节以"品鉴"名之,即是通过追溯佛典和借助禅悟来归纳一下张耒诗文禅境世界。

一、"处心不移"与人世"无常"

绍圣四年(1097年),四十四岁的张耒落职为监黄州酒税,由陈入黄,《与徐仲车书》详细地介绍了这次经历:

> 耒拜上。季春极暄,恭维仲车教授先生尊体起居万福。耒向罢宣州,到京蒙除管勾明道宫,寻便居陈,仅半年余,印颇优游。今年闰月初,忽捧告命谪监黄州酒税,仍落职,遂出陆自陈入蔡,自蔡入光,遂至贬所。①

也就是在陈的这段时期,张耒手种了两株海棠于灵通禅寺西堂,倾谪黄州,隔年灵通寺僧书至,张耒因作《问双棠赋》,其《序》云:

> 双棠者,予寓陈僧舍,堂下手植两海棠也。始余以丙子秋,寓居

---

① 张耒著,李逸安等校点《张耒集》附录一,北京:中华书局,1990年,第1001—1002页。

宛丘南门灵通禅刹之西堂。是岁季冬,手植两海棠于堂下。至丁丑之春,时泽屡至,棠茂悦也。仲春,且华矣,余约常所与饮者,且致美酒,将一醉于树间。是月六日,予被谪书,治行之黄州。俗事纷然,余亦迁居,因不复省花。到黄且周岁矣,寺僧书来,言花自如也。余因思兹棠之所植,去余寝无十步,欲与邻里亲戚一饮而乐之,宜可必得无难也,然垂至而失之。事不可知如此。今去棠且千里,又身在罪籍,其行止未能自期,其于棠未遽得见也。然均于不可知,则亦安知此花不忽然在吾目前乎?因赋《问棠》以自广云。①

是《序》将手植双棠的经过详细记录,言语间溢满了眷恋、不舍与无奈。此《序》与其说张耒是对双棠的问候,莫若说是他借双棠来抒怀人生。棠花之美,可携友共赏之,取一醉树下的惬意与释怀,此情景本是人生乐事,然人事无常,一封谪书便与此乐远隔千里,将本想与邻里亲戚把酒赏花的念头无限期地延搁,回思此憾,垂至而失,不可言语。既然人事无常,那也许将来的某一天又会与双棠重会于目前,再温昔日之乐也未可知。

张耒此《序》感情丰沛,欣赏与喜悦,遗憾与憧憬相互交织。然泻诸各种情绪之中最深刻与恒久的感悟,还是“无常”。

前文已述,“无常”是禅语,六祖慧能以“无常”开悟众人,以期善众们能够行般若之途,误落迷执。文人历劫之后对“无常”的体会最深,“苏门学士”莫不如此。在正文中,张耒这样写道:

俯睨旧堂,今居者谁?婉如怨而有待,淡无言其若思。嗟乎!始种自我,其享将获。盈我旨酒,会我宾客。一酌未举,俯仰而失。事至而惊,其初孰测?惟得与失,相与无极,则亦安知夫此棠不忽然一日复在余侧也?且夫棠得其居,愈久愈敷,无有斧斤斫伤之虞。我行

世间,浮云飞蓬。惟所使之,何有南东？夫以不移,俟彼靡常。久近衡从,其志必偿。①

作者遥望旧堂,想象着现在是何人所居？"婉如怨而有待,淡无言其若思"一句实是作者自语,经历了这么多的人世变迁,"怨"又有何用？只是将眼前的所有看淡。"淡"是经劫之后的态度,也是在禅世界中得到的真谛。

世间的一切都难以预料,自己如"浮云飞蓬"不受掌控,只能任由风动,南北东西不能自己。但张耒并没有因之而消沉,反而在禅的慰藉下得到了内心的平和。张耒以"夫以不移,俟彼靡常"的精神以应对人生"无常",所谓"不移"即是"心境"不移。《宗镜录》云：

> 夫凡圣一心境界,如何是自在出生无碍之力……一心所现总有十义……五来去不动,各住本法不坏自位故……九自性非有,以无体性方能即入无碍故。②

无论凡人还是圣人,皆能在"处心不移"的境界中得到慰藉。在佛门中,"一心"是修持的手段、境界,也是"佛力"的体现。故而无论时空如何变迁,皆能"各住本法不坏自位"。另外,张耒"夫以不移,俟彼靡常"又暗蕴"性空"观念,以"心中无着"的精神求得周转无碍的境界。以此观之,张耒的"俟彼靡常"正是难得的勇气和洒脱,是"安知夫此棠不忽然一日复在余侧"和"久近衡纵,其志必偿"乐观信念的源泉。

二、"知足乐命"与"守寂禅趣"

黄州有座山,名为柯山。张耒最后一次谪守黄州之时就在柯山脚下

---

① 张耒著,李逸安等校点《张耒集》,北京:中华书局,1990 年,第 5—6 页。

② 释延寿集《宗镜录》卷十,《大正藏》,第四十八册,第 468 页。

结庵而居,他对柯山的感情至为深厚。张耒晚岁登山观水已少有儒家经世大志,更多是表现自己"虚无守寂""知足乐命"的主题。虽不能以此认为张耒对儒业已完全失望,至少在这一时期,他已经深深反省了自己,在佛禅世界中找到了依所,寻得了乐观的支点。

张耒作有《柯山赋》一篇:

> 爰有穷人,癯然无归。旷四海无所投其足兮,后帝命我山之隈。庇茅蓬之敷橡兮,抚枵腹而常饥。时醉饱而自得兮,亦杖履而遨嬉。逾山而东,席门草藩。爰有君子,于兹考槃。自种自食,邻里莫干。图书满家,儿稚饥寒。相见辄喜,有时不冠。寄万事于一笑兮,不知食粝而衣单。吾不加以一毫兮,亦莫受人之燠寒。悟纷华之多虞兮,幸寂寞之至安。饮我薄酒欢有余,啜我豆羹甘而腴,隐几而休读我书。乃曳杖而歌曰:"升柯之巅,明远眺兮。筑柯之庵,可以老兮。终古不忒,天之道兮。于于而行,无丧吾宝兮。"①

历经沧桑,回视故去,方知"知足"最得真谛。虽然看似穷途,无归着之处,又无温腹暖衣,但张耒以敷橡之茅蓬之居,醉饱杖履之态,食粝衣单之傲悄然回应了贬谪带来的窘处。字里行间透出的是至为难得的"自足"。儿女饥寒而无怨,"有时不冠"而免却虚礼,但有书可读,即为满足。此正是天地间最质朴、纯真的天然之态。张耒以"知足"的态度对应着修儒业带来的万千磨难。"知足"是禅门觉悟,《佛遗教经》有云:

> 汝等比丘,若欲脱诸苦恼,当观知足。知足之法,即是富乐、安稳之处。知足之人,虽卧地上,犹为安乐;不知足者,虽处天堂,亦不称意。不知足者,虽富而贫;知足之人,虽贫而富。不知足者,常为五欲所牵,为知足者之所怜悯,是名知足。②

① 张耒著,李逸安等校点《张耒集》,北京:中华书局,1990 年,第 6—7 页。
② 鸠摩罗什译《佛遗教经》,《大藏新纂卍字续藏经》第三十七册,第 633—634 页。

又有《八大人觉经》云：

> 觉知心无厌足,惟得多求,增长罪恶;菩萨不尔,常念知足,安贫守道,惟慧是业。[①]

笃信佛禅的宋代文人常将"知足"作为修身虚和的一种态度。苏轼在《前赤壁赋》之中同样表达了"虽一毫而莫取"的"知足"态度。李复虽然高举排佛的大旗,但他的诗作当中却也不免流露出"知足"观念,如《托人求田》一首：

> 绿绕随城潏水流,百年那免问菟裘。
> 泉甘易汲能蠲疾,土沃翻耕每报秋。
> 欲托高人论地券,共期他日老渔舟。
> 归身未到心先到,得此余无一事求。[②]

文人在佛禅世界中讨得心安,求得内证,这是对儒家功业观淡漠之后的感悟。张耒在自身抱负无从实现,生活和政治环境极为恶劣的现实当中以"知足"解读一切"不足",这当然不可视为自欺欺人。相反,此正是精神溯源之后得到的正知正觉。《柯山赋》中还包括禅家"凭虚守寂"的精神。正所谓"悟纷华之多虞兮,幸寂寞之至安"。禅家守寂寞之安心可得智慧,破除迷照,比如《弘明集》中的《灭惑论》：

> 妙法真境,本固无二。佛之至也,则空玄无形而万象并应,寂灭

---

① 安世高译《八大人觉经》,《乾隆大藏经》第四十七卷,第769页。
② 北京大学古文献研究所编《全宋诗》卷一一一,北京：北京大学出版社,第12490页。

无心而玄智弥照。①

又有《弘明集后序》：

> 道法空寂，包三界以等观；俗教封滞，执一国以限心。心限一国，则耳目之外皆疑；等观三界，则神化之理常照；执疑以迷照，群生所以永伦者也。②

佛门"守寂"又意在使"心明"，《日烛》有云：

> 三世都寂，一心豁尽；寄耳无明，寓目莫准；尘随空落，秽与虚损……③

"守寂安心"易生慈悲之念，正如《檄魔文》：

> ……神高体大，应适千涂，玄算万计，群动感于一身，众虑静于一念，深抱慈悲，请兼四摄，领众若尘，翱翔斯土。④

守住寂寞即守住了操守，张耒不断地强调"受寂"更是对儒业的深刻反思，对儒家"功业观"的重新审视。由张耒"知足""守寂"又不难看出他对"天下熙熙，皆为利来；天下攘攘，皆为利往"之功利态度的批判。

"守寂"本乎佛禅又因之而得乎自然禅趣，这便是张耒逃禅之后所得感的禅悦体会，比如《鸣鸡赋》：

---

① 僧祐著，刘立夫等译注《弘明集》，北京：中华书局，2013年，第549页。
② 僧祐著，刘立夫等译注《弘明集》，北京：中华书局，2013年，第994页。
③ 僧祐著，刘立夫等译注《弘明集》，北京：中华书局，2013年，第940页。
④ 僧祐著，刘立夫等译注《弘明集》，北京：中华书局，2013年，第966页。

黯幽窗之沉沉，恍余梦之初惊。万里一寂，钟鼓无声……委更筹之离乱，和城角之凄清。应云外之鸣鸿，吊山间之落星。歌三终而复寂，夜五分而既更。①

这是一篇专门写雄鸡的赋，却营造出了唐诗的画面质感，除"余梦"之外，其余部分皆是自然写意，一任缘合，不着痕迹。业师王树海先生在其专著《禅魂诗魄》中谈到了"自然"的问题，在此本书仅录几句如下：

王维五言律《冬晚对雪忆胡居士家》有句云："隔牖风惊竹，开门雪满山。洒空深巷静，积素广庭闲。"从容、闲适，似乎未着些微"人力"，"诗心"与自然如此和谐地融为一体，由"洒空"的落雪所呈示的"静"，益发衬出深巷之"深"……这是诗人的内心状态，也正与外部宇宙的深邃、闲静相符契，此所谓写雪"不着迹象"……②

张耒的这篇赋实妙得王摩诘"自然"之道，人言张耒诗有唐音，比如王少华先生撰文《张耒诗有唐音琐议》认为张耒诗作注意规模老杜、张籍、王建等人③，这是没问题的，但我们亦不能忽略张耒"赋"中的唐音，更不能忽略他对王维诗风的接承。

佛禅的至高境界便是"自然"，这一点，无论是禅门之内善于辩机锋的"作家"，还是士林之中长于寓禅于诗的"诗家"都是一致认同的。那种不违不执，天成玉和的诗、禅境界更是以王维为代表的唐代一批文人的祁尚。目前没有资料说明张耒在刻意追摹王维，但单从这首《鸣鸡赋》来看，张耒的确承袭了王维的诗趣精神。

王维的诗作善于将内、外两个宇宙打通，使其"心"符契外部世界之

① 张耒撰，李逸安点校《张耒集》，北京：中华书局，1990年，第8页。
② 王树海《禅魂诗魄：佛禅与唐宋诗风的变迁》，北京：知识出版社，2000年，前言部分第6页。
③ 王少华《张耒诗有唐音琐议》，《齐鲁学刊》，1987年第5期。

自然①。而很多诗家却在追求"自然"时不小心掉进"自然"泥淖，其境界仅"止于模拟"，而张耒这篇《鸣鸡赋》却幽然得到"自然"真味。赋的语言呈示的是寂寂的自然宇宙，而这寂然的，充满禅趣的博大时空又何尝不是作者心中的宇宙？禅家写心非止于内，常从心外表达一个质感极强的世界，那么这个世界就是心的写照。故而，张耒这首《鸣鸡赋》在黎明前的静寂中所体证出的禅趣又带着强大的美学震撼。

三、"体'乐'自然"与"空相有无"

欲证论张耒文章中所传达的"体'乐'自然"、"空相有无"的禅学精神，必离不开对他的代表作《超然台赋》。说到《超然台赋》，必得介绍与其关联的《杞菊赋》。而张耒的"二赋"又皆与二苏缘牵瓜葛，是以不宜"以点论点"、望文兴想。故权以考据姿态将前因后果交代清楚，叙中自有对主题的论证。先以《潘大临文集序》为缘起点：

> 士有闻道于达者，一会其意，涣然不疑，师其道，治其言，终身守之而不变。甚者或因是以取谤骂侮咎而不悔其心，视世之乐无足以易之者，亦可谓有志之狷士矣。彼其心以为不有得于今，必有知于后，故甘心而不辞。夫既已尽弃世俗目前之所乐，而独待夫寂寥不可知其后世，则亦可悲矣。②

政和元年（1111 年），已经五十八岁的张耒给亡友潘大临诗集作序，即如上文字。这是序言当中的一部分，张耒借这篇序言表达了对自己老师苏轼的深切怀念。这段文学感情真挚，字字发于真心，读来令人恻怆不

---

① 王树海《禅魂诗魄：佛禅与唐宋诗风的变迁》，北京：知识出版社，2000 年，前言部分第 2 页。

② 张耒撰，李逸安等点校《张耒集》，北京：中华书局，1990 年，第 751 页。

已。"他所说的'闻道于达者'即闻道于苏轼。"①

不难看出,苏轼对张耒的影响是巨大的。张耒怀着极为崇敬和怀念的心情作此序文。"一会其意,涣然不疑","意"当然是"人品""思想""才学"、"言行"的综合,"会"是理解,也是发自内心的感应和钦慕,至有"涣然不移"之信,张耒事苏轼犹如子路事孔子,区区数字,其意深远。"师其道,治其言,终身守之而不变"一语可证。

张耒的这番表态经得起推敲,写这篇序言的时候,张耒已届六旬,赋闲陈州。如果时光可以重新来过,当时不入"苏门",张耒恐怕不会经历绍圣之后十余年的流离生活。但回想一生颠簸,张耒并反无丝毫悔意,即便受"谤骂悔吝"亦在所不惜。

张耒尊师于身前,敬师于生后,"甘心不辞"的精神也贯穿于师生二人交谊的一生。大、小苏与张耒之间一开始的交往形式是不同的,大苏最早与张耒相交并非面晤,而是缘结于张耒的《杞菊赋》和《超然台赋》。"赋"中寄寓人生,以"赋"为敬,师蒙已动。

苏轼以才学闻名天下,熙宁八年知密州作《后杞菊赋》,张耒见赋和之,二赋之来龙去脉在《苏轼年谱》中记叙得很详尽:

> ……作《后杞菊赋》,感叹斋厨索然;以示涟水令盛侨,侨以示张耒,耒作《菊赋》赞苏轼。②

熙宁八年是张耒任临淮主簿的第二年,斯年张耒二十二岁。临淮主簿是张耒仕途的第一站。他的人生才刚刚开始就直面于"官卑苦贫"的挑战。按,临淮地处要路,临淮主簿应为"正九品上"③,是以官小;张耒初登政坛,恰逢"熙宁新政"即"王安石变法","变法"导致"减削公使钱太

---

① 周义敢、周雷《张耒资料汇编》,北京:中华书局,2007年,第6—7页。
② 孔凡礼《苏轼年谱》上,北京:中华书局,1998年,第317页。
③ 此参照龚延明《宋代官制辞典》,其中"正九品上"所对应的条目是"三京畿主簿,中、下县丞"。北京:中华书局,1997年,第8页"总论"部分。

甚,斋酝厨薄,事皆索然无味也"①。张耒的境遇和远在密州的苏轼一样,张耒《杞菊赋》中这样记载:

> 予不达世事,自初得官即不欲仕,而亲老矣,家贫苦,冀斗升之粟以纾其朝夕之急。然到官岁余,困于往来奔走之费,而家之窘迫益甚。②

一个"不达世事"的年轻人,初登仕途便在"亲老家贫"的情形下苦苦挣扎,是以"苦贫"。

极度苦闷和彷徨兴起了张耒"向日悲愁叹嗟,自以为无聊"③之叹,也就在这个时候,大苏的《后杞菊赋》给了他莫大鼓励:

> 既读《后杞菊赋》而后洞然。如先生者犹如是,则予而后可以无叹也。④

苏轼淡然处世的心态强烈地感染了张耒,《杞菊赋》可证:

> ……子闻之乎? 胶西先生,为世达者,文章行义,遍满天下,出守胶西,曾是不饱。先生不愠,赋以自笑。先生哲人,太守尊官,食若不厌,况于余焉! 不称是惧,敢谋其他?⑤

赋中称苏轼"为世达者",而作者自称"予不达世事",又有"既读《后杞菊赋》而后洞然"之感,不得不说,在面对逆境,以通达的态度去面对人

---

① 孔凡礼《苏轼年谱》上,北京:中华书局,1998 年,第 317 页。
② 张耒撰,李逸安等点校《张耒集》,北京:中华书局,1990 年,第 10 页。
③ 张耒撰,李逸安等点校《张耒集》,北京:中华书局,1990 年,第 10 页。
④ 张耒撰,李逸安等点校《张耒集》,北京:中华书局,1990 年,第 10 页。
⑤ 张耒撰,李逸安等点校《张耒集》,北京:中华书局,1990 年,第 10 页。

生的方面,张耒已从苏轼身上获益良多。

前面说过,张耒在青少年时期就凭一首《函谷赋》而人人传颂,加之苏辙对张耒早就熟识,苏轼自然不会不注意这个才气逼人的后生。另外,马斗成、马纳两位学者在《苏轼与张耒交谊考》中考证到了另一条线索:

> 熙宁六年,张耒科举事罢,一度寓居京师……同会者有河东进士柳子文。柳子文系苏轼伯父苏涣四女之夫婿。从苏辙、柳子文处,苏轼对张耒的才识、人品应已有耳闻……①

由是而知,张耒藉少公和柳子文之力得以从游大苏。熙宁九年(1076年)二月,苏轼造"超然台",向各方才子贤士约稿,时在东海的张耒也在邀约之列,遂作《超然台赋》,在《序》中这样写道:

> 苏子瞻守密,作台于圃,以名超然,命诸公赋之。予在东海,子瞻命贡父来命。②

"超然"呈现的是"形而上"之境界,亦是道家"心学"体系重要一环。如何"超然物外""不羁于外物"便是后世学人消解内衷冗困、寻求精神释然所借重的文化渊薮,故苏辙在《超然台赋并叙》中说:

> 今夫山居者知山,林居者知林,耕者知原,渔者知泽。安于其所而已,其乐不相及也,而台则尽之。天下之士奔走于是非之场,浮沉于荣辱之海,嚣然尽力而忘反,亦莫自知也,而达者哀之。二者非以其超然不累于物故邪?《老子》曰:"虽有荣观,燕处超然。"尝试以超

---

① 马斗成、马纳《苏轼与张耒交谊考》,《泰安师专学报》,2002年第1期。
② 张耒撰,李逸安等点校《张耒集》,北京:中华书局,1990年,第15页。

然命之,可乎?①

中国文化广博的接纳性使得儒、释、道三教中的相通意蕴合理流转、发挥,合流过程中,释家赓续了道家许多精神,同时也形成了自家新的思考,"超然"便是一例。《五灯会元》中有这样的一段记载:

> 自性具三身,发明成四智。不离见闻缘,超然登佛地。吾今为汝说,谛信永无迷。莫学驰求者,终日说菩提。②

寿州智通禅师"初看《楞伽经》约千余遍,而不会三身四智"③面对智通的疑问,六祖道出上面的佛偈,阐述了"三身为体""四智为用"的辩证关系。

"超然台"为苏轼所建、苏辙所题,其初衷已具道心禅性,不难理解,二苏之本意是将仕途浮沉之状曲折表达,借禅、道求证,在深沉的思考中求得精神的皈依。

"超然"是能够取得千载共鸣的题目,但定然要在"遭劫"之后才能够有所体悟,"超然"的内涵仁者见仁,却也有广狭与深浅之别。一些学者认为张耒务佛于晚年,实则不然。张耒作赋时虽只有二十二岁,但已尝人生"苦贫"④悟真幻正道,故其行文一派禅意:

> 道不可以直至兮,终冥合乎自然。⑤

---

① 苏辙著,曾枣庄、马德富校点《栾城集》,上海:上海古籍出版社,1987年,第413—414页。

② 普济著,苏渊雷点校《五灯会元》,北京:中华书局,2012年,第87页。

③ 普济著,苏渊雷点校《五灯会元》,北京:中华书局,2012年,第87页。

④ 《杞菊赋·序》:"予不达世事,自初得官即不欲仕,而亲老矣,家苦贫,冀斗升之粟以纾其朝夕之急。"

⑤ 张耒撰,李逸安等点校《张耒集》,北京:中华书局,1990年,第16页。

　　三教合流背景下,禅宗接引道家"自然"之说,此中"自然"并非"天地万物"之有形世界,与前文所谈到的《鸣鸡赋》中的"自然"不同,此取"自然而然""依性而为"之意,正如渴欲饮、饥欲餐一般随性缘起,故欲体味"至乐""至道"之境,"自然"即是不二法门。无论"西土"抑或"东土"的佛家典载中皆多次提到"自然",如释迦牟尼有一佛偈:

　　　　法本法无法,无法法亦法。今付无法时,法法何曾法。[①]

又有迦叶佛偈:

　　　　法法本来法,无法无非法。何于一法中,有法有不法。[②]

　　佛法所追承的是"无法之法",这个"无法"就是"自然大道",佛性自然,生生灭灭,无拘无执,一派自然境界本来是"法",何曾刻意追摹? 这便是佛法精髓。迦叶在佛祖偈语之外又加入"万法归一"之内涵,实际上还是强调佛法"自然"这个宗旨。

　　"鸟飞""兽驰""人之耳目"顺乎天性自然本已合乎"大道",又何必"自以为超然而乐之"呢? 故张耒以为"自然"即"超然",执意而求反至"其心未免夫有累也"。

　　这里,张耒亦提及一个重要论题——"乐"。"乐"可析作浅层与深层两个层次,"浅层乐"诉诸体感,"深层乐"诉诸精神:

　　　　或有疑于超然,曰:"古之所谓至乐者,安能自名其所以然耶? 今夫鸟之能飞,兽之能驰,与夫人之耳目手足,视听动作,自外而观之者,岂不以为大乐乎? 然鸟兽与人未尝自以为乐也。古之有道者,其乐亦然,又安能自名其所以然耶? 彼方自以为超然而乐之,则是其心

---

① 普济著,苏渊雷点校《五灯会元》,北京:中华书局,2012 年,第 4 页。
② 普济著,苏渊雷点校《五灯会元》,北京:中华书局,2012 年,第 11 页。

未免夫有累也。"①

文中"自外而观之者,岂不以为大乐乎"为前者;而"古之有道者,其乐亦然"即后者,二"乐"不能一而观之,关于"深层乐",佛祖有"无常偈":

　　诸行无常,是生灭法。生灭灭已,寂灭为乐。②

需结合具体语境理解张耒文中的"乐"。"彼天下之至乐兮,又安能自名其所以然? 惟乐而不知所以乐兮,此其所以为乐之全。"③能解"自然"之理便可明张耒的"乐"境,此"乐"自然是"深层乐",是籍"自然"而得到的精神上的无比欣悦感,此种感觉又实在难描难绘,正是"得意忘言"或"得意无言"之境。这恐怕便是"寂灭为乐"的真谛吧? 此外,《超然台赋》还内蕴禅家"有无"辩题:

　　夫为有之,是以贵其能忘之,使其无有,则将何所忘耶?④

《五灯会元》中有这样的记载:

　　世尊一日示随身色摩尼珠,问五方天王:"此珠而作何色?"时五方天王互说异色。世尊复藏珠入袖,却抬手曰:"此珠作何色?"天王曰:"佛手中无珠,何处有色?"世尊叹曰:"汝何迷倒之甚! 吾将世珠示之,便各强说有青、黄、赤、白色;吾将真珠示之,便总不知。"时五

---

①　张耒撰,李逸安等点校《张耒集》,北京:中华书局,1990年,第15页。
②　普济著,苏渊雷点校《五灯会元》,北京:中华书局,1984年,第4页。
③　张耒撰,李逸安等点校《张耒集》,北京:中华书局,1990年,第16页。
④　张耒撰,李逸安等点校《张耒集》,北京:中华书局,1990年,第15页。

方天王悉皆悟通。①

"相""幻""色""空""有""无"为佛中种种对应观照,佛眼中,"相""色""有"实为虚幻,佛性真谛在于"空""无"。世尊手中的"珠",世俗看作"有",且色彩各异,而在佛家眼中,"无珠"方是"有珠",万本归于虚无。要需看透世俗的"有",忘却它的"色相"方能正解佛家三昧。

佛典常将"相""幻""空""色"一同对证,以期达到最佳的传达效果。佛性本空,故从"空"说起。佛教的"空"有"内空""外空""内外空""有为空""无为空""毕竟空""无际空""自相空""共相空"等多种境界,本文只从经中断取"内空""外空""有为空"和"无为空"等与"诗家"相对接近的境界说解,《大般若波罗蜜多经》云:

> 云何内空?佛言,善现。内谓内法,即是眼、耳、鼻、舌、身、意。此中眼由眼空……耳鼻舌身意,由耳、鼻、舌、身、意空……是为内空;云何外空?佛言,善现。外谓外法,即是色、声、香、味、触、法。此中色由色空……由声、香、味、触、法空……善现是为外空。②

与"内空""外空"相缘合的对象即是受人的生理知觉支配的"色"与"相"。

> 自相谓一切法自相。如变碍是色自相,领纳是受自相,取像是想自相,造作是行自相,了别是识自相,如是等若有为法自相……共相无常是有为法共相,空无我是一切法共相……此共相由共相空。③

前半部分说到了"自相"的几种分类,这些是藉我们的感官所能识受

---

① 普济著,苏渊雷点校《五灯会元》,北京:中华书局,2012年,第6页。
② 玄奘译《大般若波罗密多经》卷五十一,《大正藏》第五册,第290—291页。
③ 玄奘译《大般若波罗密多经》卷五十一,《大正藏》第五册,第291页。

的类型。后半部分又是"无常""有常"的佛家视野,是凡"有为""造作",便无法预期生命和人生的种种经历,故"无常"是"共相",是人世与命运的共期特征;从佛法来看,"空""无"是本色,是各色佛法的相通特征,是为"一切法共相"。"有常""无常"前文已有论述,此不再论。

佛家观"无常"世界,简单地讲,是以"无"观"有",用"空""无"观念观照"有为"世界的"幻相"。

百丈海禅师有两个很值得传钵的弟子,一个是灵祐,一个叫华林。丈禅师想将衣钵传给灵祐,却引来了华林的不满,于是百丈禅师出一个题目请二人参悟,胜者即为法嗣。百丈禅师随手指着旁边的一个净瓶说:"不得唤作净瓶,汝唤作甚么?"①二僧的参法即看出了境界的高下:

　　华林曰:"不可唤作木㮣也。"丈乃问师,师踢倒净瓶便出去。②

很明显,华林被眼前"幻相"所迷,用他名转代,依然停留在了悟的门口,不能深入。而灵祐则踢倒净瓶,不执着眼前"幻相",已得万物"虚无"的三昧。

张耒秉佛家"虚无"之要,故说"使其无有,则将何所忘耶"?意即本来心中毫不染着,处本守虚净之态,又何谈"忘"字?张耒识六祖禅法,自然明了"本来无一物,何处惹尘埃"的道理。张耒擅于以佛禅之理感会人生,这对一个仅有二十岁出头的年轻人来说,谈何容易?以此观之,张耒必在少年时即受过禅学熏陶。张耒禅缘的内外动因前文已述,不赘。

用一句话概括张耒对"有""无"的认识:"有为"世界似"有"实"无",忘"有"得"无",得"无"实"有"。张耒这段"有""无"之论似是佛会上的辩语,一语见的、佛性湛然。

无论"庄禅"还是禅宗皆有"物我合一"的观念,这是妙和自然的关键,张耒深谙此说:

---

①　普济著,苏渊雷点校《五灯会元》,北京:中华书局,2012年,第521页。
②　普济著,苏渊雷点校《五灯会元》,北京:中华书局,2012年,第521页。

……彼超然而独得兮,是犹存物我于其间。①

"超然"必谐和"天地万物"且求诸"心"。欲超脱物外,以一种高屋建瓴的姿态看待世间万象便不是真正的"超然",物我相隔便是"背道",不能契悟禅心。

张耒的这篇《超然台赋》通篇禅意盎然,充满了对生活、生命、人生的求证和思考,倘没有高深的禅道修为和深刻的人生体悟,断无此精思佳构。二苏都有很深的佛道修为,台名定为"超然",背后又隐藏着多少仕途辛酸和谪旅之痛。人生本就无奈,怎样在这样痛苦和无奈中超脱,实际上是许多谪官逐臣心中的结,他们冲不破忠君的茧缚,只能走向自我宽慰,寻求心灵超达之途,禅道中诸多体悟契应了宋代文人遭劫后的心境,这正是他们趋佛崇禅的重要因缘。

"宋代士人,准确地说是仁宗朝之后的士人,不仅从传统儒家文化中继承了基本的人格精神,而且广纳博取,于老庄佛释之学中大量汲取了精神营养,从而建构起一种不同于汉唐士人人格的新型人格结构。"②张耒虽以儒学为体,但他却有很深的心学、禅学修养,一方面与其对传统文化的理性接引相涉,一方面亦与其初仕困顿不无干系。张耒精彩而深刻地证悟了"超然"真谛,不仅能深解二苏的本衷,又在文中宽己宽人,与"长公""少公"俨然取得了精神层面的共鸣。

四、"一视兴废"与"更无分别"

"十载困微官"(《悼逝》)的经历让年少的张耒很早便对人生的困窘有了深刻的感悟。元丰元年(1078年),张耒任咸平县丞,这是一段相对

① 张耒撰,李逸安等点校《张耒集》,北京:中华书局,1990年,第15页。
② 王启鹏《试论〈超然台记〉在苏轼思想发展中的地位》,《乐山师院学报》,2007年,第9期。

压抑的为官经历。想必这与张耒本心的远大志向无法实现及困窘的生活有关,对此,张耒一直耿耿于心。三年之后,也即在元丰四年(1081年),张耒作《遣忧赋》以抒怀:

> 登故国之余墟兮,望遗官之颓基。伤者来世而无穷兮,乐者昔人其既止。惟达观其超忽兮,等废兴于一视。考物变以自乐兮,遗余情于酒醴。①

儒家将"治乱兴废"看得很重,这本身就体现了儒家浓重的"功业观"。禅家却以"无别"的态度观瞻所谓的"兴废治乱"。前面说过,张耒本身以儒为本,修持儒家信条。《张耒集》中所载的《礼论》就多达四篇,还有张耒所作的几十篇"史论"都可说明问题。尤其是"史论",最能代表张耒的"功业观"。

张耒"史论"纲目很清楚,大致分为以下几门:"断代史论""纪论"和"传论"。关于上面归类的来由,本书取《史》《汉》两部史著的体例稍加改动而成。由于张耒对历史常"断代"而论,故取"断代史论"为名;《史》《汉》中对皇帝的记载称为"本纪",故取"纪论"为目;《史》《汉》对帝而下的人物之记载皆称"列传",故本书取"传论"为记。

张耒"断代史论"部分有《秦论》《魏晋论》《晋论》《唐上、中、下》《读唐书二首》《又读唐书二首》《五代论》计九篇;"纪论"部分有《汉文帝论》《汉景帝论》《唐代宗论》《唐德宗论》《唐庄宗论》凡五篇;还有"传论"《子产论》《吴起论》《商君论》《陈轸论》《应候论》《乐毅论》《鲁仲连论》《田横论》《魏豹彭越论》《萧何论》《子房论》《陈平论》《平勃论》《卫青论》《司马相如论》《司马迁论上、下》《赵充国论》《陈汤论》《丙吉论》《游侠论》《王郑何论》《张华论》《王导论》《屈突通论》《裴守真论》《东郭论》《韩愈论》共二十八篇。除了上述所列"史论"之外,尚有《文帝议》《平江

---

① 张耒撰,李逸安等点校《张耒集》,北京:中华书局,1990年,第21页。

南议》《韩信议二首》《楚议》和《老子议》五篇"史议"。

"治乱兴废"都是历史的回影,它所引起的唏嘘是那些以儒业为本的儒生们对历史长久回眸的重要原因。张耒以儒为业,面对"故国余墟"没有发出"东风不与周郎便,铜雀春深锁二乔"(《赤壁》)的深刻议论,而是以"等兴废于一视"的禅门态度评断,却有"山围故国周遭在"(《石头城》)的低回之趣。这不能不引起我们的注意。

禅门以"同一无别"为念,故禅宗认为人人皆可成佛,善恶、美丑、邪正、净秽、顿渐等皆是一念之间,不可以"分别"的态度观之。总而言之,"心性同一"才是佛门"无别"的根基。

佛家将"同一"精神概括为"十智":

> 如何是十智同真? 一同一质;二同大事;三总同参;四同真智;五同遍普;六同具足;七同得失;八同生杀;九同音吼;十同得入。①

禅门将"一同一质"置于第一,即是肯定了礼佛众人的"心性同一"。"无别观"为佛门大义,是涅槃精神和般若精神的原点。佛家有四谛义,即苦、集、灭、道,对于"苦",《大涅槃经》总结有八种义,《大涅槃经》云:

> 所谓八苦,一生苦,二老苦,三病苦,四死苦,五所求不得苦,六怨憎会苦,七爱别离苦,八受阴苦。②

众生生而便苦,生、老、病、死之外尚有"求不得苦""怨憎会苦""爱别离苦"和"受阴苦"。佛祖建教之初便将纾解生受之苦作为本教的出发点。而勘破所有至境生死的法门即是"无别"。《大涅槃经》云:

> 一切诸众生,皆随有生受。我今亦生死,而不随于有。一切造作

---

① 智昭集《人天眼目》卷二,《大正藏》第四十八册,第306页。
② 法显译《大涅槃经》卷上,《大正藏》第一册,第195页。

行,我今欲弃舍。①

此偈是说佛与俗客观上同样都会经历"生死",但佛以"不随于有"的精神勘破了"生死","不随于有"即是"不认为有",即主观上否认了"生死"。后面一句更是明透,意为一切世俗之念,在佛的眼中皆是舍弃的对象。

人的一生所经历的一切"苦义"皆是"有为"的结果,是自己的"执着"和"执着"的幻灭导致诸多"无常"的结果。佛以超脱的姿态开悟世俗众生,一切和美也终有别离之时,故应淡然处之,不生"忧恼":

> 一切有为法,皆悉归无常。恩爱和合者,必归于别离。诸行法如是,不应生忧恼。②

佛家又有诸种解脱对应:

> ……三者净解脱,四者空处解脱,五者识处解脱,六者无所有处解脱,七者非想非非想处解脱,八者灭尽定解脱。此亦复是行者胜法。③

如何解脱,又如何超脱?这是佛对人世的两重思考,实际上,解脱也好,超脱也罢,总不离"同一无别"之大义。这不能说佛家冷漠,没有人情,恰恰相反,正是佛基于对人生的"无常"的正确认识,才有"无别"胜义:

> ……汝等勤精进,如我在无异。生死甚危脱,身命系无常。常求

---

① 法显译《大涅槃经》卷上,《大正藏》第一册,第191页。
② 法显译《大涅槃经》卷上,《大正藏》第一册,第192页。
③ 法显译《大涅槃经》卷上,《大正藏》第一册,第192页。

于解脱,勿造放逸行,正念清净观,善护持禁戒。①

《五灯会元》中记载了一段永嘉玄觉禅师与祖师的对辩公案:

> 师曰:"仁者自生分别。"祖曰:"汝甚得无生之意。"师曰:"无生岂有意邪?"祖曰:"无意谁当分别?"师曰:"分别亦非意。"②

"同一无别"观念在主张般若精神的经义之中转衍为"一行三昧""生灭不断":

> 一行三昧者。法界一相之谓也。谓万善虽殊。皆正于一行者也……愿度度苦也。愿断断集也。愿学学道也。愿成成寂灭也。灭无所灭。故无所不断也。道无所道。故无所不度也。③

"一行三昧"强调万法万境归于"心性",此又是"同一无别"之大义。万物皆有佛性,无分物种,也不别东西,正如六祖慧禅师拜谒弘忍大师时所言:

> 人虽有南北。佛性无南北,獦獠身与和尚不同,佛性有何差别?④

若修持之人能够识见"真性",则皆具佛性,没有分别。慧能大师说:

> 心量广大,犹如虚空,若空心坐即落无记空。虚空能含日月星

---

① 法显译《大涅槃经》卷上,《大正藏》第一册,第193页。
② 普济著,苏渊雷点校《五灯会元》,北京:中华书局,2012年,第91页。
③ 契嵩撰《六祖大师法宝坛经赞》,《大正藏》第四十八册,第346页。
④ 法海集《坛经》,《大正藏》第四十八册,第337页。

辰、大地山河，一切草木、恶人善人、恶法善法、天堂地狱，尽在空中；世人性空亦复如是。①

参佛的人不可有"分别"心，有了"分别"之念，即入迷途不能自拔。换句话说，一旦误入迷途，则心生种种"分别"，与般若精神越来越远。《坛经》有偈：

> 迷即佛众生，悟即众生佛。愚痴佛众生，智惠众生佛。心剑佛众生，平等众生佛。一生心若剑，佛在众生中。一念吾若平，即众生自佛。我心自有佛，自佛是真佛。自若无佛心，向何处求佛？②

延寿禅师也有诗云："万象从来一径通，但缘分别便西东。"③南禅强调了却"执迷"，追求"真性"，而这个去"迷"求"真"的过程本身和结果就是"无别"之境。实际上，佛门正是用"无分别"的态度和教义最大程度地纾解人们的痛苦，启悟人们的正念正觉。即使是一个事物矛盾体的两个极端也不是没有转化的可能，其结果会趋向正道。如善恶，恶之极端是杀，杀是佛戒之一，属"性戒"。然不能否定其向善的可能，所谓"放下屠刀，立地成佛"就是明证。将恶念释然，获得"真性"的皈依，正念的回归，便是佛性；莲溢香于淤塘之中，我们不能说它是朽臭不堪的，而要以"正念"去观瞻它的"真性"，以此看来，何为"净秽"？

佛家反对"有别"。"有别"是凡常态度，有此态度则无法超脱，这便是修行的最大业障，正如张培锋先生所说：

> 不要有分别心，更不能以貌取人。分别心是生死之根，有分别

---

① 法海集《坛经》，《大正藏》第四十八册，第339页。
② 法海集《坛经》，《大正藏》第四十八册，第344页。
③ 北京大学古文献研究所编《全宋诗》卷二，北京：北京大学出版社，1991年，第22页。

心,天天诵读《金刚经》也没有用处;没有分别心,柳永的艳词也同样可以让人悟道。远离分别心,我们距离无生无灭的涅槃彼岸就近了一步!①

张耒佛慧早具,"等兴废于一视"恰可知他以禅门"无分别"之心来对抗眼前的窘状,平复内衷的伤颓。早年微官的经历极为清苦,但张耒却很淡然,他将清苦与富贵等视无别,在困窘中求得"超脱",《后涉淮赋》有云:

> 方颓然而遗形兮,孰卑高而贱贵?彼贵者乐其府兮,富者怀其资。无二者之累予兮,何羁游之足悲?②

所谓:"富贵与贫贱,更无分别路。"③禅宗以"平等"和"同一无别"的观念为中国文人提供了精神上的庇佑之所,使他们在困顿的舛途上不至于进退失据,拳拳方寸之心带给了他们天地至广的胸怀,他们的傲气、自足、安和皆从佛禅的世界中寻绎出来,形成了中国文人别样的人文精神。

---

① 张培锋《宋诗与禅》,北京:中华书局,2009 年,第 144 页。
② 张耒撰,李逸安点校《张耒集》,北京:中华书局,1990 年,第 12 页。
③ 普济撰,苏渊雷点校《五灯会元》,北京:中华书局,2012 年,第 97 页。

第四章 张耒禅诗解诂举要及禅趣表达

自古云:诗无达诂。言诗的思想、意蕴、倾向等诸因素很难把握。本节名虽曰"张耒禅诗解诂举要",然实难达诂必矣。只求能在行间凝眸中对张耒禅意源承、人生禅悟、美学祁尚进行梳理与阐发。诚惶诚恐,未敢稍违蕙草熏风、澄潭影现之境。倘能如此,余愿足矣!

张耒诗歌禅趣表达善于摭取日常意象,风、雨、鸟、花、牛、蛛等意象随意点染即成种种禅境,可谓得之自然,发之心幽,取意万端,晕就一境!

第一节 张耒禅诗解诂举要(上)

元祐年间,苏门学士多集于馆阁,酬会机会颇多,张耒、黄庭坚等学士又热衷佛禅,张耒有诗记载了"休日"入寺参禅的盛景:

休日不造请,出游贤友同。城南上人者,宴坐花雨中。
金猊散香雾,宝铎韵天风。鸟语演宝相,饭香悟真空。
尚书三二客,净社继雷宗。黄子发锦囊,句有造物功。
握中一寸煤,海外千年松。谁降午睡魔,赐茗屠团龙。
晁子卧城西,咫尺不可逢。岂无坐中客,终觉少此公。

归帽见新月,扑衫暮尘红。困眠有余想,却听寺楼钟。①

《休日同宋遐叔诣法云遇李公铎择、黄鲁直。公择烹赐茗出高丽盘龙墨,鲁直出近作数诗皆奇绝。坐中怀无咎,有作呈鲁直、遐叔》

"休日",一则为宋代每月三日的"旬假",二则为大、小祀的假日。《宋会要辑稿》载:

国初休假之例皆按令式。岁节、寒食、冬至各假七日,休务五日;圣节、上元、中元各假三日,休务一日;春秋二社、上巳、重午、重阳、立春、人日、中和节、春分、立夏、三伏、立秋、七夕、秋分、授衣、立冬各假一日,不休务;夏至、腊日各假三日,不休务;诸大祀假一日,不休务。其后或因旧制、或增庆节、旬日赐沐,皆令休务者,并著于令……太祖开宝九年四月二十三日诏,自今过旬假不御殿,百官赐休沐一日。②

国忌分大忌和小忌两种。宋太祖建国之初,即建隆元年(960年)三月,追尊僖祖(即赵朓,太祖和太宗的高祖)以下四庙,规定僖祖十二月七日忌,其妻文懿皇后(崔氏)六月十七日忌;顺祖(即赵珽,太祖和太宗的曾祖)正月二十五日忌,其妻惠明皇后(桑氏)五月二十一日忌;翼祖(即赵敬,太祖和太宗之祖父)四月十二日忌,其妻简穆皇后(刘氏)十月二十日忌。其中宣祖为大忌,其余皆为小忌。③

张耒这首诗中的"休日"可能为"旬假",也可能为"忌假":

宋太祖初次立国忌,规定凡逢其日,"禁乐、废务,群臣诣佛寺行

---

① 张耒撰、李逸安等点校《张耒集》,北京:中华书局,1990年,第64页。
② 徐松辑《宋会要辑稿》,北京:中华书局,1957年,第3739页。
③ 朱瑞熙《宋朝的休假制度》,《学术月刊》,1999年第5期。

香修斋。"逢大忌,中书门下的官员全部参加纪念活动;逢小忌,轮派一名官员去佛寺烧香修斋。①

若为"忌假",则此段文字当记录的是"大忌"时的景况,故而出现"群臣诣佛寺行香修斋"的现象。但诗中却又有"尚书三二客,净社继雷宗"一句,颇值玩味。东晋慧远大师,俗时信奉儒道,但一遭听道安法师解《般若经》罢,心生佛缘,直言:"儒道九流之学,皆糠秕耳。"②因慧远大师曾于东林寺前广种白莲,此举被佛门记作"结社白莲",为净土宗的发源。张耒诗中的"雷宗"即雷次宗,因仰慕慧远的盛名而入庐山随师修佛,《高僧传》记载:

> 既而谨律息心之士,绝尘清信之宾,并不期而至,望风遥集。彭城刘遗民、豫章雷次宗、雁门周续之、新蔡毕颖之、南阳宗炳、张莱民、张季硕等,并弃世遗荣,依远游止。③

至此,张耒"尚书三二客,净社继雷宗"便有了着落。不难理解,张耒希望黄庭坚、晁补之、李公择和自己能够像雷次宗、宗炳、周续之、张莱民、张季硕诸贤士一样投到一名像慧远大师般德高望重的大师门下修行,这个大师就是诗中的法云。当然,吸纳当世文士名流进入禅门亦是法云大师的心愿,由"尚书三二客"便知,张、黄等之来是受了法云致书邀请的。由此,也就排除了此次集会是为响应"忌假"而"诣佛寺行香修斋"的可能,且能基本断定此"休日"应为"旬假"。

---

① 朱瑞熙《宋朝的休假制度》,《学术月刊》,1999 年第 5 期。
② 释慧皎撰,汤用彤校注,汤一介整理《高僧传》,北京:中华书局,1992 年,第 211 页。
③ 释慧皎撰,汤用彤校注,汤一介整理《高僧传》,北京:中华书局,1992 年,第 214 页。

诗中记载了很多佛家器物和典故。"金猊"即"狻猊",为龙第五子①。自汉代印度佛教传入中国之时,"金猊"便作为佛家装饰的形象一并进入中原,经常跏趺坐于佛前,这样的形象在佛教造像中可以见到:

> 释迦牟尼左边是骑象普贤菩萨,头戴花冠,面色重金,跏趺端坐于象背仰莲座上,右手拈花,举于胸前,左手置于左腿上,神态端庄自若。释迦牟尼右边为骑狻猊文殊菩萨,头戴花冠,耳垂玉环,结跏趺坐于狮背硕莲上,双手拈花,气度轩昂,这种排列次序,反映了理智涉入,胎藏界曼荼罗之意。②

另据《宣和奉使高丽图经》载:

> ……狻猊出香,亦翡色也,上为蹲兽,下有仰莲以承之。诸器惟此物最精绝。其余则越州古秘色,汝州新窑器,大概相类。③

宋朝是中国瓷器极其发达的时期,能得到宋朝使者的称赞,反映了当时高丽青瓷的魅力。

由此可见,金猊因为文殊菩萨坐骑与佛结缘,因起好烟,故有出香之说,与佛家香火境相吻,故在一些佛教文献、造像、工艺品上常常能够观其规模。

狻猊又是佛门吉兽,据《华严金师子章校释》载:

---

① 杨慎《升庵集》载:"赑屃形似龟,好负重,今石碑下龟趺是也。螭吻形似兽,性好望,今屋上兽头是也。蒲牢形似龙而小,性好吼叫,今钟上钮是也。狴犴形似虎,有威力,故立于狱门。饕餮好饮食,故立于鼎盖。蚣蝮性好水,故立于桥柱。睚眦性好杀,故立于刀环。金猊形似狮,性好烟,故立于香炉。椒图形似螺蚌,性好闭,故立于门铺首。又有金吾形似美人首尾似鱼,有两翼,性通灵不寝,故用警巡。"
② 崔文魁《五台山佛教造像艺术》,《佛教文化》,2009年第1期。
③ 孙希国《〈宣和奉使高丽图经〉研究》,吉林大学硕士论文,2007年。

此作也,搜奇丽水之珍,演妙祇林之宝,数幅该义,十音成章,疑观奋吼于狻猊……①

"铎"的文化内蕴不言而喻,古时有木铎,铜质,以木为舌。《周礼·天官·小宰》:

正岁,帅治官之属而观治象之法,徇以木铎,曰:"不用法者,国有常刑。"注:"古者将有新令,必奋木铎以警众,使明听也。木铎,木舌也。文事奋木铎,武事奋金铎。"②

木铎自古为发令之物,由此引申为影响之器。铎音所至,广宣教化。所以《论语·八佾》有这样的记载:

从者见之。出曰:"二三子何患丧乎? 天下之武道也久矣,天将以夫子为木铎。"③

佛家各样法器均有各自功用,佛家"晨钟暮鼓"已成定习。佛教徒因声作息,比如:"……主持覆首坐,鸣僧当钟三下,谓放参钟也……故昔时衲子小香合常随身,但闻三下鼓鸣即趋入室。"④另外,佛器尚有传经达意之作用:"……般若波罗蜜戒师仍就坐,作梵阇梨,鸣磬云,'处世界如虚空,如莲花不着水……'"⑤

铎又称宝铎、风铎、檐铎,为佛寺和佛塔门檐之上悬挂的大铃,为印传佛教的重要法器,与钟、鼓、铙、磬、板等法器同列。因铎常挂于门檐,质朴

---

①　法藏著,方立天校释《华严金师子章校释》,北京:中华书局,1983年,第180页。

②　孙诒让撰,王文锦、陈玉霞点校《周礼正义》,北京:中华书局,1987年,第186页。

③　杨伯峻《论语译注》,北京:中华书局,2013年,第35页。

④　百丈《百丈清规》,《乾隆大藏经》,第一百九十四册,第753—756页。

⑤　百丈《百丈清规》,《乾隆大藏经》,第一百九十四册,第808页。

拙恢宏,其音深浑嘹远。因风作响,故有浑穆、庄严寺塔之功。据《洛阳伽蓝记》载:

> 宝瓶下有承露金盘一十一重,周匝皆垂金铎。复有铁索四道,引刹向浮图四角,锁上亦有金铎。铎大小如一石瓮子。浮图有九级,角角皆悬金铎,合上下有一百三十铎……佛事精妙,不可思议。绣柱金铺,骇人心目。至于高风永夜,宝铎和鸣,铿锵之声,闻及十余里。①

禅宗兴盛以来,禅宗修行无施不宜,铎自然也被附益了禅家精神,《风铃偈》云:"浑身似口挂虚空,不问东西南北风;一等为他谈般若,滴丁冬丁滴丁冬。"

此偈蕴含了许多佛家思想的精髓,禅家行不言之教,不立文字却不离文字。佛教尤其是禅宗的很多教义多以"诗"的形式传播,禅因诗曲折奥义,诗借禅增容思想。禅魂诗魄,相得益彰,成为中国文化的又一盛景。铎身多孔且被挂于虚空,有风自八方而来,成丁冬之音。言禅家虽有言语,但却拒绝理性枉途,而是直心见性,求性虚心空,自得三昧。不务俗语,但谈禅时,只言禅语,无佛家心识自然不解。又有风来铃动,依性随缘之义于其中。

"金猊散香雾,宝铎韵天风"句,宝铎因风成韵,金猊依性作香,已筑郁郁禅境。

鸟禽常在佛经出现,增重了禅境的灵动之性,如:

> 其池四边,四宝街道,众鸟和集,凫雁、鸳鸯、孔雀、翡翠鹦鹉……诸妙音鸟常在其中,复有异类妙音之鸟不可胜数。②

---

① 杨衒之著,周振甫译注《〈洛阳伽蓝记〉译注》,南京:江苏教育出版社,2005年,第4页。
② 鸠摩罗什译《佛说弥勒下生经》,《乾隆大藏经》第三十八册,第297页。

有时亦用来形容佛性难描难绘和不可捉摸,比如《央掘魔罗经》云:

> 为一切天人说如来藏如虚空鸟迹,令佛性显现故,生不可
> 见身。①

宋代士大夫参禅悟佛的不在少数,宋诗中鱼、鸟意象为禅性增加了些许灵动,有些与陶(渊明)禅一脉连承,它们被诗人寄寓着佛性自由、自然而成为若个禅音的点点音符。黄庭坚有诗《又答斌老病愈遣闷二首》云:

> 百疴从中来,悟罢本谁病。西风将小雨,凉入居士径。
> 苦竹绕莲塘,自悦鱼鸟性。红妆倚翠盖,不点禅心静。
>
> 风声高竹凉,雨送新荷气。鱼游悟世网,鸟语入禅味。
> 一挥四百病,智刃有余地。病来每厌客,今乃思客至。②

鸟也用来喻人、喻事,象征正义:

> 波罗奈国有个国王名叫梵摩达。他制定不准杀生的法令,当时有个打猎的穿着修道人的衣服,杀害许多麋鹿和禽鸟,可是没有人知道。有个吉利鸟和大家说,那猎师是个大恶人。虽然穿着修道人的衣服,实际是个猎师,经常杀害各种鸟兽,而人们并不知道。所有的人都相信吉利鸟所言,认为它说的话是真实不虚。那时的吉利鸟就是我本人……③

另外在《杂譬喻经》《杂宝藏经》中也记载了"网中鸟""青鸟""共命

---

① 求那跋陀罗译《央掘魔罗经》,《大正藏》第二册,第526页。
② 黄庭坚《黄庭坚全集》,成都:四川大学出版社,2001年,第54页。
③ 佩实译《杂宝藏经》,北京:团结出版社,1994年,第77页。

鸟"等等,喻境十分丰富。张耒诗中的鸟禽多数是为了增重禅性,比如:
"啼鸟古寺间,夏荫小园空。"(《赠张公贲》)①另外,其业师苏辙也时有妙
句,其中"鸟语林峦静"(《次韵子瞻减降诸县囚徒事毕登览》)②一句似最
为上乘,"鸟"与"林峦"皆是心中无碍、虚空、静寂之征,但未臻佳境,需有
"鸟语"才能以动衬静、烘云托月,此时"静"字一出,禅性全在此字。

宝相,即佛祖之相。《冷庐杂识》有载:

> 西湖大佛寺有沁雪泉,其题联云:"沁雪贮寒泉,一片清虚,照彻
> 大千世界;开山成宝相,十分圆满,想见丈六金身。"语特清雅。③

香,在文化范畴中又称作"香道",三教皆尚。《荀子·礼论》载:

> 故礼者,养也。刍豢稻粱,五味调香,所以养口也;椒兰芬苾,所
> 以养鼻也。④

"礼"之根本在"养","养"乃多端共成,"五味调香"即是一端。在佛
界,"香"为怡神养性之道。佛家极为看重:

> 净居天众那由他,,闻此地中诸胜行。空中踊跃心欢喜,悉共虔
> 诚供养佛。不可思议菩萨众,亦在空中大欢喜。俱然最上悦意香,普
> 熏众会令清净……⑤

悦意,巴利语 Manatta"摩那埵"的意译。意谓比丘犯了僧残罪,

---

① 张耒撰、李逸安等点校《张耒集》,北京:中华书局,1990 年,第 66 页。
② 苏辙撰,曾枣庄、马德富校点《栾城集》,上海:上海古籍出版社,1987 年,第 16 页。
③ 陆以湉撰,崔凡芝点校《冷庐杂识》,北京:中华书局,1984 年,第 373 页。
④ 王先谦撰,沈啸寰、王星贤点校《荀子集解》,北京:中华书局,1988 年,第 346—347 页。
⑤ 实叉难陀译,林世田等点校《华严经》,北京:宗教文化出版社,2001 年,第 685 页。

要进行忏悔,洗除罪业,自喜亦使诸生众僧喜悦之心,谓之"悦意"。能使众生生起喜悦的香,谓之"悦意香"。①

另外,佛家还有"香赞",亦见对"香"的深切寄寓。不仅如此,"香"又是佛界净土所衷:

> 示诸大众上方界分,过四十二恒河沙佛土,有国名众香。佛号香积。今现在。其国香气。比于十方诸佛世界人天之香。最为第一。彼土无有声闻辟支佛名。唯有清净大菩萨众。佛为说法。其界一切。皆以香作楼阁。经行香地。苑园皆香。其食香气。周流十方无量世界。②

佛界对香的钟爱,由"众香国""佛号香积""香甲众界""周行无量十界"可见一斑。佛家闻香识性,因香悟空,便是修为之境地。

佛香亦是佛家佛兆与佛应之祥物,《华严金师子章校释》云:

> 延载元年,讲至《十地品》,香风四合,瑞雾五彩,崇朝不散,萦空射人。又感天华,糁空如霰。③

《天圣广灯录》亦云:

> 问:"莲华未出水时如何?"曰:"乾坤无异色。"云:"出水后如何?"曰:"遍界有清香。"④

---

① 实叉难陀译,林世田点校《华严经》,北京:宗教文化出版社,2001 年,第 25 页。
② 董国柱《维摩经》,《佛教十三经今译》,哈尔滨:黑龙江人民出版社,1998 年,第 291 页。
③ 法藏著,方立天校释《华严金师子章校释》,北京:中华书局,1983 年,第 176 页。
④ 正受著,朱俊红点校《嘉泰普灯录(点校本)》,海口:海南出版社,2011 年,第 439 页。

"饭香"亦常在习禅文人的诗中出现,与衲衣、香茗等意象共同构建出幽幽禅境,黄庭坚有诗云:

> 高居大士是龙象,草堂丈人非熊罴。不逢坏衲乞饭香,唯见白头垂钓丝。鸳鸯终日爱水镜,菡萏晚风涴舞衣。开径老禅来煮茗,还寻密竹径中归。

《赠郑交》①

"鸟语演宝相,饭香悟真空"之句的"宝相"在诗中非实有之佛面,而是佛家真味、"真面目"。佛之"真面目"千万表现又指归于一。鸟语和婉、天性自然、曲尽禅意、返实入虚、妙和佛意,这就是"宝相"。"鸟语"与"饭香"相偶,"演宝相"和"悟真空"相对,由此可进一步确定"宝相"非实相,是借"鸟语""饭香"等实态所营造出的"真空"之佛境。

"握中一寸煤,海外千年松"一句禅性勃勃,此句重点在于思想解诂。万事有因果,禅门重因缘。古松历酿千年终成煤土,此因果说;万里海外之遥,此时正纳我手,实为万千缘聚之功,此因缘说。

佛家因缘之论常通过"至微"与"至巨"的回环转捩明理,如此强烈之反差便可凸显因缘之重要。实际上,此时此地的轻微举动又确实会在彼时彼地产生强烈效应:

> 一微涉动境,成此颓山势。惑想更相乘,触理自生滞。
> 因缘虽无主,开途非一世。时无悟宗匠,谁将握玄契。②

"林酒仙"遇贤的诗偈很有因缘心应:

---

① 黄庭坚《黄庭坚全集》,成都:四川大学出版社,2001年,第151页。
② 释慧皎撰,汤用彤校注,汤一介整理《高僧传》,北京:中华书局,1992年,第217页。

秋至山寒水冷，春来柳绿花红。一点动随万变，江村烟雨蒙蒙。①

同样，湖州道场正堂明辩禅师有示：

> 上堂："净五眼，涌金春色晚。得五力，吹落碧桃华。唯证乃知难可测。"卓拄杖曰："一片何人得，流经十万家。"②

春去秋来，山寒水冷，依缘适性；一点水动，万缘生聚，因成"烟雨蒙蒙"之境，佛云"一粒粟重于须弥山"也如此意。万千之缘，结于一毫；一微之动，化擎宇宙。佛法无边，系于因缘。此又合佛门"一即一切"之理，知精微而博广大，正所谓："一切即一，皆同无性；一即一切，因果历然。"③

小中见大，尘里埋性是知佛关键："文约而义深，言少而义广，是则破小尘兮出大经卷，约太虚兮置一毛中，大悟指掌，现益扶手，硕学大悟之菩萨何不勤行者乎？"④有时禅僧之间对禅，经常以毛芥喻理，鄂州黄龙山晦机禅师便解答过这样的问题：

> 问：毛吞巨海，芥纳须弥，不是学人本分事。如何是学人本分事？
> 师曰：封了合盘市里揭。⑤

"毛芥"之喻可引申极多佛家勘悟。东京褒亲旌德禅院佛海禅师受哲宗皇帝佛海禅院封，开堂与僧众辩机，其中云：

---

① 普济著，苏渊雷点校《五灯会元》卷八，北京：中华书局，1997年，第512页。
② 正受著，朱俊红点校《嘉泰普灯录（点校本）》，海口：海南出版社，2011年，第430—431页。
③ 法藏著，方立天校释《华严金师子章校释》，北京：中华书局，1983年，第30页。
④ 法藏著，方立天校释《华严金师子章校释》，北京：中华书局，1983年，第203页。
⑤ 佛光大藏经编修委员会《景德传灯录》四，《佛光大藏经》禅藏，高雄：佛光出版社，1994年，第1432页。

……师云："拄杖横穿日面佛,衲衣斜褡少林风。"
僧曰："一言勘破威音面,千圣须教立下风。"
师云："玉殿光含千界月。"
僧曰："黄金虽至宝,点著是空花。"
师云："方便多门户,心通一道归"……①

佛海禅师的启悟句为"拄杖横穿日面佛,衲衣斜褡少林风",其意谓若能通达佛法大意,即可行于教化,勃然成风,惠及千万僧众。堂下辩僧的"一言勘破威音面,千圣须教立下风"也是此意。不难推知,师僧佛悟皆从"毛芥"之"见微知著"佛性延展下来,形成新的勘悟境界。其下"玉殿光含千界月"与"方便多门户,心通一道归"是一个道理。

佛海禅师讲法之时也对"微著"之论作了详尽阐释:

鋈是金迁久默斯要,于不二境作大佛事,入寂光土经营三界。道洽大千,化均百亿;言满法界,捞笼群生。敷玄籍以晓因果,垂天真以育性情。无何机有大小,乘分顿渐,故使资粮者,可以推微达著,寻端见绪……乐小法者,导之以大方……一心既皎,万德咸著,良为于此。②

借"毛芥"知至理。佛家弟子何止千万,每个个体皆是一芥;佛法无边,若个佛理都是一毫。然每个个体若能通彻大道,极心彻悟一端佛理,便能够"推微达著、寻端见绪",臻至"一心既皎,万德咸著"之境。故知:

① 佛光大藏经编修委员会《建中靖国续灯录》三,《佛光大藏经》禅藏,高雄:佛光出版社,1994年,第888页。
② 佛光大藏经编修委员会《建中靖国续灯录》三,《佛光大藏经》禅藏,高雄:佛光出版社,1994年,第888页。

致有向上金鸡,衔米一粒,遍济十方……有佛世界,以一尘一毫而作佛事,令见一法者而具足一切法,故权为架阁。①

万法归一,皆宗心源;见微知著,因缘媒合。佛理常演精巨之变,往复循环,如:"……微细成办,名微细像容安立门……一一毛处,各有金师子;一一毛处师子,同时顿入一一毛中。一一毛中,皆有无边师子;又复一一毛,带此无边师子,还入一一毛中。"②惟劲禅师曾作《镜灯颂》,亦有相关论解:

……俨睹微尘佛,等逢毗目仙。海印从兹显,帝网义由诠。一尘说法界,一切尘亦然。五蕴十八界,寂用体俱全……③

《五灯会元》亦载:

入得我门者,自然转变天地,幽察鬼神,使须弥、铁围、大地、大海入一毛孔中,一切众生,不觉不知。我说此法门者,如虚空俱含万象,一为无量,无量为一。若人得一,即万事毕。珍重!④

圆悟和尚曾举公案如下:

一尘举,大地收,一花开,世界起,只如尘未举,花未开时,如何着眼?

评:"一尘才起,大地全收;一花欲开,世界便起;一头毛狮子,百

---

① 佛光大藏经编修委员会《建中靖国续灯录》三,《佛光大藏经》禅藏,高雄:佛光出版社,1994 年,第 890 页。

② 法藏著,方立天校释《华严金师子章校释》,北京:中华书局,1983 年,第 64 页。

③ 佛光大藏经编修委员会《祖堂集》二,《佛光大藏经》禅藏,高雄:佛光出版社,1994 年,第 592 页。

④ 普济著,苏渊雷点校《五灯会元》,北京:中华书局,1997 年,第 357 页。

亿毛头现。"

　　……所以道:"一处透,千处万处一时透;一机明,千机万机一时明。"①

俱胝和尚亦由"微著"大义而独创"一指禅",也即万物皆由一知百,这就是"一机明,千机万机一时明"的奥义。

韶州披云山禅师曾在堂上与僧对答:

　　问:"如何是一尘。"
　　师云:"满目是青山。"②

披云禅师的回答至为精妙,直取"见微知著"的妙义,佛义精微,尽在于此。

见微知著之案非止一端,"见微"不仅知空间广大无边,亦知时限之茫远,如僧问道化度和尚的一段公案很是精彩:

　　问,'如何使一尘?'
　　师云,'九世刹那分。'③

"握中一寸煤,海外千年松"一句既能以寸煤妙和合围巨松,此空间广大无边;又能将"一寸"契应"千年",此时限之茫远,实可谓真正妙解禅境。

"困眼有余想,却听寺楼钟"一句禅意绵永。佛钟声音洪亮、肃穆大气,听之则觉心神安定。释家敬钟如佛,钟音一响,即解脱烦恼业,解脱内

---

① 圆悟编著,许文恭译述《碧岩录》,北京:华夏出版社,2009 年,第 127—129 页。
② 蓝吉富《禅宗全书》史传部(五),台北:文殊出版社,1988 年,第 192 页。
③ 佛光大藏经编修委员会《祖堂集》二,《佛光大藏经》禅藏,高雄:佛光出版社,1994 年,第 531 页。

心障壁,脱离苦海,增长智慧。所以,释家洪钟虽属佛器,实则已经超越器形之限,亦超越了简单的"晨钟暮鼓"之境界。南禅宗兴起之后,钟音已经成启人禅性之媒介,《祖堂集》记载:

> 鼓山和尚,嗣雪峰……幼避荤膻,乐闻钟梵。①

《建中靖国传灯录》中载洪州西山龙泉夔禅师便以金钟启悟僧众:

> 问:"如何是向上事?"
>
> 师云:"须弥顶上击金钟。"
>
> 僧曰:"洪音一震,韵出清霄。"
>
> 师云:"作么生闻?"
>
> 僧曰:"声声无欠少,不见打钟人。"
>
> 师云:"大众笑你。"②

洪钟一响,声声禅韵,直达心性,因声悟禅。相比而言,世俗靡音移人心性,甚或乱人心性。禅钟并无音调变化,其音低缓、悠扬、节奏固定,却能最大限度地启悟正念,唐代诗人钱起有诗:"呻吟独卧猷川水,振锡先闻长乐钟"(《猷川雪后送僧粲临还京时避世卧疾》)③郑绸有:"霜钟初应律,寂寂出重林。拂水宜清听,凌空散回音。"(《寒夜闻霜钟》)④张耒也有《大宁庭柏》诗:"……永日燕雀下,有时钟梵音。"⑤即是此意。俗人、野人、罪人,无论接听之人是否置身禅门之中,都会得悟平静之心,潜涌真性

---

① 佛光大藏经编修委员会《祖堂集》二,《佛光大藏经》,高雄:佛光出版社,1994年,第532页。

② 佛光大藏经编修委员会《建中靖国续灯录》三,《佛光大藏经》禅藏,高雄:佛光出版社,1994年,第909页。

③ 中华书局编辑部点校《全唐诗》增订本,北京:中华书局,1999年,第2662页。

④ 中华书局编辑部点校《全唐诗》增订本,北京:中华书局,1999年,第3585页。

⑤ 张耒撰、李逸安等点校《张耒集》,北京:中华书局,1990年,第101页。

之念,故钟音有度人、度性之功,钱起有诗为证:

> 风出送山钟,云霞度水浅。欲知声尽处,鸟灭寥天远。①

又有刘禹锡《罢郡姑苏北归渡扬子津》诗为证:

> 几岁悲南国,今朝赋北征。归心渡江勇,病体得秋轻。
> 海阔石门小,城高粉堞明。金山旧游寺,过岸听钟声。②

钟音启人心中细微,张耒"却听寺楼钟"恰是禅心涌照境界。身处佛寺,鸟语饭香、宝铎神兽,层层引悟,最后"余想"于一重钟声,诗音如佛音,绕梁不绝,引人遐思。无论从诗意还是禅境上看,本诗皆属上乘。

第二节　张耒禅诗解诂举要(下)

能够代表张耒禅悟的诗作还有《题陆羽祠堂兼寄李援援有诗殊佳二首》:

> 陆子不可招,寂寥风月魂。空堂掩遗像,幸此配老禅。
> 举世人浇薄,云谁知子贤。竟陵樵牧地,陈迹岂复存。
> 我欲歌子诗,三叹抚无弦。瓦登荐秋菊,酌此石井泉。
>
> 清诗吊陆子,味若堂下泉。陆子骨已朽,青松代之言。

---

① 中华书局编辑部点校《全唐诗》增订本,北京:中华书局,1999 年,第 2678 页。
② 刘禹锡撰,《刘禹锡集》整理组点校,卞孝萱校订《刘禹锡集》,北京:中华书局,第 422 页。

松亦安能言,风至时萧然。至谈非牙舌,陆子意已传。①

《新唐书·陆羽传》载:

陆羽字鸿渐,一名疾,字季疵,复州竟陵人。不知所生,或言有僧得诸水滨,畜之。②

知陆羽早有佛慧,其以一本《茶经》驰誉天下,要肯定其在源、具、造、器、煮、炊、色、香、味、鉴、碾等多门的开拓性研究,然定算其成就,与禅修脱不开。张耒"空堂掩遗像,幸此配老禅"即言中此意。

"禅茶一味"自古有论。禅与茶也渊源颇深。张培锋先生说:"中国人的饮茶风气是从唐代开始流行的。这一点与禅宗的发展有密切关系。"③自陆羽以禅门身份治《茶经》以来,关于茶的专著便都增容了文人气和丝丝禅性,蔡襄的《茶录》、黄儒的《品茶要录》、赵佶的《大观茶录》、钱椿年的《茶谱》、李时珍的《论茶品》、田艺蘅的《煮泉小品》、许次纾的《茶蔬》、高濂的《论茶品》、陆廷灿的《续茶经》和震钧的《茶说》莫不如是。

陆羽在《新唐书》中未被置于"方技"类,而被归在了"隐逸"一门。知欧阳修、宋祁撰述人物传记之时有意为之,既顾念到了陆羽的禅门出身,又考虑到了禅、茶互通互修的精进方式。

在各自功用上,茶醒神清目、性归宁静、淡泊无求;禅破蔽解障、平淡无为、追求至性。禅、茶能助境,亦需境界相辅,喧嚣时不得,心扰时不得,其淡雅之性独一无二。一杯淡茶,启人禅思;禅思之妙,通于茶道。

茶与僧家最有缘分,很多文献皆有记载,黄庭坚《黔南道中行记》云:

---

① 张耒撰,李逸安点校《张耒集》,北京:中华书局,1990 年,第 76 页。
② 欧阳修、宋祁撰《新唐书》,北京:中华书局,1975 年,第 5611 页。
③ 张培锋《宋诗与禅》,北京:中华书局,2009 年,第 151 页。

命仆夫运石去沙,泉且清而归。陆羽《茶经》纪黄牛峡茶可饮,因令舟人求之……初,余在峡州,问士大夫夷陵茶,皆云蚋涩不可饮。试问小吏,云:"唯僧茶味善。"①

黄庭坚特有茶词五首,专门探讨茶道妙处,其一云:

摘山初治小龙团,色和香味全。碾声初断夜将阑,烹时鹤避烟。

消滞思,解尘烦。金瓯雪浪翻。只愁啜罢月流天,余清搅夜眠。

黔中桃李可寻芳,摘茶人自忙。月团犀胯斗圆方,研膏入焙香。

青箬里,绛纱囊。品高闻外江。酒阑传椀舞红裳,都濡春味长。②

"消滞思,解尘烦"是茶带给趋禅文人的感官和心性上的消息。欲言茶之精微之处,有口难言;争道禅之三昧,难描难绘。二者皆需心悟,涤除一切烦扰,直达内性。文士之中黄庭坚最能体会茶之妙处,其所作《茶词》直言茶意"口不能言":

凤舞团团饼,恨分破、教孤令。金渠体净,只轮慢碾,玉尘光莹。汤响松风,早减二分酒病。味浓香水,醉乡路,成佳境。恰如灯下,故人万里,归来对影。口不能言,心下快活自省。③

禅借品茗而修,茶因禅悟而逸,二者相得益彰,互为增重。禅门中常

---

① 黄庭坚《黄庭坚全集》,成都:四川大学出版社,2001年,第440页。
② 黄庭坚《黄庭坚全集》,成都:四川大学出版社,2001年,第329页。
③ 黄庭坚《黄庭坚全集》,成都:四川大学出版社,2001年,第350页。

以茶启悟：

> 西川定慧禅师，初参罗山，山问："什么处来？"师曰："远离西蜀，近发开元。"却近前问："即今事作么生？"山揖曰："吃茶去。"①

> 复云："诸禅德！尽十方世界是草，作么生去？饭前吃茶。"②

仕人之中也有禅修极深者，王延彬便是代表。

王延彬(886—930年)，唐末五代时人，曾任泉州刺史。生平笃爱佛教，擅长阐释佛理，为庙堂"作家"。圆悟和尚《碧岩录》记载了一段王太傅以茶说禅的公案：

> 王太傅入招庆煎茶，时朗上座与明招把铫，朗翻却茶铫。太傅见问："上座，茶炉下是什么？"朗云："捧炉神。"太傅云："既是捧炉神，为什么翻却茶铫？"朗云："仕官千日，失在一朝。"太傅拂袖便去。明招云："朗上座吃却招庆饭了，却去江外打野榸。"郎云："和尚作么生？"招云："非人得其便。"③

禅门不参死句，故朗上座所答"为官千日，失在一朝"即未参活处，也就是说，当王太傅问为何打翻茶铫时，不该直接回答，倘若来话便直回，这就参了死句，禅门一忌也。按照雪窦重显大师的参法很简单，直接将茶炉踢倒便是，正所谓：

> ……当时但踏倒茶炉，一等是什么时节，到他用处，自然腾古焕

① 普济著，苏渊雷点校《五灯会元》，北京：中华书局，1997年，第443页。

② 佛光大藏经编修委员会《建中靖国续灯录》三，《佛光大藏经》禅藏，高雄：佛光出版社，1994年，第527页。

③ 圆悟编著，许文恭译述《碧岩录》，北京：华夏出版社，2009年，第303页。

今,有活脱处。①

禅家重茶,诗家也重茶。佛门弟子和文人士大夫们很喜欢通过茶来传达佛性和淡雅,透过淡如轻烟的咏茶诗,我们也能粗见高僧大德和骚客们的体悟境界和对人生、性命、宇宙的感悟程度。大历十才子之一的钱起有诗为《与赵莒茶宴》,茶道与禅境相映成趣、颇值玩味:

竹下忘言对紫茶,全胜羽客醉流霞。
尘心洗尽兴难尽,一树蝉声片影斜。②

《茶经》言:"艺茶欲茂……紫者为上,绿者次之。"③钱起与友人竹林之间啜饮紫茶,时流霞映照,蝉声一片,共同筑起陶然兴尽的禅茶世界。尘心,即六尘之心,佛家以色、声、香、味、触、法为六尘,又指一切俗务。是什么"洗尽"了"尘心"?紫茶。茶能滤心且使之臻于禅境,此句是茶助禅性、禅茶一味的最好注脚。茶能助兴,此"兴"谓何?禅性。诗中"兴难尽"的答语全在尾联。佛门不立文字,不离文字,佛性体悟非常规思维可解,索性追求不解之解,作下一片境界留给读者感悟,"一树蝉声片影斜"是答语也是禅语。

《唐诗纪事》记载了一段白居易因官分司宾客,众友人在兴化亭作诗送别的情景。兴化亭前,众人分作"一七体诗",所谓"一七体诗"即从一至七字数升序排列作诗,以题为韵,这种体式类于游戏体,但真正作好且有境界,实为不易。席间众才子各逞才思,王起赋花,李绅赋月,韦式赋竹,范尧佐赋书,唯元稹赋茶,其构思精微、精彩非常,其录如下:

茶。香叶,嫩芽。慕诗客,爱僧家。碾雕白玉,罗织红纱。铫煎

① 圆悟编著,许文恭译述《碧岩录》,北京:华夏出版社,2009年,第305页。
② 中华书局编辑部点校《全唐诗》增订本,北京:中华书局,1999年,第2680页。
③ 陆羽《茶经》,北京:中国纺织出版社,2006年,第89页。

黄蕊色,碗转曲尘花。夜后邀陪明月,晨前命对朝霞。洗尽古今人不倦,将知醉前岂堪夸。①

元稹一诗道尽茶道三昧,其"慕诗客,爱僧家"即将诗、禅融于一炉,也道出了自茶唐代以来因禅门的推崇而兴盛的一大动因,即。正是"有难求佛去,无事饮茶来。"黄庭坚有《答黄冕仲索煎双井并简扬修》:

> 江夏无双乃吾宗,同舍颇似王安丰。能浇茗碗湔被我,风袂欲把浮丘翁。吾宗落笔赏幽事,秋月下照澄江空。家山鹰爪是小草,敢与好赐云龙同。不嫌水厄幸来辱,寒泉汤鼎听松风,夜堂朱墨小灯笼。惜无纤纤来捧碗,惟倚新诗可传本。②

茶"慕诗客","吾宗落笔赏幽事,秋月下照澄江空"递送的是茶带来的心头禅境。文人品茗,品的是清雅的诗境和幽幽的禅心。"惟倚新诗可传本"中的"本"是什么,作者并未言明,恐怕也没有办法用言语表达。禅魂诗魄,文心相谐,但得意趣,未可言传。

刘禹锡有《酬乐天闲卧见忆》诗可作总结:

> 散诞向阳眠,将闲敌地仙。诗情茶助爽,药力酒能宣。
> 风碎竹间日,露明池底天。同年未同隐,缘欠买山钱。③

"诗""茶""禅""酒"缘融一处,"诗情"还需茶来助,通"隐"而悟"禅",得趣而知"闲",各门都相通,此诗将其中幽处轻易理清,实在难得。

"竟陵樵牧地,陈迹岂复存"之句透露出此陆羽祠堂所在地当在湖北

---

① 计有功《唐诗纪事》,上海:上海古籍出版社,1987 年,第 590 页。
② 黄庭坚《黄庭坚全集》,成都:四川大学出版社,2001 年,第 100 页。
③ 刘禹锡撰,《刘禹锡集》整理组点校,卞孝萱校订《刘禹锡集》卷三十四,北京:中华书局,第 478—479 页。

181

竟陵,亦可推知张耒是在四十六岁,也就是元符二年(1099年)被贬为"复州监酒"时作了这首诗。尾联"石井泉"应该就是竟陵的陆羽泉。

事实上,陆羽祠堂在苏州,但却可在全国很多地方看到茶圣的祠堂。对于这一点,张培锋先生认为这与陆羽的名气有关:

> 不过,可能由于陆羽名声太大,后世出现多处"陆羽泉",如江苏无锡的惠山泉,也称"陆子泉";湖北天门有文学泉,也叫"陆子井";江西上饶也有陆羽泉,等等。①

元符三年(1100年),哲宗驾崩,徽宗继位,起用张耒为"黄州通判",张耒再次来到黄州。复州好友李文举特渡江与张耒对饮,张耒有诗《予官竟陵时李文举尝以事至郡,同游西禅刹陆子泉,烹茶酌酒,甚欢也。今岁予移官齐安,文举自武昌渡江过,我与之饮酒,念西禅旧事,相与慨然》:

> 此生放荡随群动,一觉竟陵潇洒梦。
> 江山唤我此中来,却愁风月无人共。
> 李侯年少能思我,揭来两桨归潮送。
> 不辞薄酒与君饮,坐觉西山夕烟重。
> 西禅旧游已陈迹,壁间陆子尘生供。
> 石栏古井谁知味,只有松风自成弄。
> 爱君为吏无俗韵,快诵《离骚》饮仍痛。
> 不嫌寂寞过我来,古县年丰少争讼。②

"石栏古井谁知味,只有松风自成弄"一句可证前所解诂之句。"松风自弄"弄的是"韵致",是"形而上"的范畴,与"石栏古井"的"茶韵"相

---

① 张培锋《宋诗与禅》,北京:中华书局,2009年,第159页。
② 张耒撰,李逸安点校《张耒集》,北京:中华书局,1990年,第223页。

合。其禅韵也自寓其中。禅门诉禅,常用心外具体物象所构之境来对证禅性,这便是"直心见性"的表达。《祖堂集》中记载了襄州的紫陵和尚与僧启答的经过:

> 问:"如何识得自己佛?"
> 师云:"一叶明时消不尽,松风韵节怨无人。"①

堂前僧的问语直截了当,但紫陵和尚的答句没有直面回应,而是通过造若干具象之物来传达心中的禅境。这正是禅门的应答方式,即将"心性"之问移到心外,通过心外的领悟再契回心内,从而达到证悟的目的。张耒同样用禅门的"移心"之法来解证茶、禅之味。

"我欲歌子诗,三叹抚无弦"一句更寓佛性,张耒知佛体禅已臻一定境界。

张耒想要弹唱陆羽的诗,却因抚无弦琴而慨叹不已。张耒为何要叹?是在叹举世难寻知茶、懂茶、通禅道的知音。弹琴识知音,本无厚非,奈何弹无弦琴?这正是张耒深通禅性的表现。

琴与禅林实则很有渊源,据《四十二章经》记载:

> 沙门夜诵迦叶佛遗教经,其声悲紧,思悔欲退。佛问之曰:汝昔在家,曾为何业? 对曰:爱弹琴。……佛言:弦急如何? 对曰:声绝矣。急缓得中如何? 对曰:谐音普矣。佛言:沙门学道亦然。心若调适,道可得矣。于道若暴,暴即身疲,意即生恼。意若生恼,行即退矣。其行既退,罪必加矣。但清净安乐,道不失矣。②

沙门修佛,最忌心急,佛境安乐在于"急缓得中",而佛祖恰是用弹琴

---

① 静、筠二禅师撰,孙昌武等点校《祖堂集》卷十二,北京:中华书局,2007 年,第 549 页。
② 宣化法师《佛说四十二章经浅释》,北京:宗教文化出版社,2006 年,第 130 页。

之喻来点破该沙门的迷津。

琴之用,一在于悦耳,又在于识趣。追求悦耳,流于感官之娱,这是粗解音律的世俗人的境地;超越技巧本身,技进乎道,能够通解音律之妙处,即能解趣,这才是知音的境界。伯牙琴声可在子期耳中演绎成种种境界,这才是识趣。

琴非佛器,似与禅无关,然琴曲需识,禅语需悟,从这一处看,二者实有同质异形之妙。因此,佛门与琴结缘也便顺其自然,如李白就曾有诗《听蜀僧濬弹琴》,苏轼也有《听贤师琴》《听僧昭素琴》等众多记载琴僧的诗。苏辙有诗"听琴峰下寺,弄石水中洲"(《次韵子瞻减降诸县囚徒事毕登览》)①颇得禅趣,峰高寺幽,琴语万籁,何其清幽、雅静?一派禅境皆从此出。在北宋,琴僧简直就是一个庞大的群体,许健先生的《琴史初编》这样记载:

> 贯穿着北宋一百多年中,有一个琴僧系统。他们师徒相传、人才辈出,始终在琴界有着重要地位。说他们是琴僧系统,因为除为首的朱文济是宫廷乐师之外,以后各代都是和尚,当时尊之为"大师"。②

禅门中的夷中、之白、义海都是名重一时的琴僧。禅林之中亦常以琴为喻,饰讲禅意。

堂前僧问话是机锋,禅家既然常用无弦琴说禅,那真正的禅音究竟谓何?这样问本就未悟禅道精微,故庆云禅师以伯牙、子期知音之喻来对禅,此正如禅僧文珦的《听琴诗》意蕴:

> 群动夜中息,霜清月满林,野僧无俗事,幽兴寄瑶琴。
> 淡淡思归操,悠悠太古心,希声在自得,不必为知音。

---

① 苏辙撰,曾枣庄、马德富校点《栾城集》,上海:上海古籍出版社,1987年,第16页。
② 许建《琴史初编》,北京:人民音乐出版社,1982年,第85页。

由此可知,琴之趣需有知音解,禅之微还要禅家明。琴趣、禅音殊途同归。

文人与琴的渊源也可以追溯很远,从儒本位的角度看,历代文人对琴的著述和研究不乏其人,此不必一一赘述,仅以欧阳修的《琴说》作为理论综述进行分析:

> 夫琴之为技,小矣。及其至也,大者为宫,小者为羽,操弦骤作,忽然变之。急者凄然以促,缓者舒然以和。如崩崖裂石,高山出泉,而风雨夜至也;如怨夫寡妇之叹息,雌雄雍雍之相鸣也。其忧深思远,则舜与文王、孔子之遗音也;悲愁感愤,则伯奇孤子、屈原忠臣之所叹也。喜怒哀乐,动人心深,而纯古淡泊,与夫尧舜三代之言语,孔子之文章,《易》之忧患,《诗》之怨刺无以异。其能听之以耳,应之以手,取其和者,道其堙郁,写其忧思,则感人之际亦有至者矣,是不可以不学也。①

与“技道论”不同,欧阳修主张“技功论”。相对“道”、“功”而言,“技”属低层次境界;站在儒本位角度,欧阳修肯定了琴声的拟象功能,即拟天地之“声文”和人类社会独有的“人文”。② 可拟“人文”,也就肯定了琴声能够“达其性情、形其哀乐”的艺术功能,此为中层次境界;若能进一步“忧深思远”,则便是“舜”“文王”“屈原”的心声,此已具备了治国和忠贞的“雅音”,进而反映了三代的浑穆、孔子的教化、《诗经》的怨刺,此为琴之最高境界。欧阳修的三个境界就是“至”的层次,是“功用”的具体体现。

儒家的琴论尚可继续细化,然六一居士的琴论已然相对该备地对琴之功用进行了理论性总结,对儒本位的文人来讲,已经十分有代表性了。

---

① 欧阳修著《欧阳修全集》,北京:中华书局,2001 年,第 629 页。
② “声文”“形文”的界定,参看拙作《先秦‘文’之形态考略》,东北师范大学硕士论文,2012 年。

然而,至于宋代。三教合流、理禅融汇是整个文化学术的大环境,一些文人虽坚持儒本位,却参互了更多的禅学色彩,文人对琴的理解也便更加多元。苏东坡有一篇我们十分熟识的《武昌主簿吴亮君采携其友人沈君十二琴之说与高斋先生空同子之文〈太平之颂〉以示予,予不识沈君,而读其书如见其人、如闻十二琴之声。予昔从高斋先生游,尝见其宝一琴,无名无识,不知其何代物也。请以告二子使从先生求观之此十二琴者,待其琴而后和》:

> 若言琴上有琴声,放在匣中何不鸣?
> 若言声在指头上,何不于君指上听。①

苏轼这首诗的题目很长,而这也才是本诗的真正题目,而"王本"和"七集本"都称此诗为《琴诗》。② 苏轼的这首琴诗可以看作文人琴诗的代表,不能否认苏轼本人的儒本位思想,然借本诗我们亦感受了长公诗中的禅性,禅心琴语甚或已经超越了一般琴僧之作。

很多学者都对这首诗作了诠释,在此自不必细说。本诗禅性在于"因缘","琴""指"二者若有一端不合,"音"即不生。因缘和合,必然有起有应,这正是佛家的因缘之谛。而张耒诗句"松亦安能言,风至时萧然"又同样可以用禅宗的"因缘"之论来解读,圆悟克勤有句评唱说得好:"风来树动,浪起船高,春生夏长,秋收冬藏。"③又有"圆悟垂示":"青天白日,不可更指东画西,时节因缘,亦须应病与药。"④足见张耒诗中之句亦体现了禅宗"因缘"之旨。

---

① 苏轼著,冯应榴辑注,黄任轲、朱怀春校点《苏轼诗集合注》,上海:上海古籍出版社,2001 年,第 1103 页。
② 《苏轼诗集合注》:"王本咏物类,旧王本缺。七集本载续集。题皆止《琴诗》二字。"
③ 圆悟编著,许文恭译述《碧岩录》,北京:华夏出版社,2009,第 11 页。
④ 圆悟编著,许文恭译述《碧岩录》,北京:华夏出版社,2009,第 23 页。

"琴之意"在于"琴之言","琴之言"在于"琴之声","琴之声"在于"指①之妙",能够实现"琴之意"必得实现上述环节,才谓"因缘"。故而山公注曰:

> 《楞伽经》:"譬如琴瑟、箜篌、琵琶,虽有妙音,若无妙指,终不能发。汝与众生,亦复如是。"②

然此诗又可反训理解。琴在而指不动是否会有"琴声"? 用正常思维理解,断然不可能。而用禅心度想之,则实有"琴声"。指置弦上,欲抚而非,则用心接之,藉意远之,取"大音希声"心法,依山公注曰:

> 又偈曰:"声无既无灭,声有亦非生。生灭二缘离,是则常贵实。"

此偈的第一句即肯定了"声"的永恒性,也就是说,琴音长驻,不因指动与否而停止或消失。第二句"声有亦非生"意谓"声"之长存,非有意而"生",已然肯定与"指动"无关,既与"指动"无关,弦之有无便无关宏旨。故而佛家常以"无弦琴"示人。

据传陶潜常以"无弦琴"示人,取"无羁""闲适""无知音"之意,《晋书·隐逸传·陶潜》记载:

> 性不解音,而畜素琴一张,弦徽不具,每朋酒之会,则抚而和之,曰:"但识琴中趣,何劳弦上声!"③

---

① 苏轼著,冯应榴辑注,黄任轲、朱怀春校点《苏轼诗集合注》,上海:上海古籍出版社,2001年,第1103页。

② 苏轼著,冯应榴辑注,黄任轲、朱怀春校点《苏轼诗集合注》,上海:上海古籍出版社,2001年,第1103页。

③ 房玄龄《晋书》,北京:中华书局,1974年,第2463页。

佛家接续其意更有发挥,常以"无弦琴"辩解机锋、开悟僧众,前文庆云禅师公案可证,又有襄州紫陵和尚的开悟之语:

> 师上堂云:"古琴普视目前音,谁人和得无丝曲?"
> 学人对云:"千机千凑空王曲,无丝古格妙难穷。"①

唐人白居易笃佛,又深解陶渊明"无弦琴"之趣,有《咏慵》为证:

> 有官慵不选,有田慵不农。屋穿慵不葺,衣裂慵不缝。
> 有酒慵不酌,无异樽常空。有琴慵不弹,亦与无弦同。
> 家人告饭尽,欲炊慵不舂。亲朋寄书至,欲读慵开封。
> 尝闻嵇叔夜,一生在慵中。弹琴复锻铁,比我未为慵。②

"慵懒"亦是禅修,福州西禅懒庵鼎需禅师有著名的"懒"偈,《嘉泰普灯录》有云:

> 上堂:"懒翁懒中懒,最懒懒说禅。亦不重自己,亦不重先贤。又谁管你地,又谁管你天。物外翛然无个事,日上三竿犹更眠。"③

白乐天咏叹"慵"中的"闲适""无羁""对抗"之逸情,皆从陶渊明和嵇康的闲趣中来,此中趣味若与其《咏拙》《闲居》等诗一并稽考,更为明朗。乐天诗中洋溢着浓浓的"无为"之趣——样样事都没有做,却能在每件事之中撷取最为难得的"至趣"。这是最难得的,白诗的最大魅力也就

---

① 静、筠二禅师撰,孙昌武等点校《祖堂集》卷十二,北京:中华书局,2007 年,第549 页。
② 谢思炜《白居易诗集校注》,北京:中华书局,2006 年,第 554 页。
③ 正受著,朱俊红点校《嘉泰普灯录(点校本)》,海口:海南出版社,2011 年,第455—456 页。

在于此。如果说孔融的"座上客常满,樽中酒不空"是一种潇洒的"有为"性情,白诗"有酒慵不酌"就是闲适"无为"的"至趣";如果说嵇康痛《广陵散》之永绝于世是难偿的遗憾,乐天"无弦"奏出的就是心中绵永"无羁"的禅音。"无弦"就是"心动于弦",所撷得的正是永难止歇的"绵永之音"。

宋人妙得"无弦至趣"的扛鼎之人当属苏轼,由于苏轼天禀佛缘,故其诗中对琴的记载在宋诗中应属最多,关于无弦琴,苏翁有诗《欧阳晦夫遗接䍦琴枕戏作此诗谢之》:

> 携儿过岭今七年,晚途更著黎衣冠。
> 白头穿林要藤帽,赤脚渡水须花缦。
> 不愁故人惊绝倒,但使俚俗相恬安。
> 见君合浦如梦寐,挽须握手俱丸澜。
> 妻缝接罗雾縠细,儿送琴枕冰徽寒。
> 无弦且寄陶令意,倒载犹作山公看。
> 我怀汝阴六一老,眉宇秀发如春峦。
> 羽衣鹤氅古仙伯,岌岌两柱扶霜纨。
> 至今画像作此服,凛如退之加渥丹。
> 尔来前辈皆鬼录,我亦带脱巾欹宽。
> 作诗颇似六一语,往往亦带梅翁酸。[①]

"无弦且寄陶令意"直言苏轼琴韵肇有源头,再看《破琴诗》:

> 破琴虽未修,中有琴意足。谁云十三弦,音节如佩玉。
> 新琴空高张,弦声不附木。宛然七弦筝,动与世好逐。

---

① 苏轼著,冯应榴辑注,黄任轲、朱怀春校点《苏轼诗集合注》,上海:上海古籍出版社,2001年,第2227页。

陋矣房次律,因循堕流俗。悬知董庭兰,不识无弦曲。①

董庭兰工于琴艺却"不识无弦曲",便很能说明问题。大苏此句肯定"无弦有音",如不通陶潜之意,不解佛禅参悟话头,定然无法理解"无弦"之趣。

"至谈非牙舌,陆子意已传"一句包含了佛、道二家思想。从道家的角度说,此句蕴含"至辩不言"的思想,《道德经》中载:

> 信言不美,美言不信;善者不辩,辩者不善;知者不博,博者不知。②

《庄子·齐物论》载:

> 六合之外,圣人存而不论;六合之内,圣人论而不议;春秋经世、先王之志,圣人论而不辩。故分也者,有不分也;辩也者,有不辩也……夫大道不称,大辩不言……③

道家行不言之辩,"至辩"于不言是一种境界,是一种修为,是大智慧。从这个角度上看,禅家从道家也汲取了一定养分以丰养本教思想,虽释、道此处趋同,禅门却更加偏重"直心见性",反对言语对心性的遮蔽:

> 不来不去,不出不入,一切言语道断。非福田非不福田。④

---

① 苏轼著,冯应榴辑注,黄任轲、朱怀春校点《苏轼诗集合注》,上海:上海古籍出版社,2001 年,第 1585 页。

② 王弼注,楼宇烈校释《老子道德经注校释》,北京:中华书局,2008 年,第 191 页。

③ 王夫之著,王孝鱼点校《庄子解》,北京:中华书局,1964 年,第 23 页。

④ 鸠摩罗什译《维摩诘所说经》,《乾隆大藏经》第三十三册,第 724 页。

《碧岩录》卷一其一为"武帝问达摩"，此公案有语：

> 志公云："此是观音大士，传佛心印。"①

"圆悟评唱"对此句的解读为：

> 达摩遥观此土有大乘根器，遂泛海得得而来，单传心印，开示迷途；不立文字，直指人心，见性成佛。若恁么见得，便有自由分，不随一切语言转，脱体现成，便能于后头与武帝对谭，并二祖安心处自然见得。②

佛家的真谛在于得"真心性"，得"真心性"的途径在于"以心证心"而决不能诉诸语言。人类语言系统无论多么发达，都不可能将"心性"完美地解诂清楚，反而徒增枝节、雾障渡口。禅宗这种思维对中国文化影响很深，中国人很多思维都能在禅宗里找到梵根，即便尘网中的爱情观念，亦在禅宗的滋养中别具深意，比如《红楼梦》中宝、黛的一段"爱情证语"就十分具有说服力：

> 你证我证，心证意证。是无可证，斯可云证。无可云证，是立足境。③

你我心意相通、心照不宣，何用语言说解，这就是禅宗带给我们的启悟。返回头读张耒"至谈非牙舌，陆子意已传"一句，便能深刻体悟到张耒诗句的真谛。要说陆羽茶的茶品如何，不需言语，"至谈"犹道家的"至

---

① 圆悟编著，许文恭译述《碧岩录》，北京：华夏出版社，2009，第1页。
② 圆悟克勤著，尚之煜注评《碧岩录》卷一，郑州：中州古籍出版社，2011，第3页。
③ 曹雪芹、高鹗著，启功主持，张俊等校注《红楼梦》卷二十二，北京：中华书局，2012年，第272页。

辩"，"至谈非牙舌"似道家言语，更是佛语。"陆子意已传"中的"意"谓何？禅意和茶道。茶道如心，禅意如性，禅与茶相得益彰，在百代之后依然流溢着淡淡又隽永的心性。

张耒有一些极具性灵的小诗也十分不错，比如《答仲车》：

> 先生居山阳，时事不挂齿。读书逾五车，不肯著一字。
> 今朝苦叹嗟，告我将老矣。我意与子殊，欲去依禅子。①

诗中描写了一位长居山阳的隐士，对时事不为在意。至老双方再次晤面，友人嗟叹"老之将至"而"我意"却在禅门。语浅而平和，虽无处解诂却颇得禅味。

下面重点谈一下另一首与"仲车"有关的诗，其名《和仲车元夜戏述》：

> 华灯耀广陌，皎月临重城。惟我二三子，柴门通夜扃。
> 展书对明烛，浊酒徐徐倾。峥嵘千万虑，一醉皆能平。②

这首诗的禅趣就在"峥嵘千万虑，一醉皆能平"。一般来说，佛家是酒的"绝缘体"，佛家不可饮酒已成戒律。但禅门又很圆活，将戒律分作"性戒"和"遮戒"。"性戒"之谓，道宣这样解释：

> 言性恶者，如十不善，体是违理；无论大圣制与不制，若作违行，感得苦果，故言性恶，是故如来制戒防约，若不制者，业结三途，不在人道，何能修善？故因过制，从本恶标名，禁性恶故，名为性戒。③

---

① 张耒撰，李逸安点校《张耒集》，北京：中华书局，1990年，第74页。
② 张耒撰，李逸安点校《张耒集》，北京：中华书局，1990年，第74页。
③ 《行宗记》，白马版《卍续藏经》第六二册，第253页。

也就是说，"性戒"约束所有修行者，即"无论大圣制与不制，若作违行，感得苦果"。这是一条不可逾越的界限。"性戒"基于人类普世道德伦理，"此戒不分内外、不异凡圣、不待佛制，违之，则属性罪，定遭果报。"①

"遮戒"只针对产禅门内部而定，对外众没有任何约束力。就佛门而言，"遮戒"也比"性戒"轻一些。如《涅槃经》讲：

> 自制以后，尘染更深，妨乱修道，招世讥谤，故名遮也。所言遮者，能遮正道，故言遮恶。②

"遮戒"中的"遮"是遮蔽之意，也就是为防止在修持过程中受到妨碍，故而称之为"遮戒"。

既然"遮戒"对外众没有限制，又对禅门内部缺少原则性的约束，故而参禅的文人和一些佛门中不甚"规矩"的僧人纷纷触犯酒戒。饮酒甚至成了这些人修禅启悟的一种方式。胡舜陟有文《颠僧》就记录了一个能知祸福，为人佯狂的疯癫和尚法渊。《嘉泰普灯录》也记载了《酒仙遇贤和尚》：

> 姑苏长洲林氏子。母梦大珠而孕，生多异样……往参钱塘龙册珠禅师，发明心印。回居明觉院，唯事饮酒，醉则成歌颂，警道俗，因号"酒仙"。③

酒，在世俗眼中是助兴之物；在禅门中是乱性之具。饮酒与否自有"醉""醒"之别。然而禅众修禅恰恰以酒来参禅门"无别"之境。《续传灯录》记载了一名叫作法明的禅师，其僧酷好饮酒，且醉后喜吟唱柳永慢

---

① 王建光《中国律宗思想研究》，南京大学博士论文，2003 年，第 68 页。
② 《涅槃经》卷十一，《圣行品》第七之一，《大正藏》第十二册，第 433 页。
③ 正受辑，朱俊红点校《嘉泰普灯录》卷二四，海口：海南出版社，2011 年，第 590 页。

词,常为他僧取笑,但法名禅师圆寂之际所传佛偈却极得要处:

> 平生醉里颠蹶,醉里却有分别。今宵酒醒何处,杨柳岸、晓风残月。①

平生虽常落醉态,但在醉境之中却勘不破"分别",圆寂之际忽然醒悟:原来生死无别。

禅林以酒参悟,文人自然不落人后。陶渊明作多首"饮酒"诗,杯酌之间寄托隐意,便生禅心。禅门常规模其事,将陶渊明的放状隐逸等相通之处与佛禅交应。相传陶潜、陆修静和慧远禅师交好,至有"虎溪三笑"之美谈,说明佛、道趣理相通已有渊源。酒可助趣,后来的白乐天也爱喝酒,并非嗜酒,而是在酒中取趣,遥应陶渊明,其在《效陶潜诗十六首》序中写道:

> 余退居谓上,杜门不出,时属多雨,无以自娱。会家酝新熟,雨中独饮,终日不醒。懒放之心,弥觉自得,故得于此而有以忘于彼者。因咏陶渊明诗,适与意会。遂效其体,成十六篇。醉中狂言,醒辄自哂。然知我者,亦无隐焉。②

白居易崇佛世所共知,醉里忘言、忘己,醉后得"心隐"之趣。故知大道无别,后来的许多禅修文人都在陶、白的禅、酒世界里"得意忘言"。

苏轼、黄庭坚、张耒、李廌等皆有藉酒而悟的禅诗。文人所参的"酒禅"会得到更为多样的体悟。在酒精的作用下,禅门"无分别"之悟亦会体证在他们的诗中,比如苏轼、黄庭坚就有和诗《薄薄酒》,限于篇幅,只取苏轼的《薄薄酒》为例:

---

① 《永乐北藏》整理委员会整理《续传灯录》,《永乐北藏》第一九六册卷第十一,北京:线装书局,第236页。
② 谢思炜《白居易诗集校注》,北京:中华书局,2006年,第498页。

薄薄酒,饮两钟;粗粗布,著两重。美恶虽异醉暖同,丑妻恶妾寿乃公。隐居求志义之从,本不计较东华尘土北窗风。百年虽长要有终,富死未必输生穷。但恐珠玉留君容,千载不朽遭樊崇。文章自足欺盲聋,谁使一朝富贵面发红。达人自达酒何功,世间是非忧乐本来空。①

酒醉带给苏轼一种超意识的禅觉,虽似有恶、美、穷、富、忧、乐本无实质之别。苏轼将法名大师的"无别"之境进一步具体化,诗中都是人生各样关切,字里行间充满了对这些关切的禅悟。

出此而看,张耒的这首禅诗的尾联"峥嵘千万虑,一醉皆能平"也最恰酒醉之禅意。万事万虑皆从心起,"心平"与"心虑"都为"分别"所致,而酒醉所带来的最大体悟正是醉后"无别"的境界。此外,诗中还带着一股豪情,这又是酒中之趣。

与之同趣的诗作还有很多,仅再将张耒两首禅、酒相映成趣的诗作录之于下,以进一步了解张耒的禅、酒境界,录《白乐天有谓上雨中独乐十余首仿渊明予寓宛丘居多暇日时屡秋雨仿白之作得三章》诗如下:

罢官卧穷巷,值此云物稠。连延经旬雨,城市欲行舟。
柱础变坳塘,瓦沟成暴流。萧然残暑退,寒事戒衣裘。
老人朝睡足,起坐梳白头。呼童饬晨餐,薪湿爨妇愁。
洗我朱提杯,不复具肴羞。一觞已径醉,万事良悠悠。②

又有:

故人遗我酒,气味芳以清。置之屋壁间,兴至时一倾。

---

① 苏轼著,冯应榴辑注,黄任轲、朱怀春校点《苏轼诗集合注》卷十四,上海:上海古籍出版社,2001年,第659页。
② 张耒撰,李逸安点校《张耒集》,北京:中华书局,1990年,第105页。

> 银杯度一合,三醨已徹觥。既免戒沉酒,且无忧病醒。
>
> 嵇阮愧令德,刘石无遐龄。荒狂有何乐?徒以酒自名。
>
> 吾幸免困此,庶几尽平生。①

"一觞已径醉,万事良悠悠"与前文"无别"之境吻合。在生计困难、环境恶劣、韶华已去的境况下,张耒借酒来涤除心中惆怅。张耒平生最喜喝酒,其他篇什中尚有多处谈论醉酒之句,如"但又载酒人,何用求知己"(《冬怀三首》),"赖此樽中君,破闷有后来"(《今旦》),"风光不我违,舍醉何有度"(《春日杂诗六首》),"感之复携酒,抚树为三叹"(《春日杂诗六首》),"悲忧浪自若,有酒但知倾"(《春日杂诗六首》),等等。在第二首诗中,张耒对嵇康、阮籍等名士的借酒而荒狂的行为很不赞同。"荒狂有何乐?徒以酒自名"是酒助狂行,非修行之道。相反,在酒的作用下走进"无别"之中的禅意体会,这才是修持的方式和心境得以升华的手段。

禅诗解诂很困难,有时需要做好字句考证工作,有时又需直性解悟。所以诗的诂证与文有异,文只对字句考证即可,诗却需认真体悟其中之境、笔外性情。张耒的禅诗还有许多,但不便一一列举,仅将相对重点的几首略作解诂,借以体察张耒诗中的佛禅消息。

第三节　张耒诗歌禅趣表达

一、溪、梅、花鸟、月

张耒擅以禅趣助诗性,通篇未必尽是禅语,但一二处点着之句,便是一片意境。张耒有诗《西山寒溪》,兹浅录几句:

---

① 张耒撰,李逸安点校《张耒集》,北京:中华书局,1990年,第105页。

兹行颇闲暇,聊此山水间。幸有所携人,臭味同一源。

山溪并修涧,嘉木间蒲莲。杉木鸣古刹,始觉此溪寒。①

此作开篇点出个"闲"字,即已为全诗拓开了境界。"山溪""修涧"因风过"木鸣"而被衬消了声音,不觉喧响,只见一弯静流。"嘉木""蒲莲"更烘出一片幽深。此情此景已经作足气势,当是将诗兴落到"闲""静""清""幽"的意境中。然作者匠心独具,偏将全部情绪落到一个"寒"字之上,妙趣横生。

"寒"为肤觉,体触而有感。张耒写"寒"非"春江水暖鸭先知"的"肤觉",而是超越常形,以"杉木鸣古刹"之"声觉"描摹,的确超绝不凡。

非是作者"因声知寒",而是作者抬眼见到了古刹,故觉"溪寒"。佛门为清静之地。其所宅之处常择幽静场所,又因佛义以"空""寂""清""淡"为宗,使人断绝妄想,回正去幻,故眼见高木环绕的古刹自然倍感清寂。"溪寒"之意也便油然而生。说"寒"实反衬"闲""静""清""幽"境界,只是作者体悟精微,凭禅悟为境,使全诗淡雅幽清而不落俗格。石霜楚圆禅师有《三玄三要偈颂》云:

第三玄,万象森罗宇宙宽,云散洞空山岳静,落花流水满长川。②

此玄有三个境界,初参禅时心如天地,实有幻相来去;第二境是心性空寂,不见挂碍;第三境是修持的最高境界——无我无心,一派湛然。以此偈颂而观之,张耒的这首《西山寒溪》似为第二境。心境的修持程度即可由其诗中之象感知。如心如象,不偏不倚。

张耒有诗《摘梅花数枝插小瓶中辄数日不谢吟玩不足形为小诗》:

疏梅插书瓶,洁白滋媚好。微香悠然起,鼻观默自了。

① 张耒撰,李逸安等校点《张耒集》,北京:中华书局,1990 年,第 72 页。
② 赜藏主编集《古尊宿语录》,北京:中华书局,1996 年,第 185 页。

秀色定可怜,仙姿宁解老。禅翁心土木,对此成魔恼。①

佛家将"眼、耳、鼻、舌、身、意"视作六根。佛语常说"六根清净"就是在告诉参佛者不要执着于这"六根"带来的幻觉。也即不要被六根带来的"六识"(视、听、嗅、味、触、脑)和"六尘"(色、声、香、味、触、法)遮蔽内心的清净。

张耒这首小诗讲的就是自己如何修禅,不受"六尘"干扰的故事。张耒禅心已定,纵然瓶中之梅何等"媚好",其香气何其"悠然",自己的眼和鼻也会默断根想,可见张耒谨严修持、自断俗根的决心。这个决心在尾句表达得最为清楚,"禅翁心土木,对此成魔恼"即知张耒已经皈心佛门且已严守佛家清戒,全然一副堂前苦僧的形象。

然插花之举,定因其媚、香,何由寂然应之?结尾的"恼"字似擎出张耒进退不安的窘状,让人不觉哑然失笑。张耒修禅的确不能做到完全寂然不动,比如他有一首诗为《晨兴自篱西望东园新开花》,其中有"步出寝门迎晓日,却从篱外望新花。安禅岂问荒三径,阅古终须鲍五车"几句。张耒对具有勃勃生命体性的事物有着非同寻常的喜爱,虽然心有禅想,不能随移心性,但眼见新花,一样难忍怜爱之心。陶潜虽以"三径就荒"为隐逸之品,但张耒却反对将一应生命体全都排斥于心外,由此可知张耒对修禅还是有自己标准的。

张耒诗中常并现花鸟,其中禅趣随意自然,颇为清雅,如其《感春三首》:

三月行复至,青春坐侵夺。飞花去寂寂,新叶来骎骎。
白日照芳草,荒园乱鸣禽。朱颜任自老,安事累吾心。②

---

① 张耒撰,李逸安等校点《张耒集》,北京:中华书局,1990年,第77页。
② 张耒撰,李逸安等校点《张耒集》,北京:中华书局,1990年,第79页。

园中掠影,平淡无奇,但充满了"园柳变鸣禽"的雅趣。"飞花""新叶"充满动感,体证着生命新老交替的迅捷。"寂寂"为"静而缓"的境界,"骎骎"是"动而勃"的趣味。白日初照即是一片生意盎然。这一切都为尾句张本,这句议论粗看平常,却有禅意。

在"原初自然"的造物场中,新生事物蓬勃而生,古旧事物寂然而去,这是不可人为更变的天地时序。人在这样的"时序"中体悟到了生命每个阶段的种种美好已是不易,不如在有限的人生当中"随缘任化",何必要以"有为"的心态反得内衷的不安呢?

禅门常借重多种方式来体证"不然尘滞""本来无一物"的"心境"。月之澄净,月光临千界所呈现的广博、清雅、静谧等特点都为禅门体证禅性提供了一个极好的媒介。张耒藉物写心,亦用月辉来传达禅悟,其有诗《华月》:

> 华月流春宵,散我高林影。披衣步其下,爱此扫地静。
> 吾心方浩然,万境一澄莹。徙倚玉绳低,寂寥沉远听。①

"静"本身就是禅性,在下文会做具体分析。"扫地静"不是视觉,而是心觉,此情景恰是月色带来的心性观照。也正因此,才有后面对禅悟后心境的具体呈现。月色澄净、宁和、不执不扰、纤尘不着正是禅心的镜像回照,月色引牵着禅性,启人禅悟。禅门常用"大地一片月"来传达着禅修的境界,著名禅僧释延寿就有这样的一首禅诗:

> 幽栖岂可事徒然,昼讽莲经夜坐禅。
> 吟里有声皆实相,定中无境不虚玄。
> 直教似月临千界,还遣如空度万缘。
> 从此必知宏此志,免教虚掷愧前贤。②

---

① 张耒撰,李逸安等校点《张耒集》,北京:中华书局,1990年,第83页。
② 北京大学古文献研究所编《全宋诗》,北京:北京大学出版社,1991年,第22页。

延寿大师用这首诗讲述了自己的修禅过程。在修持的过程中,他心中体会到了入定时的种种空玄境界,此境界难以描绘,是玄之又玄至为抽象的心觉。延寿禅师只好以明月为喻,借具象形容抽象,用月光带给人的观感来传达那种至大无边、宁寂澄莹的大彻禅性,月色启性,满天清辉便可度化千千万万心具佛性的有缘人。

明州寿国梦宪嗣清禅师又有"竹影扫街尘不动,月穿潭底水无痕"①句,同样深得妙处。

在张耒的笔下,月有时又是动态的存在,如他在《石楼》诗中写道:"会期山月出,一啸清夜永。"②在这句诗中,月光不再是"澄潭影现,仰观皓月镇中天"的静像禅心,作者也没有多费笔墨描摹月辉的缓柔、祥静,而是借助"啸"字极为形象地把握住了禅悟的瞬间。"清夜永"正是顿悟之后的心境澄照。以物见性,见月明心,张耒深悟禅理,在佛禅的世界里,张耒找到了最能体证心禅交融的媒介——月。

二、静、闲、梦

前面阐述张耒诗文禅学思想的时候已经提到了"静"这个主题,为修禅的一种状态和境界。这部分再谈到"静"则更多从它所带来的禅趣着眼。

张耒诗歌中多处提及"静",在此略作一辨。《春日杂诗六首》其四云:

> 堂前老榆柳,清阴渐交映。飘飘风花干,渥渥雨叶盛。
> 鸟鸣日方迟,客去门愈静。自无济世略,耿耿欲谁省。③

---

① 蓝吉富主编《禅宗全书》史传部(十九),台北:文书出版社,1988年,第56页。
② 张耒撰,李逸安等校点《张耒集》,北京:中华书局,1990年,第87页。
③ 张耒撰,李逸安等校点《张耒集》,北京:中华书局,1990年,第79页。

作者以老榆柳起兴,实为自喻。"鸟鸣日方迟,客去门愈静"勾勒出一个闲散无羁的士人形象。"迟"与"静"用得最得真趣,"迟"有慵懒、安闲之意;"静"字且"闲"且"幽",这便是对待生命的态度。"静"又正是禅宗正义,故此诗流溢着勃勃的禅趣。"自无济世略,耿耿欲谁省"的议论又衬出"静"字傲然、隐逸的趣味。

"静"是"闲"的最佳注脚。张耒有诗《官闲》:

> 官闲吏归早,岁晏寒欲盛。槐稀庭日多,鸟下人语静。
> 幽花破寒色,过雁惊秋听。酒贱莫厌沽,北风行欲劲。[1]

鸟语烘托"幽静",此"以动衬静"的手法历而有之。南朝王籍《入若邪溪》诗中即有"蝉噪林愈静,鸟鸣山更幽"之句,唐代白居易又有"门静唯鸟语……及此新蝉鸣"(《寄李十一》)句,王安石更有"茅檐相对坐终日,一鸟不鸣山更幽"句。

动静之间晕染一种博大且浑然的幽静之所是这几位诗人的共性。然自白乐天开始,这片幽静便成了心境,外境愈为清幽,内境便愈加澄澈。这是一种至为难得的禅心。

白居易和王安石皆深悟禅理,其诗歌自有一派涓涓不断的禅意,此境界不用辩难机锋,不消离相,无需棒喝,亦不必抵斥文字,一切禅意皆从绵绵幽幽的文字建构出的画面中泻出,诗、禅互证,此正是这些诗家的卓越贡献。

如白居易,"白居易诗歌的褒奖者和指摘者所聚焦、聚讼处恰好是白诗的'浅俗''浅近''浅切''平易''情浅'等等,这也许如后世人所论,缺点就是优点。"[2]可是白居易复杂不来,这是他心中根深蒂固的禅性使然,

---

① 张耒撰,李逸安等校点《张耒集》,北京:中华书局,1990年,第80页。
② 王树海著《诗禅证道:"贬官禅悦"和后期唐诗的"人选自然"风格》,北京:新星出版社,2007年,第78页。

有哪个高僧大德将自己的诗歌弄得古奥难懂,如果有,那是门外僧;又有哪首禅诗不是将至理大道寓于极为平浅的诗句或偈子当中,否则便是故作高深,是悖道。禅门"直心见性",这是佛家独特的思维和启悟方式,最为直接,又最不直接,比如《五灯会元》中记载了一则国泰院瑫禅师开堂讲法的故事:

> 问:"古镜未磨时如何?"师曰:"古镜。"曰:"磨后如何?"师曰:"古镜。"①

禅语的接悟方式就是直达内心,然而最浅近的回答却被寄寓着至为难以明悟的真理,这是凡常思维无法想象的,正所谓"聪明的多,识性的少"。佛禅的这种接悟的方式就决定了禅诗本身浅白和其内蕴高深的性质。白居易诗歌本身"浅白",但其内在的品性是通过"悟"才能体会得到的,从这个层面上看,才会清楚"缺点就是优点"。

"心"是禅门修持的绝对主体,无论是白居易、王安石和张耒,他们都在通过对眼前"自然"的证悟来实现证道"内心"的目的,王树海先生说:

> 连"道"所师法的"自然",也无不是佛禅之"心"所包容之物。佛家称"汝即梵",就是这个意思,你就是世界,你就是整个自然。证悟得自然,即证悟了本心,而佛禅修持的任务就是得"心"见"性"。"郁郁黄花,无非般若;青青翠竹,总是法身。"从佛禅之道来看,"心"与"自然"之间就获得一种不可间离的融汇。②

由此可证,张耒的这首《春日杂诗》所呈示出来的"闲"与"静"即是通过描摹自然的闲静幽丽来勾勒自己内心最想言传又需他人体悟的境

---

① 普济著,苏渊雷点校《五灯会元》,北京:中华书局,1997年,第451页。
② 王树海著《诗禅证道:"贬官禅悦"和后期唐诗的"人造自然"风格》,北京:新星出版社,2007年,第79页。

界,这也许就是禅诗的趣味所在。

同样,张耒的《秋池》也是"心境"的写照:

> 平生落寞意,况此秋池侧。寒水静无波,衰荷委余碧。
> 萧萧动风鬓,照影感新白。来往双浴凫,尔生真自得。①

张耒这段心境写得更为形象,其"心"落寞而萧寂,这种"心境"该如何恰当而形象地形容呢? 即如静寂而无波的寒水一般,此"心"不仅静寂且又生"寒"意,再妥帖不过了。张耒在"心"与"自然"构建的佛禅意境中穿梭,写景、写境、写意、写心,种种表达成就了其沉静而弥远的趣味。相似意境的诗作还有很多,如"人静好鸟鸣,睡余疏雨滴"(《自黄州至巴河游灵岩寺,观孙仲谋刑马坛,相传权于此刑马祀江神,遂提师伐寿春云》)。张耒写"心静"多和应以"鸟鸣",甚已成范式,"睡余"为慵闲之态,还是"闲""静"味道的体悟。

"人生如梦,一尊还酹江月"(《念奴娇·赤壁怀古》),这是大苏影响最广的词作之一。这首词将人生的真谛看作梦幻,千载之中,不知曾引起了多少遭劫历难之士的共鸣。"人生如梦幻"是佛家语,佛家认为人世的一切心外之物皆是"虚幻""泡影",是不真实的。这个论点被极多文人认同,有些儒士本抱有济世治国之念,但经历了几番宦海浮沉,其儒念便渐渐消退,"人生如梦",便成了生命的最终感喟。因此,"记梦诗"似乎成了遭劫后的文人们比较喜欢亲近的题材了。苏轼就有极多的"记梦"作品,多取诸梦而落诸幻意破灭,几成定式。张耒便有小作《杂诗二首》其一:

> 独居无与往,况此阴雨天。起来复何有,诗书散我前。
> 偃卧一榻上,读书疲复眠。经纶负夙志,跌荡穷吾年。
> 高堂断四听,鸣雨晓未止。堂空雨声大,滴滴清我耳。

---

① 张耒撰,李逸安等校点《张耒集》,北京:中华书局,1990 年,第 80 页。

朝眠引幽梦,遇我同心子。谈笑未容周,梦开坐千里。①

这首诗以雨声筑起清幽之境,却有亦实亦幻两重世界。"读书疲复眠"是"实",言儒业误身;雨声入耳,启人幽梦,又是"幻"。梦遇"同心子"本是极高兴的事,但谈笑尚未"容周"却一念梦醒,千里相隔,梦幻破灭。

这首小诗写得很是淡雅,在清幽意境中轻描淡写,却在结尾处落到了梦幻破灭的沉重主题之上,不免引起同受儒业诱引而一事无成的士人们的强烈共鸣。

"记梦诗"在亦实亦幻的两重境界中给人至为深邃的思考,展现了看透现实的文人士大夫们的心理世界,具有极强的感召意义和极高的美学价值。张耒作这类题材的诗歌极像白居易,在清淡的笔触中蕴出极具震撼的现实,试看白居易的《禁中寓直梦游仙游寺》:

西轩草诏暇,松竹深寂寂。月出清风来,忽似山中夕。因成西南梦,梦作游仙客。觉闻宫漏声,犹谓山泉滴。②

白居易"身在朝廷心在山","寂寂松竹""明月清风"烘托出幽然夜境,如梦如幻中仿佛谪居人间的仙人,耳边的声声宫漏恰如山泉滴滴。其诗意境优雅,实幻之间透出对儒业的失望和希冀早日归隐的强烈愿望。

"记梦诗"是文人在儒业不振的情形下通过佛禅的"真幻"意识对自身境遇的宣诉,现实的破灭又是这些文人乐此不疲的主题,文人宣诉方式异常安静、平和,远不是没有金刚瞋目式的震怒,那沉默的无奈和愤懑却常常流溢在静默而清幽的文字之下。

---

① 张耒撰,李逸安等校点《张耒集》,北京:中华书局,1990年,第81—82页。
② 谢思炜撰《白居易诗集校注》,北京:中华书局,2006年,第488页。

第五章　张耒文章中佛禅思想与其他思想的契属关系

佛教从汉朝开始进入中国,从那个时候开始,它就在与中国本土文化的融合过程中不断地改变着自己的本来面貌。基于中国本土文化强大的包容性,佛教适应中国本土文化的努力便没有止歇过。道家"秉虚持无",时取"心照",专务"形而上"的思想与佛教极其吻合,为其在中原扎根和传播打下了深厚的思想基础。

本书大胆揣度早在先秦时代中国文化本身便是"诸派合源"的状态,九流百家相互抵斥又相互融汇,不断取鉴对方的思想纳入己方体系之中。诸派对立,非学术上的绝对对立,而是世界观迥异及学术的侧重点不同而已。故道家也有"礼义",儒家亦有"心照"。儒家"心学"自然参照和吸收了道家"心学"思想,但又不能将两种"心学"等同。儒家"心学"自在儒家"立天定人"和"由人复天"的礼教系统中周转,形成了自己的气派。由此看来,儒家对宇宙和"人化自然"的思考形式是多元的,而其对内心的观照且视之为"学说",则是难得的突破。

很多学者对道家"心学"与佛禅的联系都有所论述,然很少从儒家"心学"的角度观照佛禅。唐宋时期儒士们将"逃禅"作为自己另一种人生态度并不是偶然的,儒士对佛禅的接纳除了受"三教合源"风潮的影响外,自然离不开儒家"心学"的内源性催化。张耒思想之基在"儒学",却不妨碍他对其他思想的接重。由于本书以佛禅为论证原点,具体要讨论其与"心学"的契属关系。又不适于全面铺开,故仅从儒家"心学"与佛禅的关系谈起。另外,心、禅皆是被张耒证道儒业,一并分节论之。

第一节　佛禅与儒家"心学"的默照

"禅学"与"心学"有着本源上的契应。从"心学"所表现的精神境界来看,"禅学"与"心学"有多重吻合的精神:

第一,"无我之境"。从禅宗角度看,"无我之境"正是"落花流水满长川"之境。境中无我,却佛性湛然,恰是解悟佛性之后的大境界。王树海先生评价王维诗歌意境时说:

> 王维所得之"心"即禅家所觅之心,即在悟的刹那与自然万籁不分彼此,圆融浑整,"打成一片"的"我梵一如"之状态。闲云出岫,水流花开,草萌莺啭,万川印月,鸦翻枫叶,鹭立葭苇……无不是"心"的律动,"心"的返照。①

"心学"分别存在于"道家"和"儒家"两个学术系统之中。道家"心学"的最高境界便是"心物无违""物我两忘"。由此看来,佛、道二家在思想上具备着内源性联系,这是中国文化能够对佛禅顺利接植的重要原因。中国诗歌的至高美学境界是"无我之境",追求"心物无违",这自然是以"心""禅"的文化内蕴为支点的。

第二,皆重视"修心"。禅宗以"直心见性"为宗,自然将"心"的修持置于至高无上的地位。佛教自成立之初即把"修心"作为追求真理,达到明悟正觉的津梁。从修习的方式上看,印传佛教跏趺沉寂、消断俗念就是"修心"的过程。从文献记载的角度看,西方二祖阿难尊者的偈语便有:

---

① 王树海《诗禅证道:"贬官禅悦"和后期唐诗的"人造自然"风格》,北京:新星出版社,2007年,第80页。

"本来付有法,付了言无法。各各须自悟,悟了无无法。"①阿难尊者此偈强调了"悟",无"心"岂能悟？佛教完全中国化之后,"一灯照而千灯明""心外无法""心即是佛"等等大义皆在强调佛家胜义在"心"这个真理。

"心学"则不必多言,自然是探讨"心"的学问。道家的"心学"在"心接万物"之上又追求"坐忘",是从"心"这个出发点开始生发,从而实现了对宇宙的全新思考。"心"与"万物"对立统一,突出了个体的存在价值;儒家"心学"则不同,儒家将"心"置于"立天定人"的体系当中,要求"心"要服从"天道",弱化了"心"的主观价值,降低了"心"的能动力量。

第三,皆为"形而上"法。禅、心都是抽象的、难以言传的学说,天然具有"形而上"的特点。禅的初始经义皆是一段段习佛、成佛的故事,本身并不抽象,只是后来一再附益,其经义愈加古奥。南禅盛行后"见性成佛"一言蔽之,大大降低了佛学的抽象特征,然其"秉空持虚"的性质还是不能遮蔽其"形而上"的根本状貌。

"心学"虽有"虚室生白"这样相对浅白的境界,但多数情形下"心学"常流寓于至玄至虚的缥缈之境。"心学"本身体证的就是"心"本身的流衍状态,它与天地万物的关联,及它如何通过意念调度来调整心境的学问。这一切都决定了"心学"本身"形而上"的根本属性。

本节探讨儒家"心学"与佛禅的默照关系,故有意将"心学"范围缩小,并以孔子和荀子各自的"心学"学说为研究对象。

佛祖有偈:"生灭灭已,寂灭为乐"。此偈旨在静默的心境中体验每一个禅修境界带来的精神上的愉悦。佛禅能够让人超脱,让人获得在世俗世界里永远体悟不到的精神上的享受,保持一定的修持心境,渐次深入,其感受的愉悦程度亦会逐层深入。佛禅以"小我"为圆点渐而形成对天地至理和宇宙规律的全新认识。从修行的过程和结果看,佛禅是绝对自由的心理契应,是"小我"与"大我",即内心和大千宇宙完全融一的绝对境界。相比来讲,儒家"心学"是"非自由"的存在,受到了种种限制。

---

① 普济著,苏渊雷点校《五灯会元》,北京:中华书局,1984 年,第 13 页。

一般以为,儒家以"修身、齐家、治国、平天下"为己任,以积极入世为念,对于"内心"的动息不甚关注。而事实上,儒家也在一定的限度内实现了对"心"的哲理性认识。

儒家"心学"对"乐"同样有自己的认识,其"仁者乐山,智者乐水"之"心法"便震聩古今。"因其积极入世的主导思想而使山水带有强烈的政治道德色彩。"①"乐"字已有"物中见我"之境,故"乐山"、"乐水"为儒家"心学"明证,然儒家"心学"又需与儒家"礼乐"及诸信条相谐。以"乐水"为例,《韩诗外传》有所诠释:

> 问者曰:"夫智者何以乐于水也?"曰:"夫水者,缘理而行,不遗小间,似有智者;动而下之,似有礼者;蹈身不移,似有勇者;障防而清,似知命者;历险致远,卒成不毁,似有德者。天地以成,群物以生,国家以宁,万事以平,品物以正。此智者所以乐于水也。"②

水自有高格,"智""礼""勇""知命""德""平""正"诸多品格皆合于儒者,故"智者乐水"。

"乐水"可分三境。第一境,"物我无间"。如王维《青溪》:

> 言入黄花川,每逐清溪水。随山将万转,趣途无百里。
> 声喧乱石中,色静深松里。漾漾泛菱荇,澄澄映葭苇。
> 我心素已闲,清川澹如此。请留盘石上,垂钓将已矣。③

"……作者以画家与音乐家的敏感观照自然,使泉声松色,动静相映成趣,读之如身临其境,最后人与自然达到和谐的统一。这种审美观正如

---

① 王树海《禅魂诗魄:佛禅与唐宋诗风的复迁》,北京:知识出版社,2000年,前言第2页。
② 赖炎元《韩诗外传今注今译》,台北:商务印书馆,1973年,第128年。
③ 邓安生、刘畅、杨永明译注《王维诗选译》,成都:巴蜀书社,1990年,第54页。

王国维所说:'无我之境,以物观物,故不知何者为我,何者为物。'"①"我心素已闲,清川澹如此"为古今天下诗文中至"平淡"、至"无违""无间"之境,实可谓超伦绝类。品我"心"平闲无违如溪,观我溪澹澹无间似"心",物我合一,秉乎自然,无间无违,"心""物"间混融如一且不附加任何人为色彩,"心""物"交感处正如钱锺书先生对《子华子·执篇中》的诠解:"'观流水者,与水俱流,其目运而心逝软。'几微妙悟,真道得此境出者矣。"②此为第一境。

有一处需解释,"物我无间"的前身为"身物无间"。正如钱锺书先生在《谈艺录》中提道:"后来沈颢《画尘》亦曰:'山于春如庆,于夏如竞,于秋如病,于冬如定。'"③

第二境,"物皆着我之色彩"④。此语当然取自王观堂的《人间词话》。在"心学"范畴中,眼中之物附加了更多的"心中"之意。儒家"心学"含蕴此类。儒家"乐水"将儒者之品格一一附益,前文已述,此为第二境。

第三境,"比物拟相",此为"物我相隔"的境界。"山水"在目前,徒事"铺排"而未至"乐"境。钱锺书先生亦有精彩的探讨:

> 董仲舒《春秋繁露》第七十三《山川颂》虽未引《论语》此节,实即扩充其意;惜理解未深,徒事铺比,且指在修身砺节,无关赏心乐事。戴奎《山水两赞》亦乏游目怡神之趣。董相引《诗经》"节彼南山",《论语》"逝者如斯",颇可借作申说。夫山似师尹,水比逝者,物与人之间,有待牵合,境界于比拟。⑤

在道统的制约下,大多数的时候,儒家"心学"都停留在后面两种境

---

① 邓安生、刘畅、杨永明译注《王维诗选译》,成都:巴蜀书社,1990年,第53页解题部分。
② 钱锺书《谈艺录》,北京:商务印书馆,2013年,第140页。
③ 钱锺书《谈艺录》,北京:商务印书馆,2013年,第141页。
④ 《人间词话》:"有我之境,以我观物,故物皆著我之色彩。"
⑤ 钱锺书《谈艺录》,北京:商务印书馆,2013年,第139页。

界,其"心"永远无法达到"绝对自由"的境界。"仁者乐山、智者乐水",儒家之"乐"虽蕴"心物不违"的体味,然却疲于"载道",儒家各样信条过多地加被在"乐"境之上,未列至境也属无奈。儒家"心学"除"乐山""乐水"外,尚有另一番天地,体现了儒家"心学"的最高境界,甚至可将其置于"第一境"当中,这便是孔子所提出的"心斋"说。在儒家经典之中几乎看不到对儒家"心学"正面阐述,反而在道家经典中详述了儒家对"心"的整体认识,孔子曰:

> ……虽固,亦无罪。虽然,止是耳矣,夫胡可以及化?犹师心者也。①

颜回将要去卫国,行前向孔子辞行。孔子几番训教之后提到"师心"。于言教行则之外孔子尚能关注一"心",这不能不说是儒学的一大进步。陈鼓应先生训"师心"为"师法自己的成心,执着于自己的成见"②。此解有道理,亦不妨看看其他几位先哲的理解:

> 注:挟三术以适彼,非无心而付之天下也。③
>
> 疏:夫圣人虚己,应时无心,譬彼明镜,方兹虚谷。今颜回预作言教,方思虑可不,既非忘(情)淡薄,故知师其有心也。④
>
> 师,讲作以……为师。心,这里指内心的定见。⑤
>
> 固人而欲达其心气耳,前者既有我而有偶,后者又因偶而立我,心之纯一者散,而杂其心知,以曲用为范围人心人气之师,则人亦测

---

① 杨柳桥《庄子译注》,上海:上海古籍出版社,2007年,第41页。

② 陈鼓应注译《庄子今注今译》,北京:商务印书馆,2007年,第137页。

③ 郭庆藩辑,王孝鱼整理《庄子集释》,1985年,第145页。

④ 郭象注,成玄英疏,曹础基、黄兰发点校《南华真经注疏》,北京:中华书局,1998年,第81页。

⑤ 张耿光译注《庄子全译》,贵阳:贵州人民出版社,1993年,第62页。

其无定而终狎之，不能化物必矣。①

　　列论如上，知"师心"中的"心"为"成见"，即已经固化的想法，这是一种训法；郭庆藩所著《庄子集释》之疏为"既非忘淡薄"②。殊难理解，然《南华真经注疏》的成疏却为"既非忘(情)淡薄"，多了一个字。就是因为多了这个"情"字，才使前后语境连贯一气，"非忘情淡薄"便是没能达到"无心"和"忘心"的境界。依成玄英之疏，可知此"心"非指"成见"，而指"有心"或"刻意为之"之意，这是第二种训法。此二种训法皆可通。不能师法"成见"，亦不可刻意为之，孔子已将"心学"枢要点破。

　　颜回依然不甚理解，于是接着问："吾无以进矣。敢问其方。"③于是孔子解释道：

　　　　斋④，吾将语若。有心而为之，其易邪？易之者，皞天不宜。⑤

　　孔子此处提到了"心斋"。若将孔子的话析做两段，他首先点明了"斋"的必要性，意为：请你先斋戒，然后我再和你细说。其次才接着谈到了"心"，即：用心去做，容易吗？倘容易，不符合天理。⑥ 这样理解还是未尽其趣，刘文典《庄子补正》中的析解最为精切：

　　　　注：夫有其心而为之者，诚未易也。⑦

---

① 　王夫之著，王孝鱼点校《庄子解》，北京：中华书局，1964年，第38页。
② 　郭庆藩辑，王孝鱼整理《庄子集释》，1985年，第145页。
③ 　杨柳桥《庄子译注》，上海：上海古籍出版社，2007年，第41页。
④ 　《释文本》"斋"作"齐"，云："本亦作斋，同，侧皆反，下同。"郭氏《集释》引卢文弨曰："今本作斋。"案《书钞》九· 引斋作齐，下同。《道藏》褚伯秀《艺海纂微本》、元《纂图互注本》亦并作齐。古多借齐为斋。此部分考证转引王叔岷先生《庄子校诠》。
⑤ 　杨柳桥《庄子译注》，上海：上海古籍出版社，2007年，第41页。
⑥ 　此部分训释，以杨柳桥和傅佩荣两位先生的译法为准。
⑦ 　刘文典《庄子补正》，昆明：云南人民出版社，1980年，第129页。

孔子否定"有心为之",就是在反对运用心机刻意求道。《庄子集释》此部分疏文极为详尽:

> 疏:颜回殷勤致请,尼父为其说心斋,但能虚忘,吾当告汝。必有其心为作,便乖心斋之妙,故有心而索玄道,诚未易者也。①

"噂天不易"颇为费解,《庄子集解》疏:

> 尔雅云,夏日皓天,言其气皓汗也,以有为之心而行道为易者。噂天之下,不见其宜,言不宜以有为心斋也。②

孔子应该是讲清楚了,没想到,颜回虽领会了"斋",却未体悟"心",故曰:

> 回之家,贫,唯不饮酒、不茹荤者,数月矣。如此,可以为斋乎?③

颜回误以为不食荤肉即是斋戒,远未领悟老师的意思。于是孔子曰:"是祭祀之斋,非心斋也。"④颜回又问"心斋",孔子便说:

> 若一志:无听之以耳,而听之以心;无听之以心,而听之以气。耳止于听,心止于符;气也者,虚而待物者也。唯道集虚。虚者,心斋也。⑤

---

① 郭庆藩辑,王孝鱼整理《庄子集释》,北京:中华书局,1985年,第145页。
② 郭庆藩辑,王孝鱼整理《庄子集释》,北京:中华书局,1985年,第145页。
③ 杨柳桥《庄子译注》,上海:上海古籍出版社,2007年,第41页。
④ 杨柳桥《庄子译注》,上海:上海古籍出版社,2007年,第41页。
⑤ 杨柳桥《庄子译注》,上海:上海古籍出版社,2007年,第42页。

《文子·道德篇》：上学以神听，中学以心听，下学以耳听。以耳听者学在皮肤，以心听者学者肌肉，以神听者学在骨髓。[①]

"道"之得，不在于有强大的感官能力，相反，要最大限度地弱化感官效能，要最大限度地发挥"心"的体物能力。"心"之体物，在于"虚"与"符"[②]，即涤除乱性之念，以"虚静"的状态去感物体道。所以，孔子最后说"虚者，心斋也"，提纲挈领，言近意远。

至此，颜回已能真正了悟，且以躬身经历解读：

回之未始得使，实有回也；得使之也，未始有回也。可谓虚乎？[③]

"虚""实"之间，颜回妙和道家及后来禅家的"依性而为""无为而为""不着一迹"的思想。孔子"心斋"的根本即是"虚"，"虚室生白"之论三教共举：

瞻彼阙者，虚室生白，吉祥止止。夫且不止，是之谓坐驰。夫徇耳目内通，而外于心知，鬼神将来舍，而况人乎？是万物之化也，虞舜之所纽也，伏羲、几遽之所行终，而况散焉者乎？[④]

"虚室生白"是核心，向秀训为："虚其心，则纯白独著。"[⑤]"故能虚其心室，乃照真源，而智惠明白。"[⑥]"虚室生白"极有心学启示，简单的四个字却成了历代儒、释、道三教的经典论题，影响颇大，清代学者胡文英甚至将自己的斋号取名为"虚白斋"。"吉祥止止""坐驰""内通""知外""鬼

---

①　王叔岷《庄子校诠》，台北：乐学书局，1989 年，第 132 页。
②　成玄英训"符"为"合"，心起缘虑，必与境合。
③　杨柳桥《庄子译注》，上海：上海古籍出版社，2007 年，第 42 页。
④　杨柳桥《庄子译注》，上海：上海古籍出版社，2007 年，第 42 页。
⑤　王叔岷《庄子校诠》，台北：乐学书局，1989 年，第 135 页。
⑥　刘文典《庄子补正》，昆明：云南人民出版社，1980 年，第 133 页。

神来舍"均是"虚室"之结果。此处对"坐驰"多说几句,古今学者对其有不同理解。

> 郭《注》:若夫不止于当,不会于极,此为以应坐之日,而驰骛不息也。[1]

郭象此注似有疏漏,其意为:倘"心"收拾不住,止于不当之处,即便跏趺而坐亦无法收心拢神,以致任由其驰骋。对此,很多学者提出了质疑:

> 钱穆《纂笺》引马其昶曰:"淮南是谓坐驰陆沉。"注:"言坐行神化,疾于驰传。"案夫犹此也,"夫且不止"谓吉祥来止尚且不止,即不仅吉祥来止而已之意。下文"鬼神将来舍,而况人乎!"正所谓"坐行神化"也。《淮南子·原道篇》:"执玄德于心,而化驰若神。"亦符"坐驰"之义。郭《注》似非。[2]
>
> "坐驰"有正反二解:身体坐着,心神是因自有而遨游,还是因追逐而奔驰? 一苦一乐,孰是孰非。依其上下文看来,正面解法较宜。[3]

若依郭象之训,则"坐驰"明显与上下文抵牾;若解其为"坐行神化",即坐而致远、神与物游,则文通意达,毫不穿凿。由是一一论之,因"虚己心"而衍出"内生吉祥""坐而知远""耳目通心、心知于外""冥接鬼神"等等功用。于是得知,"心斋"之源为"虚","心斋"之至效为"合不测之物"。

"心斋"对后世儒学影响很大,"虚己合道""洁心静虑"各式发挥均

---

① 转引王叔岷《庄子校诠》,台北:乐学书局,1989年,第135页。

② 转引王叔岷《庄子校诠》,台北:乐学书局,1989年,第135页。

③ 傅佩荣《傅佩荣解读庄子》,北京:线装书局,2006年,第51页。

以此为渊薮。儒家能够摒弃外在形式和内在自主,进而追求内在自由,这本身就是诸派合流、自我革新的过程。

以上用了较大的篇幅介绍了儒家"心学",可以说,藉孔子的努力,儒家"心学"已经达到了一定深度,几乎颠覆了我们对儒家不重"心学"的原始认识。但孔子之后,历代儒生对"心学"的研究都极为有限,未使儒家"心学"形成一个更为完备的思想体系,非常遗憾。然即便如此,孔子提出的"心学"已经意识到了"心"的"虚己合道""斋心追远""合不测之物"的效用,实属不易。

禅门虽视心外一切为幻相,强调不为尘幻遮蔽自心,却常用幻相来解悟心境。如长庆大安禅师的一段禅语:

> 汝诸人各自有无价大宝,从眼门放光,照见山河大地,耳门放光,领采一切善恶音响。如是六门,昼夜常放光明,亦名放光三昧。汝自不识取,影在四大身中,内外扶持,不教倾侧。[①]

由此而知,禅宗并未完全否定客观世界的存在。不仅如此,佛禅还在内外两个宇宙中寻得契合,以臻"内外扶持"之境。从这个意义上讲,佛禅与儒家"心学"的"虚己合道""斋心追远"等认识取得了默照契应。

另外,荀子对"新学"亦有见解,《荀子·解蔽篇》有载:

> 心不使焉,则白黑在前而目不见,雷鼓在侧而耳不闻,况于蔽者乎?[②]

由上,荀子所主张的"心学"更为看重"心"在解除遮蔽的作用。儒家立身治国需涤除外惑。

儒家"心学"讲求"心正",也可换言为"正其心"。"心术不正"的原

---

① 普济著,苏渊雷点校《五灯会元》,北京:中华书局,2012年,第191页。
② 高长山《荀子译注》,哈尔滨:黑龙江人民出版社,2003年,第406页。

因在于常受"心外之物"遮蔽,此"心外之物"又多指"邪欲"。"心术"正邪与否关乎国之兴衰,当然,"正心"之关枢为"解心蔽"。

"解心蔽"与佛禅的观照就十分密切了。禅门"南能北秀"皆重"净心",二者之区别就在于"无为净"和"有为净"。六祖慧能持"净心"之念,为何要"净心",恰是因为有"迷妄"和"邪见"的存在,《坛经》云:

> 若自心邪迷妄念颠倒,外善知识即有教授……遍一切处不著一切处,常净自性,使六贼从六门走出。于六尘中不离不染,来去自由……①

六祖以"不著""无为"为法门,以此破除"迷妄"和"邪见"得证般若精神。而神秀则通过"渐修"的方式,借助"有为"的手段渐次破除"心"中"迷妄",寻得正道,此从他的法偈便不难看出:

> 身如菩提树,心如明镜台。时常勤拂拭,莫使惹尘埃。②

神秀以"有为"的态度"汰芜除杂",寻绎"净心"之境。"南能北秀"殊途同归,其修持的目的即是"净心"。由此看来,儒家"心学"的"解蔽"观念与禅门的"净心"宗旨有着内源性的契合。

另外,佛禅与儒家"心学"都讲究"合道",此又是内照关系。二者同则有别,佛禅"合道"于"自性"及天地万物,以"无拘无执"为常道。儒家"心学"受儒家"天人"观念的制约,虽也"合道"于"天地至理"但更多则是"合道"于儒家"礼义"。

"道",为儒家"礼义"。③ "礼义"为儒家之本,荀子"心学"以儒家为本,他将"心道相合"看得十分重要:

---

① 法海集《坛经》,《大正藏》第四十八册,第 340 页。
② 法海集《坛经》,《大正藏》第四十八册,第 338 页。
③ 《荀子集解》:"道,谓礼义。"

故心不可以不知道。心不知道，则不可道而可非道。人孰欲得
恣而守其所不可，以禁其所可？以其不可道之心取人，则必合于不道
人，而不知合于道人。以其不可道之心，与不可道人论道人，乱之本
也。日，心知道，然后可道；可道，然后能守道以禁非道。以其可道之
心取人，则合于道人，而不合于不道之人可矣。以其可道之心，与道
人论非道，治之要也。何患不知？故治之要在于知道。人何以知道？
日，心。①

　　"心"与"礼义"需"相合"，荀子此段解读颇为饶舌，里面正反辩证地
解训了"心""道"之关系，最后依然归结到了"心"。荀子"心学"带有强
烈的儒家本体色彩。儒家"心学"中儒、道的体用关系似可以用丛文俊先
生解读"传统"时的一段例证训释：

　　　　如果取象喻说，则传统很像下垂的钟摆，张力如同其摆幅，呈扇
　　形展开，能为社会和历史所容纳的任何个性和创新，都必须处于这一
　　较为恒定的夹角之间。传统组系的逐渐丰满，也和这种规律有关。②

　　与之相类，荀子的儒家"心学"正如钟摆，其摆幅无论多大都溢不出
儒家范围。

第二节　佛禅与儒家"心学"对张耒儒业的证道

　　张耒以儒立身，但其证道的方式却不局囿于"以儒证儒"，而是取法
多重。张耒能够巧妙地且熟练地运用佛禅和儒家"心学"对儒业进行合

---

① 　王先谦撰，沈啸寰、王星贤点校《荀子集解》，北京：中华书局，1988年，第388页。
② 　丛文俊《书法史鉴》，上海：上海书画出版社，2003年，第20页。

理证道,也就是"以禅证儒"和"以心证儒"。佛禅的"净心""虚无""随性自然和"淡泊"等经义皆被见载于证儒的篇章当中。与之相契,儒家"心学"的"解蔽""斋心追远""合不测之物"与"合道"的宗义亦对张耒的"证儒"起了莫大的作用。

以佛禅和儒家"心学"的上述思想为基础,张耒作有《斋说》:

> 先王之为祭祀也,非以徒厌吾心而已,其心庶几以为实也,于是乎有斋焉。夫斋者,圣人之所以交鬼神而求接其所不可测者也。夫鬼神可得而交,不可测者可得而接……夫天下之物,莫妙于人心。其静而不摇,则万物不得藏于私。其诚而不散,则天地阴阳之无情,而吾可以动焉。其为物也至虚,其为□也至明,至虚而易染,至明而易污……其虚而明者,日夜暗蔽而不发……于是自其形之所不能接者,弃而不治,以为是果不可得而交也。岂知夫天下之矗矗,皆不能出于吾心……故静久则虚,虚极则明,至于明矣,则荒忽而不测,流散而无形者,昭然吾得以接之矣。古之言斋,惟扬雄知其说,其言曰:"存忘形属荒绝者,其惟斋乎!"故余于斋而得心术焉。[①]

先王祭祀是儒家之礼,而满足"心意"和"适心"则正是佛禅和儒家"心学"的共同祈尚,但即便如此,二说依然未离儒学窠臼,属于典型的"以佛、心证儒"。文中的"交鬼神而求接其所不可测者也"恰是儒家"心学""斋心追远""合不测之物"之宗义体证。文中"至虚而易染,至明而易污"点晕的又是佛禅"秉虚持净"的精神。"静久则虚,虚极则明"虽源于道家思想,但同样被佛禅借重,成为佛家经义的重要一脉。

冲淡、动静、虔诚、净心、解蔽是佛禅与儒家"心学"的体证,而这一切精神又统一于儒家的"崇礼"观念之中:

---

① 张耒撰,李逸安等点校《张耒集》,北京:中华书局,1990 年,第 743 页。

圣人之于斋也,将以清其心而接其所祭,交其形之所不及,而格其心之所不至。盖其道非出于祭祀而后设也,其原乃出于治心,推其治心之术而用之于祭祀而已矣。然则何谓心术?盖斋者,圣人之所以洗心涤虑以尽天下之理者也。彼其心渊静冲泊,万物不足以入之,故举天下之嚚嚚日夜交于前,而不足以入吾之灵府,动静并作而不相乱,往来同应而不相舍。凡吾所受于天者,无纤毫为之蔽,心完质具,而天下之道尽矣。大至于天地,广至于万物,至赜不能伏其情,至远不能遁其实,而天下之理穷矣……圣人之于孝也,笃于诚而尽礼,设之以稻粱庶羞以达其欲,求之于阴阳内外以致其气。[①]

"交其形之所不及,而格其心之所不至"为儒家"心学"之"合不测之物";其"洗心涤虑"又是佛禅的"净心"观,"彼其心渊静冲泊,万物不足以入之,故举天下之嚚嚚日夜交于前,而不足以入吾之灵府,动静并作而不相乱,往来同应而不相舍"部分取自道家思想,然对佛禅思想接引颇多,如禅宗对"无住"的解读:

> ……于一切法上无住,一念若住念念即住名系缚。于一切法上念念不住即无缚也,以无住为本。[②]

天下万物嚚嚚于目前却不为所动,动静而不相乱,此正是佛禅"无住"之境。张耒"以禅证儒",言行儒家之礼必先"净心",不能有丝毫私心杂念,方是"尽礼"之举。"净心"之外,张耒还提倡"诚心",这又是禅宗义。前文在梳理"苏门"禅学源流时就提到了保唐禅法,苏轼的"闲邪存诚"观就是对保唐禅的承续。张耒的"诚心"与大苏的"闲邪存诚"一脉相承,即强调参禅定要"诚心正意""不存邪私"。张耒便将禅家的"诚"接承过来用来证道儒业,起到了意想不到的证道效果。

---

① 张耒撰,李逸安等点校《张耒集》,北京:中华书局,1990年,第743页。
② 法海集《坛经》,《大正藏》第四十八册,第338页。

　　"斋"有"身斋""心斋"二种,这篇《斋说》中,"斋"的意蕴范围很有限,即专指"心斋"。"斋":戒,絜(洁)也。从示,齊(齐)省声。① "心斋"便是借清洁内心而达意遂愿的求祷形式。黄庭坚有诗:"……南山有君子,握兰怀令姿。但应洁斋俟,忽咏无生诗(《次韵答张文潜惠寄》)。"②毋须讳言,"心斋"尤为强调"心"之重要。文中,"心"之用在于"交鬼神""求不可测者"。"鬼神""不可测者"皆遁形于视听之外,人体正常体感无法捕捉。那么,张耒认为,与"鬼神""不可知者"相通的枢纽就是"心"。佛、道二教称"心"为灵台,又因其在沟通遁形之物时所起到的枢纽作用。

　　张耒"心学"体系中,十分注重"心"的枢纽作用,正如张耒在《至诚篇》中所讲:"心诚之而无隙,则物不可得而间,物不可得而间,则心一,一心以格物,则物为之动,物为之动,则天地之远,化育之微,鬼神之无形,阴阳之不测,吾从役之矣。"③

　　佛禅与儒家"心学"中的"静"与"淡泊"完成了张耒由"无为"到"无为而为"的转变,这其中亦含蕴着"静""动""无为""无为而为"数重动态的辩证关联。由此感知,张耒对道家"心学"的继承与变衍绝非各个孤立概念的集合,而是集概念、动态传衍意识的整体接续。这样的意识实则又受盛行宋代士大夫阶层中南宗禅的直接影响。若列出一个坐标系,则张耒"心学"为轴心,纵向坐标是遥远的道家"心学",横向坐标即是禅宗意识形态。而道家"心学"与禅宗的"相似意识"又是三教融会的真切明证。

　　张耒所秉持的儒家"心学"与道家"心学"有些区别,仅将"心斋"一个角度作为切入点,庄子的"忘心"被张耒改造为"心斋";庄子"心物双遣"以求"逍遥";张耒"洁心静虑"以求"淡泊";庄子"自然"为"依性而为",张耒谈"无为"却"役性而为"。试看张耒对"心斋"的证道:

---

　　① 许慎撰,段玉裁注《说文解字注》,上海:上海古籍出版社,1981年,第3页。

　　② 黄庭坚撰,任渊等注、刘尚荣校点《黄庭坚诗集注》,北京:中华书局,2003年,第135页。

　　③ 张耒撰,李逸安等点校《张耒集》,北京:中华书局,1990年,第691页。

于是屏事燕息,涤虑斋居……却纷华而弗陈,与淡泊乎为徒……冲然与和俱游,湛兮以道合真。故能体强志宁,愉乐寿考,远去疾疠,保此难老……呜呼！苟能推此以尽道,考此以察物,则启惟斋戒以御时,宜其颠沛而勿失……道心惟微,易失难常,困于侵陵,有如微阳。则洗心涤虑以却外垢,虚中保和以全天君,故能涉至变而不濡,更万变而常存。①

显然,张耒"心学"在于"治心",而非"忘心"。"淡泊""冲然""与道合真"目的在于益寿延年、远离疾患。张耒"心学"能够"以虚为要",却未能"以无为本"。而"灵枢观"取道家精神却能合于儒、道两家。强体绵寿的同时又能"调心"以涉对世间万变。

佛禅的"静"与"诚"观念成为张耒"证儒"的有力武器。前文已述,因"静""诚"是佛禅和儒家"心学"的交汇点,故此处再多说几句。张耒纳"静"于方寸在于动知万物,正所谓"万物不得藏于私"。作为"心"交万物的方式,"静"是智慧、是态度、亦是境界。"宁静致远",言虽简,意极丰。在消寞混元的心境之中,同乎冥冥宇宙方圆真幻,以求解"天然"之语,契应天地运变规律。先秦时代,虽百家争流,百家其实互为款曲,源流相通。所以我们在兵家著述之中都能一览道家的观瞻:"其晏居之斋曰'乐静',盖取兵家《阴符》之书曰,'至乐性余,至静则廉。'"②

说到"静",还必须提到"虚",佛、道二家常"虚静"连缀,两者有因果,不"虚"难"静";无"静"难"虚",庄子"虚室生白"直取"虚空"之境,元知智慧的根本在于"修心",然后"忘心"。张耒"心学"又强调"虚极则明","明"为"静""虚"后自然而然的结果,"明"就是"知""接",如其文中所讲:"则荒忽而不测,流散而无形者,昭然吾得以接之矣。"换言之,"接"有形之物,耳目即可;"明"无形之"不测",唯"心"而已。正如苏轼

---

① 张耒撰,李逸安等点校《张耒集》,北京:中华书局,1990 年,第 18 页。
② 黄庭坚《黄庭坚全集》,成都:四川大学出版社,2001 年,第 436 页。

所言：

> 君子之欲诚也,莫若以明。夫圣人之道,自本而观之,则皆出于
> 人情。不循其本,而逆观之于其末,则以为圣人有所勉强力行,而非
> 人情之所乐者,夫如是,则虽欲诚之,其道无由。①

在许多篇什中,张耒都努力将佛禅与儒家"心学"自觉融合。在佛禅
与儒家"心学"融一无别的体系中,张耒强调"诚""虚"并举。张耒虽以
"心"为接知"无形"的枢纽,但并未无限抬高"心"之无上地位,反而,在
面对未知世界时,应以"诚"待之,"诚心"的前提便是"虚心",即以谦卑
的态度与应未知自然。

张耒这样诠解"诚":

> 盖物者,诚之表;诚者,物之主。物备而诚不至者有之矣。未有
> 诚至而物不备者也。②

"灵枢观"体系中,"诚"更着意于"人化自然"。当然,"诚"也有不谐
之时,在张耒看来,非物之罪,而是"诚不足"之故:

> 故物至于诚,不能逃也。立诚于此,物遭而不化者,非物之罪也,
> 是其中必有不足者矣,物之出于诚,犹冰雪之消于火,火至矣而冰雪
> 不消者,非冰雪能拒之也,其炎有不足故也。故诚薄于此而求物之
> 应,不可得也,诚至而物欲不从,亦不可得也。③

"礼乐"为儒学之本,"心"是儒家"心学"和禅门之根。张耒藉"心

---

① 苏轼撰,孔凡礼点校《苏轼文集》卷二,北京:中华书局,1986 年,第 761 页。
② 张耒撰,李逸安等点校《张耒集》,北京:中华书局,1990 年,第 599 页。
③ 张耒撰,李逸安等点校《张耒集》,北京:中华书局,1990 年,第 690 页。

斋"，圆融三教、汰污求虚、正心诚意，追"礼乐"所寓之无形，其本质还在于规正"教化"。

"礼教"之不显，实是"诚心"不足。儒家定"礼乐"以显扬"教化"，其潜移默化地影响冠绝百代，世代统治者皆定儒教为正业。至唐中叶，三教互斥互汇。有宋一代，士大夫"外儒内释"成为一种风尚，与禅宗相通的儒家"心学"也成为儒者意识形态的一部分，渐次引导了士大夫们的行为。张耒意识到，在"礼""乐"之间若不以"诚心"参之，则"礼乐"流于形式，全无影响：

> 后世之为礼乐者，其心之于礼乐，既以判然为两矣，举是物曰此为礼也，奏是音曰此为乐也。心之所存不在器，器之所作非其诚，故礼乐之动也，如偶人焉，有其形而无其神，如象龙焉，有其似而无其威。①

《易经》有云："形而上者谓之道，形而下者谓之器。"②张耒虽以儒业为置身根基，却十分重视"心学"对儒业的裨补作用。行礼布乐之时，"诚心"于其中，便可弃"形器"，见"神威"。可见，"心"与"礼乐"相接必以"诚"相待，方能"心""物"合一，产生让人发于内心的敬畏感。"神""威"在"道器观"之中属"道"之范围，然缺"诚心"参之，必落于"形器"之域，对此，张耒不吝反复强调：

> 至诚以主之者，先王所以为其神与威也。夫人不畏人之形而畏人之神，不畏龙之象而畏龙之威，神足而畏威加焉，则何怪乎见者之变哉？内无至诚无间之心，而特备礼乐之声容，何以异于操偶人象龙

---

① 张耒撰，李逸安等点校《张耒集》，北京：中华书局，1990年，第690页。

② 王弼注，孔颖达疏，《十三经注疏》整理委员会整理《周易正义》，北京：北京大学出版社，1999年，第292页。

而求人之畏之也。①

"诚"为"天道",人行践"诚"即是行践"天道"。故曰:"诚者,天之道也。诚之者,人之道也。"②将"诚心""诚意"当作主观自然和必然习尚,苏轼谈"知之者不如好之者"时如此正义:

> 知之者与乐之者,是贤人、圣人之辨也。好之者,是贤人之所由以求诚者也。君子之为学,慎乎其始。何则?其所先入者,重也。知之多而未能乐焉,则是不如不知之愈也……恶恶如恶臭,是圣人之诚也。故曰"自诚明谓之性。"③

"诚"为张耒禅、心交融体系中极重一环,"礼乐"之"神威",世人之"敬畏"全凭"诚心"。儒家追求"修身、齐家、治国、平天下","礼乐"为治国之纲维,而"诚"可定礼乐,也便自然成为"治国"的枢要。

张耒几番强调"诚心",只取禅、心之要涵育儒家之苗。以振儒家之颓,如之所言:

> 信笃于内,色见于外,则行是礼也,将有安之之诚,听是音也,必有乐之之意,精神心术与礼乐相合同而为一,何施而不化,何动而不应哉!④

"诚"由"信"笃于内,因"色"而形于外,这才是"心"与"礼乐"相合为一的根本途径。

另外,张耒主张凡事皆留余地,使人心中常持"未厌"之态:

---

① 张耒撰,李逸安等点校《张耒集》,北京:中华书局,1990年,第690页。
② 张耒撰,李逸安等点校《张耒集》,北京:中华书局,1990年,第691页。
③ 苏轼撰,孔凡礼点校《苏轼文集》,北京:中华书局,1986年,第60—61页。
④ 张耒撰,李逸安等点校《张耒集》,北京:中华书局,1990年,第692—693页。

……天下之人苟未厌其为礼乐也,则吾之礼乐,虽足以备天下之声容,藏而勿陈也。①

儒家追求"尽善尽美",孔子曾有著名的"美""善"之论,"子谓《韶》,'尽美矣,又尽善也'。谓《武》,'尽美矣,未尽善也。'"②而道家则取《易经》名理"书不尽言、言不尽意"为宗,后世之"笔短趣长",禅家的"偈语机锋"都从此处得以养灌。张耒"禅心交融"观念亦重此说。"未厌观"的提出,使儒家看来尽善尽美的"礼乐"大厦开始动摇。从前文张耒的阐释看,张耒并没有怀疑儒家"礼乐"制度本身,而是对追求尽善尽美的"礼乐"持否定态度。一切完备、殊无瑕疵的社会往往会伴生奢靡与奸邪之风。在儒学体系下,张耒大胆参入道家学说,对儒学本身和以儒学为本体的国家和社会进行了深深的思考。既然单凭"尽善尽美"无法长治久安,"未厌"便成了长久之道:

可久之道,起于不求备而效于人不厌。譬之万金之家责之千金,其力亦足以供我之求,然吾日取一金焉,于是有不得已而取之百金,彼犹乐输而不怨,何则?彼惟所有者未竭而不愿故也。故礼乐刑政之设于下,使有未厌之意,则后世有作者得以复加焉,故其弊也可以有救,而不至于术智竭尽而无继。③

"未厌观"真切给了人们深切反思现状的空间和方式。"未厌观"本源为道家"心学"和禅门的"言外之意",是张耒对其上述观念融汇之后所进行的卓有成效的发挥。"未厌"不可理解为"不知满足",相反,它反映了一定阶段的文明开化程度,是文明和文化形态由低到高跃升过程中的

---

① 张耒撰,李逸安等点校《张耒集》,北京:中华书局,1990 年,第 581—582 页。
② 杨伯峻《论语译注》,北京:中华书局,2013 年,第 36 页。
③ 张耒撰,李逸安等点校《张耒集》,北京:中华书局,1990 年,第 582 页。

未饱和滞留状态，是对现有文明相对认可和知足的阶段。也就是说，当社会处在一个相对稳定的文明阶段，倘若各阶层人们能够普遍接受该阶段文明且可安居乐业，客观上尚没有达到不得不改变现状的需要时，就不必主观刻意"文之"、"美之"，进行无必要的"加被"和"附益"，张耒举"污尊而抔饮，蒉桴而土鼓"之例，及"惑者徒见法度密而民不化，文理具而功不立，日夜从而加之。呜呼！亦失其本矣"①讲的就是这层道理。将"未厌观"应用到治国实践当中，张耒也提出"而度罪之不可以尽行也"和"而善者未可尽赏也"②等具体举措。

　　但从儒家"心学"的角度观瞻，张耒"心学"小可治身，大可治国。说到后者，除前面提到的"治礼乐"外，张耒还特别探讨了"治国之术""治民之术"，其名总其曰"治术"，若细加考究，不难发现"治术"的核心是"治心"：

　　　　夫人之情，使之从我而劫之以刑，则成功难；阴用以役其心，使之不得不从我，则成功易。③
　　　　内有不伏之心，而吾力之所不周者，乱之所从起。④

　　注重"心治"当然是"心学"的题中之义，"治心"之术在于"役心"，而"役心"之要在于"顺心"，即"顺民心"。

　　佛禅与"心学"本质上皆是"形而上"之说，对于修持本心，认识宇宙及启人正行、正念皆有不可估量的作用，然却未尝相互融合于一以证儒业。张耒以"禅、心证儒"，将"形而上"之学应用于"形而下"之实，另辟蹊径，为佛禅和儒家"心学"辟开了新的天地，具有里程碑式的意义。

---

① 张耒撰，李逸安等点校《张耒集》，北京：中华书局，1990年，第582页。
② 张耒撰，李逸安等点校《张耒集》，北京：中华书局，1990年，第584页。
③ 张耒撰，李逸安等点校《张耒集》，北京：中华书局，1990年，第583页。
④ 张耒撰，李逸安等点校《张耒集》，北京：中华书局，1990年，第583页。

第六章　张耒禅意交际

　　张耒因诗为媒传递禅性,因"苏门"崇禅,故张耒的禅意交际多集中在二苏和"苏门学士"之间,本章作重点稽考。张耒一生几多浮沉,每过一地必寄寓禅院,他与禅僧的禅性交流也是张耒佛性交际的一部分,但因时间及学识关系,本书暂付阙如。

　　"苏门"之中,张耒与大苏的佛禅交流相对重要,又因二人的师徒关系及相似的仕宦经历,故本书又以"苏、张诗文同源思想参照"为题单列一节以作铺垫。其余诸公,张耒与少公苏辙的关系最有渊源。早在任陈州教授时苏辙便与年少的张耒交往且将其引入苏门,因此张耒与少公的禅性交际也单列一节论证。黄、晁、秦合为一节论之。

第一节　张耒与大苏的禅意交流

一、苏轼、张耒诗文同源思想参照

(一)政治扁舟上的互慰情怀

　　张耒与苏轼有着类似的仕途遭际,二人互赠诗作以相互勉励,情动于衷而激荡文字之间。元丰八年,旧党重新执政,苏轼得到重新回朝的时机。是年,其先后经历"朝奉郎知登州""礼部郎中""起居舍人""中书舍人""翰林学士知制诰""翰林学士知礼部贡举"数次迁举。眼见政治生涯回暖,苏轼却反对尽弃新法,此举又引来旧党成员不满,非议谤语散于朝堂上下。对此,张耒赠诗宽慰:

其一

皎皎连城璧,实为天地珍。足伤曾不售,宝气终氲氲。
山川媚余秀,星斗揽奇氛。终然不可掩,三浴被埃尘。
天王斋戒受,严庭具九宾。贮之黄金台,藉以九龙茵。
事称忘礼厚,人谁骇其新。车轮走四方,争睹快一陈。
无瑕故易伤,敛辉志乃神。

其二

纷纷名利场,向背不知丑。翟公书其门,客态自如旧。
势去竞诋沮,有余丐升斗。高贤少畦畛,小子多状候。
退之呼字生,房相肆琴叟。事奇出意表,欲辩不及口。
神明劳忠孝,福禄日方厚。防微无早计,求福常恐后。

《寄子瞻舍人二首》①

　　这两首诗意气流转、情怀深挚。第一首喻苏轼为和氏璧,赞其品清志洁、百代奇才,但亦因此易受伤害,所谓"无瑕故易伤"。诗中张耒提出了规避伤害的方法,就是"敛辉志乃神",用藏拙少言的方式对抗周遭的中伤。全诗形神俱然,一派天成;语言质朴,事、情、议圆融无碍、毫不穿凿,对朋友的规劝、对师长的尊敬,种种心意皆寓其中。

　　人们在名利面前大多已失却赤子之心,故张耒在第二首诗中直贬追名逐利之辈的种种丑态。诗中多次用典,西汉翟公为廷尉,为官时高朋满

---

① 张耒撰,李逸安等点校《张耒集》,北京:中华书局,1990 年,第 89 页。

座,去官时门可罗雀。遂有感,榜于门曰:"一死一生,乃知交情。一贫一富,乃知交态。一贵一贱,交情乃见。"①张耒诗中"自如旧""竞诋沮"活脱出那些趋炎附势的小人之态。"高贤"与"小子"实是"君子坦荡荡,小人长戚戚"之喻。张耒再用韩愈、房玄龄的贤德和各自曾遭受的诽谤形容苏轼彼时的处境——在是非颠倒的境遇中常常百口莫辩。张耒在劝慰的同时也不免表达了自己的担忧——若不能"防微杜渐",则福禄难求。

将两首诗对照看,张耒爱憎分明。对苏轼不吝赞美、同情、劝慰;对险恶的时局及群小进行无情鞭笞、嘲讽、批评。张耒这两首诗所折射出的思想亦可以《说苑》解读:"士不以利移,不为患改,孝敬忠信之事立,虽死而不悔。"②

绍圣之初,元祐党人失势。四学士也被劾为"浮薄之徒"③。秦、晁、黄、张等苏门学人所编次的《神宗实录》被议为"谤史"而纷纷遭贬,《玉照新志》载:

> 元祐初修《神宗实录》。秉笔者极天下之文人,如黄、秦、晁、张是也,故词采粲然,高出前代。绍圣初,邓圣求蔡元长上章,指以为谤史,乞行重修,盖旧文多取司马文正公《涑水纪闻》。如韩、富、欧阳诸公传,及叙刘永年家世,载徐德占母事,王文公之诋永年,常山吕正献之评曾南丰、邵安简借书多不还,陈秀公母贱之类,所引甚多。至新史,于是《裕陵实录》皆以朱笔抹之。且究问前日史臣,悉行迁斥。④

表面上,苏门学士集团因《神宗实录》中含有"不良内容"而遭贬,实

---

① 刘向撰,向宗鲁校证《说苑校证》,北京:中华书局,1987年,第396页。
② 刘向撰,向宗鲁校证《说苑校证》,北京:中华书局,1987年,第387页。
③ 《道山清话》载:"时元祐甲戌三月也。公既行,而左正言上官均,言其以张耒、秦观浮薄之徒,撰次国史。"《丛书集成初编》,北京:中华书局,1985年,第8页。
④ 王明清《玉照新志》卷一,《丛书集成初编》,北京:中华书局,1985年,第1—2页。

际上则为蜀党、洛党、朔党之党际争斗所为,正所谓"元祐以来,分党相攻,废罢不一"①。绍圣初年,苏轼及苏门学士因党籍之故而星散四方:苏轼知英州,后迁惠州;秦观迁为杭州通判;晁补之降"通判应天府";黄庭坚远谪黔州;张耒守润州,是年迁宣州②。

绍圣二年(1095年),苏轼谪守惠州,张耒贬宣州。张耒遣王告、顾成千里迢迢至慰其师。在波谲云诡的政治风潮中,张耒此举于己无疑是相当有风险的,足见其对老师的赤诚之心和对自己政治操守的坚定守护。已届六十的东坡,老病远谪之际得此远慰,感激之余不免沧桑之叹,又闻黄庭坚坐党籍迁黔南,更加不胜慨然,于是回赠张耒当地桃榔杖,并"媵之以诗并书"③其诗如下:

> 睡起风清酒在亡,身随残梦两茫茫。
>
> 江边曳杖桃榔瘦,林下寻苗荜拨香。
>
> 独步倘逢勾漏令,远来莫恨曲江张。
>
> 遥知鲁国真男子,独忆平生盛孝章。④
>
> 《桃榔杖寄张文潜一首时初闻黄鲁直迁黔南范淳父九疑也》

"杖"在宋代文人间已经成为了一种文化符号。"扶杖""策杖""倚杖""曳杖"等词汇在宋诗之中比比皆是。据统计,苏轼在诗文中有73次写到"杖",欧阳修22次、王安石32次、黄庭坚22次,陆游431次。⑤

---

① 张耒撰,李逸安等点校《张耒集》附录一,邵祖寿《张文潜先生年谱》,北京:中华书局,1990年,第997页。

② 张耒初知润州乃因撰史风波,加之"风痹""疮疹"等疾自请外调,知宣州实为党籍之故。

③ 张耒撰、李逸安等点校《张耒集》附录一,邵祖寿《张文潜先生年谱》,北京:中华书局,1990年,第999页。

④ 苏轼《东坡全集》卷二十三,文渊阁《四库全书》,台北:商务印书馆,1986年第1107册,第338页。

⑤ 沈金浩《"一枝藤杖平生事"——宋代文人的杖及其文化蕴涵》,《中国社会科学》,2007年第1期。

不同身份的人似都对"杖"都情有独钟：统治者委以权势，求仙者祁寻飘逸，禅家赋以幽闲，李白持绿玉杖之富贵，杜甫扶秋风杖之叹息……对"杖"所附加的感情和意义可谓十分丰富。传统而言，"杖"本也是礼待的象征，《礼记·曲礼》中载："大夫七十而致仕，若不得谢，则必赐之几杖，行役以妇人，适四方乘安车。注，'几杖、妇人、安车，所以养其身体也。'"①大夫退休时，国家往往"赐杖"，以寓养身之意，为"礼待"之象征。

至宋代，"杖"更加文人化，文人士大夫虽不至很老，却总示人以"扶杖"之姿，这就有必要说及"杖"的文化符号性。作为中国传统文化的载体，"杖"已成为文人生命中的文化符码，《三辅黄图》记载：

> 刘向于成帝之末，校书天禄阁，专精覃思。夜有老人，著黄衣，植青藜杖，登阁而进，见向暗中独坐诵书。老父乃吹杖端，烟燃，因以见向，说开辟已前。向因受《洪范五行》之文，恐辞说繁广忘之，乃裂裳及绅，以记其言。至曙而去，向请问姓名。云："我是太一之精，天帝闻金卯之子有博学者，下而观焉。"乃出怀中竹牒，有天文地图之书，"余略授子焉"。至向子歆，从向受其术，向亦不悟此人焉。②

一根普通的竹杖在宋人心中重如千钧之权，是家、国意识的承载体。田锡有《杖铭》："持人之颠，扶人之危。于国也，于家也，无得而忘之。"③宋代文人士大夫对"杖"有着深刻的心理认同感和自尊归属感，持杖以自重，扶杖而自嘲，种种皆是责任感的正反体现。

而在谪官逐臣的眼中，"杖"又似乎成了维护自尊、追求心理慰藉的寄托，甚至是对抗不公待遇的象征。苏轼的"竹杖芒鞋轻胜马"（《定风波》）是对政治失意心理反抗，是追求内心释然而超脱的证道表现。竹杖

---

① 朱彬撰，饶钦农点校《礼记训纂》，北京：中华书局，1996年，第9页。
② 《三辅黄图》卷六，影印本《文渊阁四库全书》，台北：商务印书馆，1986年，第468册。
③ 田锡《咸平集》，宋集珍本丛刊，第330页。

早已超越形而下之功能范畴，它维护着宋代贬谪文人的人格自尊，是儒者不能实现政治理想却决不妥协的精神依托。沈金浩先生在其文章中提到"用杖象征着一种与官场生活对立的生活方式"①就是这个道理。沈先生举出南唐李中和宋代张绍文的诗词作品"懒向人间著紫衣，虚堂闲倚一条藜"（《赠上都先叶大师》），"卸去朝衣，笑拈拄杖，日在花阴竹径间"（《沁园春·为叔父云溪主人寿》）②来说明问题，可谓中的之语。

宋人以闲和、宽博的心态化解仕途的失意，用更为巧妙的抵抗维系着高贵的操守，将精神皈依看成人格的基石。在失意的谪官们看来，生活上的困苦和政治上的沉浮并不能真正改变精神上的释然。"竹杖"和"芒鞋"在诗文中的跳跃正是他们保持操守、寄情闲适和贬官禅悦的无声回应。

东坡"赠杖"之举何曾不是一种宽慰、鼓励、尊重和欣赏。这正是对已经中年漂泊挚友的精神支援，抵得上千万封慰藉的文字，师生间用这样的文化符号叙述着各自的不平和遭遇。苏轼与张耒在政治扁舟上浮沉不定，却能够在相互慰藉中博得精神和文化上的共鸣，这是宋代这样典型文化人的持久胜利。

"赠杖"亦是一种认同，是师长对后辈的信任和接受的态度。苏轼是"蜀党"领袖，是"蜀学"的核心，是"苏门"的舵手。张耒在很多文献记载中都被归为"蜀党"，是"蜀学"的传人和二苏没后的宗师，与二苏荣辱同向、不离不弃，被列为"苏门四学士"和"苏门六君子"早有定语。由此可见，苏翁"赠杖"亦是从多个层面认同了张耒的身份，张耒有诗："柯山潘子应鼓舞，与子异时从杖屦"（《闻子瞻岭外归赠邠老》）③。"从杖屦"便是从师求教之意，可知张耒亦以苏轼门人自居。

---

① 沈金浩《"一枝藤杖平生事"——宋代文人的杖及其文化蕴涵》，《中国社会科学》，2007 年第 1 期。

② 沈金浩《"一枝藤杖平生事"——宋代文人的杖及其文化蕴涵》，《中国社会科学》，2007 年第 1 期。

③ 张耒撰，李逸安等点校《张耒集》，北京：中华书局，1990 年，第 262 页。

又，杖名"桄榔"亦邂逅了一重佛缘。《祖堂集》云："困山云：'不是桄榔树。'师云：'桄榔树不是。'"①此禅僧辩答以桄榔杖为题，双方机锋之处在于直心见性，忌讳常语应答。苏轼单赠桄榔杖为念，想必也有以禅心相慰问之意，师徒二人同处谪地、共为逐臣，一杖以赠，禅心相通，虽山川万重，却能以"禅悦"之心互为砥砺，夫处逆境，亦能奈何？

（二）愤懑、沉郁、不平之态和对清明世界的追求

张耒喜用相对轻灵、闲适的笔触和自嘲的口吻来反衬愤懑的情怀，比如《县斋》：

> 只合门如野叟家，市朝声利苦喧哗。
> 但知得醉频沽酒，何处逢春不见花。
> 暗树五更鸡报晓，晚庭三叠鼓催衙。
> 知君宰邑端无事，吟笑何妨到暮鸦。②

首联申明本衷，厌恶官场的污浊喧嚣；

颔联以"醉"诂"醒"，众"醒"而我"醉"，即便春朝亦不见春花，直言对庙堂紫衣之辈的失望和愤懑；

颈联在说自己为福荫一方百姓而兢兢业业、早出晚归的工作状态；

尾联以"宰邑无事"为人生追求，一个尽忠职守，鞠躬尽瘁的父母官形象跃然纸上。全诗行文潇洒，属对工稳，却能以正喻反，寄愤懑于惬意，是难得的佳作。张耒寓情于醉，亦醉亦醒，慵愁也饱蕴其中，正如《宋诗别裁集》所撷之篇：

> 亭亭画舸系春潭，直待行人酒半酣。

---

① 佛光大藏经编修委员会《祖堂集》二，《佛光大藏经》，高雄：佛光出版社，1994年，第574页。
② 张耒撰，李逸安等点校《张耒集》，北京：中华书局，1990年，第393页。

不管烟波与风雨,载将离恨过江南。①

元丰七年(1084年),钱穆父奉使朝鲜,归来携高丽松扇赠张耒。元祐二年(1087年),张耒作《谢钱穆父惠高丽扇》诗一首:

> 三韩使者文章公,东夷守臣亲扫宫。
> 清廉不受橐中献,万里归来两松扇。
> 六月长安汗如洗,岂意落我怀袖里。
> 中州翦就霜雪纨,千年淳风古箕子。②

本诗记录钱穆父出使高丽万里送扇之事,字里行间饱含赞誉。"高丽松扇"虽只一扇,却展现了"霜雪纨"的精湛技艺和高洁、清爽之格,意下又在褒扬高丽使臣清廉之品、"万里归来"之诚和"箕氏朝鲜"的淳朴遗风。一扇之中暗寓对比,所谓"六月长安汗如洗"已毕见中原浊态。作者借扇表露对污浊朝堂的厌倦,对党派攻讦的不满和对清明世界的向往,文似无心,个中意远。

时为翰林学士的苏轼以沉郁和自嘲之口吻对张耒之诗酬和:

> 可怜堂上③十八公,老死不入明光宫。万牛不来难自献,裁作团团手中扇。
> 屈身蒙垢君一洗,挂名君家诗集里。犹胜汉宫悲婕妤,网虫不见乘鸾子。④

《和张耒高丽松扇》

---

① 张景星、姚培谦、王永祺编选《宋诗别裁集》,长沙:岳麓书社,1998年,第138页。
② 苏轼著,冯应榴辑注,黄任轲、朱怀春校点《苏轼诗集合注》卷二十九,上海:上海古籍出版社,2001年,第1439页。
③ 一本作"堂堂"。
④ 苏轼著,冯应榴辑注,黄任轲、朱怀春校点《苏轼诗集合注》卷二十九,上海:上海古籍出版社,2001年,第1439—1440页。

"十八公"即一"松"字,"明光宫"一谓避暑之所,一谓求仙之地。[①]在诗中,"松"为制扇材质,也是品节象征;"明光宫"虽是避暑之地,又是求仕的朝堂。此处作者"老死不见召"的不平之态已经昭然,既然不被作栋梁之用,只能屈身成为纳凉取乐的扇子。"屈身蒙垢"实为苏轼自况,这些可怜的"儒本位"的文人们虽有济世之才却报国无门,只好填词作诗做好"文本位"的文人。这样的处境是尴尬的,但自身仍有被官家认可的"价值",总比以泪洗面、蛛网满车而不见幸的班婕好处境要好,这当然是自嘲和有力的控诉。

全诗冲和之气蕴不平之声。其无奈下的知足、怀才难遇的郁抑、愤懑艰难的自嘲全凭一折纸扇溢出,意气沉郁、力透纸背。

苏轼、张耒这两首酬唱之作艺术手法高超,且意境深远,皆为诗中上乘之作。而充溢二诗之中的,是笔底深婉抑郁的不平之气,对不公现实的抨击,对政治理想和清明世界的追求。与其说张耒诗中的深意在其师苏轼的和诗中得到了回应,毋宁说师徒二人在人生处境、思想倾向和精神深处得到了共鸣。

(三)"天人合一"的民本意识

苏轼与张耒治民与治国同举,以民为本,二人在诗文之中都有很多记载民生的作品,这些作品更加质朴、鲜活,较那些"才华横溢"的作品更有针对性和影响力。回头细味苏轼、张耒的民本位作品,虽各有侧重、风格迥异,然有一点却是二人民本意识的本源,那就是"天人合一"。这首《劳歌》从"暑天"写起,展现了非人条件下底层百姓生活之艰,反面控诉了百姓头上的这层"皇天"。

---

① 《苏轼诗集合注》:"赵注曰,武帝太初四年所起,乃成都侯商所借以避暑也。尝考汉有两明光宫,案《三辅黄图》,一属北宫,一属甘泉。属北宫者,正成都侯避暑之处。属甘泉者,乃武帝造所以求仙者。

暑天三月元无雨,云头不合惟飞土。

深堂无人午睡余,欲动身先汗如雨。

忽怜长街负重民,筋骸长毂十石弩。

半衲遮背是生涯,以力受金饱儿女。

人家牛马系高木,惟恐牛躯犯炎酷。

天工作民良久艰,谁知不如牛马福。①

《劳歌》

这首诗读来哀断寸肠。天无丝云,干暑如蒸,"欲动身先汗如雨"使人如临其境。"互怜"一转,字字都是"半衲之民"的血泪;"牛马"之比,处处都是"力饱之黎"的控诉。全篇无一奇语,可谓字字白描,但给我们带来的震撼却十分巨大。

再看《叙雨》有序:

福昌之民,有祷旱于西山者,取山之泉一勺祠之,不数日而雨⋯⋯

⋯⋯腾驾逸景兮驭清风,上友仙圣兮佑帝躬。惟今之旱兮非神曷诉?家无余粮兮麦不庇雨。土飘尘扬兮迷行错步,魃威孔张兮炽莫予御。挹水一勺兮荐羔豚,曷求于水兮神实凭⋯⋯神君仁兮念下民,抚民灾兮号帝阍。帝念神君兮诏雨官,叱驭六龙兮奋互飞。骞挚飞电兮鼓雷震,俾霈尔泽兮正星辰⋯⋯伏潜羲和兮止星辰,一洒万里兮倾河津。妖风失威兮敛以奔,魃濡厥裳兮伏以蹲。槁苏焦泽兮息惔焚,优渥润沃兮无涯垠。菼葑诜诜兮奋裳绅,秋种既即兮农则勤。既足而止兮披雾昏,朝阳清明兮敛游尘。功名不居兮驾归云,空山寥寥兮夜无闻。灵泉幽幽兮湛潇沦,竭诚莫报兮仁哉君!②

---

① 张耒著,李逸安等人校点《张耒集》,北京:中华书局,1990年,第31页。

② 张耒著,李逸安等人校点《张耒集》,北京:中华书局,1990年,第56—57页。

这是一篇带有昂扬色彩的哀民之声,写民之苦却全文不着苦字,一派喜悦氛围之中将百姓曾经的困境烘托出来,风格与前面《劳歌》迥别。作者似乎就是这些祈福求雨的百姓中的一员,把如愿得雨的喜悦毫不掩饰地泻诸笔端。可以说,张耒是少有的没有用书斋和普通百姓拉开距离的宋代文人。在他的诗文当中时时洋溢着朴素的人文情怀和天真的童心:"槁苏焦泽兮息恢焚,优渥润沃兮无涯垠。荄葶诜诜兮奋裳绅,秋种既即兮农则勤。"

天象与人世同构异形:"既足而止兮披雾昏,朝阳清明兮敛游尘。功名不居兮驾归云,空山寥寥兮夜无闻。灵泉幽幽兮湛𤃩沦,竭诚莫报兮仁哉君。"功而不居,不正是对君王和官吏勤于治民、劳而无怨的真切期待么? 自然与人世其理如一、殊途同归。

苏轼自幼以范滂为榜样,自然"慨然有澄清天下之志"①,其政论文大气磅礴,很多篇章都是治国理政、保邦安民之论。新党执政之后,苏轼多方反对其执政理念,他的出发点常常是那些普通的老百姓。苏轼爱民、怜民、歌民、哀民,在其作品中频繁反映上述主题。《宋史》有载:

> 夫时有可否,物有废兴。方其所安,虽暴君不能废,及其既厌,虽圣人不能复。故风俗之变,法制随之,譬如江河之徙移,疆而复之,则难为力。
>
> 庆历固尝立学矣,至于今日,惟有空名仅存。今将变今之礼,易今之俗,又当废民力以治公室,敛民财以食游士……②

苏轼主张"法相因则事易成,事有渐则民不惊"③。凡事主张因乎自然之代谢规律,不可人为兴废,只有这样才能民不惊于事。"方其所安,虽暴君不能废;及其既厌,虽圣人不能复"所指的本体都是平民。"可"

---

① 范晔撰,李贤等注《后汉书》,北京:中华书局,1965 年,第 2203 页。
② 脱脱《宋史》,北京:中华书局,1977 年,第 10803 页。
③ 脱脱《宋史》,北京:中华书局,1977 年,第 10811 页。

"否""安""厌""废""兴"实则都是人世之变迁,然又都契合自然之更迭,苏轼以传统"天人合一"为哲学基础和治国根本,以"民"之"安""厌"为政事"举""败"的评判标准,有其内在的合理性。其余如"上靡帑廪,下夺农时……"①及"……议者必谓:'民可与乐成,难与虑始'"②等政论观点实则都是对破坏正常更迭代谢规律做法的反对,是"天人合一"观念在治民理政实践中的体现,其矛头很明白地指向了王安石的新法。苏轼甚至明白晓畅地说:"以简易为法,以清净为心,而民德归厚。"③说得清楚些,就是苏轼反对王安石不合规律的"折腾"。

至宋代,宋人更加形而下,把以往文艺创作中玄之又玄、缥缈难寻的理论更加具体化、形象化。苏轼提出:"书必有神、气、骨、血、肉,五者阙一,不为成书也。"④所以"天人合一"又在多数时候表现得更为具体,宋人经常以身体为喻:

> 余患赤目,或言不可食脍。余欲听之,而口不可,曰:"我与子为口,彼与子为眼,彼何厚? 我何薄? 以彼患而废我食,不可。"子瞻不能决。口谓眼曰:"他日我疟,汝视物,吾不禁也。"管仲有言:"畏威如疾,民之上也,从怀如流,民之下也。"又曰:"燕安鸩毒,不可怀也。"《礼》曰:"君子庄敬日强,安肆日偷。"此语乃当书诸绅,故余以"畏威如疾"为私记云。⑤

《子瞻患赤眼》

元符元年,苏轼又被贬儋耳,是年,在开元寺寺壁苏轼记下著名的

---

① 脱脱《宋史》,北京:中华书局,1977 年,第 10805 页。
② 脱脱《宋史》,北京:中华书局,1977 年,第 10806 页。
③ 脱脱《宋史》,北京:中华书局,1977 年,第 10807 页。
④ 上海书画出版社、华东师范大学古籍整理研究室选编校点《历代书法论文选》,上海:上海书画出版社,2014 年,第 313 页。
⑤ 苏轼著,华东师范大学古籍研究所点校注释《东坡志林》,上海:华东师范大学出版社,1983 年,第 27 页。

"治眼""治齿"之语：

> 日，与欧阳叔弼、晁无咎、张文潜同在戒坛。余病目昏，将以热水
> 洗之。文潜曰："目忌点洗。目有病，当存之，齿有病，当劳之。不可
> 同也。又记鲁直语云：眼恶剔决，齿便漱洁。治目当如治民，治齿当
> 如治军，治民当如曹参之治齐，治军当如商鞅之治秦。"颇有理，故追
> 录之。①

《治眼齿》

此段文字在《挽香堂苏帖》中亦有记载，然不够详尽，故此取《东坡志
林》之载。苏轼所言皆是白话，所载都是细事，但所承载的道理却是意味
深远。换言之，长公在笔记中将离生活较远的、空洞的内容剔除，而将与
生活、生命、身体切近的真味保留，且用这些活生生的本体来诠解相对抽
象的道理。这就是宋人对文艺的贡献，更是那个时代"生命力"和"人情
味"的表现。

在苏轼的眼中"天人合一"并不玄虚，"天"就是"规律""秩序""尊
卑"的化称，生活之中种种"合规律"的事物皆可拿来活现"天意"。苏轼
用疾病说理，自然是这个用意，"畏威如疾，民之上也，从怀如流，民之下
也"可谓形象贴切，直取三昧。"目忌点洗。目有病，当存之，齿有病，当
劳之。不可同也"张耒此句便是"自然大道"，而黄庭坚的"治目当如治
民，治齿当如治军"一句所体现的恰是"合规律"的具体化、实践化。

二、长公、张耒诗文禅性传达

苏轼与张耒在次韵诗作之中不时拨动禅心，有时是创作需要，有时则
是二人精神构架的反映和精神接引的方式。苏轼有一首《送黄师是赴两

---

① 苏轼著，华东师范大学古籍研究所点校注释《东坡志林》，上海：华东师范大学出
版社，1983年，第28页。

浙宪》：

> 世久无此士，我晚得王孙。宁非叔度家，岂出次公门。
> 白首沉下吏，绿衣有公言。哀哉吴越人，久为江湖吞。
> 官自倒帑廪，饱不及黎元。近闻海上港，渐出水底村。
> 愿君五袴手，招此半菽魂。一见刺史天，稍忘狱吏尊。
> 会稽入吾手，镜湖小于盆。比我东来时，无复疮痍存。①

黄师是名寔，与苏轼、苏辙皆有姻亲，《苏轼诗集合注》中亦有"泗州除夜雪中黄师是送酥酒二首"，该二诗作于元丰七年，即"元丰七年甲子八月自金陵历真、润、扬、淮，在泗州度岁作。"②黄寔的生平经历在《宋史》卷三百五十四有详尽记载：

> 黄寔字师是，陈州人。登进士第……寔舅章惇属蔡确徙寔提点开封县镇。迁提点梓州路、两浙刑狱，京东、河北转运副使。哲宗以寔为监司久，议召用，曾布阴沮之。林希曰："寔两女皆嫁苏轼子，所为不正，不宜用。"……寔孝友敦睦，世称其内行。苏辙在陈与寔游，因结昏，其后又与轼友善。绍圣党祸起，寔以章惇甥故获免，然亦不得久于朝著焉。③

黄寔在北宋的政治舞台上本应该有施展身手的机会，但由于"……二女皆为子由妇"，④"两女皆嫁苏轼子"而久郁涧下，成为党派斗争的牺

---

① 苏轼《东坡全集》卷二十一，文渊阁《四库全书》，台北：商务印书馆，1986年第1107册，第317页。

② 苏轼著，冯应榴辑注，黄任轲、朱怀春校点《苏轼诗集合注》，上海：上海古籍出版社，2001年，目录"查注"部分，第38页。

③ 脱脱《宋史》卷三百五十四，北京：中华书局，1977年，第11161页。

④ 苏轼著，冯应榴辑注，黄任轲、朱怀春校点《苏轼诗集合注》，上海：上海古籍出版社，2001年，第1862页"施注"部分。

牲品。所幸党祸之际,尚有宰相章惇的荫护而其免于牵连。

《送黄师是赴两浙宪》作于元祐七年(1092 年),诗中"白首沉下吏"正是黄寔久居下僚的真实写照,以致东坡的侍妾朝云都很不理解:"时朝云语师是曰,'他人皆进用,而君数补外,何也?'"①诗中的"绿衣"就是朝云。② 诗中多处用典,如"叔度""公门"分别指后汉征君黄宪和汉循吏黄霸,以前朝二公来烘衬黄寔之贤。"刺史天""狱吏尊"等处皆有典可循③,然结尾"会稽入吾手,镜湖小于盆"一句却反映了苏轼内心的佛禅意识归宿。

佛界一芥藏纳须弥山,一粒沙中见天国,一滴水里纳三江。正如《华严经》所言:"一一毛端,悉能容受一切世界,而无障碍。"④即所谓"广狭无碍自在门"的境界,曾协有诗:

> 山川吞尽一壶中,未见先生芥蒂胸。要识广输藏粟粒,且将谈笑举针锋。橘中载酒初无碍,花里行车足有容。可但大千归眼界,网尘从此现重重。⑤

《李愿中壶中斋请赋诗》

"按照佛教'一切唯心造''三界唯心'的观念,任何事物都在我们的心里,不在心外。因此,一个小壶自然可以尽吞日月山川,只要内心没有障碍,则一切障碍都会消失,在宋人看来,这不是什么'神仙幻术',而是任何人都可以获得的心灵世界。"⑥东土祖师菩提达摩大师曾有佛谶曰:

---

① 苏轼著,冯应榴辑注,黄任轲、朱怀春校点《苏轼诗集合注》,上海:上海古籍出版社,2001 年,第 1862 页"查注"部分。

② 《苏轼诗集合注》查注;而"绿衣"则指朝云也。

③ 详看《苏轼诗集合注》此句"王注"部分。

④ 实叉难陀译,林世田等点校《华严经》,北京:宗教文化出版社,2001 年,第 2 页。

⑤ 陶福履辑《云庄集》卷二,《豫章丛书·九宋人集》,第 20 页。

⑥ 张培锋《宋诗与禅》,北京:中华书局,2009 年,第 83 页。

"震旦虽阔无别路，要假儿孙脚下行，金鸡解御一粒粟，供养十万罗汉僧。"[①]波罗提也有佛偈云："……遍现俱该沙界，收摄在一微尘。"[②]《傅翕芥子纳须弥偈》云："须弥芥子父，芥子须弥爷。山水坦然平，敲冰来煮茶。"[③]苏轼曾有诗《东坡居士过龙光，求大竹作肩舆，得两竿。南华珪首座方受请为此山长老。乃留一偈院中，需其至，授之，以为他时语录中第一问》：

> 斫得龙光竹两竿，持归岭北万人看。竹中一滴曹溪水，涨起西江十八滩。[④]

一滴水中能见种种世界，一渺尘沙可纳万千宇宙。诗中苏轼虽表彰"曹溪禅"的深远影响，同样亦发扬了"容受无碍"的佛理。由此再看《送黄师是赴两浙宪》这首诗的"会稽入吾手，镜湖小于盆"一句，正是相同佛理的阐述。

苏轼的禅学修为很深，甚至被列为"东林常总法嗣"。禅学的思维方式和接引手段已经融入了苏轼的血液，不经意之间就会在诗文中让读者感受到郁郁的禅性。同样，"苏门学士"的张耒亦有着很深的佛学造诣，在步韵老师《送黄师是赴两浙宪》的同时，他已经注意和领略到了这首诗中的禅语，所以，在这首《次韵苏翰林送黄师是赴两浙》诗中，同样表达了自己对禅学的理解：

> 昔见君纳妇，今见君抱孙。先公力种德，子合大其门。
> 何为亦如我，有抱不得言。峥嵘胸中气，默默自吐吞。

---

① 普济撰，苏渊雷点校《五灯会元》，北京：中华书局，2012年，第38—39页。
② 普济撰，苏渊雷点校《五灯会元》，北京：中华书局，2012年，第42页。
③ 罗伟国《佛门偈语赏析》，上海：上海书店出版社，1996年，第86页。
④ 苏轼著，冯应榴辑注，黄任轲、朱怀春校点《苏轼诗集合注》，上海：上海古籍出版社，2001年，第2261页。

谁如东坡老,感激论元元。欲将洛阳裘,尽盖江湖村。

既系海若颈,又鞭江胥魂。意令仰天民,不隔顶上盆。

我独乞禅床,一气中夜存。①

中年的张耒,禅境愈深。常常跏趺禅床,静默观照,祈求心中潜静,在静坐中追求身心俱忘的快乐。"既系海若颈,又鞭江胥魂"(海若、江胥皆为河海之神)名言黄寉白首之态尚在宦海中挣扎浮沉,为俗计奔波,张耒不置可否,只是借以表达了自己对生活的态度——逃禅。"我独乞禅床,一气中夜存"应是中晚年时光张耒每日必做的功课,同样意境的诗还有《夜坐》:

万籁声久寂,三更霜已寒。

老人袖手坐,一气中自存。

自得此中趣,不与儿曹论。

但有老孟光,相对亦无言。②

首联即营造出寂静的氛围,在这样的环境中,作者袖手跏趺,杂念全无、任气自流。此中禅趣难描难绘,只可意摄,故"不与儿曹论"。虽自己的老妻孟光近在咫尺,其禅意真趣同样无法言传,足见佛禅不立文字之本衷,语言已成真性流转的障碍。苏、张二人的步韵诗作一个重在阐喻禅理,一个偏向体悟禅意,名为送行诗,实有机锋接引的用意。

元符三年,宋哲宗驾崩,宋徽宗即位。元祐党人迎来转机,凡谪贬于外的官员一应内迁,时已65岁的苏轼于是年五月内迁廉州,作《儋耳》以示喜悦:"霹雳收威暮雨开,独凭栏槛倚崔嵬。垂天雌霓云端下,快意雄风海上来。野老已歌丰岁语,除书欲放逐臣回。残年饱饭东坡老,一壑能

---

① 张耒撰,李逸安等点校《张耒集》,北京:中华书局,1990年,第152页。

② 张耒撰,李逸安等点校《张耒集》,北京:中华书局,1990年,第118页。

专万事灰。"①

苏翁"快意雄风"的同时也已万念俱灰,可谓"悲欣交集"。苏门张耒闻老师已蠲离瘴地,自然也十分欣慰,《闻子瞻岭外归赠邠老》一诗最能体现他的心境:

> 今晨风日何佳哉,南极老人度岭来。此翁身如白玉树,已过千百大火聚。望天留之付真主,世间毒烈计已误。柯山潘子应鼓舞,与子异时从杖屦。②

张耒毫不掩饰自己的喜悦,"今晨风日何佳哉"痛快之至。首联没有一丝矫饰之语,直抒胸臆。颔联赞东坡品性高洁如白玉树,却注定经历种种劫难,这已是佛家应有之义,"已过千百大火聚"更是禅门语。"大火聚"谓"猛火之聚积,依罪业而在地狱所感者"③。《大般涅槃经》云:

> ……有四相义。何等为四?一者,自正;二者,正他;三者,能随问答;四者,善解因缘义……譬如比丘见大火聚便作是言,我宁抱是炽燃火聚,终不敢于如来所说十二部经及秘密藏谤言……宁以利刀自断其舌,终不说言如来法僧是无常也……如来法僧不可思议,应如是持。自观己身犹如火聚,是名自正。④

苏轼一生所经"黄州""惠州""儋州""常州"无一不是"地狱",苏轼似带着"原罪"和"恶业"去经历处处"火聚"。在作者心中,苏轼当然无"罪业",只是借佛家之语来阐明坡翁一生所历苦难及遭劫后"灾消难满"

---

① 苏轼著,冯应榴辑注,黄任轲、朱怀春校点《苏轼诗集合注》,上海:上海古籍出版社,2001年,第2214页。

② 张耒撰,李逸安等点校《张耒集》,北京:中华书局,1990年,第262页。

③ 丁福保《佛学大辞典》,上海:上海书店,1991年,第358页。

④ 破瞋虚明注释《大般涅槃经今译》,北京:中国社会科学出版社,1996年,第86页。

的境遇。《大般涅槃经》的"自正"条目是张耒借用以表现老师"清白"本性之意，意谓苏轼"自正"持身，从不做诽谤之事，反其道想来，苏轼之所以越贬越远，实为小人君侧诽谤的结果。张耒此句用意颇深，既达到了澄清真相的目的，又用佛家之语礼赞了老师的高洁，鞭笞了群小之恶毒。"望天留之付真主，世间毒烈计已误"既承前句，又深切地希望统治者留苏轼身经百劫之残躯，让他"自然而然"地找寻自己的归宿吧。这首诗是赠给好友潘大临的，最后企望自己和邠老还像从前那样师侍东坡，再次坚定了自己的政治态度和蜀学立场。

张耒的这首"赠诗"虽然不是直接赠给东坡的，但其主旨却句句东坡。诗中以"佛业"喻人生，以禅语悟人生，虽无苏轼"又试曹溪一勺甘"（《过岭二首》）[①]的洒脱，却朴实无华地道出了人生处处浮沉、正业艰难的实境，同样十分难得。

对宋人而言，"儒""禅"之间的界限本就模糊，儒、释二教更迭盛衰，《扪虱新话》中有这样一段记载：

> 世传王荆公尝问张文定曰，孔子去世百年："生孟子，亚圣绝后无人，何也？"文定曰："岂无？"只有过孔子上者。公曰："谁？"文定曰："江西马大师，汾阳无业禅师，雪峰岩头、丹霞云门是也。"公暂闻，意不甚解。乃问曰："何谓也？"文定曰："儒门淡薄，收拾不住，皆归释氏尔。"荆公忻然叹服……予谓马大师等，在孔子上下，今不必论，然自马大师之后，释门又复淡薄，收拾不住，绝无一人，何也？岂其复生吾儒中乎？近世欧阳文忠公、司马温公、范属公，皆不喜佛，然其聪明皆所照了，德行之所成就，真佛法也。岂复在马大师下乎？吾以是知儒释二教，殆迭为盛衰……[②]

---

① 苏轼著，冯应榴辑注，黄任轲、朱怀春校点《苏轼诗集合注》，上海：上海古籍出版社，2001年，第2163—2164页。

② 陈善《扪虱新话》，《丛书集成》，上海：商务印书馆，1936年，第24页。

宋人"释"而不尽释，"儒"而未全儒，在时"禅"时"儒"的精神世界里进行颇为焦灼的斗争。政治上春风得意之时，禅修有助于他们在精神世界当中取得欢娱；仕途上失意时，文人们又在禅学世界当中寻求片刻慰藉。当然，禅修已经成为了一部分宋代士大夫的日业功课，甚至形成儒、释平分秋色的局面。宋人崇佛业已成了一种风尚，朝廷很多显宦都是极虔诚的佛教徒，如任过御史中丞的吕公著和一代名相富弼，《道山清话》载：

> 吕晦叔为中丞，一日报在假。馆中诸公因问何事在假？时刘贡父在坐，忽大言，今日必是一个十斋日。盖指吕晦叔好佛也。①

洛中有一僧，欲开堂说法。司马君宝夜过邵尧夫云："闻富彦国、吕晦叔欲往听，此甚不可，但晦叔贪佛，已不可劝，人亦不怪，如何劝得彦国？"尧夫曰："今日已暮矣，姑任之。"明日二人果偕往。后月余，彦国招数客共饭。尧夫在焉，因问彦国曰："主上以裴晋公之礼起公，公何不应命？又闻三遣使，公皆卧见之。"彦国曰："衰病如此，其能起否？"尧夫曰："上三命公不起，一僧开堂以片纸即出，恐亦未是。"彦国曰："弼亦不曾思量至此。"②

佛家有"十斋日"，《地藏菩萨本愿经》卷上《如来赞叹品》云："复次普广，若未来世众生，于月一日、八日、十四日、十五日、十八日、二十三、二十四、二十八、二十九日乃至三十日，是诸日等诸罪结集定其轻重。"据《地藏经》说，以上十日是诸罪结集定其轻重的日子，若人能在此十斋日对着佛菩萨的圣像读诵《地藏》一遍，则东西南北百由旬内，无诸灾难。因佛而告假，足见吕公著崇佛之诚。"致君尧舜""安顺黎庶"是宋代文人的正业。可是，禅修却早已经成了他们不经然的习惯，殊难改变；禅思造就了宋代文人独特的思维方式，不容回避。有的文人试图回避，甚至排

---

① 撰人未详《道山清话》，北京：中华书局，1985 年，第 7 页。
② 撰人未详《道山清话》，北京：中华书局，1985 年，第 7 页。

斥,但最终成为了忠实的佛教徒,最典型的例子是张商英。《续传灯录》记载:

> ……入僧寺,见藏经梵,夹金字齐整,乃怫然,曰,吾孔圣之书不如胡人之教人所仰重。夜坐书院中,研磨吮笔,凭纸长吟,中夜不眠。向氏呼曰:"官人夜深何不睡去?"公以前意白之,正以著《无佛伦》。向应声曰:"既是无佛,何论之有?当需著《有佛伦》。"始得公疑其言……见佛龛前经卷乃问曰:"此何书也?"同列曰:"维摩诘所说经。"公信手开卷,阅到"此病非地大,亦不离地大处。"叹曰:"胡人之语亦能尔耶问"……公悚然,异其言,由是深信佛……①

可见,这类文人本愿"排佛",却被佛家高深义理折服而服膺终生,后来张商英先后师从东林寺常总禅师和兜率寺从悦禅师,禅修日进,以致日后完成了一部《护佛论》这样的煌煌大作。

遭受贬谪之苦后,一应文人会产生心灰意冷、万念俱寂的心绪,这成了他们"排儒逃禅"的心理渊薮。而享受"禅悦"的同时,心中还残留五分"儒念",希冀仕途的转机,这便是宋人表现出的进退失据的焦灼感。苏轼就是典型代表。

《东坡志林》中有《记游庐山》一文,其中记载了一组禅诗,颇能反映上述心绪,且看其一:

> 芒鞋青竹杖,自挂百钱游。可怪深山里,人人识故侯。②

在《记游庐山》一文中,苏轼共写四首诗,这是第一首,其作诗的背景是由于庐山景致太美,可赞之处实在太多,故而本不想作诗,文中说得很

---

① 居顶《续传灯录》卷二十六,《永乐北藏》第一百九十六册,北京线装书局,第643页。

② 苏轼撰,王松龄点校《东坡志林》,北京:中华书局,1981年,第4页。

清楚：

> 仆初入庐山，山谷奇秀，平生所未见，殆应接不暇，遂发意不欲作诗。①

但令人不解的是，山中的僧人却并未表现出"超脱"的一面：

> 已而见山中僧俗，皆云，苏子瞻来矣！②

其实这首诗很矛盾，这反映了苏轼心中"儒"与"禅"的矛盾和焦躁感。"芒鞋竹杖"之内涵前文已述，这是"紫衣朝堂"的一种无言的对抗，是操守的表征、是禅心的物证。本怀超脱之心却"挂钱"而游，这本就矛盾，是进退失据、儒禅失衡的状态。最后两句与其说不解"山人"识"故侯"，不如说诗人仍以"故侯"自居的世俗表现。心念山水，终怀庙堂，苏轼在苦闷与超脱中苦苦徘徊，此心需"证儒"还是"证禅"，难于取舍。

张耒说得更加清楚：

> 斋心礼仙圣，不是爱山游。山中笑何等，白发故诸侯。③

苏轼无论怎样寄情山水、如何虔诚礼仙，都不是真正"爱山"的本衷，即无法忘怀俗念。山中僧所看到的虽表面是他"芒鞋竹杖"的扮相，而"紫冠博带"的"白发诸侯"才是他的本来面目，张耒的这首和诗直取要点，读懂了苏轼的内心世界，十分精彩。

坡翁的下一首也以略带自嘲的口吻解嘲起来：

---

①　苏轼撰，王松龄点校《东坡志林》，北京：中华书局，1981年，第4页。
②　苏轼撰，王松龄点校《东坡志林》，北京：中华书局，1981年，第4页。
③　张耒撰，李逸安等点校《张耒集》，北京：中华书局，1990年，第459页。

青山若无素，偃蹇不相亲。要识庐山面，他年是故人。①

若与青山没有"前缘"，无论怎样都不能达到"相看两不厌"的境界，所以要与青山心灵相通，还要等到他年才行。这个"他年"，恐怕就是苏轼完全释怀儒业、尽归禅林的时候吧。

接着看第三首：

自昔忆清赏，初游杳霭间。如今不是梦，真个是庐山。②

这首诗粗看平淡，实则意味深长。"初游"二字在《张耒集》中记作"神游"，笔者以为"神游"更恰诗境。苏轼早对庐山心驰神往，始终无缘，故曾有过诸多想象，且梦中神游其中，其"清赏"之境，"杳霭"之貌心中历历然。如今实游庐山却巧契梦中所见，眼前一片，孰梦孰幻、亦梦亦幻，哑然间已充布禅趣。

诗中具置"虚""实"二境，虚实之间又参入"犹豫""狐疑""惊叹"之种种态度，唯独体味不出"喜悦"和"享受"等体悟，未尽入禅味之中，亦是端住"诸侯"架子，不肯尽托禅心。

张耒深刻体悟到了苏轼的禅音诗语，他作的诗更像与老僧出佛偈、辩机锋：

人生孰非梦，梦里见庐山。若了元无梦，何曾有往还？③

张耒这首诗证道得精彩绝伦，让人拍案叫绝。世俗人和士大夫们所珍重的"人生"恰如梦幻，人生路上的诸多索取都是虚无缥缈的，正所谓"梦里见庐山"。倘若把一切执迷都放下，了却一切，此生还有何进退

---

① 苏轼撰，王松龄点校《东坡志林》，北京：中华书局，1981年，第4页。
② 苏轼撰，王松龄点校《东坡志林》，北京：中华书局，1981年，第4页。
③ 张耒撰，李逸安等点校《张耒集》，北京：中华书局，1990年，第459页。

之别？

在此，顺便谈一下张耒对苏诗证道的几个佛家要义：其一，何处是归途？

无论大乘佛教还是小乘佛教皆是度人之难，摆脱轮回之学。凡世有生死之别、轮回之苦、生老病死之序，佛教以苦、集、灭、道蔽之，谓之迷途。佛家之途既长也短，远远西天之路，皈依如来，逃脱轮回；切切方寸之心，我证我心，无生无灭。而红尘之途在佛家看来仅是一个驿站，心不在此少驻，亦绝不执着片刻，为暂时歇脚之处，正如《红楼梦》中佛语："连我也不知道此系何方，我系何人。不过暂来歇脚而已。"①此虽跛足道人之言，却是佛语。意谓佛途茫远，应斩却俗尘，识心为正途。如《金刚经》所言：

不应住色生心，不应住声香味触法生心，应无所住而生其心。②

世俗一切皆是镜花水月，无住于红尘，自然生佛性，明心见性，即身成佛。此种种佛悟，都在告诫世俗要斩断执着，回归正途。

"斩断执着"在张耒这首诗当中只有一个字——"了"，知苏翁早有佛性，不该因仕途之羁绊而执迷不改，不应在"儒""释"之间"往还"无依。

其二是人生如梦。苏轼一句"人生如梦，一尊还酹江月"得到了古今不知多少文人的共鸣。生命如虚幻，争权夺利，你来我往，究竟为何而忙，为何而生？这些是直扣人生的命题，这些命题可长篇大论，连篇累牍，但佛家只有"梦幻"二字解训，正如佛教所言："一切善恶，有为无为，皆如梦幻。"③

历劫之后的宋代文人更有"人生如梦"的真切感慨，"方其迷乱颠倒流浪苦海之中，一念正真，万法皆具。"④世间的一切作为在佛教中被称之

① 曹雪芹、高鹗著，启功等注释《红楼梦》，北京：中华书局，2010年，第799页。
② 鸠摩罗什译《金刚经》，《大正藏》第八册，第750页。
③ 普济撰，苏渊雷点校《五灯会元》，北京：中华书局，2012年，第28页。
④ 苏轼著，孔凡礼点校《苏诗文集》，北京：中华书局，1986年，第393页。

为"有为法",《金刚经》有云：

> 一切有为法，如梦幻泡影，如露亦如电，应作如是观。[1]

既然"梦幻"，定有"虚实"之别，归根结底还要追溯到佛家心悟，《五灯会元》载：

> 法性本基业，梦境成差互。实相微细身，色心常不悟。[2]

> 一切二边，良由斟酌。梦幻空花，何劳把捉。得失是非，一时放却。眼若不睡，诸梦自除。心若不异，万法一如。[3]

宋代文人常常反思自己的人生，也常常叩问自己此生的目的和意义，有人一辈子都无法参透。但有佛学造诣的宋代文人便很轻易地参透"虚实""梦幻"等种种关键。人生如梦幻，且短暂如"露"如"电"。诗中张耒不仅深解佛意，亦能达悟苏轼诗化的禅语，以禅应禅，妙和之余亦能以禅语开导友人和尊师，若二人皆无通禅之能和相通境遇，未必契合如此。苏、张二人以记游诗为体而抒发禅性，既是体悟的过程又是心灵交通的慰藉。

张耒虽能宽慰苏轼，自己却在儒、禅之间游移不定。且看《宿凤翅山悬泉寺》：

> 秋山晚景凉，幽路转石壁。稍知步武峻，渐与鸡犬隔。
> 层崖峙我西，悬瀑垂百尺。崩腾捣重泓，昼夜碎珪璧。
> 天寒行已深，岭转客暂息。最爱下山泉，潺潺马蹄侧。

---

① 鸠摩罗什译《金刚经》，《大正藏》第八册。第 757 页。
② 普济撰，苏渊雷点校《五灯会元》，北京：中华书局，2012 年，第 62 页。
③ 普济撰，苏渊雷点校《五灯会元》，北京：中华书局，2012 年，第 49 页。

> 重门敞幽寺,台殿亘开辟。野僧三四人,披衣出迎客。
> 阴阴修竹静,下有神龙宅。泓澄一亩泉,黯黯万古色。
> 倏然改瞻视,异物如不隔。萧萧毛发疏,伫立动神魄。
> 云低秋天阴,木落山日夕。房寒灯火青,夜久人语寂。
> 通宵淡无梦,起望晓天白。山川接周韩,清洛去不极。
> 我无轩冕意,野性自夙昔。尘埃阻幽好,奔走愧谋食。
> 偷闲到丘壑,便欲老泉石。君有在笼鹤,岂愿潜六翮。
> 将复且复止,既去缓吾策。寄语山中人,行当蜡双屐。①

张耒在"悬泉寺"住了一宿之后便有了皈依之念,且说自己的禅心与生俱来:"我无轩冕意,野性自夙昔"。既然有心于佛门,那又是什么使自己未能遂愿呢?那便是"尘埃"啊,此处"尘埃"指代浊世,即他又深深后悔,为自己在浊世之中奔走,只为"稻粱"谋划而愧疚。此时,张耒心中的儒业已经渐为禅心所取代,"便欲老泉石"正是皈依之心。看如决心满满,忽然心意又变:"君有在笼鹤,岂愿潜六翮","驾翮思远骞"的儒家正统之念重新在心中占据上风。是进是退,是儒是禅,实难取舍,"归复止""缓吾策"将这种矛盾心绪刻画得入木三分。

再如《泗州阻风七日投佛经祷斗山下》:

> 山根受重渊,石脚插九地。千年无支祈,闭穴守禹誓。
> 扁舟七日闲,浪作老龙戏。舟师慎艰险,长跪请佛事。
> 晚山水如屋,晓山水如地。清平一潭风,浪阵卷旗旆。
> 煌煌金仙语,鬼物所尊畏。无心服毒猛,慧照出幽秽。
> 人间慢圣贤,谆戒遭侮易。谁肯一卷书,脱此千里滞?②

舟次泗州遇风而阻,因得七日之闲。此处用"闲"来对比儒业正事,

---

① 张耒撰,李逸安等点校《张耒集》,北京:中华书局,1990年,第175页。
② 张耒撰,李逸安等点校《张耒集》,北京:中华书局,1990年,第200页。

暗蕴佛心。舟师佛前祷告许愿,险境之地祈求佛祖保佑,但内心又有几分真正皈依之念呢? 联想到自己"人间慢圣贤,谆戒遭侮易"的无奈处境,是否也应就此皈依呢? 一卷经书,超脱尘世滞留,看似洒脱,可又有谁愿意真正超脱? 这就是内心之中的接纳与抗拒的矛盾斗争。张耒的这种矛盾实则很典型:许多文人都亲近佛禅,但内心的最深处却依旧不愿褪尽自己的儒学气息和儒业追求,只有当遭受艰险、挫折之后才有短暂皈依之心。"苏门四学士"几乎都有此种矛盾的心态。

再看苏轼的《南华提名记》:

> 子思子曰:"夫妇之不肖,可以能行焉,及其至也,虽圣人亦有所不能焉。"孟子则以为圣人之道,始于不为穿窬,而穿窬之恶,成于言不言。人未有欲为穿窬者,虽穿窬亦不欲也。自其不欲为之心而求之,则穿窬足以为圣人。可以言而不言,不可以言而言,虽贤人君子有不能免也。因其不能免之过而遂之,则贤人君子有时而为盗。是二法者,相反而相为用。儒与释皆然。

> 南华长老明公,其始盖学于子思、孟子者,其后弃家为浮屠氏。不知者以为逃儒归佛,不知其犹儒也。南华自六祖大鉴示灭,其传法得眼者,散而之四方。故南华为律寺……明公告东坡居士曰:"宰官行世间法,沙门行出世间法,世间即出世间,等无有二……"①

苏轼借子思子和明公之口申明自己的态度,即儒、禅"等无有二",认同二教虽主张不同,参法有别,但归途同一。南宗禅兴盛之后,很多文人对佛禅更为亲近,"外儒内释"成为一种时尚,正如王树海先生所说:"苏轼这种儒释同归的理论认同和实践上外儒内释的表现具有相当的普遍性。"②可以说,这篇《南华提名记》是苏轼一生对儒、禅的深刻体会。儒和

---

① 苏轼著,孔凡礼点校《苏诗文集》,北京:中华书局,1986年,第394页。
② 张锡坤、吴作桥、王树海、张石《禅与中国文学》,长春:吉林文史出版社,1992年,第264页。

禅都是人生的真谛,只是取法有别。苏轼一生宦海浮沉,儒、释二业相继互为。

苏轼和张耒师徒共性之一便是"外儒内释"。在此对"外儒内释"略作辩解。"外儒内释"绝非简单的"一刀切",即外表为儒生气质,内心尽是禅道。"外儒"包含其人的儒家气质、处世之道和对生命、精神、事业的解读、追求、证业方式。"内释"也非指儒生内心都是禅道,其真正的思想根基仍在儒学一家,但释家思想定然会对儒家行举产生或深或浅的影响。儒、释交互影响,很难绝对分清内外,只是身处庙堂时,断不可有禅家秉虚持无之态;跏趺打坐处,定断修身齐家儒念罢了。但端住儒生的架子,内心却常有佛性驻扎。但"儒""释"之间却在不同的历史阶段呈现此消彼长之态,这一点在二人的诗文作品当中皆有所表现。

张耒一句"困眼有余想,却听寺楼钟"(《休日同宋遐叔诣法云遇李公择、黄鲁直,公择烹赐茗出高丽盘龙墨,鲁直出近作数诗,皆奇绝,坐中怀无咎,有作呈鲁直、遐叔》)深有"外儒内释"之趣。"余想"想的是什么呢?是官家之事,集会之娱,还是心中烦恼?一切都难定断,但"却听寺楼钟"却深沉地传达出了勃勃的禅音。外儒内释,言近意远,回味深长。

《出山》诗也很有代表性,其诗反映了张耒儒、释、道似无法调和的矛盾,又深刻地反映出他本人的归隐之意:

> 青山如君子,悦我非姿媚。相逢一开颜,便有论交意。
> 今晨决然去,掺若执我袂。谓山无见留,此事宁久置。
> 道边青发翁,下有白玉髓。劚之龙蛇窟,自足饱吾世。
> 平生耽幽独,乃若忘朝市。一官等尘垢,安得败成计。
> 草堂醉老子,虎溪大开士。寄语二主人,为留三亩地。①

此诗虽名"出山",却实有"入山"之意。决意出山,又留恋此山种种,

---

① 张耒撰,李逸安点校《张耒集》,北京:中华书局,1990年,第68—69页。

一个"决然"凸显心中矛盾重重。所恋者有二。

其一，青山。

张耒直言"青山如君子，悦我非姿媚"，君子重"品"，不取"姿媚"，青山之浑穆、从容、雅适、淡泊的君子之质令"我"欣悦，为儒者形象。同时其所设定的对等参照系中，"我"当然也是君子，主客皆是君子，相倾相慕，故双方心中自然油生"相逢一开颜，便有论交意"的情愫。决然将别，青山执我衣袖，依依不舍。不舍主体岂是青山，恰恰是作者自己。自己不舍青山，实则是不舍此山带给作者的君子气度。将身外之物拟人，在宋代的文学作品中不乏其见。比如，辛弃疾的《西江月·遣兴》：

> 醉里且贪欢笑，要愁那得工夫。近来始觉古人书，信着全无是处。
>
> 昨夜松边醉倒，问松"我醉何如"。只疑松动要来扶，以手推松曰，"去"！[1]

松树被词作者化为老朋友，举止言语之中，倍感活泼自然。词虽刻意分别主客，实则写的尽是自己。辛词这样面貌并非独创，乃从张耒处承续而来。"谓山无见留，此事宁久置"最是点睛之句。青山留我，我以"事"拒。此"事"为何事？正是张氏久难搁置的儒业啊。

其二，"青发翁""醉老子""虎溪士"。

"青发翁"，虽"翁"却"青发"，保养得法。"白玉髓"即玉膏，上古服食和祭祀时用。《山海经》载：

> 丹水出焉，西流注于稷泽，其中多白玉，是有玉膏，其原沸沸汤汤。黄帝是食是飨。
>
> 注，《河图玉版》曰："少室山其上有白玉膏，一服即仙矣，亦此

---

[1]　马群《辛弃疾词选注》，上海：上海古籍出版社，1984年，第130页。

类也。"

  懿行案:"《初学记》引《十洲记》云,瀛洲有玉膏如酒名,名玉酒,饮数升辄醉,令人长生。"①

  由是可知,白玉髓有延年益寿之功效,应为道家养体之丹。

  作者眼中的"青发翁"十分值得钦慕,其长寿健体、自足、厌喧嚣、淡成败等品质都是作者向往的。言语中,不难感知张耒欲淡出仕途的思想倾向。

  因张耒嗜酒,常常鲸饮,在《赠张公贲》诗中有"……西舍雪夜欢,玉颜醉瑶钟。欲饮径相就,三更叱阍者。鲸吸绝遗滴,山颓信倾峰"②句,故在诗中称"醉老子",意谓其潇洒之态。"醉老子"和"虎溪士"③讲的就是老子和慧远一道一佛两位师尊。虽讲他人,实则寄寓着自己的取向,说的就是自己。"寄语二主人,为留三亩地"意谓在儒业之外,自己尚有道、禅的归途。

  以十亩地为计,张耒儒家思想占去七亩,也即有七分儒念;其道、禅思想占去三亩,亦有三分道、释思想。可见张耒三教和融观念是有轻重之别的,自己所钦慕的青山绿水寄寓着对自然的向往,然这般向往却带上了浓郁的儒家色彩和君子之风。即便这样,这种正统的"野逸"之气依然没能留住张耒。禅、道皆主张弃世,将儒业中的一切功利等视于尘芥,这为匆匆赶路的士大夫们留下了一个歇脚的驿站。然而即便驿站怎样舒适,士大夫们依然重整衣冠,继续仕途。

  ① 郝懿行《山海经笺疏》,成都:巴蜀书社,1985年,第16—17页。
  ② 张耒撰,李逸安点校《张耒集》,北京:中华书局,1990年,第66页。
  ③ 慧远发愿送人不过虎溪,故用"虎溪"借指慧远。

第二节　少公以才取人、以禅引人

张耒得与苏辙相交,是他本人为人和治学的又一个重要转捩点,张耒能在青年时期以一个默默无闻的无名少年的身份与当时的社会名流苏辙结交并保持了终生的友谊,这一点难能可贵。总结起来,应有以下原因:第一,有德高望重且熟识二人的中间人引荐;第二,张耒本人需有很高的才学修养,且在一定范围内具有影响力;第三,二人在地理范畴上有过或长或短的交往;第四,二人在为人、治学、精神追求等方面有所吻合。

苏辙为陈州教授时,李宗易(张耒外祖父)赋闲陈州,年未弱冠的张耒往来陈州,藉李宗易引荐,张耒得识小苏。张耒"年少颖悟",其才学已有夺人之声。宦海浮沉中,苏辙与张耒多次以禅学相互慰藉迷途,亦成就了二人终生友谊。

一、张耒之才

张耒的少年时代是在淮阴度过的,书香门第为其早期启悟提供了很好的氛围。加之年幼聪敏,所以张耒在青少年时期就已经颖露锋芒,《投知己书》记载:

> 耒自卯角而读书,十有三岁而好为文。方是时,虽不能尽通古人之意,然自三代以来,圣贤骚人之述作,与夫秦汉而降,文章辞辩,诗赋谣颂,下至雕虫绣绘,小章碎句,虽不能合于大道,靡不毕观,时时有所感发,已能见之于文字。所习益久,所亲益众,所嗜益深。故自十有三岁而至今三十有二年,身之所历,耳目之所闻见,著于当世而

可知,与夫考于前古而有得者,无一不发之于文字……①

张耒写这篇《投知己书》时已是宋哲宗元符元年,此是作者四十五岁,已进入了政治生涯的后期,但回顾自己一生的治学经历,张耒似乎有万千感悟。十三岁的张耒已能为文,其少年颖悟已见一斑。②又,"自卯角而读书"恰恰反映张耒深厚的童子功基础。所以,"文明以来的文字,诸子学说,文学各体,大宗细琐,皆能通习之,若有体悟则形诸文章",这对一个尚未及笄的童子来说极为难得。几年时间之内将浩渺且晦涩的古著读完尚且不易,遑论在自己的文章之中阐发独立的思考?不难想象张耒的颖悟程度和家教熏陶。早年张耒在文学上趋向"兼容并包、取其所需"③思想。杨胜宽先生说:"他没有韩愈那种非先秦两汉之书不敢观的拘限,也不把是否载道视为评判文章价值的唯一标尺。"④此言不虚。

另外,《宋史》载:

……幼颖异,十三岁能为文,十七时作《函谷赋》,已传人口……因得从轼游,轼亦深知之,称其文汪洋冲澹,有一倡三叹之声。⑤

年幼即聪慧异常,为成大器的先天因素。其他童子还在苦学四书五经时张耒已能撰文;未及弱冠,其《函谷赋》已能为人传颂,这样天赋异禀的奇才很难不被人注意。正如前文所述,少年张耒经常来往陈州。熙宁三年,苏辙经张方平征辟为陈州教授,⑥经常拜望已赋闲陈州的李宗易。

---

① 张耒撰,李逸安点校《张耒集》,北京:中华书局,1998年,第830—831页。
② 《宋史》卷四四四载:幼颖异,十三岁能为文。
③ 杨胜宽在其作《苏轼与张耒——兼论张耒的文艺理论与创作实践》一文中持此论。
④ 杨胜宽《苏轼与张耒——兼论张耒的文艺理论与创作实践》,《天府新论》,1996年第6期。
⑤ 脱脱《宋史》卷四四四,北京:中华书局,1977年,第13113页。
⑥ 苏辙撰,曾枣庄、马德富校点《栾城集》,上海:上海古籍出版社,1987年,前言第1页。

年仅十七岁的张耒与苏辙之间的交谊就始于这个阶段。张耒的才学自然引起了苏辙的关注,以至于名动天下的苏轼都已经被这个才气逼人的后生吸引。"轼亦深知之"一个"深"字重比千钧。大苏的评价很高,"汪洋"言其行文实有恣肆奇谲雄伟之貌,"冲淡"又现其沉稳平和的一面。浪有一涌三叠之壮景,文章亦有一唱而三咏叹,回味无穷的风姿。张耒小小年纪能得苏东坡如此评价确实难能可贵,难怪在熙宁八年张耒刚刚 22 岁时,苏东坡便主动"约稿",请其为自己新建的超然台作赋了。另,《却扫篇》卷下载:

> 东坡初欲为富韩公神道碑,久之未有意思。一日昼寝,梦伟丈夫,称是寇莱公来访,已共语久之。既寤,下笔首叙景德澶渊之功,以及庆历议和,顷刻而就。以示张文潜。文潜曰,有一字未甚妥,请试言之。盖碑之末,初曰公之勋在史官,德在生民,天子虚己听公,西戎、北狄视公进退以为轻重,然一赵济能摇之。窃谓'能'不若'敢'也。东坡大以为然,即更定焉。①

坡翁文才举世称然,而文成之后未让苏门其他才子审阅,但请张耒。可知,张氏才华已然深得苏轼赞许。古有"一字师""一笔师",张文潜已悄然成了苏轼的"一字师"。

关于张耒的才华,不妨再举几个例子。《宋史》载:

> 耒仪观甚伟,有雄才,笔力绝健,于骚词尤长。时二苏及黄庭坚、晁补之相继没,耒独存,士人就学者众……②

"雄才"是对张耒文学才华最为精当的概括,"雄"字传神。"绝健"又是张耒为文风格,可与"汪洋"之誉互证。在师友相继没去之后,张耒

---

① 转引孔凡礼《苏轼年谱》,北京:中华书局,1998 年,第 766 页。
② 脱脱《宋史》卷四四四,北京:中华书局,1977 年,第 13114 页。

成为仅余的宗师，自然"士人就学者众"，其德之邵，其才之高可见一斑。

再看宋代文人汪藻所作的题记《柯山张文潜集书后》：

> ……元祐中，两苏公以文倡天下，从之游者，公与黄鲁直、秦少游、晁无咎，号四学士，而文潜之年为最少。公于诗文兼长，虽当时鲜复公比。两苏公诸学士相继以殁，公岿然独存，故诗文传于世者尤多。若其体制敷腴，音节疏亮，则后之学公者，皆莫能仿佛。公诗晚更效白乐天体，而世之浅易者往往以此乱真，皆弃而不取。[①]

上文提到张耒"年又最少"，他年纪轻轻就已经跻身在"苏门四学士"之列。张耒"诗文兼长"到什么程度？"虽当时鲜复公比"，这句话就是对"诗文兼长"最直接的回应，也是对张耒给予的最崇高褒奖，时人恐单有以"诗"或以"文"见长的，但能"诗文兼长"，恐怕凤毛麟角。张耒诗作善于规模，叙事丰腴，音节琅琅，为后学者殊难模仿，此从细处深层总结了张耒诗歌总体特点。此题记又提及了张耒晚年追摹白居易的诗作祁尚，且已能登堂入室。引文记载学识浅陋之辈误将张、白二人之作张冠李戴，查实之后，愤而将真书、"假文"一并抛弃，事虽好笑，却足见张耒学白功夫之深，这想必与其天才颖悟及外祖熏陶不无干系。

还有明朝马骈的《张文潜文集序》：

> 文潜文雄健秀杰类子由，视长公浑涵光铓虽若不及，而谨严持正自其所长。梅溪尝以谨严病长公，是其文正自不可少也……文潜慷慨豪隽，其论有取于汉武，盖惩本朝兵弱，受侮二虏，它文盖三致意焉。[②]

---

① 张耒撰，李逸安点校《张耒集》转引《浮溪集》，北京：中华书局，1990年，第1020页。

② 张耒撰，李逸安点校《张耒集》转引明刻本《张文潜文集》，北京：中华书局，1990年，第1023页。

为说明张耒才华,马驸找了最有分量的参照体。将张耒置于少公和长公的光辉下,看他能否与二公争耀。

首句再次肯定了张文"雄健"风致。不仅如此,其文字细处的隽秀严整之态能与少公相"类",这评价已然极高。与少公相比如此,与长公如何?"视长公浑涵光铓虽若不及,而谨严持正自其所长",也即张耒文章的内蕴色彩虽然看似不及苏轼,但其文字、架构布局的整饬程度却是长公所不及。换言之,将张耒与东坡同视相较,不能说苏轼占有压倒性优势,某些方面,苏轼是不及张耒的。从"谨严"这个角度看,马驸借史达祖对苏轼文章"谨严"方面的诟病反衬张耒文章之工稳。客观讲,苏轼作文凭才力驱遣,多取大要,不甚着意雕琢细处,而张耒为文,注重宏观之余,又以"治经"态度精雕细琢。所以,苏文才韵取胜,张文"谨严"见强。

再看《西池唱和诗》:

> 元祐中,秘阁上巳日集西池,王仲至有诗。张文潜和最工,云:"翠琅有声黄伞动,春风无力彩衫垂。"秦少游云:"帘幕千家锦绣垂"。仲至读之笑曰:"此语又待入小石调也"。[①] (按:《苕溪渔隐丛话前集》中"黄伞动"为"黄帽动"。)

这是一次文士集会,王仲至即景赋诗,同席之上"张文潜和最工"。张耒的才华在文士之中是公认的。单从张耒的和诗来看,"翠琅有声黄伞动,春风无力彩衫垂"的确是工对,确胜秦观"帘幕千家锦绣垂"一筹。

《王直方诗话》云:

> "白头清鬓隔存没,落日断霞无古今。"此文潜《过宋都诗》,气格

---

① 孔平仲《孔氏谈苑》,北京:中华书局,1985 年,第 51 页。

似不减老杜也。①

《吕氏童蒙训》：

> 文潜诗自然奇逸，非他人可及。如"秋明树外天"，"客灯青映壁"，"城角冷吟霜，浅山寒带水"，"旱日白吹风"，"川坞半夜雨，卧冷五更秋"之类，迥出时流，虽是天资，亦学可及。学者若能常玩味此等语，自然有变化处也。②

上述材料亦在魏庆之《诗人玉屑》中有载。《诗人玉屑》中另有：

> 倾见晁无咎举文潜"斜日两竿眠犊晚，春波一顷去凫寒"自以为莫能及。《苕溪渔隐》曰，文潜夜值馆中，诗云：苍龙挂斗寒垂地，翡翠浮花暖地春。亦佳句也。③

《诗人玉屑》虽是笔记文献，但史料价值相当高，后世学人广泛参考。其中记载了许多诗人作诗轶事，以人为纲，网罗诸事。至张耒，"张文潜"题下有"佳句""难及""自然奇逸""不食烟火人语"诸类。"佳句"为各类之首，恐非偶然。

苏轼对"众绿结下帷，老红驻春妆"④句颇为嘉赏。但胡应麟对这两句却颇有微词，《诗薮》说："此等既非汉、魏，又匪六朝，大率宋人五言古，

---

① 转引胡仔纂集，廖德明校点《苕溪渔隐丛话》，北京：人民文学出版社，1962 年，第349 页。

② 转引胡仔纂集，廖德明校点《苕溪渔隐丛话》，北京：人民文学出版社，1962 年，第349 页。

③ 魏庆之《诗人玉屑》，台北：《文渊阁四库全书·集部九·诗文评类》卷十八。

④ 语见《苕溪渔隐丛话》卷第五十一："再同东坡来，读其诗，叹息云：'此不是吃烟火食人道底言语。'盖其间有'漱井消午醉，扫花坐晚凉。众绿结夏帷，老红驻新妆'之句也。"

知尊陶不知法陶,知(解)尊杜不解习杜,作者、赏者皆梦中语耳。"①胡应麟之论确有道理,其从诗歌风骨、气韵等角度赏鉴,却并未能通透张诗真意。张耒作"艳情诗"以诉禅心,读来句句俗艳,实则借"艳"反面取"禅",正如法演禅师的两句开悟诗:"频呼小玉元无事,只要檀郎认得声",其本意是求取心中意证,从这个角度看,苏轼给张耒的评价是对的,他确实能够真正地领悟到这首诗的真谛。

胡应麟对张耒的一些诗歌还是比较欣赏的:

> 张文潜《摩崖碑》《韩干马》二歌,皆奇俊合作,才不如苏,而格胜。②

> 宋人做拗体者,若永叔"沧江万古流不尽,白鸟双飞意自闲",文潜"白头青发有存殁,落日断霞无古今"尚觉近之。③

不仅如此,张耒品诗亦是见地非常,《石林诗话》有载:

> 蔡天启云:"尝与张文潜论韩、柳五言警句,文潜举退之'暖风抽宿麦,清雨卷归旗';子厚'壁空残月曙,门掩候虫秋',皆为集中第一。"④

---

① 胡应麟《诗薮》,上海:上海古籍出版社,1958 年,第 210 页。辨误:在上海古籍出版社的这个版本中为"解尊杜不解习杜",而文渊阁《四库全书》中"解"字为"知"字,结合上下文,"知"字更为妥帖,据此依据《四库全书》取"知"字为准;下一句"作者、赏者皆梦中耳"在上海古籍版本中为"作者赏者,皆梦中耳"。根据前后语境进行本校,在前后半句中加逗号似不妥,应去掉逗号一气贯之且在"作者"与"赏者"之间加上顿号,本书认为这种句读较为合理,故取之。

② 胡应麟《诗薮》,上海:上海古籍出版社,1958 年,第 213 页。

③ 胡应麟《诗薮》,上海:上海古籍出版社,1958 年,第 218 页。

④ 叶梦得《石林诗话》卷上,北京:中华书局,1991 年,第 5 页。

张耒的才华早在青少年时期就已经得到了一流名士的关注和认同，这可能是张耒能够和苏辙成为一生朋友的最重要的原因，但苏、张二人无论怎样相互钦慕但从未面晤，恐怕很难成为一世朋友。从地理范畴上看，两者有着机缘的交汇点——陈州。

陈州可以说是张耒的第二故乡，张耒少年时期即在陈州度过。熙宁九年(1076年)，张耒父亲亡故。在居丧期间，张耒也"奔走于陈州、苏州一带，就食以继活"①。绍圣年间，张耒亦是在陈州度过了自己的晚年。

熙宁三年(1070年)，在张方平的举荐下，苏辙被改辟为"陈州教授"：

> 二月戊午，观文殿学士、新知河南府张方平知陈州，方平奏改辟辙为陈州教授。有《初到陈州诗》二首。②

此时苏辙三十一岁，而张耒只有十七岁，李宗易也辞官赋闲在陈州，苏辙不时前往李宗易寓所拜望，也在那里结识了比自己小十五岁的张耒。张耒青少年时光多数在外祖父家度过，张耒有《初离陈寄孙户曹兄弟》一诗："三年流落寓于陈，一命青衫淮水滨。城北桥边长送别，扁舟今自作行人。"③这首诗不仅透露了张耒在陈州居住生活的大致时限，同时亦流露出了自己"出世"和"入世"之间的徘徊之态。苏、张二人在陈州的相识相交也为他们一生的友谊打下了坚实的基础，地理范围上的交往使二人的友谊更加牢固、深厚。

二、少公、张耒之间的禅韵接引

苏辙和张耒的友谊也同样体现在二人的诗文唱和中。《栾城集》中

---

① 周义敢、周雷《张耒资料汇编》，北京：中华书局，2007年，第2页。
② 苏辙著，曾枣庄、马德富校点《栾城集》，上海：上海古籍出版社，1987年，第1776页。
③ 张耒撰，李逸安点校《张耒集》，北京：中华书局，1990年，第468页。

记载了苏辙与张耒诗酬数首,虽不很多,亦能管窥张耒的相关消息。其诗如下:《次韵答张耒》《次韵王适送张耒赴寿安尉二首》《次韵张耒见寄》《次韵张耒学士病中二首》和《次韵张君病起二首》。在《栾城集》和《宛丘先生集》中多次记录二人唱酬的诗作,先看其中两首:

> 客行岁云暮,孤舟冲北风。出门何萧条,惊沙吹走蓬。
> 北涉滩河水,南望宋王台。落叶舞我前,鸣鸟一何哀。
> 重城何喧喧,车马溢四郭。朱门列大第,高甍丽飞阁。
> 汤汤长河水,赴海无还期。苍苍柏与松,冈原常不移。
> 览物若有叹,谁者知我心?口吟新诗章,手抚白玉琴。
> 鸣琴感我情,一奏涕泪零。子期久已死,何人为我听?
> 推琴置之去,酌我黄金罍。幽忧损华姿,流景良易颓。
>
> 《泊南京登岸有作呈子由子中子敏逸民》①

> 客舟逝将西,日夜西北风。维舟罢行役,坐令鬓如蓬。
> 偶从二三子,步从百尺台。云烟遍原隰,敞怳令人衰。
> 山中难久居,浮沉在城郭。欲学扬子云,避世天禄阁。
> 浮木寄流水,行止无所期。何须自为计,水当为我移。
> 外物不可必,惟此方寸心。心中有乐事,手付瑟与琴。
> 夜吟感秋诗,惜此芳物零。幽人亦多思,起座再三听。
> 白驹在空林,瓶罄有耻罍。尽我一杯酒,愁思如云颓。
>
> 《次韵答张耒》②

这两首酬答之作似作于张耒在绍圣元年(1094年)四月"以直龙图阁知润州"之际,因元祐年间的八年馆阁生活闲适自在,所以在离京远赴面对众位送行的友人时作此悲诗。从本校的角度看,诗作之中的"北涉滩

---

① 张耒撰,李逸安点校《张耒集》,北京:中华书局,1990年,第135页。
② 苏辙著,曾枣庄、马德富校点《栾城集》,上海:上海古籍出版社,1987年,第205页。

河水，南望宋王台”及“重城何喧喧，车马溢四郭。朱门列大第，高甍丽飞阁”句都可推断出此是作者由京远赴他任的情景，可以想见张耒对于京城生活的眷恋。另外，从苏辙的“客舟逝将西，日夜西北风”句又可进行对证上述的推测。

此时已是冬季，在年终岁尾离别熟识的京城和各位故友，作者心中孤独感十分强烈，“孤舟”当然也是自况，“冲”字又何其凛冽和雄壮。作者再借“惊沙”“飞蓬”体现无根之状。“北涉”“南望”句道尽无限留恋；“落叶”“飞鸟”兴起心中十分悲愁。再回顾京城的“重城何喧喧，车马溢四郭。朱门列大第，高甍丽飞阁”之壮景，反复皴染出依依之态。接着用水和松起兴，以喻自己此去不归的事实及本应壮老于“冈原”的愿望。触景伤怀，心中怎能不兴叹惋。笔锋一转，琴声寻知音，知音难觅，莫如“推琴置之去”，借酒浇愁嗟叹人生无序吧。

张耒的这首赠别诗语工意新，词壮意丰。其流露的思想内蕴相对丰富，上部分为儒家的入世精神的写照，后半部分则借“琴音”和“饮酒”表露出郁勃的禅趣，以此抒怀和排忧。当然，此时的张耒重在以琴曲，款通体现他与苏辙之间的厚谊。一般来说，伯牙子期喻知音难觅不足为奇，但这段故事却常被禅家引用，产生许多公案。如《天圣广灯录》中的两段记载：

问：“久负勿（无）弦琴，请师弹一曲。”师云：“不是钟子期，聩人徒侧耳。”①

问：“伯牙未遇子期时如何？”师云：“夜静更深弹一曲。”进云：“遇后如何？”师云：“琴破弦断一时休。”②

琴音禅趣是宋诗当中常见的移情手法，禅语非深悟者莫懂，琴曲非知

① 李尊勖辑《天圣广灯录》卷十九，海口：海南出版社，2011年，第352页。
② 李尊勖辑《天圣广灯录》卷十九，海口：海南出版社，2011年，第282页。

音者不知。一句"不是钟子期,聩人徒侧耳"实在高妙非常。张耒借禅语难悟如琴声,实传我心谁懂之真意,用心良苦。

张耒的诗在沉郁之中见诸性灵;孤独和不舍间暗蕴真意。

苏辙的步韵诗频频宽慰挚友,同样用禅锋接引。"维舟罢行役,坐令鬓如蓬"一语中的:若挂舟不行,境遇更为凄凉。"云烟遍原隰,敝恍令人衰"暗喻朝堂之上"云烟"弥漫,劝慰朋友不可在此中压抑、肃杀之境久居。无论对自己故园和老友怎样不舍,毕竟"山中难久居,浮沉在城郭"。禅宗兴起后,山居之风盛行,不仅一些高僧大德隐于山中,就是那些在庙堂之上的文臣雅士们亦经常为自己营造山居的环境,进山过一段"身隐"的时光是常有的事。所以苏辙借用"山居"便已动禅心。

"吏宦"之身本就身不由己,"山中难久居"已是必然,若甘于"城郭",一生浮浮沉沉又很难免,"二律背反"中,作者想到了杨雄,事实上,天禄阁也并非避难之所在,杨雄也在天禄阁上跳断了腿。写到这,苏辙设一喻,人生如流水浮木一般,无法操纵是行是止,这是人生最大的无奈,但他马上解嘲:"何须自为计,水当为我移"("何"字疑为"可"字)。"自为"是用"心"改变,追求心境的能动,则"水当为我移"。"外物不可必,惟此方寸心"一语道出三昧,外面的环境不该成为移人心性的"束缚",反之,区区"方寸之心"恰是扭转困厄的真谛。有此心境,"苦事"也会转为"乐事","琴"与"酒"也便不再是排忧浇愁之具,尾句"尽我一杯酒,愁思如云颓"正是这种心境下的结果。

苏辙对挚友的解劝不流于空浮,"禅性"成了双方互为认同的交流方式。

苏辙是张耒的挚友、人生导师和德高望重的长者。张耒也是苏辙最为欣赏的才子、后生和生命中不可或缺的朋友。二人相互以才、德砥砺,且在精神寄托和排解尘网的方式上也趋一致,在二人的很多诗作当中有所体现。可再举二例。

相逢十年惊我老,双鬓萧萧似秋草。

壶将未洗两脚泥，南辕已向淮阳道。

我家初无负郭田，茅庐半破蜀江边。

生计长随五斗米，飘摇不定风中烟。

茹蔬饭糗不愿余，茫茫海内无安居。

此身长似伏辕马，何日还为纵壑鱼。

怜君与我同一手，微官骯脏羞牛后。

请看插版趋府门，何似曲肱眠瓮牖。

中流千金买一壶，椟中美玉不须沽。

洛阳榷酒味如水，百钱一角空满盂。

县前女儿翠欲滴，吏稀人少无晨集。

到官惟有懒相宜，卧看南山春雨湿。

《次韵张耒见寄》①

元祐时期的风光遮掩不住苏辙一生的颠簸，京城所任之职除外，历任河南推官、筠州盐酒税，出知汝州、袁州，责授化州别驾、雷州安置，知循州等职。和其兄长一样，用风雨飘摇来形容苏辙是十分恰当的，这一点与张耒极相似。

熙宁六年至元丰八年，张耒先后在安徽、河南等地当了十多年县尉、县丞一类地方官，并因秩满改官不断，往来京洛间，为政特别辛劳。"我迂趋世拙，十载困微官"（《悼逝》），"飘然羁孤，挈其妻孥，就食四方，莫知所归"（《上蔡侍郎书》）说的就是这段经历。

苏、张在经历上的相似完全可以用"怜君与我同一手，微官骯脏羞牛后"这句诗来概括，这一点二人能够产生长久的共鸣。

张耒对苏辙极为尊重和挂念，我们从他的诗中可以判断：

先生四十犹不遇，独坐南都谁与语。

---

① 苏辙著，曾枣庄、马德富校点《栾城集》，上海：上海古籍出版社，1987年，第206页。

青衫弟子天下穷，饥走京尘困羁旅。

高门得饭暂见肉，敝筐无实惟巢鼠。

楼头酒贵不敢沽，三百青铜输杜甫。

强颜讲学昧时宜，漫自吟诗愁肺腑。

平生不解谒贵人，况乃令严门者拒。

此生自料应常尔，但愿流年醉中度。

又思人世乐乃已，此外纷纷何足数。

豫期归日在凉秋，想见西风荡烦暑。

区区怀抱冀披豁，一尊愿驻东归橹。

《寄子由先生》[1]

宛丘之别今五年，汴上留连才一日。

残生飘泊客东南，忧患侵陵心若失。

先生神貌独宛然，但觉岩岩瘦而实。

有如霜露入秋山，扫除繁蔚峰峦出。

自言近读养生书，颇学仙人饵芝术。

披寻图诀得茯苓，云是松间千岁物。

屑而为食可不饥，功成在久非仓卒。

上侔金石免毒裂，下比草木为强崛。

涓涓漱纳白玉津，链以真元纳之骨。

神仙自是人不知，岂为难求废其术。

我闻公说心独嗟，欲问太虚穷恍惚。

奈何不使被金朱，乃俾枯槁思岩窟。

又观世事不可常，倚伏谁能定于一？

终身轩冕亦何赖，况有朝升而暮黜。

何如端坐养形骸，寿考康宁无夭屈。

---

[1] 张耒撰，李逸安点校《张耒集》，北京：中华书局，1990年，第238页。

乃知岂即非良图，却笑儿曹嗜糠粃。

青衫弟子昔受经，赋分羁穷少伦匹。

自知无命作公卿，颇亦有心穷老佛。

但思饱暖愿即已，妄意功名心实不。

终期策杖从公游，更乞灵丸救衰疾。

《再寄》①

这两首诗诚可作为史料性文献，折射出了一个"四十不遇"、颠沛不已的儒者形象，字里行间不仅透出张耒和苏辙相交之深，又能在言语间深刻感知二人所交谊的纽带——相似的经历和共同的精神寄托。这里的精神寄托就是佛禅。

苏诗中有"中流千金买一壶"的醉世禅意，也有"卧看南山春雨湿"的闲禅启悟；张诗中有"又思人世乐乃已"中随缘自足的禅趣，也有"青衫弟子昔受经"的"心隐"祁尚。在佛禅的世界里，二人可以涤除俗世的烦扰，在精神上寻得寸心的安定。

第三节　张耒与"苏门学士"的禅诗交际

一、张耒与黄庭坚的禅诗交际

"蜀门"重禅，"苏门学士"皆通禅道。每每证悟，心中有感，"学士"之间便常常交流，以交换心得；"蜀门学士"的屡次贬谪增加了他们对禅门的皈依感。

他们的各色经历为禅门增添了活趣，禅寓诗中，感会于心，"禅"成了

---

① 张耒撰，李逸安点校《张耒集》，北京：中华书局，1990 年，第 238—239 页。

"苏门学士"解脱痛苦、追求豁达的精神良剂,也成就了他们诗文的别样风采。兹以张耒为中心,将他与其余学士之间的禅诗交际略作析考。

元祐二年,时年三十三岁的张耒迁秘书省正字,黄庭坚迁集贤校理、著作佐郎①,二人同奉馆职,交往频繁。由于二人供职所在皆闲职,故有更多时间投寓自然,张耒有《和鲁直》之作,诗中记录了张耒对自然的眷恋和对功名的反感。这首《和鲁直》未谈修禅体会,却至臻禅趣,读来平淡隽永,实有深味:

> 济物非仆仆,功名愧无心。倚市安能美,汲泉不厌深。
> 老人夙有尚,瓶钵好丛林。安能红尘里,徒使老駸駸?②

正值壮年的张耒却常在诗文之中示以老态,他将自己完全托付自然,略无牵制。"汲泉不厌深",以"泉"为由,体现了作者对大自然的喜爱及于中所汲取的真味;"瓶钵好丛林"一派野趣溢于纸面。移步深林,随遇而安,山肴野蔌,醴泉美酒何等悠游。此诗张耒擎出两种美的意境,一种是满眼朴拙、毫无雕琢的自然之美;一种是世俗追尚的、人为而造作的美。前一种美不赘,后一种即为诗中"倚市"之美。由是而知,张耒已对功名无所牵挂,那一点残存的儒念早已烟消云散了。结句的议论很有意思,若不看前文,定然以为是一个心怀济世安邦之念的儒士不甘老朽山泉而发出的宣诉,哪知张耒反其道用之,他的宣诉恰是回归自然、摒弃功名之念。

全诗野趣盎然,闲情禅意务于朴拙之中,句句赤子态度,字字真如心境,不言而言,话外别趣。

黄庭坚有次韵之作《次韵文潜休沐不出二首》:

> 风尘车马逐,得失两关心。惟有张仲蔚,门前蓬藋深。

---

① 此依《神宗实录》记载,一说黄庭坚在史局,本文取前说。
② 张耒撰,李逸安点校《张耒集》,北京:中华书局,1990 年,第 74 页。

自公及归沐,毕愿诗书林。墙东作瘦马,万里气骎骎。①

黄山谷这首诗为应事之作。大概在休沐之日,黄庭坚等友人邀请张耒同去交游,而张耒却素来钟情山林之趣,不意官僚间的契会,以此远屏功名之心。字里行间,黄庭坚对张耒的做法是佩服和认可的。官僚契会本就各有政治目的,充满集团思维,诗中"风尘车马逐"讲的就是这层意味。黄庭坚等名士对这样的机会似乎半推半就,对待功名更加患得患失,所谓"得失两关心"。

"惟有张仲蔚,门前蓬蒿深"一句交代出了禅意。此句依任渊注曰:

庄子曰:"夫逃虚空者,篱藋柱乎鼪鼬之径。"②

黄庭坚点出张耒得"吏隐"之味,务于"虚空"之道,结合张耒的《和鲁直》可对证张耒的禅情。

张耒休沐不出更加显示出了他独有的个性,在文士圈中影响很大,晁补之也有次韵诗作《次韵张著作文潜休日不出二首》:

张侯经济术,见遇未容心。扬子执戟老,蒋生开径深。
予亦拙造请,素怀爱园林。闭门鸟雀喜,朝日上骎骎。③

此诗可对证黄庭坚诗中之意,但晁无咎依然认为张耒儒念很重,仅将其举动看作"爱园林"、"鸟雀喜"的小道,未上升足够高度。

元祐年间是"苏门学士"最为惬意的一段时光。元祐元年(1086

---

① 黄庭坚撰,任渊等注,刘尚荣校点《黄庭坚诗集注》,北京:中华书局,2003 年,第276 页。

② 黄庭坚撰,任渊等注,刘尚荣校点《黄庭坚诗集注》,北京:中华书局,2003 年,第276 页任注部分。

③ 晁补之《鸡肋集》卷五,影印文渊阁《四库全书》,台北:商务印书馆,1986 年,第1118 册。

年),黄庭坚、张耒、晁补之等学士纷纷就职京师:

> 二十九日,召试学士院。拔毕仲游、黄庭坚、晁补之与先生并擢
> 馆职。王文诰曰:"毕仲游等九人试学士院,擢仲游为第一,补集贤
> 校理;黄庭坚为校书郎,迁集贤校理、著作佐郎;张耒为太学录,范纯
> 仁荐,召试,迁秘书省正字;晁补之为太学正,李清臣荐,召试,迁秘书
> 省正字。仲游、庭坚荐主未详。凡除馆职,必登第,历仕成资,再经保
> 荐,召试入等始授,故黄、晁、张先入馆,而秦观不与焉。"①

上面介绍了黄庭坚、张耒、晁补之就职京师的经历,唯缺秦观。秦观
是在元祐三年(1088 年)才来到京师就职的,《淮海集笺注》载:

> 元祐三年(一〇八八)苏轼与鲜于侁以贤良方正荐之于朝……②

可知,秦观在元祐三年也已入京。"苏门学士"相互酬唱,蔚然大观。
黄庭坚有诗《晁张和答秦观五言予亦次韵》:

> 山林与心违,日月使鬓换。儒衣相诟病,文字奉娱玩。自古非一
> 秦,六籍盖多难。诗书或发冢,熟念令人惋。秦君锐本学,骥子已血
> 汗。相期骖天衢,伯乐尝一盼。要当观此心,日照云雾散。扶疏万物
> 影,宇宙同璀璨。置规岂惟君,亦自警弛慢。③

黄庭坚这首诗体现了"心""禅"双重觉悟。首句"山林与心违"之境
皆为禅、道两家所倚重,其隐逸之气溢于笔端。对于"要当观此心"及后

---

① 张耒撰,李逸安点校《张耒集》附录一,北京:中华书局,1990 年,第 987 页。
② 秦观撰,徐培均笺注《淮海集笺注》,上海:上海古籍出版社,1994 年,前言第 5 页。
③ 黄庭坚撰,任渊等注,刘尚荣校点《黄庭坚诗集注》,北京:中华书局,2003 年,第
231—232 页。

面所领三句中的心悟和禅悟本色已被任渊注解:

> 《易》云:"圣人以此洗心,退藏于密。"《楞严经》:"不知色身外,
> 洎山河、虚空、大地,咸是妙明中所现物。"而《圆觉经》亦有"六尘缘
> 影"之说。①

元祐二年是"苏门学士"们交往相对频繁的一年,众学士时常雅集。张耒曾与黄庭坚、周翰、李公择同游好友王棫家的园子,有诗《文周翰邀至王才元园饮》,其中"漱井消午醉,扫花坐晚凉"和"众绿结夏帷,老红驻春妆"之句,得到了众学士的激赏,又有"有才不试事,归卧野僧房"之句。苏轼有"此不是吃烟火食人道底言语"②之语,言张耒诗长于禅悟。黄庭坚亦有诗《次韵文潜同游王舍人园》相和,其中表达了对张耒此作的激赏之意,又接韵了诗中的郁郁禅性,其诗云:

> 移竹淇园下,买花洛水阳。风烟二十年,花竹可迷藏。
> 九衢流车马,相值各匆忙。岂有道边宅,静居如宝坊。
> 幅巾延客酒,妙歌小红裳。主人有班缀,衣拂御炉香。
> 常恐鹡鸰鸣,百草为不芳。故作龟曳尾,颇深漆园方。
> 初开蜗牛庐,中置师子床。买田宛丘间,江汉起滥觞。
> 今此百亩宫,冬温夏清凉。身闲阅世故,宇静发天光。
> 安肯声利场,牵黄臂老苍。张侯笔瑞世,三秀丽斋房。
> 作诗盛推赏,明珠计斛量。扫花坐晚吹,妙语益难忘。
> 重游樊素病,捧心不能妆。来日犹可追,听我歌楚狂。③

---

① 黄庭坚撰,任渊等注,刘尚荣校点《黄庭坚诗集注》,北京:中华书局,2003 年,第232 页。

② 胡仔纂,廖德明校点《苕溪渔隐丛话》,北京:人民文学出版社,1962 年,第 348 页。

③ 黄庭坚撰,任渊等注,刘尚荣校点《黄庭坚诗集注》,北京:中华书局,2003 年,第236 页。

"扫花坐晚吹,妙语益难忘"是对张耒"扫花坐晚凉"句的引得。张耒此句深寓禅性,此形状此情境又是此心境,寞、晚、凉、静、安、闲、释等玄念皆俱其中,实在心性天俱,无与伦比。黄山谷诗中亦颇具禅性,很多佛经皆有典出,在任渊之注中全有解说。比如"岂有道边宅,静居如宝坊":

　　《楞严经》曰:"譬如人静居。"《华严合论》云:"《大集经》在于欲界上,色界下,安立宝坊,集诸人天。"①

在争名夺利的浊世中,一方净土、一片闲境自与禅性一道。不仅禅性相通,而且多处征引,"初开蜗牛庐,中置师子床"一句有如下典从:

　　《智度论》云:"佛为人中师子,凡佛所坐若床地,皆名师子座。"《楞严经》云:"即使如来将罢法座,于师子床,揽七宝几。"〇《维摩经》云:"其室广博,悉皆包容三万二千师子座。舍利佛言,如是小室,乃容受此高广之座。"②

晚年张耒更喜佛禅,禅中的"清""静""默"成了他最大的心得。《次韵鲁直夏日斋中》云:

　　文章惭肮脏,谈舌罢隽永。年来屏百事,但愿两耳静。
　　黄公安禅室,不觉在市井。客来饱清风,可是徒造请。
　　牺尊与社樗,妄计幸不幸。愿君妙观察,金门等云岭。③

---

①　黄庭坚撰,任渊等注,刘尚荣校点《黄庭坚诗集注》,北京:中华书局,2003年,第236—237页。

②　黄庭坚撰,任渊等注,刘尚荣校点《黄庭坚诗集注》,北京:中华书局,2003年,第237页。

③　张耒撰,李逸安点校《张耒集》卷六,北京:中华书局,1990年,第71页。

作为以儒为本的文人士大夫，本应将"经国之大业，不朽之盛事"通过笔端诉诸文章，通过舌端诉诸辩论，然此刻张耒忽觉文章"肮脏"，言语"饶舌"，一切长篇大论和庭前辩难皆是虚妄，此正是张耒晚岁在历经浮生颠簸之后的心悟所得。儒业虚妄，唯禅心存真，故屏除"百事"，只求"耳静"。这是张耒对佛家"静默"这一修炼法门的体会，然而他又发现自己的修为很"初级"。禅门佛偈有二佛偈流传至广，常被禅林和习禅方家征引，其曰：

身是菩提树，心为明镜台。时常勤拂拭，莫使惹尘埃。①

菩提本无树，明镜亦非台。本来无一物，何处惹尘埃？②

以上二偈典出《坛经》，第一则为弘忍首座大弟子神秀所作，第二则为碓房杂工慧能所作。比之二偈，慧能更胜一筹，入得禅门，得五祖衣钵，遂为六祖。引此典的目的在于说明张耒的修持境界。

张耒以"静""默"为真并无错处，但他刻意造境，只求"耳静"，这就不算最高的修为了，从神秀与慧能的两首佛偈看来，张耒的修持水准仅达神秀佛偈之境，"只到门前，尚未得入"相比而言，禅修能够登达堂奥的人是黄庭坚。"黄公安禅室，不觉在市井"所传达的就是黄庭坚的禅悟水平。

黄庭坚禅悟不择时处，唯求"心静"，不刻意造境，即便身处市井，亦不妨参禅，这样的"静默"境界自是高人一筹，当归列六祖佛偈境界。张耒笔短趣长，对黄公的钦佩之心涵蕴笔中。

在此诗的结尾，张耒对儒家的"牺尊"和"社橾"之礼颇有微辞，"妄计幸不幸"点出他对儒业的失望。这种思绪在张耒之前的文章中不多见，屡经仕宦浮沉之苦，张耒看淡了儒业上的追求，进而在禅性的修持上更为

① 法海集《坛经》，《大正藏》第四十八册，第 332 页。
② 法海集《坛经》，《大正藏》第四十八册，第 332 页。

用意,可以想见那种是非淡定之余的无可奈何。

二、张耒与晁补之、秦观的禅诗交际

在"苏门学士"中,张耒与晁补之关系最善,情同手足。晁补之殁后,张耒痛贯心肝。我们可以从张耒为晁补之的祭文当中看到端倪:

> 惟我与公,交游之义,外虽朋游,情实兄弟……念初相遇,盱眙逆旅,一见如旧,绸缪笑语。契阔积年,俱职太学,并试玉堂,同升馆职。①

前面介绍了张耒与晁补之的亲密程度及简要的相识经历,其后又说:

> 呜呼哀哉!九月庚寅,闻讣于陈,惊呼号天,烦冤靡伸。年且六十,非夭之恨,所甚痛者,歼此善人……呜呼哀哉!平生胶漆,永隔亡存,吊不抚棺,窆不哭坟……至悲薰心,言不能文。②

由此而知,张耒对晁补之的情谊非常情可比。张耒与晁补之的诗文交酬的数量也不在少数。二人交际的诗篇中,有一部分可归入禅诗之列,本书重点探讨他们的禅性交际和禅意表达。张耒有诗《赠无咎以既见君子云胡不喜为韵八首》,中有"中年一钵饭,万事寒木朽。室有僧对谈,房无妾执帚"③句。此诗以禅静传述如今境遇和心境归处。钵,为佛门饭器。佛祖传法的方式就是传衣钵,其中"衣"指的是僧家的衲衣、袈裟;"钵"指的就是饭盂。张耒借此句告知好友自己的半生以禅为念,其余万事如冷木,权且自生自灭了。"室有僧对谈,房无妾执帚"更是表露本身

---

① 张耒撰,李逸安点校《张耒集》,北京:中华书局,1990年,第871页。
② 张耒撰,李逸安点校《张耒集》,北京:中华书局,1990年,第871页。
③ 张耒撰,李逸安点校《张耒集》,北京:中华书局,1990年,第91页。

无意俗务,专务佛禅的决心。

第八首"诗声一苍蝇,下到霹雳耳。庸庸老寻常,物外有奇伟"句是佛性,是禅想。佛家借诗句传道,讲究"话里埋骨"。《祖堂集》中有:

> 古人有言:"打动開南鼓,尽唱德山歌。"如何是開南鼓? 云:"听。""如何是德山歌?"云:"还解和得摩?"①

又有香严和尚开示语:

> 古人语,语中骨……句里隐,不当当……②

> 语中埋迹,声前露容,即时妙会,古人道同响应机动,无自他宗……语里埋筋骨,音声染道容,即时才妙会,拍手趂乖龙。③

诗音虽细若苍蝇,但禅心道意却染晕极远,此是"语里埋筋骨"的真旨所在。

张耒《初伏大雨呈无咎》有"清贫学士卧陶斋,壁上墨石淡无语"之句。此诗是张耒久郁暑伏忽得雨之后之作。张耒也借这首诗向好友坦露心迹,人生久郁低谷的时候很多,但贵在能够"平和"于喜怨之间。"平和"之境向何处寻? 向诗中的"陶斋"中寻,向阴气濡染下的墨石上求,一派隐逸趣味,大道平淡智慧。

张耒《对酒奉怀无咎二首》中亦有"近来老子还破禅,一女咿哑犹未

---

① 静、筠二禅师撰,孙昌武等点校《祖堂集》卷十九,北京:中华书局,2007 年,第869 页。

② 静、筠二禅师撰,孙昌武等点校《祖堂集》卷十九,北京:中华书局,2007 年,第830 页。

③ 静、筠二禅师撰,孙昌武等点校《祖堂集》卷十九,北京:中华书局,2007 年,第834—835 页。

醉"①。张耒本诗阐述"知足"之理。作者关心挚友的生活,虽然生活拮据,但亦应该常会"知足"之意。佛家以"知足"为关要,恐非修持之法,但必应是对待万事的态度。喑哑之女在常人来看是不幸的,但在禅家看来,聋哑之态恰是修禅之应然的法门,这是破禅之基本。

禅门悟道直达心性,而不求感官功能强大与否。即便在常人看来毫无感官之物,在禅门眼中都大具禅性。所以才有"郁郁黄花皆佛性"之辩。禅门又常拿石牛木马悟禅,这样的记载很多,仅举《嘉泰普灯录》上所论的禅性表达:

> 华解笑,乌解啼,木马长鸣,石牛善走。天外之青山寡色,耳畔之鸣泉无声。岭上猿啼,露湿中宵之月。林间鹤唳,风回清晓之松。春风起时,枯木龙吟……②

张耒也有透过"原初自然观"而体悟禅性的和作,如《和无咎二首》其一:

> 年芳经雨能几许,客愁得暖不肯融。
> 眼看乳燕行已哺,手种小桃随分红。
> 世情付睡莫泾渭,物态逢春无异同。
> 清时赖是未禁酒,须惜红紫转头空。③

在这首诗中,张耒用"原初自然观"接引禅宗"随缘"主张,以此体悟"时光短暂"之旨。"眼看乳燕行已哺,手种小桃随分红"是说眼睁睁地看着乳燕已成,幼桃成荫、万物随缘、事事依性,而自己却转眼白发。上首体

---

① 张耒撰,李逸安点校《张耒集》,北京:中华书局,1990 年,第 276 页。
② 正受辑,朱俊红点校《嘉泰普灯录(点校本)》卷二十五,海口:海南出版社,2011年,第 617 页。
③ 张耒撰,李逸安点校《张耒集》,北京:中华书局,1990 年,第 430 页。

现主旨之句为"清诗赖是未禁酒,须惜红紫转头空",而下首则是"浮名误人不得脱,黑发灭来那复加"①。青春有限,但却将有限的韶光付与虚无的"浮名",直接考问人间真谛,寓答于问,发人深思。

晁、张二人相交多年,晁补之也时常用禅、心修持态度来解慰好友。绍圣元年,元祐党人纷遭诽谤,秦观、张耒、晁补之、黄庭坚所修的《神宗实录》被讥为"谤史"。"苏门学士"遭遇强力打压。政治上的失意之外,张耒身上多年老疾也呈现恶化趋势,邵祖寿《张耒年谱》这样记载:

> 先生患风痹五年,去年冬末又患疮疹,不治恐成痼疾,欲图外官,少就优便,专意药物,遂请郡。②

上面文献记载了张耒患病及因病请郡的经过。此刻好友晁补之赠诗鼓励:

> 贫炉初着灰,浊酒寒不温。邻张病未来,独负南窗暄。
> 昨日往过之,欢喜能两餐。酲醲洴然解,愧无枚乘言。
> 祝君抱虚一,邪气袭无门。今晨有起色,迎笑眉宇轩。
> 扶掖两男儿,总丱佳弟昆。遣诵寄我诗,妙可白玉刊。
> 平生俱豪气,见酒渴骥奔。赐休常苦稀,晨谒良不闲。
> 约君向南邦,勿厌敲扑喧。公余未忘饮,何必釄十分。
> 时平但行乐,卧治安足论。琵琶五十面,雷雨出昆弦。③

晁补之这首诗有"祝君抱虚一,邪气袭无门"句取禅、心修而养生的妙处,以此劝慰张耒。"虚""一"在前文的"心学"部分已然有述,不再多

---

① 张耒撰,李逸安点校《张耒集》,北京:中华书局,1990年,第430页。
② 张耒撰,李逸安点校《张耒集》附录一,北京:中华书局,1990年,第998页。
③ 晁补之《鸡肋集》卷五,影印文渊阁《四库全书》,台北:商务印书馆,1986年,第1118册。

说。禅与道通，皆是"虚心求和"之道，观心、滤心、养生层面上，二者颇为相通。

"苏门学士"中的最后一位——秦观将更多的精力用在填词上，但也有禅诗交际。秦观有《次韵答张文潜病中见寄》：

> 与君涉世网，所得如钩温。念昔相乖离，俯仰变寒暄。
> 把袂安可期，寄书嘱加餐。三年汝水滨，孤怀谁与言。
> 末路非所望，联镳金马门。校文多豫暇，玄谈到羲轩。
> 孰云笒箸小，史书垂后昆。匪惟以旧闻，抵牾良可刊。
> 比枉病中作，笔端淮海奔。亟驾问所苦，兀坐一室闲。
> 晤对不知夕，归途斗星翻。平时带十围，颇复减臂环。
> 君其专精神，微恙不足论。恺悌神所劳，此理直如弦。①

徐培均先生考证这首诗作于元祐五年（1090年），其根据为"晁补之有'次韵文潜病中作'一首，注云：'时方求外补。'"②可事实上，张耒请求外补润州是在绍圣年间的事，前面说过的"元祐党人"受谤的史实就发生在绍圣年间，所以才有外补自保之念。因此，此诗还应作于绍圣元年，作于元祐五年之说不当。

徐先生笺注的第一条目"世网"也有失察之处。其将"世网"训作："指法律、礼教、风俗等对人之束缚。"③而其根据正是嵇康的《答向子期难养生论》："奉法循理，不缠世网。"④

"世网"为比喻，将"世"比"网"，放大来看，徐先生的解训是正确的，

---

① 秦观撰，徐培均笺注《淮海集笺注》，上海：上海古籍出版社，1994年，第251页。
② 秦观撰，徐培均笺注《淮海集笺注》，上海：上海古籍出版社，1994年，第251页笺注部分。
③ 秦观撰，徐培均笺注《淮海集笺注》，上海：上海古籍出版社，1994年，第252页笺注部分。
④ 秦观撰，徐培均笺注《淮海集笺注》，上海：上海古籍出版社，1994年，第252页笺注部分。

但用在这首诗上,"世网"似乎更加强调世俗对"心"的裹束。由"心"观之,才能上升到"玄谈"的境界,也才能有"兀坐一室闲"的禅悟。

与"世网"相比,"尘网"是双重比喻,即将"世"喻为"尘",又喻为"网"。"尘网"是与陶潜"心境"对立的外物,而保持心中澄澈,不受外境染指正是心、禅世界的自尊。故而,将"世网"定义到"心"外俗事的束缚更为妥帖。

附录 张耒族亲小释及相关人物考证

　　研究张耒首先要面对几个遗憾：第一，他的年谱亡佚。本来在陈振孙的《直斋书录解题》中有一部关于张耒的较为完整的家谱①。但"惜乎其书久佚不传"②，现有清人邵祖寿先生参照苏东坡、黄庭坚、秦观、陈与义等人别集及《续资治通鉴长编》和《续资治通鉴》等史书，"凡有年月可稽考者，悉从而经纬之，成《年谱》一卷"③。第二，他的谱系不可考。邵祖寿先生也在《张文潜先生年谱》的序言部分感叹"惟世系不可考，并无先生之祖若父名亦淹没不著，有深憾焉"④。作为苏、黄之后北宋文坛的翘楚⑤，张耒的谱系本应留得很完整才对，之所以没能保存下来，与当时惨烈的党争有着很大关系⑥。第三，其文集版本众多，这为研究张耒及诗文集带来了不小的困难。史料有载的版本名称有《鸿轩集》《柯山集》《张龙图集》《张文潜文集》《张右史集》《谯郡先生文集》《宛丘集》几种，纷繁的

---

　　①　清人邵祖寿在《张文潜先生年谱》当中说："顾以宋人谱宋人，其见闻较真，其排比较确，非若吴仁杰、吕大防诸君之谱异代者也。"

　　②　张耒撰，李逸安等点校《张耒集》附录一，邵祖寿《张文潜先生年谱》，北京：中华书局，1998年，第970页。

　　③　张耒撰，李逸安等点校《张耒集》附录一，邵祖寿《张文潜先生年谱》，北京：中华书局，1998年，第970页。

　　④　张耒撰，李逸安等点校《张耒集》附录一，邵祖寿《张文潜先生年谱》，北京：中华书局，1998年，第970页。

　　⑤　《宋史》卷四四四载："耒仪观甚伟，有雄才，笔力绝健，于骚词尤长。时二苏及黄庭坚、晁补之辈相继没，耒独存，士人就学者众，分日载酒肴饮食之。"

　　⑥　邵祖寿《张文潜年谱》："以先生生平顾义自守，而犹不免于人言，遭党籍之累。"

名称给研究工作带来了阻力，"但由于张集名称不一，头绪繁多，欲探求其源流系统，实非易事"①。面对这样的情况，南宋诗人曾几在其《东莱先生诗集后序》有云："盖知之不深，则岁月先后，是非去取，往往颠倒错乱，不可以传。"②

上面的三个遗憾自然给我们带来了一些麻烦：第一，由于年谱亡佚，张耒何年经何事、著何诗文不确，幸借邵祖寿先生的《年谱》略见梗概。第二，由于谱系不存，则张耒先世情况几无所知，只能依据他人的别集、笔记、墓志铭等文献资料稍得一二。第三，由于版本众多，诗文的创作时间很难确定。汪藻在《柯山张文潜集书后》中说道："其集以《鸿轩》《柯山》为名者，居复、黄时所作也。"③那么，张耒在复州、黄州之前的作品自然不被录入在《鸿轩》和《柯山》二集当中了。

对于上述问题和困难，本书较多地参照周义敢、周雷的《张耒资料汇编》、邵祖寿的《张文潜先生年谱》以及《苏轼集》《栾城集》《淮海集》《续资治通鉴》《续资治通鉴长编》等文献资料所提供的考证结果为依据进行解读并寻求突破。

欲了解张耒，首先要了解他的家学传承。前面已经说过，张耒的先世情况很难知晓，但并非无稽可考，其曾祖一辈，实为显宦，《张耒集·皇太后谥册文》有云：

> 大行皇太后，徽柔肃雍，恭俭慈爱，实我咸平相臣文简之曾孙。惟时文简，辅我曾祖，勤劳在官，垂裕乃后。④

由上，文简既为相臣，其官位自然很高；而大行皇太后是其曾孙，则知文简又是皇亲。这样的人物却"辅我先祖"，足见张耒的祖上爵秩很高，

① 周义敢、周雷《张耒资料汇编》，北京：中华书局，2007 年，第 8 页。
② 转引周义敢、周雷《张耒资料汇编》，北京：中华书局，2007 年，第 8 页。
③ 张耒撰，李逸安等点校《张耒集》，北京：中华书局，1990 年，第 1020 页。
④ 张耒撰，李逸安等点校《张耒集》，北京：中华书局，1990 年，第 576 页。

这一点应该能够确认。

(一)"屯田君"为何不是李余庆

在张耒的文集中有《祭李深之文》,里面这样记载:

> 昔我先人,刚介峭崅,行于天下,得友无几。遇公兄弟,则无间言,惟屯田君,则实同年。[①]

张父与文中的"屯田君""同年",那么"屯田君"是谁? 张耒在祭文的后半部分说:

> 曾祖郁,故赠虞部员外郎。祖汾,故赠工部员外郎。父余庆,故赠屯田郎中。始公与其兄载之,皆友某之先人,相好也。[②]

不难看出,文中的"屯田君"就是李余庆(后文处厚、处道父亲),实际上,这样的结论有失实之处。

王安石有一篇《博士知常州李公墓志铭》(以下称《李公铭》):

> 公李氏,讳余庆,字昌宗,年四十四,官止国子博士、知常州以卒……余尝过常州,州之长老道公卒时就葬于横山,州人填道瞻送叹息,为之出泪,又为之画像,置之浮屠以祭之,……已而与公之子处厚游,则得公之所为甚具。盖公之为政,精明强果,事至能立断而得,……所以威震远近,而蒙其德者,亦思之无穷也……呜呼,公之自任,岂止于一州而已,此有志者所以为之惜也。始公以叔父任起家应天府法曹参军,遇事辄争之,留守者不能夺也,卒荐公改太常寺太祝,知湖州归安县。其后通判秀州,州近盐,公作华亭、海盐二监以业盗

---

① 张耒撰,李逸安等点校《张耒集》,北京:中华书局,1990年,第869页。

② 张耒撰,李逸安等点校《张耒集》,北京:中华书局,1990年,第884页。

贩之民,岁入缗钱八十万。又为石堤,自平望至吴江五十里,以除水患,人至今赖之。①

《李公铭》记载甚详。有两点值得特别注意:

第一,李余庆的为官履历记录十分详尽。其第一任是"应天府法曹参军",接着是"太常寺太祝""知归安县""秀州通判""国子博士、知常州",并未提及其任过"屯田员外郎""屯田郎中"之类的职务。可知,张耒所言的"屯田君"未必是李余庆,然张耒《祭李深之文》中的"父余庆,故赠屯田郎中"又该怎样解释?王安石和张耒必有一人在行文时出现了查证不实的失误。在此,并无更为可靠的资料证明孰是孰非,但本喜好考据的王安石在为李余庆所作的铭文当中并无虚夸之嫌,而是进行了严谨的考证求实工作。王安石首先亲身到过常州(王安石本人也曾知常州)采访了当地的"遗老",才知道"公卒时就葬于横山,州人填道瞻送叹息,为之出泪,又为之画像,置之浮屠以祭之",最后才有"于是又知公之有惠爱于常人也"这样的确断;其次,王安石直接与墓主的嫡嗣李处厚对话,通过"已而与公之子处厚游,则得公之所为甚具"可知王安石言之有据,"甚具"二字颇能说明问题。换句话讲,若李余庆任过"屯田"职,则王安石的不能不载。可知,王安石在铭文中所说的情况可信度是很高的。

从代差的角度看,王安石与李余庆的代差仅为一代甚或更小,张耒与李余庆的代差已达两代(本书以李余庆的生年为公元989年,王安石生年为1021年,张耒生年为1054年为据)。这样来说,王安石所撰的墓志铭应更接近真实,出错的概率相对很小。反观张耒在撰写铭文之时,李氏第二代(拟以李余庆为第一代,以便参照)都已没于世。其第三代对第一代的记忆(尤其是为官履历)出现讹漏的可能性较大。综上,李余庆任过"屯田郎中"的可能性极小,应以王安石所提供的履历信息为准。

第二,若"惟屯田君,则实同年"中的"同年"指年岁相同,则王安石撰

---

① 王安石撰《临川先生文集》卷九十四,北京:中华书局,1959年,第971页。

此铭的时间是"至和元年"即公元 1054 年(张耒出生之年),从"既葬之二十三年"可推知李余庆的卒年为 1032 年,又"公李氏……年四十四",可推知李的生年当为公元 989 年。如果"屯田君"是李余庆的话,张耒的父亲亦当是公元 989 年出生,倘如此,则张父便是在 66 岁时生下了张耒,这当然不大可能。若"同年"指同一年进士及第,"屯田君"也不当为李余庆。李余庆进入仕途的方式是赠官,而非科举考试,所谓"以叔父任起家应天府法曹参军"。在宋代,蒙祖荫而受官的情况很常见,张耒《广才篇》有记:

> 而三年一进,多士坌进,授命于庭而入官者,宜数百人,而公卿大夫子孙世禄者,亦不可胜数。①

李余庆并没有中过进士,这一点在《连江县志》中记载得很清楚:

> 李余庆,以父慕荫玢(荫、玢倒文,误。当为"玢荫")授应天府法曹参军。②

另外,在一省的精英叙传中必然详细实录主人公的及第情况,可《福建通志》不载其进士诏榜信息。虽在陈寿祺本《福建通志》中李余庆被列入"良吏传"③,但同样未言其及第与否,《八闽通志》《吴兴备志》④中亦无所载。可知李余庆以赠官起家,没有中过进士⑤,所以"屯田君"当然另有其人。

---

　① 张耒撰,李逸安等点校《张耒集》卷四十四,北京:中华书局,1990 年,第 704 页。
　② 邱景雍《连江县志》卷十四,台湾:成文出版社,1967 年,第 151 页,将李余庆编入"恩荫"条目。
　③ 陈寿祺《福建通志》,《中国省志汇编》丛书,1968 年,第 3282 页。
　④ 董斯张《吴兴备志》,文渊阁《四库全书》本。
　⑤ 《宋史》《宋大诏令集》皆记载"赠官"条目,但赠官的官职一般不大,有志者接受赠官之后又去参加科考,《连江县志》未载李余庆科举情况,可见李余庆仅赠官出身。

(二)"屯田君"是李处厚

"屯田君"究竟是哪位？有几位学者给出了他们的答案。

彭国忠先生认为"屯田君"是李深之(即李处道)。在引用了前文"昔我先人，刚介峭峙……惟屯田君，则实同年"这段文献后，彭先生说："知张耒父与李深之同年"。① 此处彭先生在考证上出现了失误，"屯田君"并非李深之，张耒文集中《李参军墓志铭》这样记载李深之的官职调度情况：

> 初调陈州南顿尉，更成州同谷、处州缙云、泉州德化令，建州浦城丞，南雄州始兴令，最后为兴国军录事参军以卒。②

张耒已经从前到后将李深之的所有履历叙述清楚了，一目了然，李深之没有任过"屯田员外郎"或"屯田郎中"之职，所以，"屯田君"不是李深之。

铎公认为"屯田君"是李处厚(李载之，李深之兄长)。他引用《淳熙三山志》，并说：

> 李处道，字深之，其兄李处厚，字载之，皆李亚荀之子。李处厚庆历二年进士，同榜进士尚有陈襄、萧汝霖、苏畋、王纶等，处厚历屯田员外郎，终朝奉郎，提举淮南等六路茶税。祭文中的屯田君当指李处厚……③

《淳熙三山志》(以下称《淳志》)的作者是宋代的梁克家，一般本朝人志本朝人相对准确和可靠。铎公遣词谨慎，"当指"似有不确定之意。

---

① 彭国忠《张耒生平考辨》，《文学遗产》网络版，2012年第1期。
② 张耒撰，李逸安等点校《张耒集》，北京：中华书局，1990年，第883页。
③ 铎公《〈张耒年谱〉辨补一则》，《文学遗产》，2005年第2期。

事实上铎公的观点是正确的,李氏一族在福建连江生活,据《连江县志》:

> 庆历二年壬午杨寘榜,正奏名李处厚,字载之,亚荀子,《通志》云,大理寺丞,迁太常博士,检校屯田员外郎出知庐州……终提举淮南等六路茶税。①

另外《临川先生文集》中有"太常博士李处厚可屯田员外郎制"制书一篇,②由此可见,"屯田君"确李处厚无疑。

(三)亚荀、余庆之关系

在界定"屯田君"身份时尚有一个问题值得注意,《淳志》和《连江县志》上述两则文献皆载李处厚为李亚荀之子,而王安石的《李公铭》却明言"已而与公之子处厚游",认定李处厚是李余庆之子,究竟孰对孰错?

我们还应该回到《淳志》中采取本校的方法进行比较:

> 庆历二年壬午杨寘榜。李处厚,亚荀之子,字载之。历屯田员外郎。终朝奉郎。提举淮南等六路茶税。③

> 治平四年丁未许安世榜……李处道,亚荀之侄、处厚之弟,字深之。终兴国军知录。④

不难看出,《淳志》一方面说李处厚、李处道为兄弟;另一方面又称李处厚是亚荀之子,处道为亚荀之侄,明显抵牾。看看《连江县志》中对李

---

① 邱景雍《连江县志》卷十四,台湾:成文出版社,1967年,第127页。
② 王安石《临川先生文集》卷五十,北京:中华书局,1959年,第532页。
③ 梁克家修撰,福州市地方志编纂委员会整理《三山志》,福州:海风出版社,2000年,第317页。
④ 梁克家修撰,福州市地方志编纂委员会整理《三山志》,福州:海风出版社,2000年,第321页。

亚荀的记载：

> 李亚荀,字宗卿。端拱元年正奏,累官度支员外郎,夔州路转运使,居官严精。所至凛有风采。[①]

同样,《福建通志》载:"端拱元年戊子,叶齐榜,连江县李亚荀。夔州路转运使"[②]在《八闽通志》中亦:有:"李处厚,亚荀之子;李处道,亚荀之侄。"[③]王安石和张耒在各自所撰的碑文中均认定处厚、处道为兄弟,是李余庆之子,而各种地方志种又皆载二人为堂兄弟,处厚为亚荀之子,处道为亚荀之侄。出现这种情况似有三种可能。

第一,亚荀、余庆为叔侄关系。李亚荀是端拱元年(988年)的进士,而次年李余庆才刚刚出生,可以推知李亚荀有可能是余庆叔父或族叔,故《淳志》中所言:"李处厚,亚荀之子"实应为"亚荀子侄"之误,下文"亚荀之侄"亦脱掉了"子"字。实为录者心中意明而笔漏所致,处厚、处道皆应是李余庆之子。

第二,亚荀、余庆为兄弟关系。从出生时间上看,二人为兄弟亦属可能。若亚荀为余庆兄长(也有堂兄可能),则处厚、处道为堂兄弟的假设成立,处厚为亚荀之子、处道为亚荀之侄无误,这种可能性相对大些。

第三,亚荀过继处厚给余庆。这建立在第二点可能之上,即亚荀和余庆为兄弟或堂兄弟关系,倘"过继"之说成立,则荆公和张文潜称处厚为余庆之子便合情合理。"过继说"虽然最为合理,且能协调出土文献和方志文献的出入,但史载余庆有五子(处道为第五子),需要过继处厚么?当然,"过继"一方面与儿息多寡有关,一方面尚与子女命理(如五行生

---

① 邱景雍《连江县志》卷二十三,台湾:成文出版社,1967年,第194页。

② 郝玉麟监修,谢道承编撰《福建通志》卷三十三,影印文渊阁《四库全书》,台北:商务印书馆,1986年,第1210册。

③ 黄仲昭修撰,福建省地方志编纂委员会旧志整理组、福建省图书馆特藏部整理《八闽通志·下册》,福州:福建人民出版社,2006年,第45—46页。

克)需要联系紧密。

(四)"同年"考

"惟屯田君,则实同年"这样一小段文献引出了很多纷争,一个"同年"有"生同年""入仕同年"和"科举同年"几种理解。实际上,"入仕同年""生同年"和"科举同年"在张父和李处厚之间都有可能。"入仕同年"在"科举同年"之后,一般仅相差一两年,所以弄清"科举同年"为关键。

先说"生同年"。文献不足致张父和李处厚之间无法直接对照生年,只能在二者间加入一个参照系——李处道。1991 年,鄂州出土志石三方,其中一方为《有宋李公深之墓志铭》,其大部分内容在张耒文集中可以看到,但有一条线索值得我们高度重视,在铭文的结尾有"以崇宁元年九月二日卒年七十五。"①"崇宁元年(1102 年)""年七十五"两条线索可确定李处道的生年为北宋天圣六年(1028 年),前面说李余庆生于端拱二年(989 年),则知李余庆在 39 岁时生下最小的儿子李处道。李处厚作为兄长,其生年下限自然为 1028 年;又,张耒在铭文中有"与公兄弟,则无间言"一句,可推知处厚、处道二兄弟年龄差距未必很大(不该超过十岁),所以李处厚生年上限应为 1018 年。由此,张父生年应在天禧二年(1018 年)—天圣六年(1028 年),按照这个断限,张父生下张耒的时间应在其26—36 岁。综上,张父与"屯田君"李处厚生于同年的可能是存在的。

再说"科举同年"。宋代科举本身包括多种方式,即贡举、武举、制举、词科、童子科及宗室应举。② 而贡举分进士、诸科,由礼部主持,称"常科"。③ 在这个问题上,认为张父进士出身的学者占多数。

张耒著作《明道杂志》中载:

---

① 转引熊亚云《鄂州出土墓志、地券辑录及讨论》,《东南文化》,1993 年第 6 期。
② 龚延明《宋代官制辞典》,北京:中华书局,1997 年,总论第 26 页。
③ 龚延明《宋代官制辞典》,北京:中华书局,1997 年,总论第 26 页。

先君旧说,尝随侍祖父官闽,有一官人家子弟秀颖美风表,善作诗,诗格似李长吉……先人尝任三司检法官,以亲老求知吴江县。将之官,名公多作诗送行……①

这段文献被很多学者引用过,但却得出了不同的结论。依以上资料,张耒父亲曾任过"三司检法官""吴江县令"等职。周义敢、周雷二位学者认为:"他的祖辈虽有仕者,但官职不大。"②话中没有提及张父是否进士出身,换句话说,对张父是否进士出身问题两位先生很谨慎。清人邵祖寿和当代彭国忠、铎公、崔铭等学者均认定张父进士出身。

邵祖寿在《张文潜先生年谱》的序言中也同样引用"昔我先人,刚介峭崅……则实同年"这段文献,但马上得出了"……断为先生之父亦进士第"③的结论。"先生之父"即张父(邵祖寿称张耒为先生)。这样的结论显得武断,他接着说:

按本集《福昌县君杜氏墓志》,先生之父应举得官,游宦四方,与李公竦多相似。志中但言李公仕宦登朝,而不言第进士,则李公非进士可知。先生之父当是明法诸科出身(有"曾任三司检法官"可证。)同年不必专指进士科也。④

邵祖寿先生的这段论证也有些值得商榷之处。"同年"实为出生在同一年,而非同年及第,还以《福昌县君杜氏墓志》一文为证,原文"某先君之挚友曰长沙李公,讳竦,与先君生同年,其应举得官,游宦四方,祸福淹速,多相似也。"⑤ 此文已然明确说明"生同年",可知,以此作论据证

① 张耒《明道杂志》《四部丛刊》本,上海:商务印书馆,1939年,第2860册。

② 周义敢、周雷《张耒资料汇编》,北京:中华书局,2007年,序言第1页部分。

③ 张耒撰,李逸安等点校《张耒集》附录一,邵祖寿《张文潜先生年谱》,北京:中华书局,1990年,第971页。

④ 张耒撰,李逸安等点校《张耒集》,北京:中华书局,1990年,第971页。

⑤ 张耒撰,李逸安等点校《张耒集》,北京:中华书局,1990年,第886页。

明张父进士身份不确。而在引用这段材料之后,邵祖寿对张父出身的界定产生了矛盾,认为张父为"明法诸科"出身,"同年不必专指进士科也。"也就是说,邵祖寿一方面"断为先生之父亦进士第",一方面又疑其为科举当中的"诸科"出身,立场不确。邵认为张父为诸科出身的依据是张父"曾任三司检法官",这个观点也站不住脚。崔铭先生撰文说:"但这也不能证明其就是明法诸科出身。宋代历史上,进士及第者多有担任这一职务的例子……"①。邵祖寿的第一个论断缺少证据,第二个论断存在可能性,尚不可确定。

彭国忠先生认定张父进士出身,而且确定是"英宗治平四年(1067年)进士",这个观点值得商榷,其问题还是出现在彭先生所引用的文献上:

> 而《李参军墓志铭》:云"公讳处道,字深之,吾先君子之友也……五举于乡,中治平四年进士第。"则知张耒父中英宗治平四年(1067年)进士。②

彭先生的论断是错误的,我们可以还原一下这段文献:

> 公讳处道,字深之,吾先君子之友也。自言系出唐太宗皇帝。五代时有讳澄者,尝为梁使闽,遂居晋福之连江,故今为福唐人。公性刚特,耿介不群。少孤贫,自力学问,记览淹博,工于文辞。某少时犹及见其赋篇,其文赡丽雄放,属比精切,一时望士皆慕与之游,名声绝行辈矣。五举于乡,中治平四年进士第。③

本书不吝繁琐将《李参军墓志铭》中的第一段抄录了大部分,目的就

---

① 崔铭《张耒籍属及亲族再考》,《国学》,2020 年第 1 期。
② 彭国忠《张耒生平考辨》,《文学遗产》网络版,2012 年第 1 期。
③ 张耒撰,李逸安等点校《张耒集》,北京:中华书局,1990 年,第 883 页。

是想通过还原文献的方法把问题理清。这段文字从始至终的第一人称都是李处道,"五举于乡,中治平四年进士"也是李处道的事,与张耒父亲没有任何关系。当然,彭先生之前认定"屯田君"是李处道,故而误以为张父与李处道同年进士。

前面在确定"屯田君"身份时铎公就确定张父的进士及第情况:"他既与张耒之父同年,张父登进士第亦当在庆历二年。"①崔铭女士对铎公的结论提出了质疑,认为张父进士及第的时间应是皇祐五年(1053年),其论证线索是"事契"。"上引三条材料,都是在谈及'进士同年'的情况下使用'事契'一词的,据此我们似可粗断张耒之父与邓、晁二人之父为'进士同年'而非'生同年',其与李处厚(载之)则应是'生同年'。因此,本人认为张耒之父应为皇祐五年(1053年)进士。"②

铎公认为张父与李处厚是"进士同年",崔铭女士则认定张父与李处厚是"生同年",其与邓、晁二人之父才是"进士同年"。二人皆有各自道理,都倾向于"进士同年"说。若"同年"为"进士同年",则张父为庆历二年(1042年)进士毫无问题,铎公此说成立。崔铭女士仅以"事契"与"同年"构成单线联系,似不足以说明问题。

张父曾任三司检法官,因双亲老迈而求知吴江县,且有一班朋友送行,其状在张耒所撰《明道杂志》详载(前文已引),说明张耒祖父一辈已在吴江生活,而稽索《吴江县志》的"官政志"和"人物志(含进士及第情况)"③并无有关张父记载,知张父可能未赴官或未进士及第,倘是后一种可能,则职于三司的张父,其出身有可能是制举。

三司在宋代的政治地位非同一般。"又有三司,掌国家财政。'二府'与'三司'构成了北宋前期中央最高的管理机构。"④"三司之职,国初治五代之制,置使以总国计,应四方贡赋之入,朝廷不预,一归三司。通管

---

① 铎公《〈张耒年谱〉辨补一则》,《文学遗产》,2005年第2期。
② 崔铭《张耒籍属及亲族再考》,《国学》,2020年第1期。
③ 曹一林《嘉靖吴江县志》,台北:台湾学生书局,1987年,卷十八—二十一。
④ 龚延明《宋代官制辞典》,北京:中华书局,1997年,第16页。

盐铁、度支、户部,号曰计省,位亚执政,目为计相。"①

张父职于三司,京官无疑。其位列三司检法官,则权责不小。《宋史》《宋大诏令集》《宋职官辞典》中并未载"三司检法官"条目,不知其职权究竟多大,但《华阳集》中有"三司检法官张适可大理寺丞制"一文:

> "敕某大农金谷之司,文苛则伤下,网疏则奸寝,以乘朕比诏中,诠择廉平端敏之士,庶几阅法于中,尔应选逾年,举称是职,宜进丞于卿寺,尚处律于计庭……"②

"大农金谷"为三司执掌,在三司中拣选人才进入大理寺,所谓"应选逾年,举称是职",足见三司检法官本身权职之重,且属兼职,一面"进丞于卿寺",一面又"处律于计庭",也即既在大理寺工作,又在三司工作,其职责为处理两方的法律及三司内部财计统筹乃至备建事务,如《元丰类稿》中记载:"……谞任公具材治公室,五日而用足。仁宗闻而嘉之。"③

三司检法官权责重大,而张父又非进士及第,则张父很有可能为"制举"出身。

> 有司讲求旧制,每科场年,命中丞、给舍、谏议大夫、学士、待制三人举一人,不拘已仕、未仕。先具词业缴进(策、论各五十篇)。送两省、侍从参考,分三等,文理优长为上,次优为中,平常为下。次优以上,并召入阁试。④

"制举"自唐朝已有先例,且统治者相当重视"制举"人才:"夏四月丁

---

① 脱脱《宋史》卷一百六十二,北京:中华书局,1977 年,第 3807 页。
② 王珪《华阳集》,影印文渊阁《四库全书》集部第 2816 册,台北:商务印书馆,1986 年。
③ 曾巩撰,陈杏珍、晁继周点校《曾巩集》,北京:中华书局,1984 年,第 573 页。
④ 李心传撰,徐规点校《建炎以来朝野杂记》甲集,北京:中华书局,2000 年,第 254 页。

已,上御宣政殿试制举人,至夕,策未成者,令太官给烛,俾尽其才。"①"制举"是唐宋选官制度的重要补充,因时之需,成为人力资源选录的有效渠道。所谓"国有大事,皇帝下诏求贤,临时设科目(如贤良方正能直言极谏,经学优深可为师法),召赴殿试,皇帝亲试策略……"②倘"制举"合格,则同样有机会赐进士出身:"……恩数视庭试第一人,第四等为中,视庭试第三人,皆赐制科出身;第五等为下,视庭试第四人,赐进士出身……"③

"制举"为科举之一种,与"贡举(试进士等)"并行,张父之迹不载于《吴江县志》,则当是中"制举"而"赐进士出身",所以说,"同年"为"科举同年"似更妥当,"进士同年"有些牵强。

① 刘昫《旧唐书》第二册,北京:中华书局,1975 年,第 297 页。
② 龚延明《宋代官制辞典》,北京:中华书局,1997 年,第 26 页。
③ 李心传撰,徐规点校《建炎以来朝野杂记》甲集,北京:中华书局,2000 年,第 255 页。

结　语

　　张耒佛缘,根性纯和。李宗易亦心亦禅,张耒自幼受其泽露,早发禅慧,二十岁出头便以《超然台赋》洞透禅性。由此看来,张耒的佛缘有其家传之根性。李宗易不为学者重,但受重臣敬。晏殊、范仲淹皆为一代名士,敬人必敬其品。李宗易素有儒志禅心,其受人敬重自有缘故。张耒与他人的崇禅理念不同,其禅心寓内,儒禅互为消长,又时以禅证儒。此与其外祖李宗易的蕙薰有直接关系。

　　张耒佛缘,得"理"之润。传统儒学愈加衰颓,北宋"理学"渐成气势。"三教合源"之风吹被士人禅心。张耒得润其中,又反将彼时大的"意识形态"和"学术氛围"在其诗文中直观呈现。张耒对北宋时期的"理学"形态接持手段很是特别。与他人不同,张耒并没有因"儒学"的动摇而显得进退失据,而是通过佛禅的圆融精神与"理学"的"合源"精神悄然缘合。

　　张耒佛缘,受"苏"之泽。"苏门"自有传佛之传统。蜀地自有原始巫觋风气,对宗教之接受便有了根性。由于蜀地险远,西方佛教很难传入,自两晋始,禅风渐次吹拂蜀地,蜀地之佛事渐有气象。兵燹不断又使名士西渐,加之蜀地物阜民丰,这一切将蜀地佛教引向了一个全新高度。净众保唐禅派承袭跏趺之法,后接"无住"之念,遂成为极有影响的地域性禅派。多缘媒合,"苏门"之禅修精神应运而生,成为文人参禅之表。张耒早年禅性便有蜀地佛禅的气派,晚年跏趺导气又深得保唐禅的修持手段,故张耒禅性的精进与"苏门"的雨泽难脱关联。

　　张耒禅境多端,静、淡、自如、直观自性等境界皆随意拈得,或寓之明月、或寓之花鸟、或寓之钟声、或寓之梦境、或寓之闲适,种种意境既能得禅之三昧,又能传文人诗的清雅性情,颇为可观。张耒禅诗有时非通篇禅意,但若以解诂的姿态细加品鉴,则其处处皆有源头。各种佛家经义,各色禅门接悟应接不暇,亦可证明张耒本人深厚的禅学修为。

元祐年间,"苏门学士"会于京师,悠闲的居馆生活使禅成了他们传达心性的工具。绍圣后,学士星散四方,儒念遭强烈打击,其禅诗更被寓以解慰之效。张耒晚岁居陈不出,在禅的慰藉下求得内心的安适,与其他学士的禅性交际之作中,有时见禅门"向上事",有时又略见其颓废一面,其悠闲而失落之态跃然纸上。

参考文献

一、古典文献及考释著作

（一）经部

[1]［汉］许慎撰，［清］段玉裁注.说文解字注［M］.上海：上海古籍出版社，1981.

[2]［汉］郑玄注，［唐］孔颖达正义，《十三经注疏》整理委员会整理.礼记正义［M］.北京：北京大学出版社，1999.

[3]［魏］王弼注，［唐］孔颖达正义，《十三经注疏》整理委员会整理.周易正义［M］.北京：北京大学出版社，1999.

[4]［魏］王弼注，楼宇烈校释.老子道德经注校释［M］.北京：中华书局，2008.

[5]［晋］郭象注，［唐］成玄英疏，曹础基、黄兰发点校.南华真经注疏［M］.北京：中华书局，1998.

[6]［唐］陆德明.经典释文［M］.上海：上海古籍出版社，1985.

[7]［宋］苏轼.东坡易传［M］.景印摘藻堂《四库全书荟要》本.

[8]［清］孙诒让撰，王文锦、陈玉霞点校.周礼正义［M］.北京：中华书局，1987.

[9]［清］朱彬撰，饶钦农点校.礼记训纂［M］.北京：中华书局，1996.

(二)史部

[1][汉]班固.汉书[M].北京:中华书局,1964.

[2][晋]常璩.华阳国志[M].济南:齐鲁书社,2010.

[3][唐]房玄龄等撰.晋书[M].北京:中华书局,1974.

[4][宋]欧阳修撰,[宋]徐无党注.新五代史[M].北京:中华书局,1974.

[5][宋]欧阳修、[宋]宋祁撰.新唐书[M].北京:中华书局,1975.

[6][宋]司马光编著,[元]胡三省音注.资治通鉴[M].北京:中华书局,1956.

[7][宋]李心传撰,徐规点校.建炎以来朝野杂记[M].北京:中华书局,2006.

[8][元]脱脱.宋史[M].北京:中华书局,1977.

[9][宋]梁克家修撰,福州市地方志编纂委员会整理.三山志[M].福州:海风出版社,2000.

[10][明]黄仲昭修撰,福建省地方志编纂委员会旧志整理组、福建省图书馆特藏部整理.八闽通志[M].福州:福建人民出版社,2006.

[11][明]曹一麟.嘉靖吴江县志[M].台北:台湾学生书局,1987.

[12][清]徐松辑.宋会要辑稿[M].北京:中华书局,1957.

[13][清]郝玉麟监修,谢道承编撰.福建通志[M].四库全书[D].台北:商务印书馆,1986.

[14][民国]邱景雍.连江县志[M].台湾:成文出版社,1967.

(三)子部

典籍类:

[1][汉]刘向撰,向宗鲁校证.说苑校证[M].北京:中华书局,1987.

[2][唐]陆羽.茶经[M].北京:中国纺织出版社,2006.

[3][宋]苏轼著,华东师范大学古籍研究所点校注释.东坡志林

［M］.上海：华东师范大学出版社，1983.

［4］［清］王先谦撰，沈啸寰、王星贤点校.荀子集解［M］.北京：中华书局，1988.

［5］［清］王先谦.庄子集解［M］.上海：世界书局，1935.

［6］［清］王夫之著，王孝鱼点校.庄子解［M］.北京：中华书局，1964.

［7］［清］王明清.玉照新志［M］.丛书集成初编［G］.北京：中华书局，1985.

［8］［清］陆以湉撰，崔凡芝点校.冷庐杂识［M］.北京：中华书局，1984.

［9］［清］郭庆藩辑，王孝鱼整理.庄子集释［M］.北京：中华书局，1985.

［10］［清］汪荣宝撰，陈仲夫点校.法言义疏［M］.北京：中华书局，1987.

佛教类：

［1］［汉］安世高译.八大人觉经［M］.乾隆大藏经［G］.第四十七卷.

［2］［晋］法显译.大涅槃经［M］.大正藏［G］.第一册.

［3］［后秦］鸠摩罗什译.大智度论［M］.大正藏［G］.第二十五册.

［4］［后秦］鸠摩罗什译.佛说弥勒下生经［M］.乾隆大藏经［G］.第三十八册.

［5］［后秦］鸠摩罗什译.佛遗教经［M］.大藏新纂卍字续藏经［G］.第三十七册.

［6］［南朝宋］求那跋陀罗译.央掘魔罗经［M］.大正藏［G］.第二册.

［7］［北魏］杨衒之著，周振甫译注.《洛阳伽蓝记》译注［M］.南京：江苏教育出版社，2005.

［8］［南朝梁］僧祐著，刘立夫等译注.弘明集［M］.北京：中华书局，2011.

［9］［南朝梁］释慧皎撰，汤用彤校注，汤一介整理.高僧传［M］.北京：中华书局，1992.

[10][唐]玄奘、辩机原著,季羡林等校注.大唐西域记校注[M].北京:中华书局.2000.

[11][唐]玄奘译.大般若波罗密多经[M].大正藏[G].第五册.

[12][唐]实叉难陀译.华严经[M].大正藏[G].第十册.

[13][唐]百丈.百丈清规[M].乾隆大藏经[G].第一百九十四册.

[14][唐]法海集.坛经[M].大正藏[G].第四十八册.

[15][唐]法藏著,方立天校释.华严金师子章校释[M].北京:中华书局,1983.

[16][南唐]静、筠二禅师编撰,孙昌武等点校.祖堂集[M].北京:中华书局,2007.

[17][五代]延寿.万善同归集[M].大正藏[G]第四十八册.

[18][五代]延寿集.宗镜录[M].大正藏[G].第四十八册.

[19][宋]契嵩撰.六祖大师法宝坛经赞[M].大正藏[G].第四十八册.

[20][宋]普济著,苏渊雷点校.五灯会元[M].北京:中华书局,1984.

[21][宋]李遵勖著,佛光大藏经编修委员会整理.天圣广灯录[M].佛光大藏经·禅藏[G].1994.

[22][宋]道原著,佛光大藏经编修委员会整理.景德传灯录[M].佛光大藏经·禅藏[G].1994.

[23][宋]惟白著,佛光大藏经编修委员会整理.建中靖国续灯录[M].佛光大藏经·禅藏[G].1994.

[24][宋]赜藏主编集,萧萐父等点校.古尊宿语录[M].北京:中华书局,1994.

[25][宋]历代法宝记[M].大正藏[G].第五十一册.

[26][宋]智昭集.人天眼目[M].大正藏[G].第四十八册.

[27][宋]弥衍宗绍编.无门关[M].大正藏[G].第四十八册.

[28][宋]正受辑,朱俊红点校.嘉泰普灯录(点校本)[M].海口:海

南出版社,2011.

[29][宋]圆悟编著,许文恭译述.碧岩录[M].北京:华夏出版社,2009.

（四）集部

[1][唐]杜甫著,[明]仇兆鳌注.杜诗详注[M].北京:中华书局,1979.

[2][唐]白居易撰,顾学颉校点.白居易集[M].北京:中华书局,1999.

[3][唐]刘禹锡撰,《刘禹锡集》整理组点校,卞孝萱校订.刘禹锡集[M].北京:中华书局,1990.

[4][宋]范仲淹著,李勇先、王蓉贵校点.范仲淹全集(平装本)[M].成都:四川大学出版社,2007.

[5][宋]欧阳修.欧阳修全集[M].北京:中华书局,2001.

[6][宋]苏轼著,[清]冯应榴辑注,黄任新、朱怀春校点.苏轼诗集合注[M].上海:上海古籍出版社,2001.

[7][宋]苏轼著,孔凡礼点校.苏轼文集[M].北京:中华书局1986.

[8][宋]苏轼著,[明]凌濛初增订.东坡禅喜集[M].合肥:黄山书社,2010.

[9][宋]苏辙著,曾枣庄、马德富校点.栾城集[M].上海:上海古籍出版社,1987.

[10][宋]黄庭坚.黄庭坚全集[M].成都:四川大学出版社,2001.

[11][宋]黄庭坚撰,[宋]任渊等注,刘尚荣校点.黄庭坚诗集注[M].北京:中华书局,2003.

[12][宋]陈师道.后山先生集[M].宋集珍本丛刊[G].

[13][宋]李廌.济南集[M].宋集珍本丛刊[G].

[14][宋]孙复.孙明复先生小集[M].宋集珍本丛刊[G].

[15][宋]张耒撰,李逸安等点校.张耒集[M].北京:中华书

局,1990.

[16][宋]晁补之.鸡肋集[M].四库全书[G].台北:商务印书馆.

[17][宋]晁补之、[宋]晁冲之撰,刘乃昌、杨庆存注.晁氏琴趣外编[M].上海:上海古籍出版社,1991.

[18][宋]秦观撰,徐培均笺注.淮海集笺注[M].上海:上海古籍出版社,1994.

[19]胡仔纂集,廖德明校点.苕溪渔隐丛话[M].北京:人民文学出版社,1962.

[20][宋]邵伯温撰,李剑雄、刘德权点校.邵氏闻见录[M].北京:中华书局,1983.

[21]撰人未详.道山清话[M].北京:中华书局,1985.

[22][宋]黎靖德编,王星贤点校.朱子语类[M].北京:中华书局,1986.

[23][宋]李焘撰,上海师范学院古籍整理研究室、上海师范大学古籍整理研究室点校.续资治通鉴长编[M].北京:中华书局,1979.

[24][宋]叶梦得.石林诗话[M].北京:中华书局,1991.

[25][宋]计有功.唐诗纪事[M].上海:上海古籍出版社,1987.

[26][宋]陈善.扪虱新话[M].丛书集成[G].上海:商务印书馆,1936.

[27][宋]程颢、程颐著,王孝鱼点校.二程集[M].北京:中华书局,1981.

[28][宋]陆游著,钱仲联校注.剑南诗稿校注[M].上海:上海古籍出版社,1985.

[29][宋]洪迈.容斋随笔[M].上海:上海古籍出版社,1978.

[30][明]吴讷.百家词[M].天津:天津市古籍书店,1992.

[31][明]胡应麟.诗薮[M].上海:上海古籍出版社,1958.

[32][清]严可均校辑.全上古三代秦汉三国六朝文[M].北京:中华书局,1958.

［33］［清］曹雪芹、高鹗著,启功等注释.红楼梦［M］.北京:中华书局,2010.

二、现当代著作

(一)经部研究著作

［1］赖炎元.韩诗外传今注今译［M］.台北:商务印书馆,1973.

［2］杨伯峻.论语译注［M］.北京:中华书局,2013.

［3］杨树达.论语疏证［M］.上海:上海古籍出版社,1986.

［4］宋天正注释,杨亮功校订.中庸今注今译［M］.台北:商务印书馆,1977.

(二)史部研究著作

［1］钱穆.中国近三百年学术史［M］.北京:商务印书馆,1997.

［2］孔凡礼.苏轼年谱［M］.北京:中华书局,1998.

［3］淮阳县地方志编纂委员会.淮阳县志［M］.郑州:河南人民出版社,1991.

(三)子部研究著作

考释类:

［1］钱穆.庄子纂笺［M］.台北:东大图书公司,1993.

［2］陈鼓应.老子今注今译［M］.北京:商务印书馆,2003.

［3］傅佩荣.傅佩荣解读庄子［M］.北京:线装书局,2006.

［4］曹础基.庄子浅注［M］.北京:中华书局,2000.

［5］高长山.荀子译注［M］.哈尔滨:黑龙江人民出版社,2003.

［6］韩格平、董莲池.二十二子详注全译［M］.哈尔滨:黑龙江人民出版社,2003.

[7]方勇.庄子译注[M].北京:中华书局,2010.

[8]许建.琴史初编[M].北京:人民音乐出版社,1982.

[10]丛文俊.书法史鉴[M].上海:上海书画出版社,2003.

佛教类:

[1]王树海.禅魂诗魄:佛禅与唐宋诗风的变迁[M].北京:知识出版社,2000.

[2]王树海.诗禅证道:"贬官禅悦"和后期唐诗的"人造自然"风格[M].北京:新星出版社,2007.

[3]张锡坤、吴作桥、王树海、张石.禅与中国文学[M].长春:吉林文史出版社,1992.

[4]胡适.禅学指归[M].北京:金城出版社,2013.

[5]董国柱.佛教十三经今译[M].哈尔滨:黑龙江人民出版社,1988.

[6]弘一法师编订,净空法师讲记,伍恒山选注.佛教格言精选[M].武汉:长江文艺出版社,2011.

[7]杨曾文校写.新版敦煌新本六祖坛经[M].北京:宗教文化出版社,2001.

[12]高振农释译.华严经[M].高雄:佛光山宗务委员会,1996.

[13]佩实译.杂宝藏经[M].北京:团结出版社,1994.

[14]张培锋.宋诗与禅[M].北京:中华书局,2009.

[15]成观法师.大佛丁首楞严经义贯[M].台北:毗庐出版社,2006.

[16]陈中浙.苏轼书画艺术与佛教[M].北京:商务印书馆,2004.

[17]汤用彤.魏晋玄学论稿[M].北京:生活·读书·新知三联书店,2009.

[18]洪修平、张勇.禅偈百则[M].北京:中华书局,2008.

[19]蓝吉富.禅宗全书[G].台北:文殊出版社,1988.

[20]宣化法师.佛说四十二章经浅释[M].北京:宗教文化出版社,2006.

（四）集部及其他文化研究著作

［1］李修生主编.全元文［G］.南京：江苏古籍出版社,1998.

［2］谢思炜.白居易诗集校注［M］.北京：中华书局,2006.

［3］邹同庆、王宗堂著.苏轼词编年校注［M］.北京：中华书局,2002.

［4］北京大学古文献研究所.全宋诗［M］.北京：北京大学出版社,1991.

［5］邓安生、刘畅、杨永明译注.王维诗选译［M］.成都：巴蜀书社,1990.

［6］马群.辛弃疾词选注［M］.上海：上海古籍出版社,1984.

［7］钱穆.钱宾四先生全集［M］.台北：联经出版社,1998.

［8］钱锺书.谈艺录［M］.北京：商务印书馆,2013.

［9］熊琬.宋代理学与佛学之探讨［M］.台北：文津出版社,1985.

［10］孔令宏.宋代理学与道家、道教［M］.北京：中华书局,2006.

［11］韩文奇.张耒及其诗歌创作研究［M］.兰州：兰州大学出版社,2007.

［12］蔡方鹿.宋代四川理学研究［M］.北京：线装书局,2003.

［13］李诚.巴蜀文化研究［M］.成都：巴蜀书社,2004.

［14］周义敢.苏门四学士［M］.上海：上海古籍出版社,1983.

［15］周义敢、周雷.张耒资料汇编［M］.北京：中华书局,2007.

［16］曾枣庄、舒大刚.三苏全书［M］.北京：语文出版社,2001.

［17］张文利.理禅融会与宋诗研究［M］.北京：中国社会科学出版社,2004.

三、期刊论文

［1］孔令宏.试论理学体系的比较与评价［J］.云南学术探索,1997 第2 期.

[2]王少华.张耒诗有唐音琐议[J].齐鲁学刊,1987第5期.

[3]湛芬."文以明理":三教合一的文艺观——谈张耒的文艺思想[J].殷都学刊,1992第2期.

[4]桑林佳."只有江梅些子似"——张耒咏梅词与李清照咏梅词之比较[J].名作欣赏,1995第4期.

[5]刘红红.超越与执着——张耒与秦观贬谪心态之比较[J].哈尔滨学院学报,2007第5期.

[6]刘红红.北宋新旧党争与张耒政治心态的演变[J].文艺评论,2012第4期.

[7]孔凡礼.苏轼与张耒[J].乐山师范学院学报,2008第9期.

[8]方星移.论北宋谪官文化的形成——以黄州为中心[J].社会科学战线,2011第7期.

[9]崔铭.从少公之客到长公之徒——论张耒与二苏的关系[J].求是学刊,2002第3期.

[10]陈海丽."漂泊年来甚,羁旅情易伤"——试论张耒晚年诗歌创作心态[J].平顶山师专学报,2003第4期.

[11]宋彩凤.此身三到旧黄州,人生沧桑诗便工——张耒居黄诗文研究[J].黄冈师范学院学报,2010第1期.

[12]马斗成、马纳.苏轼与张耒交谊考[J].泰安师专学报,2002第1期.

[13]王树海、杨威."闲"境美学意蕴辩难[J].北方论丛,2015第1期.

[14]谢元鲁.宋代四川造纸印刷技术的发展与交子的产生[J].中国钱币,1996第3期.

[15]王永曾.隋以前的川蜀佛教[J].西南师大学报(社会科学版),1994第4期.

[16]徐文明.智诜与净众禅系[J].敦煌学辑刊,2001第1期.

[17]王启鹏.试论《超然台记》在苏轼思想发展中的地位[J].乐山师

院学报,2007 第 9 期.

[18]朱瑞熙.宋朝的休假制度[J].学术月刊,1999 第 5 期.

[19]崔文魁.五台山佛教造像艺术[J].佛教文化,2009 第 1 期.

[20]沈金浩."一枝藤杖平生事"——宋代文人的杖及其文化蕴涵[J].中国社会科学,2007 第 1 期。

[21]彭国忠.张耒生平考辨[J].文学遗产网络版,2012 第 1 期.

[22]铎公.《张耒年谱》辨补一则[J].文学遗产,2005 第 2 期.

[23]熊亚云.鄂州出土墓志、地券辑录及讨论[J].东南文化,1993 第 6 期.

[24]崔铭.张耒籍属及亲族再考[J].国学,2020 第 1 期.

四、学位论文

[1]刘红红.绍圣以后党争与张耒后期诗歌创作[D].陕西师范大学硕士毕业论文,2007.

[2]孙希国.《宣和奉使高丽图经》研究[D].吉林大学硕士论文,2007.

[3]杨威.先秦"文"之形态考略[D].东北师范大学硕士论文,2012.

[4]王建光.中国律宗思想研究[D].南京大学博士论文,2003.